唐诗选 下

【插图本】

中国社会科学院
文学研究所

选注

人民文学出版社

柳中庸

柳中庸,名淡,以字行,河东(今山西省永济县)人,曾官洪府户曹。这也是个声名不著、身世难征的作者。李端集里有为他作的六首诗,总算保存了他们间文字之交的一点儿亲切记录。

柳中庸存诗只十三首,其中近一半沿袭了六朝和初唐那种轻绮的风格,像《秋怨》、《听筝》等五首;在《河阳桥送别》等七首诗的景色描写里,才看到他的特色,下面所选《征人怨》是他最传诵的一首。这首诗也不失为古代诗家向前人继承而且和前人竞赛的小小例子:"青冢"、"黑山"是天造地设的浑成对偶,开元时尉迟匡在《塞上曲》中早配搭成一联名句:"夜夜月为青冢镜,年年雪作黑山花。"[1]柳中庸利用旧诗料开拓出新意境。

[1] 尉迟匡《塞上曲》没有保存全篇,所以后世有人企图把它添补完整,像杨慎的《足唐人句效古塞下曲》(《升庵太史全集》卷十四)。

征人怨[1]

岁岁金河复玉关,朝朝马策与刀环[2]。三春白雪归青冢,万里黄河绕黑山[3]。

[1] 诗题一作《征怨》。这首诗紧扣一个"征"字写来,"金河"、"玉关"、

"青冢"、"黑山",都是征人所到之地。全诗无一怨字,但透过"岁岁"、"朝朝"、"复"字等表现了怨。

〔2〕"金河",即黑河,唐时设有金河县。故址在今内蒙古自治区呼和浩特市南。"玉关",即甘肃玉门关。"策",鞭。"刀环",刀柄上的铜环。这两句说不是今年戍金河就是明年戍玉关,天天相处在一起的,只是马鞭和战刀这一类东西。

〔3〕"归",归向,似仍指人而言,与上二句连贯,说三春白雪之时又来到青冢。"青冢",汉王昭君墓,在今内蒙古自治区呼和浩特市境内。传说塞外草白,独王昭君墓上草色是青的,故名"青冢"。"黑山",一名杀虎山,在今呼和浩特市境内。末句看似写河流,实际是写征人的行程,意思是说这样在塞外转来转去,恰如黄河回绕黑山,表现了征人之怨。

夜 渡 江[1]

夜渚带浮烟,苍茫晦远天。舟轻不觉动,缆急始知牵[2]。听笛遥寻岸,闻香暗识莲[3]。唯看去帆影,常似客心悬[4]。

〔1〕 本篇一作姚崇诗。

〔2〕 这一联和下一联刻画夜间行船,望出去一片模糊。坐在船里,不觉得船动,只看见船外的景物在移换。这原是诗里的常语,例如梁元帝萧绎《早发龙巢》:"不疑行舫动,唯看远树来。"柳中庸是写黑夜行舟,坐在船里,瞧不清两岸的东西,只看见拉船的绳子紧直,才知道船在开行,而且有人在拉纤。

〔3〕 这两句写视觉在这时起不了多少作用,由听觉和嗅觉来补充。

〔4〕 末句暗用《战国策·楚策》"心摇摇然如悬旌",来形容"客心"的不安定。上面描写船外夜色苍茫,但并非漆黑,所以这里说能隐约见去帆之影。

戴叔伦

戴叔伦(732—789),字幼公,润州金坛(今江苏省金坛县)人。唐德宗贞元中进士及第。曾在湖南租庸幕下(做经济部门的工作)数年;据他的上司的赞扬看来,他是个很能干的人,"博访群伦,揖对宾客,无如戴叔伦"[1]。后任抚州(今江西省抚州市)刺史,升容管经略使。晚年上表自请出家为道士。诗见《全唐诗》。

戴叔伦的诗多以农村生活为题材,一部分揭露了当时的社会矛盾,如《屯田词》、《女耕田行》等;也写了些边塞诗,如《边城行》、《从军行》等。其他抒情之作往往婉转真挚,词清句丽。他主张"诗家之景,如蓝田日暖,良玉生烟,可望而不可置于眉睫之前也"[2],换句话说,诗该有馀味远韵;这对于后来神韵派的理论很有影响。

〔1〕 钱易《南部新书》庚卷引刘晏任吏部时《与张继书》。
〔2〕 司空图《司空表圣文集》卷三《与极浦书》引。

女耕田行[1]

乳燕入巢笋成竹[2],谁家二女种新谷。无人无牛不及犁,持刀斫地翻作泥[3]。自言家贫母年老,长兄从军未娶嫂。去年灾疫牛圈空,截绢买刀都市中[4]。头巾掩面畏人识,以刀代牛谁与同[5]？姊妹相携心正苦,不见路人唯见土[6]。疏通畦垄防乱苗,整顿沟塍待时雨[7]。日正南冈下饷归,可怜朝雉扰惊飞[8]。东邻西舍花发尽,共惜馀芳泪满衣。

〔1〕这诗写姊妹俩因家贫母老,哥哥出去当兵,不得不亲自下田耕种;它反映了当时被战乱破坏了的农村面貌,并深刻描绘出农家少女的艰苦境遇及其心理活动。

〔2〕"乳燕",当指雏燕。"乳燕入巢"与"笋成竹",都是写春耕季节。

〔3〕"无人",指下文所言哥哥当兵嫂未娶。"无牛",指下文所言牛已因灾疫死去。"不及犁",田不曾犁过。"持刀"句说只得一刀一刀的砍,把硬地翻成松土。参看元稹《酬乐天得微之诗知通州事因成四首》"田仰畲刀少用牛"句。

〔4〕"牛囤",牛栏。"截绢"句说从机上截下一段绢作"刀"的代价。据《新唐书·食货志》,市井交易,绢"与钱兼用"。

〔5〕"畏人识",女子耕田在当时是认为羞耻的事,所以用头巾遮着脸怕被别人认识。"谁与同",言无人帮助。

〔6〕这句说低着头,又因用"头巾掩面",所以看不见路人只看见地面。

〔7〕这两句写松土以后整理畦垄沟塍等田间劳动。"畦",田间分区。"垄",田间高地。"沟塍",田沟和田埂。

〔8〕"下饷",正午时收工回家吃饭叫"下饷"。"朝雉",《诗经·小雅·小弁》:"雉之朝雊,尚求其雌。"崔豹《古今注·音乐》:"《雉朝飞》者,犊沐子所作也。齐处士,湣、宣时人,年五十,无妻。出薪于野,见雉雄雌相随而飞,意动心悲。乃作朝飞之操,将以自伤焉。""可怜"句是有感于少女过时不嫁,联系下面两句来看,"惜馀芳"而"泪满衣",正是青春虚度的慨叹。

戴叔伦

苏 溪 亭[1]

苏溪亭上草漫漫,谁倚东风十二阑[2]?燕子不归春事晚,一汀烟雨杏花寒[3]。

〔1〕"苏溪",浙江省义乌县附近有苏溪。"亭",长亭,旅客休息之所。

〔2〕"草漫漫",作者见春草而有"天涯芳草"的感触。"谁",指所怀念的远方之人。"十二阑",即阑干十二曲。乐府古辞《西洲曲》:"楼高望不见,尽日阑干头。阑干十二曲,垂手明如玉。"

〔3〕"汀(音厅)",水岸平地。末两句写作者想象他所念之人处在饶有诗意的环境里。

司空曙

司空曙,字文明[1],广平(今河北省永年县附近)人。登进士第,贞元中官水部郎中、终虞部郎中。诗见《全唐诗》。

在"大历十才子"里,司空曙的才力和李端相仿佛,比不上卢纶,而高出于钱起、郎士元。诗的内容也很贫乏,题材也很单调,但常有些朴挚真率的词句,突破了那一伙诗人的习惯风格,例如《江村即事》,以及"乍见翻疑梦,相悲各问年"(《云阳馆与韩绅宿别》),"他乡生白发,旧国见青山"(《贼平后送人北归》)等。他还能把几件客观事物不露痕迹地组织在一处,让它们互相烘托而又联合,显示出一种情景,就像"雨中黄叶树,灯下白头人"(《喜外弟卢纶见宿》),"远山芳草外,流水落花中"(《题鲜于秋林园》);那些事物都不是靠有力的动词来联系,而只由"中"、"下"、"外"等字轻轻淡淡地搭线,来增添效果,加深含蕴。

[1]《新唐书》卷二百零三、《全唐文》卷六百九十符载《剑南西川幕府诸公写真赞》都作"文初"。但同时人和他唱酬大多称为"文明",如卢纶《春日忆司空文明》、李端《杂歌呈郑锡司空文明》、《秋日旅舍别司空文明》、《江上喜逢司空文明》。照古人"名字相应"的习惯(参看钱大昕《潜研堂文集》卷七《答问》、王引之《王文简公文集》卷三《春秋名字解诂叙》),也许"明"比"初"和"曙"来得"义相比附"。《说文》逸文就说"曙,旦明也"(《文选》李善注《魏都赋》、《七发》、谢灵运《越岭谿行》引)。

云阳馆与韩绅宿别[1]

故人江海别,几度隔山川。乍见翻疑梦,相悲各问年。孤灯寒照雨,湿竹暗浮烟[2]。更有明朝恨,离杯惜共传。

〔1〕"云阳",旧县名,在今陕西省泾阳县境内。"韩绅",据《全唐诗》注云:"一作韩升卿。"韩愈《虢州司户韩府君墓志铭》:"(睿素)有子四人,最季曰绅卿,文而能官。"绅卿是韩愈的叔父,与司空曙同时,曾在泾阳(在今陕西省泾阳县境内)做县令。

〔2〕"湿",一作"深"。

江 村 即 事

钓罢归来不系船[1],江村月落正堪眠。纵然一夜风吹去,只在芦花浅水边。

〔1〕"系船",船停泊后用缆索把船系在岸上。此诗以"不系"二字为线索,直贯三、四两句。

喜外弟卢纶见宿〔1〕

静夜四无邻,荒居旧业贫。雨中黄叶树,灯下白头人〔2〕。以我独沉久,愧君相见频〔3〕。平生自有分,况是蔡家亲〔4〕。

〔1〕"见",一作"访"。

〔2〕 这两句用雨中树叶的萎黄来比拟灯下两人容颜的衰老。参看韦应物《淮上遇洛阳李主簿》:"窗里人将老,门前树已秋。"又白居易《途中感秋》:"树初黄叶日,人欲白头时。"

〔3〕 这两句说自己长久地孤独沉沦,多承卢纶常来看顾。

〔4〕 这两句是"相见频"的理由:既是知心朋友,又是亲戚。"自有分(读去声)",情谊、投契之意。参看潘岳《金谷集作诗》:"投分寄石友。""蔡家亲",即表亲,用羊祜为蔡邕外孙故事。

皎然

皎然,字清昼,本姓谢,长城(今浙江省长兴县)人,出家为僧,久居吴兴杼山妙喜寺。有《皎然集》,一名《杼山集》。

在唐代和尚里,他的文名最高;他自夸是谢灵运、谢朓的子孙:"我祖文章有盛名。"[1]人家因而推重他说:"实不忝江南谢之远裔。"[2]韦应物和他是唱酬的诗友,刘禹锡在童年就被他赏识,传说李端也曾从他读书[3]。

唐代诗人有论诗专著,流传下来的寥寥无几。皎然的《诗式》是其中最像样的一种[4]。他树立了像"四不"、"二要"等等标准,但不必以此责望他的创作实践能否符合他自己的理论。他的议论里有一点是有助于了解他的作品的:他反对陈子昂以来对六朝诗歌的鄙弃和抹煞[5]。他所擅长的五言诗风格上也很接近六朝诗里那种清淡轻松的篇章,例如下面选的《寻陆鸿渐不遇》,和谐而流动,极像六朝的具备律诗声调的五言古。

像一般和尚的诗集一样,《皎然集》以山水游赏、宗教经验和生活为主要内容。但是,唐代和尚的诗歌题材似乎还没有像宋、明和尚的那样束缚、拘谨。佛教是"戒杀"的,而唐代和尚往往作诗表扬边塞战争;佛教是要"断爱"、讲苦行的,而唐代和尚往往在诗里设想男女爱情或描写对声色的欣赏。皎然就写过《拟长安春词》、《效古》(七言)、《观李中丞洪二美人唱歌轧筝歌》、《塞下曲二首》、《从军行五首》等诗;像《从军行五首》其二"战苦军犹乐,功高将不骄"那一联可以说是极精炼地写出了理想中的边防将士的气魄和品格。

〔1〕《述祖德赠湖上诸沈》。《唐才子传》卷四说他是谢灵运十世孙。

〔2〕赞宁《高僧传三集·皎然传》。参看《高僧传》卷三《飞锡传》、卷十五《灵澈传》、《道标传》,又契嵩《镡津文集》卷十七《三高僧诗》第一首。

〔3〕刘禹锡《刘宾客文集》卷十九《澈上人文集纪》;《唐才子传》卷四说李端"少时居庐山,依皎然读书",大约是从李端《忆皎然上人》、《送皎然上人归山》诗里"未得从师去"、"门人流泪厌浮生"那些句子的猜测。

〔4〕王夫之《夕堂永日绪论》内编偏激卤莽地骂皎然讲的诗法是"死法",是诗评里最下劣的一"派",是"心死"的表现。他显然忽视了《诗式》里一些原则性的大议论,也很可能没有看到五卷本的《诗式》。

〔5〕《诗式》卷三论卢藏用《陈子昂集序》、卷五论"降杀齐梁"。

寻陆鸿渐不遇[1]

移家虽带郭,野径入桑麻。近种篱边菊,秋来未着花。扣门无犬吠,欲去问西家[2]。报道:"山中去,归时每日斜[3]。"

〔1〕"陆羽",字鸿渐,竟陵(今湖北省天门县)人,又号竟陵子。著《茶经》。这诗前四句写境,后四句写"寻"和"不遇"。通首不用对偶,平仄合律,是所谓"散律"。

〔2〕"欲去",想离去。"问西家",还是到西边邻舍去问问吧。

〔3〕末两句系"西家"的答话。"归时每日斜",一作"归来日每斜"。

卢纶

卢纶(748—799?),字允言,河中蒲(今山西省永济县)人。早年避安史之乱,客居鄱阳。曾为河中元帅府判官。诗见《全唐诗》。

卢纶是"大历十才子"之一,集中以送别酬答为多,也工于写景。但是像《塞下曲》等苍老的小诗和《腊日观咸宁王部曲娑勒擒虎歌》雄放的长篇,是其他大历才子的作品里所少有的。

和张仆射塞下曲[1]

一

林暗草惊风[2],将军夜引弓。平明寻白羽,没在石棱中[3]。

〔1〕"张仆射(音夜)",即张延赏,唐德宗贞元三年(787)官至左仆射同平章事。卢纶答和此诗时,正在浑瑊镇守河中的幕府中当幕僚。"塞下曲",见王昌龄《塞下曲》注〔1〕。卢纶和诗共有六首,这是第二首。

〔2〕这句本"风从虎"的传说,风吹草动,以为有虎。用"惊风"二字造成猛虎出现的气氛。

〔3〕这两句用李广的故事。《史记·李将军列传》:"广出猎,见草中石,以为虎而射之,中石,没镞,视之,石也。""平明",清早。"白羽",箭杆上的白色羽毛,此处作为箭名。"没",陷入。"棱",棱角。

二[1]

月黑雁飞高,单于夜遁逃[2]。欲将轻骑逐[3],大雪满弓刀。

〔1〕 这诗原列第三首;又见钱起集中。
〔2〕 "单于",古时匈奴最高统治者的称呼。
〔3〕 "轻骑",轻装快速的骑兵。

晚次鄂州[1]

云开远见汉阳城,犹是孤帆一日程[2]。估客昼眠知浪静,舟人夜语觉潮生[3]。三湘衰鬓逢秋色[4],万里归心对月明[5]。旧业已随征战尽,更堪江上鼓鼙声[6]?

〔1〕 题下原注:"至德中作。""至德",唐肃宗年号(756—758)。卢纶避安史之乱在南行途中写了这首诗。"鄂州",在今湖北省武汉市武昌地区。
〔2〕 "汉阳城",在汉水南岸,鄂州之西,故址在今湖北省武汉市汉阳地区。这两句说天气晴明,远望已见汉阳的城郭,但明天才能到达,今晚只能停泊在鄂州。"一日",一本作"半日",似较切实际。
〔3〕 "估客",商人。"舟人",船家。
〔4〕 "三湘",指湖南的湘潭、湘乡、湘阴(一说指入洞庭湖三水而言)。由鄂州再上去便是三湘地方。

〔5〕这一句说家乡(蒲)有万里之遥,对月思家,归心更切。

〔6〕末句是自问的语气,言不堪再听此声。

山　店〔1〕

登登山路行时尽,决决溪泉到处闻〔2〕。风动叶声山犬吠,一家松火隔秋云〔3〕。

〔1〕本篇一作王建诗。

〔2〕"登登",形容上山的履声。"行时尽",走完了登山之路。"决决",溪泉下流之声。

〔3〕"松火",即松明之火。古代山中缺少油烛时,劈松木代烛,叫松明。"一",一作"几"。

于鹄

于鹄,大历、贞元间人,曾在汉阳(在今湖北省武汉市)山中居住[1],荆南、襄阳一带常有他的游踪。《全唐诗》存其诗约七十首,其中三分之一都是有关和尚或道士的作品。《塞上曲》、《出塞》、《巴女谣》等比较有现实气息,表现的手法颇为冷隽。

〔1〕《买山吟》:"买得幽山属汉阳。"

江南曲[1]

偶向江边采白蘋[2],还随女伴赛江神[3]。众中不敢分明语,暗掷金钱卜远人[4]。

〔1〕《古今乐录》中《江南弄》七曲之一名《江南曲》。宋郭茂倩《乐府诗集》卷五十编入《清商曲辞》。梁柳恽《江南曲》属于闺怨一类的诗,于鹄的这首诗和它有近似之处。

〔2〕"白蘋",隐花植物的一种,生于浅水中,五月开白花。

〔3〕"赛江神",迎江神赛会,祈求降福。"江神"、"海神"和"水神",古时都设有庙宇祀奉。

〔4〕"金钱",古人卜卦的一种工具。把金钱掷在地上,看它的仰覆次数,占问行人吉凶和归期远近。金钱卜相传从汉代京房起盛行于世。这两句是说这个随伴赛会的女子一心记挂着出远门的丈夫,心事又不肯让人知道,只偷偷地占卜。

于　鹄

巴 女 谣

巴女骑牛唱竹枝,藕丝菱叶傍江时[1]。不愁日暮还家错,记得芭蕉出槿篱[2]。

〔1〕 这两句说在川江上菱叶铺展水面,附近口唱民歌的骑牛姑娘放牧归家。"竹枝",《竹枝词》,民歌。

〔2〕 "槿",木槿,落叶灌木,花有红、白、紫等色。这两句说尽管暮色苍茫,却不愁错认家门,因为家门前高出槿篱的阔叶芭蕉丛是明显标志,十分惹人注意,依然记得。唐代诗人为了表现景物之间高低远近的层次和动静对比,炼句喜欢用"出"字传神,如"蹴鞠屡过飞鸟上,秋千竞出垂杨里"(王维《寒食城东即事》)。宋叶绍翁诗《游园不值》"春色满园关不住,一枝红杏出墙来",正是从唐诗的修辞中得到了借鉴。

胡令能

胡令能,贞元(785—805)、元和(806—820)间人,生平事迹已不可详考,只知道他年少时是一个手工工人("少为负局锼钉之业"),所以在他有诗名以后远近人还叫他做"胡钉铰"。后来他喜欢《列子》,又受禅学影响,隐居圃田[1]。他的诗只流传下来四首,都见《全唐诗》。下面选的是他歌咏妇女劳动的一首。

[1] 事迹均见《唐诗纪事》卷二十八。

咏 绣 障[1]

日暮堂前花蕊娇,争拈小笔上床描[2]。绣成安向小园里,引得黄莺下柳条[3]。

[1] "绣障",即绣屏风。这首小诗赞叹妇女精美的刺绣巧夺天工。

[2] "花蕊娇",花朵艳丽。指屏风上的花样,所以下面接着说握笔描图。"床",绣架。

[3] "安",摆,安置。音、义同于今天的口语。这两句是说绣好的屏风摆在花园里,由于绣得栩栩如生,逗引绿柳上的黄莺儿也飞向"花丛"。

李约

李约(751—810?),字存博,号萧斋,唐宗室。元和中仕为兵部员外郎,后弃官隐居。著有《东杓引谱》一卷。他的诗集已佚,《全唐诗》存其诗十首。《唐才子传》说他"心略不及尘事",从下面所选小诗看来,也不尽然。

观 祈 雨[1]

桑条无叶土生烟,箫管迎龙水庙前[2]。朱门几处看歌舞,犹恐春阴咽管弦[3]。

〔1〕 天旱求雨是旧时的迷信活动。这首小诗,写作者在观看求雨时所产生的感慨,从一个侧面暴露了地主阶级思想的丑恶。

〔2〕 这两句写干旱严重,影响到了衣食问题因而祈雨。"水庙",临水的神庙。所谓龙王管天下雨,纯属虚构。汉代唯物主义思想家王充早就不信这种鬼话,他在《论衡》的《龙虚篇》、《乱龙篇》里批判了董仲舒"设土龙以招雨"的虚妄。唐传奇《柳毅传》、《续玄怪录·李靖》也写了龙王与降雨的关系,是社会现实的折射。

〔3〕 这两句写地主官僚之家,只图寻欢作乐,害怕天雨不能观看歌舞。"咽",声塞,嘶哑,指乐器受潮声音不嘹亮。

吕温

吕温(771—811),字和叔,一字化光,河中(今山西省永济县)人,一作东平(今山东省泰安)人。吕谓之子。唐德宗贞元十四年(798)进士。他和韦执谊最早参加王叔文等进步政治集团,也最为王叔文所重视,很快升为左拾遗。后以侍御史的名义被派往吐蕃,宪宗元和元年(806)才回京。王叔文党失败,刘禹锡、柳宗元等贬谪边远地区,吕温以尚在吐蕃得免于贬谪,进户部员外郎。和窦群、羊士谔友善。群为中丞,荐温为御史,由于宰相李吉甫忌才,终于被贬为道州刺史,转衡州,死于任所。年仅四十。有《吕衡州集》(一作《唐吕和叔文集》)。

吕温的政治才能,柳宗元是很佩服的。柳集中有《衡州刺史东平吕公诔》,又有《祭吕衡州温文》,他的《哭吕衡州》诗有"衡岳新摧天柱峰,士林憔悴泣相逢"之句,并在祭文中说"道大艺备,斯为全德",对吕做了很高的评价。《旧唐书·吕温传》说他"天才俊拔、文采赡逸"。吕集中《凌烟阁功臣颂》、《张始兴画赞》、《移博士书》等篇,传诵最广。清人王渔洋《香祖笔记》说吕温"诗非所长,赞颂时有奇逸之气"。

吕　温

贞元十四年旱甚见权门移芍药[1]

绿原青垄渐成尘[2],汲井开园日日新[3]。四月带花移芍药,不知忧国是何人!

〔1〕"贞元",唐德宗李适年号。"贞元十四年",即公元798年。这首诗谴责封建统治阶级只知种芍药自己观赏,不管人民的生活。"权门",掌政权的大官僚。

〔2〕这句指农田因水利失修,遇到大旱,竟成一片干土。

〔3〕这句说权门的花园因得到井水灌溉,一天一个样子。

道州将赴衡州酬别江华毛令[1]

布帛精粗任土宜,疲人识信每先期[2]。今朝别后无他嘱,虽是蒲鞭也莫施[3]。

〔1〕吕温从道州改贬为衡州刺史,临别,江华毛令有诗相赠,这是他的答诗。诗题下原有注云:"此人好书破百姓布绢头及妄行杖。"诗中对毛令的苛刻虐民行为,加以规诫。可以想见吕温平日治理地方的主张和作风。

〔2〕上句说地方不同,布帛有精有粗,税赋不可过于苛刻。"疲人",指贫苦的人民。"识信",看出征兆之意。"信",验也。"每先期",是说"疲人"往往提前准备和缴纳税赋。

〔3〕"蒲鞭",以蒲草做鞭子打人是不痛的,不过略示惩罚而已。《后汉书·刘宽传》:"吏人有过,但用蒲鞭罚之。"吕温劝江令连蒲鞭也不要用,比刘宽更宽。

闻砧有感[1]

千门俨云端,此地富罗纨[2]。秋月三五夜,砧声满长安。幽人感中怀,静听泪汍澜[3]。所恨捣衣者,不知天下寒[4]。

〔1〕"砧",捣衣石。"闻砧",指听到捣衣声。梁朝何逊《赠族人秣陵兄弟》诗:"砧杵鸣四邻。"

〔2〕"千门",门户众多,指都城所在。"俨云端",写富贵之家的高楼峻阁。"富罗纨",富贵之家锦绣丝织的衣物极多,所以说"富罗纨"。

〔3〕"静听",一作"静思"。"汍澜",泪水纵横貌。

〔4〕"捣衣者",此处借指富贵之家的主人。这些人大都在朝中有官职,是管百姓同时也是吃百姓的人。他们在享受美衣美食之馀却不想了解一下天下百姓的饥寒,这就是幽人悲叹的原因。

顾况

顾况（725—814），字逋翁，晚年又自号悲翁[1]。苏州人，一说海盐（今浙江省海盐）人。至德二年（757）进士，任著作郎，以作《海鸥咏》讽刺权贵，被贬饶州司户。后隐居茅山，称"华阳真逸"。诗见《全唐诗》。

顾况的诗着重内容，不以文词华丽求胜。他虽然深受道家出世求仙思想的影响，却写了很多有积极意义的作品，对被剥削被迫害的人民表示同情，对不合理的风俗制度寄寓愤慨[2]。在表现方法上，他不避俚俗，掺杂口语，句法综错流动。皇甫湜为他诗集作序，就说他"偏于长歌逸句，……非常人所能及"。

[1]《听刘安唱歌》："悲翁更忆太平年。"《八月五日歌》："悲翁回首望承明。"

[2] 例如《上古之什补亡训传十三章》以"悯农"（《上古》）开始，以"怨奢"（《采蜡》）结束。中间《囝》一章对闽地不人道的绝阳为阉奴的制度表示痛恨。

行路难[1]

君不见担雪塞井空用力，炊砂作饭岂堪食。一生肝胆向人尽，相识不如不相识[2]。冬青树上挂凌霄，岁晏花凋树不凋[3]。凡物各自有根本,种禾终不生豆苗。行路难,行路难,何处是平道?中心无事当富贵,今日看君颜色好[4]。

〔1〕"行路难",乐府《杂曲歌》名。见李白《行路难》注〔1〕。顾况本集《行路难》只二首,《乐府诗集》及《全唐诗》各收有三首。这里所选的一首在《乐府诗集》中列为第三首,《全唐诗》列为第一首。

〔2〕这四句用"担雪塞井"、"炊砂作饭"来比喻自己热心待人,徒劳无功。

〔3〕这两句用"岁晏不凋"的冬青树来比喻有操守和气节的人,用攀援树木的凌霄花来比喻依附权势的人。

〔4〕这两句说那些有操守的人,心安理得,外表显得泰然怡然,容光焕发。"当",即"安步当车、晚食当肉"的"当",犹言"算作"。"君",指"中心无事当富贵"的那些人。

囝[1]

囝,哀闽也。

囝生闽方,闽吏得之,乃绝其阳[2]。为臧为获,致金满屋。为髡为钳,如视草木[3]。天道无知,我罹其毒。神道无知,彼受其福[4]。郎罢别囝,吾悔生汝。及汝既生,人劝不举。不从人言,果获是苦[5]。囝别郎罢,心摧血下[6]。隔地绝天,及至黄泉,不得在郎罢前[7]。

〔1〕这首诗以同情的态度写唐代被掠卖作奴隶的人的痛苦。闽地(今福

建省)在当时还盛行一种掠卖奴隶的风俗,作者在诗中予以讽刺和控诉。这是《上古之什补亡训传十三章》中的第十一章。原序自注:"囝,音蹇,闽俗呼子为囝,父为郎罢。"

〔2〕"绝",割断。"阳",男性生殖器。

〔3〕这四句说囝做了奴隶,为主人生产,积聚了许多财物,他自己却受着罪犯的待遇,被人轻贱。"臧获",古代对奴婢的贱称。扬雄《方言》卷三:"荆、淮、海、岱、杂齐之间,骂奴曰臧,骂婢曰获。齐之北鄙,燕之北郊……亡奴谓之臧,亡婢谓之获。""髡(音坤)",剃去头发。"钳",用铁圈套在颈上。"髡钳",是古代刑罚,也是奴隶身份的标志。

〔4〕这四句说天和神都是无知的,他们使无辜的被压迫者受害,却让残暴的压迫者得福。"罹(音离)",遭遇。"毒",害。

〔5〕从"吾悔生汝"以下五句都是父亲对儿子说的话。"不举",不养育。"人劝不举",别人劝说把孩子弄死。"是苦",指做奴隶的痛苦。

〔6〕"摧",伤。"血",血泪。

〔7〕末三句是儿子的话,说从此隔绝,只能待死后相见了。"黄泉",地中之泉叫"黄泉"。人死埋葬地下叫"黄泉之下"。"及至黄泉",就是一直到死的意思。

古 离 别[1]

西江上,风动麻姑嫁时浪[2]。西山为水水为尘,不是人间离别人[3]。

〔1〕"古离别",古乐府《杂曲歌》旧有此题,向来写这个题目的诗,无非描写男女别离之苦。顾况这一首只是借麻姑故事,指出人间的生离死别正如自然界的沧桑变化,是无可避免的事,只有幻想世界的神仙可能有不同的经历。

诗中不作悲苦怨叹之词,不写具体的离别情事,反而写了一个"不是人间离别人"的麻姑,写法别致;同时它语言简括,音节谐美,也吸引读者。

〔2〕"西江",指长江。元稹《相忆泪》诗:"西江流水到江州,闻道分成九派流。"也是称长江为西江。"麻姑",传说中的古仙女,出生在建昌(今江西省奉新县西),今江西南城县有麻姑山,相传是麻姑得道处。《神仙传》叙述她在东汉桓帝时曾与另一仙人王方平同降临蔡经家。她自言三次见到东海变为桑田,并说见蓬莱山下海水变浅,只及往日的一半,或许又要成为陆地。"麻姑嫁时",指遥远的古代。这两句说西江的风浪看来和往古无异。

〔3〕"西山"句说水陆变迁,就是沧海变桑田的意思。"西山",当是指江西南昌的西山,王勃《滕王阁》诗"珠帘暮卷西山雨",即此山。本篇提到的"江"、"山"彼此挨近,又都距离传说中麻姑的故乡和得道处不远,不是泛指。末两句大意说:从麻姑嫁时以来,世界几经沧桑,麻姑却不曾经历人间的那种离别。世人幻想出有婚嫁而无离别的神仙生活,正是因为无法避免现实中的离别之苦才拿空想来作安慰。

过山农家〔1〕

板桥人渡泉声,茅檐日午鸡鸣。莫嗔焙茶烟暗〔2〕,却喜晒谷天晴。

〔1〕本篇一作张继诗,题为《山家》。
〔2〕"嗔(音郴)",生气,嫌怨。"焙茶",用微火烘烤茶叶。

孟郊《游子吟》

孟郊

孟郊(751—814),字东野,湖州武康(今浙江省武康县)人。四十六岁才中进士,曾任溧阳尉、协律郎等职。他一生穷愁潦倒,不苟同流俗。所以虽有韩愈、李翱、李观等人为之揄扬,却始终未能免于饥寒冻馁[1],被人称之为"寒酸孟夫子"[2]。六十四岁时赴山南西道任官,行至阌乡暴卒。由于他性格耿介孤直,死后大家送他的谥号是"贞曜先生"。有《孟东野集》。

孟郊所处的时代,正是唐代中央政权已经衰落,统治阶级内部矛盾重重,朝廷则宦官专权,四方则藩镇割据,争权夺利,斗争不已。战乱给人民带来了深重的灾难。孟诗《伤春》云:"两河春草海水清,十年征战城郭腥。乱兵杀儿将女去,二月三月花冥冥。"所说乱兵,就是藩镇的兵,在他们暴虐的摧残之下,人民陷入了浩劫之中。

孟郊存诗四百馀首,其中绝大多数是倾诉穷愁孤苦的作品。他的朴质而深挚的诗风,在当时是别开蹊径而富于创造性的。他苦心孤诣,惨淡经营,以白描的手法抒情写景,却能达到深刻、生动的境地。苏轼赞美他"诗从肺腑出,出辄愁肺腑"[3],是很恰当的。

由于他一生困顿,社会地位较低,对当时贫富悬殊现象有所愤慨,也有所抗议,并在他的诗歌中有所表现。例如本书所选《织妇辞》、《寒地百姓吟》即是。这些诗感情真实,诉说了封建社会的罪恶,可以说是苦难的劳动者的呼声。

孟郊的诗,语言缺乏藻饰,也不讲求音韵的谐和、响亮。但大都表达了作者发自内心深处的情感。看来,他是有意矫正大历以来内容空洞、格调平庸的诗风,并获得了诗歌创作上的独特成就。

〔1〕 见李翱《荐所知于徐州张仆射(建封)书》:"郊穷饿不能养其亲,周天下无所遇。"
〔2〕 刘叉《答孟东野》。
〔3〕 苏轼《读孟东野诗》。

游 子 吟[1]

慈母手中线,游子身上衣。临行密密缝,意恐迟迟归。谁言寸草心,报得三春晖[2]。

〔1〕 题下自注:"迎母溧上作。"
〔2〕 "寸草",象征子女。"心",草木的茎干也叫做心。"心"字双关。"三春晖",春天的阳光,象征贫寒人家的母亲对子女的关心。这两句说子女对母亲的心意,不能报答母亲对子女的爱于万一。

织 妇 辞[1]

夫是田中郎,妾是田中女。当年嫁得君,为君秉机杼[2]。

筋力日已疲,不息窗下机。如何织纨素,自着蓝缕衣[3]。
官家牓村路,更索栽桑树[4]。

〔1〕 这首诗写织妇辛苦,织成的绢绸都被官府征去;表现了官府对农民的繁重剥削。
〔2〕 "秉",操持。
〔3〕 这两句是对不公平的现象提出质问:织妇天天织绢绸,为什么自己身上却只能穿着破旧的衣裳?"纨素",白绢。"蓝缕衣",敝旧衣服。
〔4〕 末两句说官府在路旁贴了告示,命令农家添种桑树,以饲养更多的蚕,产更多的丝,织成更多的纨素。"牓",同"榜"。

闻 砧[1]

杜鹃声不哀,断猿啼不切[2]。月下谁家砧,一声肠一绝。杵声不为客,客闻发自白[3]。杵声不为衣,欲令游子悲[4]。

〔1〕 "砧",砧声,即捣衣声。见沈佺期《古意呈补阙乔知之》注〔4〕。
〔2〕 这两句说比之砧声,杜鹃的啼声和孤猿的啼声都算不得哀切。
〔3〕 这两句说杵声(即砧声)原不为羁客而发,但羁客听了,自会牵动乡愁。"杵",捣衣木棒。
〔4〕 末两句说仿佛杵声不在捣衣,而在声声呼唤游子(客)归来。

古 怨 别

飒飒秋风生[1],愁人怨离别。含情两相向,欲语气先咽。心曲千万端[2],悲来却难说。别后惟所思,天涯共明月[3]。

〔1〕"飒飒",风声。
〔2〕"心曲",心事。
〔3〕末两句语意本谢庄《月赋》"隔千里兮共明月"。

寒地百姓吟[1]

无火炙地眠,半夜皆立号[2]。冷箭何处来,棘针风骚骚。霜吹破四壁,苦痛不可逃[3]。高堂捶钟饮,到晓闻烹炮[4]。寒者愿为蛾,烧死彼华膏。华膏隔仙罗,虚绕千万遭[5]。到头落地死,踏地为游遨[6]。游遨者是谁?君子为郁陶[7]!

〔1〕明弘治本题下原注:"为郑相其年居河南,畿内百姓,大蒙矜恤。"
〔2〕"炙地",烧地。这两句说穷苦的劳动人民,屋子里没有炉火,只在临睡前,用柴火烘热地面,然后睡在烘热的地方。夜半,烘过的地方也冷了,都冻得站起来叫冷。
〔3〕"冷箭"、"棘针"、"霜吹",都是指从破壁吹进来的冷风。"骚骚",

风声。

〔4〕 这两句写富贵人家夜宴时敲钟,烹烧食物的香气到天亮时还氤氲不散。与前面寒地百姓寒冷难耐、痛苦立号的情况恰成强烈对比。

〔5〕 这四句说寒者宁愿做扑灯蛾被烧死。可惜富贵人家的灯烛也被纱罗阻挡,无法挨近。这里借飞蛾比喻寒夜百姓求生不能、求死不得的悲惨境况。"华膏",饰有华彩的灯烛。"仙罗",指罗幔。

〔6〕 这两句写飞蛾终于落地而死,为游乐者所践踏,暗示统治阶级对穷苦的老百姓的死生毫不关切。

〔7〕 "郁陶(音遥)",此处是悲愤积聚之意。

张碧

张碧,字太碧,德宗贞元时人。孟郊《读张碧集》诗云:"天宝太白殁,六义已消歇。大哉国风本,丧而王泽竭。先生今复生,斯文信难缺。下笔证兴亡,陈词备风骨。高秋数奏琴,澄潭一轮月。谁作采诗官,忍教不挥发。"[1]推崇备至。张碧崇拜李白,他的名和字就是学着李白的样子起的。他的七言歌行确有像李白处。孟郊称赞他的诗,似乎更重视其内容有关兴亡,能反映现实。可惜流传的不多,只能见其一斑。《全唐诗》录存张碧诗仅十六首。下面所选的《农父》一首,该是属于孟郊心目中古代采风者所当重视的那一类。

〔1〕据四部丛刊本《孟东野集·读张碧集》。《全唐诗》张碧小传引此诗少"大哉国风本,丧而王泽竭"及"谁作采诗官,忍教不挥发"四句。

农 父[1]

运锄耕劚侵晨起[2],陇亩丰盈满家喜。到头禾黍属他人,不知何处抛妻子!

〔1〕这首诗写农民辛勤耕种,幸而丰收在望,一家都得安慰。但是丰收并不能保证生活得到改善,说不定到头来,所有的收获都进了剥削者的腰包,还可能遭遇更大的不幸,免不了抛妻撇子。这是封建社会农民常有的情况,作者

不过如实地揭露出来罢了。

〔2〕"劚",砍,斫。

李贺

李贺(790—816),字长吉,福昌(今河南省宜阳县)人。尝自称陇西人,是指李姓的郡望而言。唐朝人重视进士出身,李贺因为父亲名晋肃,"晋"、"进"同音,排挤他的人就说"父名晋肃,子不得举进士"[1],使他无法应试,堵塞了仕进之路,仅做过奉礼郎的小官。奉礼郎的职务是在宗庙掌管君臣版位,祭祀时向导跪拜仪式。他对这种低微的差事很不满意,时时发出愤懑不平之声[2]。传说他作诗太刻苦,损坏了健康,死时才二十七岁。现存诗二百四十一首。李贺诗注本很多。清人王琦等三家评注《李长吉歌诗》较为详备。

李贺所经历的贞元、元和之际,正是藩镇割据,宦官专权,帝王昏暗无能,政治极端混乱的时代。这使得他的作品在抒写个人失意之感外,增添了对时事的感慨。集中《吕将军歌》讽刺朝廷以宦官统率军队,以致遭到藩镇的挫败,而有才能的人却弃置不用。又如《荣华乐》(一作《东洛梁家谣》),借东汉外戚梁冀的故事讽刺贵戚的骄奢淫逸。这些诗的进步意义都是十分明显的。李贺是唐宗室的后裔,到他那时,已经没有什么经济上的特权与保障,有时竟不免于饥寒[3]。生活地位的沦落,使得他的视线转向了下层劳动人民。在《感讽》(第一首)和《老夫采玉歌》中,对劳苦人民被剥削的悲惨生活,寄予了深深的同情。

李贺《雁门太守行》

穷愁潦倒的际遇使李贺感到没有前途，悲愤抑郁之馀，他便刻意追求艺术上的创新，并深信这是凭借自己的才华可以取得成功的。"唯留一简书，泥金泰山顶"（《咏怀二首》），就表明了他的决心与信心。

当时的诗坛正是韩、柳、元、白竞起争鸣的时代，李贺也力求在诗歌上别开生面，自成一家。他继承了《楚辞》的浪漫主义精神，又从汉魏六朝乐府及萧梁艳体诗多所汲取，搜奇猎艳，惨淡经营，以丰富的想象力和新颖诡异的语言，表现出幽奇神秘的意境，似乎真要做到像他自己所说的"笔补造化天无功"，要凌驾大自然而创造出新奇幽美的艺术境界。过分地相信个人的才力与想象，呕心沥血以从事创作，使得他的诗歌，色彩缤纷，天花乱坠，形成了自己的独创风格，并对中晚唐某些诗人发生过一些影响。但从另一方面说，李贺毕竟缺乏丰富的社会实践，而又不幸短命，使得他的诗歌所反映的生活面大受限制。有的诗虽不乏奇意警句，给人的感觉却是片断的，不完整的，特别是他有时过于标新立异，雕琢涂饰，把意思遮盖在层层的典故和词藻之中，使读者往往捉摸不到用意所在，或者竟产生误解、曲解，不能不说是他的严重缺点[4]。

〔1〕见韩愈《昌黎先生集》卷十二《讳辩》。
〔2〕《赠陈商》："长安有男儿，二十心已朽。《楞伽》堆案前，《楚辞》系肘后。人生有穷拙，日暮聊饮酒。只今道已塞，何必须白首！……礼节乃相去，憔

悴如刍狗。风雪直斋坛,墨组贯铜绶。臣妾气态间,唯欲承箕帚。天眼何时开,古剑庸一吼!"

〔3〕参看《勉爱行二首送小季之庐山》(其二)及《长歌续短歌》。

〔4〕参看:(一)鲁迅《且介亭杂文集·门外文谈》:"……而这些士大夫,又竭力的要使文字更加难起来,因为这可以使他特别的尊严,超出别的一切平常的士大夫之上。……李贺的诗做到别人看不懂,也都是为这缘故。"(二)张岱《琅嬛文集》卷一《昌谷集解序》。

李凭箜篌引[1]

吴丝蜀桐张高秋[2],空山凝云颓不流[3]。江娥啼竹素女愁[4],李凭中国弹箜篌[5]。昆山玉碎凤凰叫,芙蓉泣露香兰笑[6]。十二门前融冷光[7],二十三丝动紫皇[8]。女娲炼石补天处,石破天惊逗秋雨[9]。梦入神山教神妪[10],老鱼跳波瘦蛟舞[11]。吴质不眠倚桂树,露脚斜飞湿寒兔[12]。

〔1〕"箜篌引",乐府旧题,属《相和歌·瑟调曲》。这首诗是作者听了李凭弹箜篌而写的赞美之词,或许是赠李之作。"李凭",大约是当时以弹箜篌著名的梨园弟子,杨巨源《听李凭弹箜篌》诗说:"君王听乐梨园暖,翻到云门第几声。""箜篌",是一种弦乐器,又名空侯或坎侯。箜篌有多种,形状不一,李凭所弹的是竖箜篌。

〔2〕"吴丝蜀桐",吴郡产蚕丝,蜀地产桐木,都是制造乐器的美材。这里"丝桐"即指箜篌。"张",弦乐器紧起弦子来准备弹奏叫做"张"。"高秋",就是暮秋,指阴历九月。这句说在暮秋时节弹奏起箜篌来(点明时间)。

〔３〕 这句说山里的云"颓"然不能飞起,"凝"而不能流动。《列子·汤问》有"秦青抚节悲歌,响遏行云"的话。这里也就是"响遏行云"的意思。

〔４〕 "江娥",一作"湘娥",指传说中溺死在湘江成为水神的舜之二妃。参见前李白《远别离》注〔２〕。"素女",也是传说中的神女。《汉书·郊祀志上》:"帝使素女鼓五十弦瑟。"这句是乐声使得神女感动。

〔５〕 "中国",国的中央。李凭在京城,所以用"中国"点明他的所在地,和下文的"十二门"、"动紫皇"等语相贯。

〔６〕 这两句形容箜篌的声调。"昆山",是产玉之地。"玉碎"、"凤凰叫",形容乐声清亮;"芙蓉泣"、"香兰笑",形容乐声时低沉、时轻快。

〔７〕 "十二门",长安城东西南北每一面各三门。这句是说乐声能使全城气候变得温暖。

〔８〕 "二十三丝",说明弦数。《通典》卷一百四十四:"竖箜篌,胡乐也,汉灵帝好之,体曲而长,二十二弦。竖抱于怀中,用两手齐奏,俗谓之擘箜篌。""紫皇",道教称天上最尊的神为"紫皇"。这里用来指皇帝。李凭本是供奉宫廷的乐人,这句诗点明他的身份。

〔９〕 这两句描写曲终时的声音。言乐声像惊天破石,引出一阵秋雨。"女娲炼石补天"的传说见《淮南子·览冥训》和《列子·汤问》。"逗",引。

〔１０〕 "神妪",《搜神记》卷四:"永嘉中,有神见兖州,自称樊道基。有妪号成夫人。夫人好音乐,能弹箜篌。闻人弦歌,辄便起舞。"所谓"神妪",疑用此典。从这句以下写李凭在梦中将他的绝艺教给神仙,惊动了仙界。

〔１１〕 这句典出《列子·汤问》:"瓠巴鼓琴而鸟舞鱼跃。"

〔１２〕 "吴质",疑即吴刚。《酉阳杂俎》卷一:"旧言月中有桂,有蟾蜍。故异书言月桂高五百丈,下有一人常斫之,树创随合。人姓吴名刚,西河人,学仙有过,谪令伐树。""露脚斜飞",古人误以为露是像雨一样降落下来的,所以这里有"露脚斜飞"的想象。"寒兔",月兔的传说产生很早,《楚辞·天问》已经提到月中有"顾兔"。这两句意思说箜篌声吸引了吴刚,使他不眠,直到露水浸湿月中的"寒兔"。

雁门太守行[1]

黑云压城城欲摧,甲光向日金鳞开[2]。角声满天秋色里,塞上燕脂凝夜紫[3]。半卷红旗临易水[4],霜重鼓寒声不起[5]。报君黄金台上意,提携玉龙为君死[6]。

〔1〕"雁门",古雁门郡占有今山西省西北部之地。"雁门太守行",是乐府《相和歌·瑟调曲》旧题。汉古辞今存咏洛阳令王涣的一篇。六朝和唐人的拟作都是咏征戍之苦。本篇写将士边城苦战,抱为国捐躯的壮志。唐张固《幽闲鼓吹》说李贺把诗卷送给韩愈看,第一篇就是《雁门太守行》,为韩愈所称赏,时在元和二年(807)。

〔2〕"黑云",形容出兵时尘头大起。"金鳞",形容铁甲在日光下闪耀。"日",一作"月"。

〔3〕"燕脂",指暮色霞光。暮色渐深,云山都成紫色,即所谓"凝夜紫",犹王勃《滕王阁序》所云"烟光凝而暮山紫"。"上",一作"土"。一说长城附近泥土多紫色,所以称为"紫塞"。

〔4〕"易水",古来称为易水的不止一条水,一般指北易水,源出今河北省易县北。这里不过是借用这个水名,不一定实指其地。荆轲《易水歌》云:"风萧萧兮易水寒,壮士一去兮不复还。""易水"可以引起这一联想,和本篇的悲壮情调相合。

〔5〕这句是说夜寒霜重,鼓声不扬。

〔6〕"黄金台",战国时燕昭王所筑。昭王曾置千金于台上,用来招聘天下的贤士。"玉龙",剑的代称。传说晋初雷焕于丰城县得玉匣,内藏二剑,后入水变为龙。见郭震《古剑篇》注〔2〕。末两句是说报答君王重士的厚意,为君王死战。

李贺

大堤曲[1]

妾家住横塘,红纱满桂香[2]。青云教绾头上髻,明月与作耳边珰[3]。莲风起,江畔春[4],大堤上,留北人。郎食鲤鱼尾,与客猩猩唇[5]。莫指襄阳道,绿浦归帆少[6]。今日菖蒲花,明朝枫树老[7]。

〔1〕"大堤曲",南朝乐府《襄阳乐》有"朝发襄阳城,暮至大堤宿。大堤诸女儿,花艳惊郎目"等语。《大堤曲》出于《襄阳乐》,内容多写男女相爱。梁萧纲首创这个题,唐代诗人仿作的较多。李贺这一篇最能出新。李贺本来擅长作乐府歌辞,本篇的情致和音节能继承南朝乐府之美,再加上作者自己的色调,就表现出特点。

〔2〕"塘",堤。这里"横塘"即指"大堤",和崔颢《长干行》提到的横塘不是一地。"红纱",指衣衫(夏季服装)。"桂香",言香气如桂,不必理解为表示季节之词,和下文"莲风"不同。

〔3〕"绾",系,挽。"青云教绾",说挽成发髻是向青云学样的。"明月",珠名。"珰",耳饰名。

〔4〕"莲风",夏季从莲叶或莲花之间吹来的风。"春",在这里重在形容气候,不是指季节。这两句意思说水上的莲风吹来时,江边气候和畅如春,或指大堤上人的生活温暖和乐,充满着春的情调(联系下文所写男女爱情)。

〔5〕"鲤尾"、"猩唇",都是美味,尤其是"猩猩唇"从古代以来就被认为珍品。《吕氏春秋·本味》:"肉之美者猩猩之唇。""与客",一作"妾食",这里从《文苑英华》。这两句是留客之词。

〔6〕这两句写女子担心离别,祝愿她所爱的人不要向襄阳那边去,因为见惯洲浦之间离去的船多,归来的船少。

〔7〕末两句用比喻说明人是容易老的,应该珍惜目前相聚的日子。"菖蒲花",比喻盛年。以菖蒲花形容年轻貌美,见于南朝乐府歌词《乌夜啼》。

梦 天^{〔1〕}

老兔寒蟾泣天色,云楼半开壁斜白^{〔2〕}。玉轮轧露湿团光,鸾珮相逢桂香陌^{〔3〕}。黄尘清水三山下,更变千年如走马^{〔4〕}。遥望齐州九点烟,一泓海水杯中泻^{〔5〕}。

〔1〕本篇写梦中遨游天上。前四句写月宫,后四句写俯视地上海陆,见到沧桑变化。

〔2〕这两句写初入月宫时所见。"兔"、"蟾(虾蟆)",神话故事里住在月中的动物。屈原《天问》就提到月中有兔。《淮南子·览冥训》提到后羿妻姮娥偷吃神药,飞入月宫,化为蟾的故事。汉乐府《董逃行》"白兔捣药长跪虾蟆丸",说的就是月中蟾兔。"泣天色",言天色不明朗,老兔寒蟾为此愁惨(下文所写云遮露湿等景色给人阴冷的感觉)。"云楼",高楼。"壁斜白",诗人想象月中的楼阁是白色的,神仙的住处本有"玉阙"、"玉楼"之称。因为有云影斜遮,壁上只见"斜白"。"壁"指楼的表面。

〔3〕上句说月亮带着晕,像被露水沾湿了似的。下句说月中和神女相遇。"珮",即佩,是系在带上的饰物,用不同形状的一串玉块组成,走路时玉块互相撞击,发出声音。"鸾珮",形容佩玉声像鸾鸟的鸣声悦耳。"桂香陌",飘着桂香的路上。月中有桂树的传说,见《李凭箜篌引》注〔12〕。

〔4〕"三山",指神仙家所说的海上三神山,即蓬莱、方丈、瀛洲。这两句说三神山下,海变陆,陆变海,变得很快,人间的千年在天上只像跑马一样迅速地过去了。《神仙传》:"麻姑谓王方平曰:'接待以来,已见东海三为桑田。'"

〔5〕"齐州",中州,即中国。中国境内分为"九州",最早见于《尚

书·禹贡》。上句说远望中国,九州小得像九个模糊的小点。"一泓",一汪。下句说大海小得像只有一杯水。烟是容易消散的,杯水是容易干掉的,末两句也可能有暗示中州和大海都会顷刻改变的意思。

三 月[1]

东方风来满眼春,花城柳暗愁杀人[2]。复宫深殿竹风起,新翠舞衿净如水[3]。光风转蕙百馀里,暖雾驱云扑天地[4]。军装宫妓扫蛾浅,摇摇锦旗夹城暖[5]。曲水漂香去不归,梨花落尽成秋苑[6]。

〔1〕 这是《河南府试十二月乐词》中的一首,写旧历三月长安的春景和皇家贵主游春的享乐生活。这种应试之作只重描写合题,但作者仍在诗中含蓄地寄寓了讽意。

〔2〕 "柳暗",指柳树阴浓色深。"愁杀人",指春天将尽,使人惋惜。

〔3〕 "新翠"句,谓舞衿(舞衣)的颜色和新竹相映明净如水。这两句借描写舞女写宫中行乐。

〔4〕 "光风",日光中的风。"转蕙",摇动蕙草。"光风转蕙"是《楚辞·招魂》中的句子。蕙是一种香草,或指蕙兰(兰的一种),开花有香气。这两句说光风扑天扑地,无处不到,既暖雾又驱云,当然还散播蕙兰的香气。

〔5〕 "宫妓",宫中的歌舞女。"扫蛾浅",淡淡地画眉。"夹城",两层城墙,夹着行道。《雍录》:"开元二十年筑夹城,……可以达曲江芙蓉园,而外人不知也。"这两句写帝后或公主到宫外行乐,从宫中往曲江,经过夹城。随从的宫妓穿着军装,扛着旌旗。陈本礼《协律钩元》说这里几句诗"咏宫伎军装随贵主(公主)修禊曲水(即曲江),盖唐时贵主每借征行以为翱翔游戏之举"。旧俗,三月三日到水边涤除不祥,作曲水流觞的游戏,叫做修禊(音系)。

〔6〕"苑",指宜春苑,即曲江所在地。末两句说曲江把这些人的香气漂走了,一去不回。宜春苑转眼间就冷冷清清,成了"秋苑"了。意思说这种繁华逸乐不会长久。

浩　歌[1]

南风吹山作平地,帝遣天吴移海水[2]。王母桃花千遍红,彭祖巫咸几回死[3]？青毛骢马参差钱,娇春杨柳含细烟[4]。筝人劝我金屈卮,神血未凝身问谁[5]？不须浪饮丁都护,世上英雄本无主[6]。买丝绣作平原君,有酒惟浇赵州土[7]。漏催水咽玉蟾蜍[8],卫娘发薄不胜梳。羞见秋眉换新绿[9],二十男儿那刺促[10]？

〔1〕"浩歌",这个词见于《楚辞·九歌》,在这里类似放歌或狂歌的意思。本篇提出人生不免于衰老、死亡,以及雄心壮志难得实现的感慨,归结到应该排除这些烦恼,把握住现实,珍重少壮有为的时刻。

〔2〕这两句说世上一切都会有变化,山会平,海也会移。"帝",指宇宙的主宰。"天吴",水神。见杜甫《北征》注〔27〕。

〔3〕这两句指出人寿有限,绝无例外。"王母",即传说中的西王母。参见杜甫《同诸公登慈恩寺塔》注〔9〕。神话传说:王母所栽的仙桃三千年结一次果实(见《汉武帝内传》)。"千遍红",桃花开了千次。"彭祖",即彭铿,见屈原《天问》。他是传说中活到八百岁还未衰老的人。"巫咸",传说中的古代神巫。诗人问:在过去悠长的时间里彭祖和巫咸死过几回了？诗人提出这奇特的问题,意在说明这些神仙似的人物也都会死。

〔4〕这两句写游春和听乐饮酒。"参差钱",指马身的连钱纹深浅不等。

"骢马"、"连钱",见岑参《走马川行奉送出师西征》注〔7〕和杜甫《丹青引赠曹将军霸》注〔12〕。"娇春",妍美的春日。"绅",浅黄色的绢。"绅",一作"细"。这里依《文苑英华》。"含绅烟",形容杨柳颜色浅黄,像藏着烟雾。

〔5〕"筝人",指弹筝的女子。"屈卮(音支)",一种有把的酒盏名。"神血未凝",精神和血肉未聚合。这句紧接上句筝人劝酒说,酒醉时似形神分离,此身不知谁,生死问题也就不纠缠在心上了。以上说即时行乐可以忘忧(其实是暂时麻醉)。

〔6〕这两句仍接饮酒说。"浪饮",纵酒,狂饮。"丁都护",刘宋高祖时的勇士丁昕官都护。参见李白《丁都护歌》注〔1〕。这里借指"世上英雄"。这两句呼唤并劝告说:丁都护呀!不必借酒浇愁了,世上英雄本来是没有什么主人的。"本无主",含两层意思:一是英雄如果希望有一个爱贤士的帝王或权贵作主人(靠山),让他施展所能,只是空想,因为这样的"主"今世本来是没有的;二是英雄本不必求"主",就是说自己的命运应由自己主宰,不靠他人。

〔7〕这两句说如果向往招贤纳士的贵人,那只好为古代的平原君绣一幅丝像,或到他的墓上浇酒祭奠以示凭吊。"平原君",战国时赵国的公子,名胜,封于平原,以好客著名。"赵州",指赵国。以上这些话激励有志之士不必寄托希望于贵官的赏识,其实还是对自己说的。当时读书人求功名也须靠贵官的推荐,作者在这方面早已失望了。

〔8〕"漏",即刻漏,古代计时器。它的基本构造是用甲乙两壶,甲壶盛水,水由小孔滴入乙壶。乙壶中有一浮标,上刻度数。浮标因乙壶里的水逐渐增加而逐渐上升,从上面刻的度数可以辨时刻。"玉蟾蜍(音蝉除)",玉制的虾蟆,漏壶上的装饰物。这里所写的可能是以蟾蜍为甲壶的滴水口。作者《李夫人》诗有句云:"玉蟾滴水鸡人唱。"可以参考。也有在乙壶上安装张口虾蟆,做受水口。本属装饰,似无定式。"催",指催促时间消逝。"咽(音业)",指滴水声幽咽。全句说明在漏壶的滴水声中时间悄悄地溜走了。

〔9〕"卫娘",指汉武帝的皇后卫子夫。《文选·西京赋》:"卫后兴于鬓发。"李善注引《汉武故事》:"上见其美发,悦之。""秋眉",指稀疏变黄的眉毛。"换新绿",指画眉。画眉用黛,黛是青黑色,和浓绿相近。唐人形容眉色常用青、绿等字。李贺常用绿字,如《贝宫夫人》诗"长眉凝绿几千年",《房中思》

"新桂如蛾眉,秋风吹小绿",皆是。这两句以美人衰老比英雄迟暮。

〔10〕"那",何。"刺促",烦恼。最后一句完全翻转过来,说二十岁的小伙子有什么刺促不安的?也就是说青年正是有为的时刻,用不着烦恼,应该乐观进取。

走 马 引[1]

我有辞乡剑,玉锋堪截云[2]。襄阳走马客,意气自生春[3]。朝嫌剑花净,暮嫌剑光冷[4]。能持剑向人,不解持照身[5]。

〔1〕"走马引",古乐府题,一名《天马引》,属《琴曲歌》。相传作曲者名叫樗里牧恭,他在报仇杀人后逃亡中写此曲。本篇写一个意气骄矜的"走马客"(剑客或豪侠之类)。唐诗人写豪侠的很多,大都是赞美之词,本篇却加以批评。

〔2〕"辞乡剑",离开故处飞来的剑。传说宝剑能化龙而飞。见郭震《古剑篇》注〔2〕。"玉锋",指剑锋白净如玉。"截云",《庄子·杂篇·说剑》有"上决浮云"的话。这里用来形容剑的神奇。这两句述"走马客"夸耀他的宝剑。

〔3〕这句形容走马客得意扬扬,态度骄傲。

〔4〕这两句写这位走马客嫌恨他的剑长时洁白如玉,未曾沾血。怨自己不得机会表现他的勇武。

〔5〕最后两句批评这走马客,也是批评一般剑客、豪侠只能用剑去杀人,却不晓得利用这剑照一照自己。意思就是说作为宝剑的主人,该自己度量是不是真正的英雄。一般豪侠只知为报私恩私怨去拚命,所见者小,作者的批评大概是就这点说的。贾岛《剑客》:"十年磨一剑,霜刃未曾试。今日把示君,谁为不平事?"就是一般剑客的鲁莽口吻。李贺此篇内容出新,思想性也提高了。

李　贺

秦王饮酒[1]

秦王骑虎游八极,剑光照空天自碧[2]。羲和敲日玻璃声[3],劫灰飞尽古今平[4]。龙头泻酒邀酒星[5],金槽琵琶夜枨枨[6]。洞庭雨脚来吹笙[7],酒酣喝月使倒行。银云栉栉瑶殿明[8],宫门掌事报一更[9]。花楼玉凤声娇狞,海绡红文香浅清,黄娥跌舞千年觥[10]。仙人烛树蜡烟轻[11],青琴醉眼泪泓泓[12]。

〔1〕古乐府有《秦王卷衣》歌名,这篇是仿古乐府所制的新题。诗中先写秦王(秦始皇)的威武,后写秦王的宴乐。姚文燮、王琦说此诗以秦王影射唐德宗李适。李适性刚暴,好宴游。他在为太子以前曾封雍王。雍州是旧秦地,所以"秦王"可能是暗指他。这种看法也可备一说。

〔2〕"八极",八方极远的地方。"剑光照空",指兵器多。这两句写秦王的威武。王琦注云:"德宗为雍王时尝以天下兵马元帅平史朝义,又以关内元帅出镇咸阳,以御吐蕃,所谓'骑虎游八极,剑光照空天自碧'者此也。"

〔3〕"羲和敲日",说时间在前进。传说里的羲和是御日车的神。《初学记》引《淮南子·天文训》:"爰止羲和,爰息六螭。"注云:"日乘车,驾以六龙,羲和御之。"在这里作者的想象却是羲和鞭策着太阳走,所以敲击有声,好像鞭子打在马身上似的。因为太阳明亮,作者便想象敲日之声如敲玻璃。

〔4〕"劫灰",劫火的馀灰。佛家称长时为"劫簸",略称为"劫"。劫分大、中、小,每一大劫包含四期,其中第三期叫做"坏劫",在此期间世界起水、风、火三大灾。"劫灰飞尽",则古无遗迹,"古"、"今"如经铲削而相"平"。"古今平",也就是无古无今。这句诗以时间当做空间,和上句从视觉推出听觉同

为李贺的特殊手法。"古今平",《文苑英华》作"今太平"。王琦云:"自朱泚、李怀光平后,天下略得安息,所谓'劫灰飞尽古今平'者是也。"如作"今太平",王说亦可从。

〔5〕从"龙头"句以下写宴饮歌舞。唐太极宫正殿前有铜龙,长二丈。又有铜尊,容四十斛。大宴群臣时将酒从龙腹装进,由龙口泻到尊中(见《北堂书钞》)。"酒星",一名酒旗星。《晋书·天文志》说酒旗星主飨宴饮食。

〔6〕"金槽琵琶",琵琶上端架弦的地方嵌檀木一块,称檀槽。嵌金就称"金槽"。"枨枨(音橙橙)",琵琶声。

〔7〕"雨脚",雨点。"来吹笙",因吹笙而来。这句是说笙的声音如洞庭湖上的雨声。

〔8〕"银云",月光照着的云成银色。"栉栉",排比紧密貌。

〔9〕"宫门掌事",指掌管内外宫门锁钥之事的宫门郎。

〔10〕这三句写歌舞。"花楼玉凤",指歌女。以凤为比,言歌声婉转。"伫",细弱。"海绡红文",指舞衣。"海绡",即鲛绡纱,出于南海(见《述异记》)。"黄娥"句言黄衣美女捧杯舞蹈献寿。"觥",是角制的酒器。"千年觥",祝千秋的寿酒。

〔11〕"烛树",南宋叶廷珪《海录碎事》云:"仙人烛木似梧桐,其皮枯剥如筒桂,以为烛,可燃数十刻。"未知所据。疑唐代已有"仙人烛树"这个名词。作者在这里借用来称秦宫的烛火。

〔12〕"青琴",古神女名,这里借指宫女。"泪泓泓",犹言泪汪汪。

南　园〔1〕

一

男儿何不带吴钩,收取关山五十州〔2〕?请君暂上凌烟阁,若个书生万户侯[3]?

〔1〕"南园",李贺家住福昌县的昌谷,其地依山带水,有南北二园。南园是李贺读书之处。他的《南园十三首》是一些写景物和杂感的诗。本篇原列第五首,写弃文就武,为国家统一事业尽力以建树功名的愿望,也有失意的感慨。

〔2〕"吴钩",刀名,刃稍弯。"关山五十州",指当时中央不能指挥的藩镇地区。《通鉴·唐纪五十四》载唐宪宗元和七年李绛语云:"今法令所不能制者,河南北五十馀州。"唐宪宗即位后决心用武力恢复统一,削平藩镇,取得一些成就。本篇表示了拥护的态度。

〔3〕"凌烟阁",在长安,唐太宗贞观十七年在阁上画开国功臣二十四人。"若个",哪个或几个。"万户侯",指很高的爵位。汉朝制度,列侯大者食邑万户。末两句说请看本朝凌烟阁上的功臣画像中哪几个是书生呢?

二[1]

寻章摘句老雕虫[2],晓月当帘挂玉弓[3]。不见年年辽海上,文章何处哭秋风[4]?

〔1〕 本篇原列第六首。诗中慨叹文学不切合实用。

〔2〕 首句是说自己老于书生,一辈子在文词上消磨了精力。"寻章摘句"和"雕虫"都是成语,前者见《三国志》裴松之注引《吴书》,后者见扬雄《法言》。这里用来指文学事业。

〔3〕 这句说读书或写作直到天晓。"玉弓",指下弦后的残月。

〔4〕 末两句是说边疆只需要武人,文士没有用处。"辽海",指辽东。"哭秋风",即悲秋。古代文人宋玉以能赋悲秋著名,但辽海征战之地哪里用得着悲秋的辞赋呢?

三[1]

长卿牢落悲空舍[2],曼倩诙谐取自容[3]。见买若耶溪水剑[4],明朝归去事猿公[5]。

〔1〕 本篇原列第七首,言文人如司马相如和东方朔尚且不能得志,可见学文无益,不如学剑。

〔2〕 "长卿",司马相如的表字。"牢落",失意貌。"悲空舍",《汉书·司马相如传》说相如"家徒四壁立",就是四壁之外空无所有。

〔3〕 "曼倩",东方朔。晋夏侯湛《东方朔画赞》:"大夫讳朔,字曼倩,平原厌次人也。以为……愍世不可以垂训也,故正谏以明节;明节不可以久安也,故诙谐以取容。"

〔4〕 "见",拟议之词。"见买",犹拟买或冀买。"若耶溪",在今浙江省绍兴县南若耶山下。春秋时欧冶子在这里用溪底所出铜铸成名剑(见《吴越春秋》)。

〔5〕 "事猿公",言从猿公学剑。《吴越春秋》卷九载越王勾践曾聘请一位善剑的处女到王都去。她在途中遇一老翁,自称袁公,与处女以竹竿试剑术。后来这老翁飞上树梢,化为白猿。

金铜仙人辞汉歌[1] 并序

魏明帝青龙九年八月[2],诏宫官牵车西取汉孝武捧露盘仙人[3],欲立置前殿。宫官既拆盘,仙人临载乃潸然泪下〔4〕。唐诸王孙李长吉遂作《金铜仙人辞汉歌》。

茂陵刘郎秋风客〔5〕,夜闻马嘶晓无迹〔6〕。画栏桂树悬秋香,三十六宫土花碧〔7〕。魏官牵车指千里,东关酸风射眸子。空将汉月出宫门,忆君清泪如铅水〔8〕。衰兰送客咸阳道,天若有情天亦老〔9〕。携盘独出月荒凉,渭城已远波声小〔10〕。

〔1〕本篇咏魏人迁移汉宫铜人事,写兴亡盛衰的感慨。

〔2〕"九",今本作"元"。据《三国志·魏书·明帝纪》注,魏改青龙五年三月为景初元年四月。徙长安铜人承露盘就在这一年。旧本作"九年"显然错误,因为魏代没有青龙九年。今本作"元年"也和记载不符,应作"五年"。

〔3〕"捧露盘仙人",此物在汉建章宫。见卢照邻《长安古意》注〔5〕。

〔4〕"潸然泪下",《三国志·魏书·明帝纪》裴注引《汉晋春秋》:"帝徙盘,盘拆,声闻数十里。金狄(铜人)或泣,因留于霸城。"

〔5〕"茂陵",汉武帝刘彻陵,在今陕西省兴平县东北。"茂陵刘郎",指刘彻。"秋风客",犹言悲秋之人。刘彻曾作《秋风辞》,有句云:"欢乐极兮哀情多,少壮几时兮奈老何。"本篇所写的事发生在秋天,诗中"桂树"、"衰兰"等语也点明秋景。

〔6〕这一句写汉武帝的魂魄出入汉宫,在夜中有人听到他的马嘶。

〔7〕这两句写汉宫荒废。"桂树悬秋香",切"八月"。"三十六宫",班固《西都赋》:"离宫别馆三十六所。""土花",指苔。

〔8〕这四句写铜人被移出汉宫的情况。"牵车指千里",铜人被装车送往魏都洛阳(在今洛阳市东)。"东关",指明所去的方向。"眸子",眼珠。"酸风射眸子"先为下文"清泪如铅水"垫一笔。"汉月",指汉宫的铜盘,与"魏官"对照。"君",指汉主。"铅水",切"铜人"。

〔9〕"衰兰",切秋,和"不老"的"天"衬托(人事有代谢,草木有盛衰,而

天却不老)。"客",指铜人。下句是说天公不断看到这种兴亡盛衰的变化,如果它是有情感的,也会因为常常哀伤而衰老。

〔10〕末两句设想铜人抛下"三十六宫",独自带着铜盘入魏,渐行渐远,渭水的波声也就渐渐地听不见了。"渭城",秦都咸阳,汉改为渭城县。这里用来代指长安。

马 诗[1]

一

此马非凡马,房星本是星[2]。向前敲瘦骨,犹自带铜声[3]。

〔1〕《马诗》共二十三首,大都有寓意。本篇原列第四首,写马骏骨不凡,借马写人。

〔2〕"房星",二十八宿之一。《瑞应图》:"马为房星之精。"古人有一种迷信,以为不平凡的人或物是上应星宿的。

〔3〕"带铜声",形容马骨的坚劲。李贺好用金石硬性的东西作比喻,此诗也是一例。汉代有铜马,也称天马。《文选》张衡《东京赋》"天马半汉"注:"天马,铜马也。"这诗用"带铜声"形容马骨,或许和汉代的铜马有联想。骨带铜声形容刚强的性格,用来比人,就是所谓"硬骨头汉"。

二[1]

大漠沙如雪,燕山月似钩[2]。何当金络脑,快走踏清秋[3]。

〔1〕 本篇原列第五首,借写马表示爱慕自由豪放的生活。

〔2〕 "燕山",这里指燕然山。我国西北是产马地区,"大漠"、"燕山"本是马的故乡。

〔3〕 "何当",安得。"络脑",指马络头。古乐府《陌上桑》:"黄金络马头。"马戴着金络头,说明是被人畜养着。"快走",迅速地跑或痛快地跑。"清秋",犹言凉秋。秋是天气清爽的季节,也是马长膘加壮的季节。马踏清秋,又在月夜,更见得轻快。末两句说如何能使得那受人羁勒的马回到空阔的沙漠,自由奔驰呢?

三[1]

武帝爱神仙,烧金得紫烟[2]。厩中皆肉马,不解上青天[3]。

〔1〕 本篇原列第二十三首,借写马讽刺汉武帝求神仙,借汉武帝讽刺当代的君主(参看后《苦昼短》注〔1〕)。

〔2〕 "烧金",指汉武帝使方士炼丹砂为金丹。《太平广记》卷九《李少君》:"(李少君)乃以方上帝,云:丹砂可成黄金(金丹),金成服之升仙。""得紫烟",言所得不是金丹而是一阵烟罢了。

〔3〕 "厩中马",指天马。汉武帝爱马,曾使将军李广利伐大宛国,取得"汗血马",称为"天马"(见《汉书·武帝纪》)。末句说"天马"不能上天;不但嘲讽武帝迷信神仙,同时也嘲讽他远征求马。

老夫采玉歌[1]

采玉采玉须水碧,琢作步摇徒好色[2]。老夫饥寒龙为愁,蓝溪水气无清白[3]。夜雨冈头食蓁子[4],杜鹃口血老夫泪[5]。蓝溪之水厌生人,身死千年恨溪水[6]。斜山柏风雨如啸,泉脚挂绳青袅袅[7]。村寒白屋念娇婴,古台石磴悬肠草[8]。

〔1〕本篇写一位冒着生命危险,在荒林绝涧中,风栖露宿,为官家采玉的老汉。韦应物也有一篇《采玉行》,写同样的内容,开端两句道:"官府征白丁,言采蓝溪玉。"可见那些采玉人都是被官府强征去的。

〔2〕"水碧",碧玉名。"步摇",妇女用的首饰。这两句说当时役夫采玉为的是官家需要水碧,水碧的用处不过是雕琢做妇人的首饰,把美女打扮得更美一些罢了。"好",是美好的好;"色",是女色的色。"好色",在这里是美容的意思。

〔3〕"蓝溪",在今陕西省蓝田县蓝田山下,产碧玉,名蓝田碧。这两句意思说采玉者为饥寒所迫,不得不下蓝溪。他们将溪水翻搅,溪水浑浊,没有清白的时候,水里的龙也因此烦恼。从这种描写可见采玉是经常的,役夫是众多的。

〔4〕"蓁",同"榛"。榛树的子像小栗,可食。韦应物《采玉行》有句云:"绝岭夜无人,深榛雨中宿。"

〔5〕"杜鹃",鸟名,相传它叫得很苦,吻上有血。这里说老夫哭出的眼泪带着血,也像杜鹃口中所吐出的。

〔6〕这两句说溪水和人互相厌恨,人搅浑了溪水,溪水夺去人命。王琦"汇解":"夫不恨官吏而恨溪水,微词也。"

〔7〕"泉脚",指风雨中崖石上流下一道道的水。这句说在泉脚之间还有挂着采玉人的绳子(采玉者身系绳索,从山上悬挂下垂到溪中),两者都在风中"袅袅"(摇摆)不定。

〔8〕"白屋",指穷人所住的简陋房屋。见刘长卿《逢雪宿芙蓉山主人》注〔2〕。"石磴",指山上有石级的道路。"悬肠草",蔓生植物,有"思子蔓"、"离别草"等别名。结尾两句写老汉见着古台石磴边的悬肠草,触物生感,惦念起家里娇弱的幼儿。

昌谷北园新笋〔1〕

斫取青光写楚辞〔2〕,腻香春粉黑离离〔3〕。无情有恨何人见?露压烟啼千万枝〔4〕。

〔1〕本题原有四首,这是第二首。"昌谷",李贺故居在福昌县昌谷乡。福昌即今河南省宜阳县。

〔2〕这句说刮去竹子的一部分青皮,然后在上面写字。参看《南园十三首》其十:"舍南有竹堪书字。""楚辞",不一定指屈原、宋玉等所作的辞赋,也可能借指作者自己的诗歌。

〔3〕"腻香",浓香。"春粉",指竹上白粉。"离离",犹"历历",行列貌。"黑离离",指字迹。

〔4〕这两句说竹虽无情却似有恨,千枝万枝笼在烟雾之中,被露水压低着头,仿佛在自啼其根。

感 讽[1]

合浦无明珠,龙洲无木奴。足知造化力,不给使君须[2]。越妇未织作,吴蚕始蠕蠕。县官骑马来,狞色虬紫须[3]。怀中一方板[4],板上数行书。"不因使君怒,焉得诣尔庐?"[5]越妇拜县官:"桑牙今尚小。会待春日晏,丝车方掷掉。"[6]越妇通言语,小姑具黄粱[7]。县官踏飧去,簿吏复登堂[8]。

〔1〕这是《感讽五首》的第一首,有感于越中蚕户苦被贪官压榨而作。陈沆《诗比兴笺》说:"唐自中叶,为节度使者多赂宦官得之,数至亿万,……及至镇则重聚敛以偿负。当时谓之'债帅'。"可以想象,当时大官小官层层逼索,最后必然在小民身上加紧榨取。

〔2〕开端四句指出贪官的欲壑是难于填满的。"合浦",汉朝的一个郡,郡治在今广东省合浦县,是著名的产珠区。《后汉书·孟尝传》载:孟尝做合浦太守以前一个时期,合浦的珍珠遭到一批贪官的大量搜刮,珠母都迁移到交趾去了。孟尝到任后,改革旧弊,不久珠母又迁回。"龙洲",指武陵(今湖南省常德县)龙阳洲。三国吴丹阳太守李衡在洲上种柑橘千株,称之为"木奴",后来李家子孙因而致富(见《襄阳记》)。前两句意思是说合浦虽盛产明珠,但有时也绝产,搜刮太甚就会从有变无了。推论到龙洲的柑橘,当然也是这样。"使君",州郡的长官,刺史或太守,都可以称为"使君"。后两句是说使君的须索太多了,穷造化(自然)之力也难于供给。

〔3〕"狞色",脸色凶恶。"虬",蜷曲。

〔4〕"方板",指催税的牌票。

〔5〕"诣",到。这两句是县官声明:因为使君等待丝税不耐烦了,我才奉命到你家来的。

〔6〕这三句是越妇的回答,说现在还不到时候,要等到春末,纺丝的车才能够开动。

〔7〕这两句写当越妇和县官应对的时候,小姑就备办黄粱饭来款待县官。

〔8〕"踏飧",饱食的意思。晚饭叫做"飧"。末两句说县官刚吃饱后离去,管理赋税簿计的吏人又到这越妇家来了。

苦 昼 短[1]

飞光飞光[2],劝尔一杯酒。吾不识青天高,黄地厚。惟见月寒日暖,来煎人寿[3]。食熊则肥,食蛙则瘦[4]。神君何在?太一安有[5]?天东有若木[6],下置衔烛龙[7]。吾将斩龙足,嚼龙肉,使之朝不得回,夜不得伏。自然老者不死,少者不哭。何为服黄金,吞白玉[8]?谁是任公子,云中骑白驴[9]?刘彻茂陵多滞骨,嬴政梓棺费鲍鱼[10]。

〔1〕本篇慨叹光阴易逝,人生短促。对于迷信神仙、服药求长生的人加以讽刺。当时唐宪宗李纯好神仙,诗中讽古之处可能是为了刺今。

〔2〕"飞光",指日、月、星光。

〔3〕"煎人寿",言消损人的生命。

〔4〕这两句言人有肥和瘦是由于生活有富与贫的差别。熊掌、熊肉是富贵人的珍贵食品,蛙是穷人吃的。

〔5〕这两句说神仙之说是虚妄的。"神君",汉武帝时有长陵女子死后被

她的妯娌奉为神,相传有灵异。武帝将她供奉在宫内,称为"神君"。"太一",有寿宫神君,其中最尊贵的称为"太一"(见《史记·封禅书》)。

〔6〕"若木",明周祈《名义考》卷二引《山海经》云:"灰野之山有树,青叶赤华(花),名曰若木,日所出入处。"屈原《离骚》"折若木以拂日兮",王逸注:"若木在昆仑西极,其华照下地。"本篇"天东"或为"天西"之误。

〔7〕"烛龙",屈原《天问》:"日安不到?烛龙何照?"王逸注:"天之西北有幽冥无日之国,有龙衔烛而留照之。"诗意似谓日月轮照,消磨人的生命,"衔烛龙"的作用也相同,所以杀龙可以使人不死。又神话有日车驾以六龙之说,见《秦王饮酒》注〔3〕,作者在这里也可能以"衔烛龙"兼指驾日车的六龙。

〔8〕"服黄金,吞白玉",道教迷信餐金服玉可以延长寿命。《抱朴子·内篇·仙药》:"《玉经》曰:服金者寿如金,服玉者寿如玉也。"

〔9〕"任公子",当是传说中骑驴上天的仙人,其事无考。《庄子·杂篇·外物》有寓言说任公子以五犍牛为饵,钓东海的大鱼,那是另一人。

〔10〕末两句言汉武帝和秦始皇这两个好求仙信方士的皇帝结果仍不免一死。"刘彻",即汉帝,死后葬处名茂陵。《汉武帝内传》:"王母云:刘彻好道,然神慢形秽,骨无津液,恐非仙才也。""嬴政",即秦始皇。《史记·秦始皇本纪》:"始皇崩于沙丘平台。丞相斯为上崩在外,恐诸公子及天下有变,乃秘之,不发丧。棺载辒凉车中,……会暑,上辒车臭,乃诏从官,令车载一石鲍鱼,以乱其臭。""梓棺",古制天子的棺用梓木,称为"梓宫"。

猛 虎 行〔1〕

长戈莫舂,强弩莫抨〔2〕。乳孙哺子,教得生狞〔3〕。举头为城,掉尾为旌〔4〕。东海黄公,愁见夜行〔5〕。道逢驺虞,牛哀不平〔6〕。何用尺刀,壁上雷鸣〔7〕。泰山之下,妇人哭声〔8〕。官家有程,吏不敢听〔9〕。

〔1〕"猛虎行",乐府《平调曲》名。本篇以猛虎比背叛朝廷的藩镇,表示对藩镇作乱害民的痛恨。唐代从安史乱后藩镇拥兵割据的现象十分严重。朝廷对叛镇用兵往往徒劳,不得不忍辱姑息。为了防备他们,朝廷还须要养大量的军队;藩镇之间也互相攻杀,受害最甚的当然是老百姓。

〔2〕这两句说虽有精良的武器,没有人用来杀虎。这是讽刺朝廷不能讨平叛镇,一味姑息。"舂(音冲)",刺击。"抨(音绷)",开弓。

〔3〕这两句说猛虎不但自己作恶,还教会子孙作恶。比喻叛镇权位世袭,代代作乱。"乳"、"哺",喂养。"生狞",很凶恶。

〔4〕这两句极言虎的躯体庞大,不同常虎。《吕氏春秋·行论》载,鲧为诸侯,欲得三公,"怒甚猛兽,欲以为乱,比兽之角,能以为城,举其尾,能以为旌"。是此诗所本。

〔5〕这两句说连有制虎之术的人也怕虎,不敢夜行。传说古代有一个名叫东海黄公的人,有术能制蛇御虎。但是他年老气衰之后,术就不灵了。秦代末年东海发现白虎,黄公去制伏,反被虎杀死(见《西京杂记》)。

〔6〕"驺虞",兽名。传说驺虞是"义兽"、"珍兽",不食生物,形状大小似虎。"牛哀",即公牛哀,人名。《淮南子·俶真训》载公牛哀病七日变化为虎,并扑杀他的哥哥。《文选·思玄赋》注引作"牛哀"。这两句说变成虎的牛哀见驺虞貌似虎而并不凶猛,反倒受人珍视,大为不平。喻残暴的藩镇不知仁义。

〔7〕"雷鸣",传说宝刀在有风雨的夜间往往发出啸声。这两句说宝刀被弃置不用,挂在壁上,发出不平之鸣。比喻志士豪杰没有机会为国效力。

〔8〕《礼记·檀弓》载孔丘过泰山旁,见有妇人哭墓,叫子路过去询问,妇人诉说:她的公公、丈夫、儿子三代都被老虎害死了。这两句诗述这件事,暗示藩镇害民酷烈而且长久。诗中连举东海、泰山的虎害,可能暗指淄青镇的李师道。淄青镇从代宗永泰元年(765)李正己开始割据,传子孙五十四年,到李师道正是第三代。淄青是地最大兵最多的一镇。唐平李师道在宪宗元和十四年(819),其时李贺已死。

〔9〕末两句说官家命令吏人捕虎,吏人怕虎不敢执行,比喻皇帝命将帅讨藩镇,将帅踌躇观望,不敢进军。"程",限期。

巫 山 高[1]

碧丛丛,高插天,大江翻澜神曳烟[2]。楚魂寻梦风飔然,晓风飞雨生苔钱[3]。瑶姬一去一千年,丁香筇竹啼老猿[4]。古祠近月蟾桂寒,椒花坠红湿云间[5]。

〔1〕"巫山高",乐府古题,出于汉《鼓吹曲·铙歌》。本篇在描写巫山的景色中结合巫山神女的神话传说,写得幽冷缥缈,在许多拟作中最有特色。

〔2〕"丛丛",群峰簇聚貌。巫山有十二峰。"澜",大波。"神",指巫山神女,见杜甫《咏怀古迹》注〔4〕。"曳烟",拖带着云烟。开头三句写景,带出巫山神女。说在巫山巫峡的上空神女飞翔,长裙带着云彩。

〔3〕"楚魂",指宋玉《高唐》、《神女》两篇赋中所提到的楚国君臣(包括楚怀王、襄王和宋玉),他们梦见或思慕神女。"寻梦",在梦中寻觅。"飔(音思)",凉。"苔钱",苔圆如钱。这两句写楚魂在凉风飔飔中寻梦,晓来只见山石上布满苔钱,杳无行迹。

〔4〕"瑶姬",巫山神女名。《文选·高唐赋》李善注引《襄阳耆旧传》:"赤帝女瑶姬……葬于巫山之阳,故曰巫山之女。""丁香",树名,蜀地产紫丁香。"筇竹",古邛国(今四川省西昌县东南)所产竹,竹节高起,中心是实的。这两句写巫山神女一去无踪,山中惟有老猿在竹树丛中啼唤罢了。

〔5〕"古祠",指巫山神女祠。陆游《入蜀记》:"过巫山凝真观,谒妙用真人祠。真人即世所谓巫山神女也。祠正对巫山,峰峦上入霄汉,山脚直插江中。""蟾桂",蟾蜍和桂树。见《梦天》注〔2〕、〔3〕。"椒",花椒,灌木,结红果。蜀地所产者名蜀椒。花椒开绿黄色小花。作者误以为红色,是凭想象。"近月"、"湿云间",极言其高,和开端相应。

柳宗元

柳宗元(773—819),字子厚,河东(今山西省永济县)人。贞元九年(793)进士。王叔文等执政,他们代表庶族地主阶层的利益,实行了不少革新政治的措施。柳宗元时任礼部员外郎,是这个集团的成员之一。不久,王叔文等被豪族地主集团击败,纷纷遭到贬杀。柳宗元也被贬为永州司马,十年后又改为柳州刺史。有《柳河东集》。

柳宗元是杰出的思想家,在回答屈原《天问》而写的《天对》中,否认天地是神所创造,明确指出"元气"是自然的本源,具有朴素的唯物主义思想。他反对把远古所谓"尧舜之世"当做最高的理想社会,认为历史是进化的。他主张中央集权,反对藩镇割据。这些思想在当时都是进步的。

柳宗元又是位卓越的散文家。他和韩愈是古文运动的两个主要倡导者。但柳宗元在思想方面所具有的进步的积极的意义,是韩愈所不及的。

柳宗元在诗歌方面,也是卓然成家的。他的诗大都抒写贬谪生活和对山水景物的欣赏或寄托,时时流露出愤懑不平的情绪。他的另一部分诗篇,或同情人民疾苦,或以寓言的形式,谴责政敌们的卑劣凶残,更具现实性。

他的古诗大都描写自然山水,运思精密,着力于字句的选择和锤炼,表达出峻洁、澄澈的境界,受谢灵运的影响很显著[1]。其中的一些好诗,由于对客观景物观察的细致深刻,并从中发现了某种诗意,确实体现了"枯"和"膏"或"淡"和"浓"的统一[2]。他的近体诗也写得情致缠绵,色彩绚丽,音调和谐,跟他的古诗相比,别具一种风格。

〔1〕 参看元好问《论诗三十首》:"谢客风容映古今,发源谁似柳州深。"
〔2〕 参看苏轼《东坡题跋》卷二《评韩柳诗》:"所贵乎枯淡者,谓其外枯而中膏,似淡而实美,渊明、子厚之流是也。"在《书黄子思诗集后》中又说:"独韦应物、柳宗元发纤秾于简古,寄至味于淡泊,非馀子所及也。"

古东门行[1]

汉家三十六将军[2],东方雷动横阵云[3]。鸡鸣函谷客如雾,貌同心异不可数[4]。赤丸夜语飞电光,徼巡司隶眠如羊[5]。当街一叱百吏走,冯敬胸中函匕首[6]。凶徒侧耳潜慑心,悍臣破胆皆杜口[7]。魏王卧内藏兵符,子西掩袂真无辜[8]。羌胡毂下一朝起,敌国舟中非所拟[9]。安陵谁辨削砺功,韩国讵明深井里[10]。绝咽断骨那下补,万金宠赠不如土[11]。

〔1〕 "东门",指长安城门。"古东门行",乐府诗题。古乐府《东门行》有写时事的,作者这首《古东门行》也是写时事。唐宪宗元和年间,朝廷用兵大权属宰相武元衡。割据称雄的淮西吴元济叛变。元和十年正月唐宪宗发兵讨吴元济。王承宗、李师道上表请赦吴,唐朝政府不许。王承宗、李师道密谋派刺客杀武元衡。六月三日武元衡在上朝途中被人刺死。这首诗写当时盗杀武元衡的事,对他表示悼念,并对藩镇割据称雄阴谋叛乱,表示愤怒和申讨。

〔２〕"三十六将军",汉景帝前元三年,有吴、楚七国之变,景帝派周亚夫率领三十六将军攻击吴、楚。此处指宪宗调兵遣将规模很大。

〔３〕这句说东方有变动,有如阵云横空,指吴元济在蔡州割据。

〔４〕"鸡鸣函谷",据《史记·孟尝君传》的记载:孟尝君逃离秦国时,夜半到函谷关出不去。按照规定,必须等到鸡叫之后才开关门。孟尝君恐秦兵追来,他的食客中有人学鸡叫,别处的鸡都叫起来,遂得出关。"客如雾",指藩镇的爪牙甚多,有野心的不止王承宗、李师道二人。"貌同"句说怀有异心的节度使大有人在。

〔５〕"赤丸"句写藩镇王承宗、李师道派遣爪牙袭击武元衡。参看《新唐书》卷二百十一。"赤丸",见卢照邻《长安古意》注〔13〕。"徼巡司隶",管巡警稽察的官吏。"眠如羊",形容软弱无防备。

〔６〕"冯敬",汉代人。《汉书·贾谊传》:"陛下之臣,虽有悍如冯敬者,适启其口,匕首已陷其胸中矣。"此处以冯敬比喻武元衡。

〔７〕这两句说武元衡被刺后,李师道等人听了暗暗快意,赞成对藩镇用兵的大臣也被吓住了。"杜口",堵塞其口,不敢言语。诸本误作"吐口",这里从四部丛刊本《增广注释音辨唐柳先生集》。

〔８〕"魏王"句可能是借战国时代的魏王来指唐宪宗。据《史记·信陵君传》记载,魏安釐王使晋鄙带十万兵去救赵,但魏王和晋鄙并不真心想去。信陵君用侯嬴的计,请如姬从魏王卧室内取得虎符,夺得晋鄙军的指挥权,解了赵围。元和十年宰相武元衡被杀而查不到凶手,这和宪宗不追究主使者的态度有关系。"子西"句用《左传·哀公十六年》所载白公杀子西,子西用袖遮着脸死去的故事,来写武元衡之死。"无辜",无罪而被杀。

〔９〕"羌胡毂下",司马相如《谏猎疏》:"胡越起于毂下而羌夷接轸也。""敌国舟中",《史记·孙子吴起列传》载吴起谏武侯的话:"若君不修德,舟中之人尽为敌国也。"这两句说宪宗因讨伐吴元济无功,就想求助于沙陀兵。当时吐蕃给唐王朝的威胁已经很大,柳宗元和其他诗人都反对依靠少数民族贵族,以免造成后患。

〔10〕"安陵"句,用《汉书·袁盎传》袁盎被梁王遣刺客遮杀于安陵郭门外的故事。"削砺",指锻工,当时锻工供称刺袁盎之剑是由梁孝王某一个儿子

锻冶出来的。"韩国"句,用韩刺客聂政的故事。聂政,河内轵县深井里人,他为韩相报仇,刺杀侠累。事成后自杀。因为他已毁了容,人不能认出他是谁。这里借用来说明武元衡被刺后宪宗竟不敢宣布凶犯。

〔11〕"绝咽",断绝咽喉,这里指断头。《旧唐书·武元衡传》:"批其颅骨怀去。""那下补",是说咽喉一断就没有办法了。末句是说纵然用万金抚恤,也是毫无价值的。

与浩初上人同看山寄京华亲故[1]

海畔尖山似剑铓,秋来处处割愁肠[2]。若为化得身千亿[3],散上峰头望故乡。

〔1〕本篇作于柳州。"浩初上人",潭州(今湖南省长沙市)人,时从临贺到柳州会见作者。柳宗元另有《浩初上人见贻绝句欲登仙人山因以酬之》诗和《送僧浩初序》。

〔2〕"剑铓",剑锋。苏轼《白鹤峰新居欲成,夜过西邻翟秀才》诗有"割愁还有剑铓山"句。自注云:"柳子厚云'海上尖峰若剑铓,秋来处处割愁肠',皆岭南诗也。"

〔3〕"若为",怎能。

过衡山见新花开却寄弟[1]

故国名园久别离,今朝楚树发南枝[2]。晴天归路好相逐,正是峰前回雁时〔3〕。

〔1〕"衡山",在湖南省境,主峰在衡山县西北、衡阳县北,世以衡山为五岳中之南岳。
〔2〕原注:"大庾岭上梅,南枝落,北枝开。"
〔3〕"峰前回雁",鸿雁,候鸟,一般九月向南飞,正月向北飞。衡阳山有回雁峰,相传雁到衡阳不再南去,遇春而回。宋吴曾《能改斋漫录》卷五"辨误"云:"子厚自永还阙,过衡州,正春时,适见雁自南而北,故其诗云云,岂专谓雁至此而回乎,乃古今考柳诗不精故耳。"可备一说。末两句隐有恨意,说鸿雁尚能于归路相互追逐,自己却兄弟分离(雁行原有喻兄弟之意),欲返故国而不得。

登柳州城楼寄漳汀封连四州〔1〕

城上高楼接大荒〔2〕,海天愁思正茫茫。惊风乱飐芙蓉水,密雨斜侵薜荔墙〔3〕。岭树重遮千里目,江流曲似九回肠〔4〕。共来百越文身地,犹自音书滞一乡〔5〕!

〔1〕唐顺宗永贞元年(805),王叔文革新集团被击败,柳宗元等八人都被贬为州郡的司马,时称"八司马"。唐宪宗元和十年(815)重被起用。除凌準、韦执谊已死贬所,程异另先任用外,柳宗元、韩泰、韩晔、陈谏、刘禹锡分别任为柳州(州治在今广西壮族自治区柳州市)、漳州(州治在今福建省漳州市)、汀州(州治在今福建省长汀县)、封州(州治在今广东省封川县)、连州(州治在今广东省连县)的刺史。本篇即为这年夏作者抵柳州后寄赠四州刺史之作。
〔2〕"接",连接。亦可作目接(看到)解。"大荒",泛指荒僻的边远地区。

〔３〕 这两句写夏雨急骤的近景。"飑(音展)",风吹浪动。"芙蓉",荷花。"薜荔",一种常绿的蔓生植物,常缘壁而生。

〔４〕 这两句写远景,景中寓情,表示相望的殷切和相思的痛苦,引起下文。"重",层层。上句一作"云驶去如千里马"。司马迁《报任安书》"肠一日而九回",为下句用语所本。

〔５〕 "百越",即"百粤",泛指五岭以南的少数民族。"文身",身上刺花,古时南方少数民族有"文身断发"的传统习俗。"滞",阻隔。

柳州峒氓〔１〕

郡城南下接通津,异服殊音不可亲〔２〕。青箬裹盐归峒客〔３〕,绿荷包饭趁虚人〔４〕。鹅毛御腊缝山罽〔５〕,鸡骨占年拜水神〔６〕。愁向公庭问重译,欲投章甫作文身〔７〕。

〔１〕 这首诗是写作者在柳州和峒(山穴)中人民生活接近的情况。作者自己不信神,而民间本有迷信风俗。他不肯疏远他们,而且能随俗。这和他在永州时的思想有所不同。在永州时有不谐于俗的表现,到柳州后才接近了人民群众。

〔２〕 首二句说初到陌生的地方有些不习惯,看到不同衣着和听到不同的语音,觉得难以亲近。

〔３〕 "箬",竹皮。"峒",山穴。这句说山穴中人用竹箬裹着食盐归去。

〔４〕 "虚",岭南人叫市集为"虚"。"趁虚",就是赶集,或叫赶场。"虚",一作"墟"。

〔５〕 "鹅毛御腊",广西邕管溪洞那时还不产丝棉,人民多以木绵、茅花、鹅毛做被,家家养鹅,用鹅的软毛御冬腊的寒冷。"罽(音寄)",被毯。

〔６〕 "鸡骨占",杀鸡,择取其骨以为占卜,是古代南方人的一种迷信风

俗。宋周去非《岭外代答》叙其事甚详。大略说：南人以鸡卜，其法用尚未长尾的小雄鸡，执其两脚，焚香祷祝，同时扑杀鸡，取腿骨洗净，以麻线束两骨之中，以竹梃插在紧束之处，使两腿骨相背于竹梃之端，执梃再祷。看两骨之侧所有细窍，以细竹梃长寸馀者遍插之，或斜或直，或正或偏，各随其斜直正偏而定吉凶。"占年"，问一年的收成如何。"拜水神"，以为水中有神，向它礼拜。

〔7〕"重译"，就是经过一重翻译。"章甫"，殷冠名。《庄子·内篇·逍遥游》："宋人资章甫，适诸越，越人断发文身，无所用之。"这两句说不愿只在公庭通过译员和"峒氓"接触，宁愿抛弃中原的服装，随"峒氓"的习俗，身上也刺上花纹，学他们的样子，和他们接近。

柳州城西北隅种柑树[1]

手种黄柑二百株，春来新叶遍城隅。方同楚客怜皇树[2]，不学荆州利木奴[3]。几岁开花闻喷雪，何人摘实见垂珠[4]。若教坐待成林日，滋味还堪养老夫[5]。

〔1〕"柑"，司马相如《上林赋》郭璞注："黄甘，橘属而味精。"
〔2〕"楚客"，指屈原。屈原《橘颂》："后皇嘉树，橘来服兮。受命不迁，生南国兮。"屈原自比橘树，言天生那样异于众材的橘树，却习于南土。屈原又称赞橘有"独立不迁"等美德，用以自比。
〔3〕"木奴"，即指橘树，见李贺《感讽》注〔2〕。这两句说种柑不为求利而是同于屈原爱橘的意思。
〔4〕"喷雪"，柑树开白色花，有香味。"喷雪"即指花香和花色而言。"垂珠"，果实累累，金黄翠绿，悬挂枝头，远远望去，好似悬珠一般。
〔5〕"老夫"，自称。末两句自伤迁谪的时日已经长久，惟恐延续到黄柑成林自己还能亲尝。而托词反极其平缓，值得玩味。

柳州二月榕叶落尽偶题[1]

宦情羁思共凄凄,春半如秋意转迷[2]。山城过雨百花尽,榕叶满庭莺乱啼[3]。

〔1〕 本篇作于柳州。"榕",闽、粤特产的常绿乔木,枝叶繁盛,树荫特大。
〔2〕 "春半如秋",二月春光最浓之际,榕叶却落尽,有秋天的景象。
〔3〕 这两句中的"百花尽"、"榕叶满庭",即申足上文"如秋"的意思。

别舍弟宗一[1]

零落残魂倍黯然[2],双垂别泪越江边[3]。一身去国六千里,万死投荒十二年[4]。桂岭瘴来云似墨,洞庭春尽水如天[5]。欲知此后相思梦,长在荆门郢树烟[6]。

〔1〕 "宗一",柳宗元的从弟。本篇作于元和十一年(816)。是年春,宗一自柳州赴江陵。
〔2〕 江淹《别赋》:"黯然销魂者,惟别而已矣。"这句化用其意,且更进一层,言被漂泊所折磨的"残魂",再遇离别,倍觉悲伤。
〔3〕 "越江",即"粤江"。这里指柳江。
〔4〕 "国",指京城。"投荒",放逐,流放。"十二年",自永贞元年(805)十一月贬永州司马,到写此诗时恰好十二年。

〔5〕这两句分写居者和行者的所见景色。"桂岭",在今广西壮族自治区贺县东北。这里泛指柳州附近的山。"洞庭",在柳州赴江陵途中。

〔6〕"荆门",山名,其地古属荆州,在今湖北省宜都县西北,参看陈子昂《度荆门望楚》注〔1〕。"郢",春秋时楚国的都城,在今湖北省江陵县附近。"荆门郢树",指柳宗一今后所居之地。

酬曹侍御过象县见寄[1]

破额山前碧玉流[2],骚人遥驻木兰舟[3]。春风无限潇湘意[4],欲采蘋花不自由[5]。

〔1〕"侍御",见高适《送李侍御赴安西》注〔1〕。"象县",唐岭南道柳州象县,即今广西壮族自治区象县。"酬……见寄",酬答他一首见寄的诗。

〔2〕"破额山",未详,今湖北省黄梅县有此山名。"碧玉流",形容澄清的江水。曹侍御从黄梅县来,曾驻舟于碧玉流中,从柳州象县而想"破额山前",所以说"遥驻"。

〔3〕"骚人",指曹侍御。"木兰舟",见李白《江上吟》注〔2〕。

〔4〕"潇湘",见张若虚《春江花月夜》注〔14〕。柳宗元《愚溪诗序》:"余以愚触罪,谪潇水上。"此句说我因感春风而怀骚人,便觉满怀有无限潇湘之意。

〔5〕"蘋",多年生水草,有花,白色。茎横卧在浅水的泥中,四片小叶,组成一复叶,像田字,也叫田字草。末句说采蘋花也不自由,系用比兴体。作者僻处远方,动辄得咎,满腔抑郁不平之气,跃然言外,意思微婉而曲折。

秋晓行南谷经荒村[1]

杪秋霜露重[2],晨起行幽谷。黄叶覆溪桥,荒村唯古木。寒花疏寂历[3],幽泉微断续。机心久已忘,何事惊麋鹿[4]。

〔1〕"南谷",在永州的乡下。永州是柳宗元被贬谪的地方。唐朝的永州治所在今湖南省零陵县。

〔2〕"杪(音渺)",末尾。"杪秋",秋末。

〔3〕这句写花朵疏疏落落,显得寂寞。

〔4〕"机心",机巧的心。《庄子·外篇·天地》:"有机械者必有机事,有机事者必有机心。"这两句意思是说,我已不在意宦海升沉仕途得失,超然物外,久无机巧之心,何以野鹿见了我还惊恐呢?这是作者故做旷达之语。"麋(音迷)",鹿属,形似鹿而体大,高七尺许,雄麋生角似鹿。

溪 居[1]

久为簪组累,幸此南夷谪[2]。闲依农圃邻,偶似山林客。晓耕翻露草,夜榜响溪石[3]。来往不逢人,长歌楚天碧。

〔1〕这首诗虽强写欢娱,强写闲适,但贬居时的抑郁之气却时有流露,不必做闲适诗读。

〔2〕"簪组",义同"簪缨",指古代官吏的冠饰。上句指久为官职所羁累。"南夷",旧称南方少数民族。这里指柳宗元所谪居的永州。下句说幸亏迁谪到南方。

〔3〕"榜"(音彭),进船。这句说撑船傍岸,触溪石而有声。

雨后晓行独至愚溪北池〔1〕

宿云散洲渚,晓日明村坞〔2〕。高树临清池,风惊夜来雨。予心适无事,偶此成宾主〔3〕。

〔1〕本篇作于永州。"愚溪",在永州西南,原名冉溪、染溪;柳宗元改名愚溪(见《愚溪诗序》)。

〔2〕这两句写云散日出,点明"雨后晓行"。

〔3〕"适",恰巧。"偶",遇合。"此",指上面所写景物。这两句意思说恰好今天心情舒畅,佳景当前,彼此投合,有如宾主相得。

中夜起望西园值月上〔1〕

觉闻繁露坠,开户临西园。寒月上东岭,泠泠疏竹根〔2〕。石泉远逾响,山鸟时一喧〔3〕。倚楹遂至旦〔4〕,寂寞将何言。

〔1〕这首诗借夜中的各种细微的音响来描写环境的寂寞空旷,反衬作者

的郁悒心境。手法是以有声写无声。

〔2〕"泠泠",水声。这句说有流水穿行于疏竹之根。

〔3〕"喧",鸣。

〔4〕这句说靠着柱子看月一直到第二天日出的时候。

江　雪

千山鸟飞绝,万径人踪灭[1]。孤舟蓑笠翁,独钓寒江雪[2]。

〔1〕这两句说栖鸟不飞,行人绝迹,极写大雪中环境的幽寂。

〔2〕这两句以孤舟独钓,点缀雪景。曲折地反映了作者在政治革新失败后不屈而又孤独的精神面貌。后世许多山水画都取此二句所写景物为题材。

田　家[1]

一

蓐食徇所务,驱牛向东阡[2]。鸡鸣村巷白,夜色归暮田。札札耒耜声,飞飞来乌鸢[3]。竭兹筋力事,持用穷岁年[4]。尽输助徭役,聊就空舍眠[5]。子孙日以长,世世还复然[6]。

〔1〕《田家三首》,作者通过田家生活的描写,深刻地反映了农民终年劳累的情况。他们不仅世代穷苦,无法生活,而且还经常受到官府差役的骚扰、毒打和种种虐待,境遇极其悲惨。从表面上看来好像只是揭露里胥的罪恶,实际上是针对当时专横的宦官、割据称雄的藩镇和贵族大地主阶级。作者同情谁,反对谁,爱憎极为分明。清人毛先舒《诗辩坻》卷三称子厚《田家三首》"叙事朴到"(朴质而周到),评论恰当。

〔2〕"蓐(音辱)",草席,草垫子。"蓐食",有两义,一说是早起在床上吃饭;一说蓐为厚意,早上饱食。"徇","从事于"之意,又可释为尽力去干。"所务",指农务。这句说吃了早饭就干农活。"阡",田间道路。

〔3〕这四句说天刚亮就从家里下地去劳动,直到夜晚才能从田地里回家。"札札",犁地时农具发出的声音。"耒耜(音累似)",犁的木把和犁上的铧。"鸢(音渊)",鹞、鹰。

〔4〕这两句说竭尽自己的体力,从事于农业劳动,一年到头地干个不停。"穷","尽"的意思。

〔5〕这两句说竭尽力量缴纳租税,弄得家里空荡荡的。也可理解为缴纳租税后虽然不能自饱,却可以到空舍中睡觉(如果不交足租税,那就要受鞭打,连觉也不能睡了)。

〔6〕这两句说不但自己这一辈是这样,子孙一天天地长大,他们还要过这样悲惨的生活,不会有什么好转的希望。

二

篱落隔烟火,农谈四邻夕[1]。庭际秋虫鸣,疏麻方寂历[2]。蚕丝尽输税,机杼空倚壁[3]。里胥夜经过,鸡黍事筵席[4]。各言:"官长峻,文字多督责[5]。东乡后租期,车毂陷泥泽[6]。公门少推恕,鞭朴恣狼藉[7]。努力慎经营,肌肤真可惜[8]。"迎新在此岁,惟恐踵前迹[9]。

〔1〕 这两句写农村晚景。"篱落",篱笆。"烟火",指人家。"隔烟火",各户人家有篱笆隔开来。"农谈",农家左邻右舍在晚上互相过从谈天。

〔2〕 这两句写农村夜间的景色,秋虫在院中叫,稀疏的麻叶被风吹得簌簌作响。"寂历",形容风吹植物的声音。

〔3〕 "机杼",织布机。这两句说蚕丝已向官府缴纳完了,机杼只好空闲了靠墙壁放着。

〔4〕 "里胥",乡间小吏,即差役。"鸡黍",杀鸡做饭。见孟浩然《过故人庄》注〔1〕。"事筵席",办酒席款待里胥。李贺《感讽五首》(其一)"县官踏飡去,簿吏复登堂"可参读。

〔5〕 "各言"以下八句写里胥在酒席上恫吓农民。"峻",严厉凶狠。"文字"句说官长有文书对他们督责严厉。

〔6〕 这两句说东乡缴租户耽误了官府所规定的限期,原因是车毂陷入泥沼中不能前进。

〔7〕 这两句说官府派来的办事人,并不多推求原因而加以宽恕。他们还用鞭子敲打误期的农民。"恣",任意。"狼藉",纵横散乱的样子,这里借以形容被打者的惨象。

〔8〕 "经营",筹划着交纳租税。"惜",爱惜。这里官差举了一个事例,接着威胁他们:你们要当心点,免得和东乡人一样,皮肉吃苦。

〔9〕 "迎新",指新谷登场。当时有"两税法",规定夏税在六月内纳毕,秋税在十一月内纳毕。"踵前迹",步东乡人的前迹。这两句写农民听了里胥的恐吓话,只得准备缴纳秋税。

三

古道饶蒺藜,萦回古城曲[1]。蓼花被堤岸,陂水寒更渌[2]。是时收获竟,落日多樵牧。风高榆柳疏,霜重梨枣熟。行人迷去住,野鸟竞栖宿[3]。田翁笑相念,昏黑慎原陆[4]。今年幸少丰,无厌饘与粥[5]。

〔1〕 这两句说旧路上多有刺的恶草,回绕着古城的一角。
〔2〕 "蓼(音了)",草本植物,花小,白色或浅红色,生长在水边或水中。"被",满布。"陂(音碑)",池塘。"渌",澄清。
〔3〕 "行人",作者自谓。"迷去住",是说不知住好还是去好。
〔4〕 这两句说:田翁表示关怀,劝他在昏黑的时候不要赶路。"念",顾念。"原陆",高平之地。
〔5〕 "饘(音沾)",厚的粥。《礼记·檀弓上》:"饘粥之食。"孔颖达疏:"厚曰饘,稀曰粥。"这两句说:今年幸而年成比较好,有点饘粥招待客人。"无厌",不要嫌弃。

行 路 难[1]

虞衡斤斧罗千山,工命采斫杙与橼[2]。深林土剪十取一,百牛连鞅摧双辕[3]。万围千寻妨道路,东西蹶倒山火焚[4]。遗馀毫末不见保,躏跞碅磳何当存[5]。群材未成质已夭,突兀峥豁空岩峦[6]。柏梁天灾武库火,匠石狼顾相愁冤[7]。君不见南山栋梁益稀少,爱材养育谁复论[8]。

〔1〕 "行路难",乐府《杂曲歌》名,见李白《行路难》其一注〔1〕。这是柳宗元用寓言笔调写成的一组政治讽刺诗。共有三首。本篇原列第二首,用砍伐木材做比喻,谴责当时掌握政权者不爱惜人才,反而加以摧残,以致造成了严重的后果。诗里含有自己被贬谪的愤慨,同时提出任用贤能的问题,向最高统治

者提出警告。这是作者贬谪永州以后的作品。

〔2〕这两句说官吏搜遍群山,逼民采伐。"虞衡",古代管山林的官,属工部,掌管山泽、苑囿、草木、薪炭等事务。"斤",斧头一类的工具,形状像锄。"罗",搜寻。"工命",官命。"斫(音酌)",砍伐。"杙(音亦)",小木桩。"椽(音船)",建屋的木材,方的为桷,圆的为椽。

〔3〕"土剪",把树木齐土砍伐。"十取一",可能是砍下十棵树中只运走一棵。"靮",套在牛颈上的皮带,用以驾驭。"摧",损坏。这句说,很多牛套在一起用力拉,把车辕也拉坏了。

〔4〕"围"、"寻",长度单位。"蹶(音决)",跌倒。"山火",野火。这两句说砍下许多又粗又大的树木,堆得满地皆是,连路也难以行走了。木料由于到处乱放,长久堆积,以致被野火烧掉。

〔5〕"蹢跞(音吝历)",践踏。"碉壑",溪涧和山谷。这两句说遗留下的小树也不被保护,在沟涧中糟蹋着,如何能够保存?"毫末",指小树。《老子》第六十四章:"合抱之木,生于毫末。""何当",在这里是"安得"的意思。

〔6〕"未成",尚未长成材。"质已夭",已被砍伐焚烧。"突兀崝嵘",高耸特出的样子。"岩峦",山冈。这两句说树木未长成已被糟蹋,山冈因空荡荡而显得更高更突出。

〔7〕"柏梁",台名,汉武帝元鼎二年春造成,太初元年十一月,毁于火。"武库火",晋惠帝元康五年闰十月,武库被焚。"匠石",人名,又名匠伯。《庄子·内篇·人间世》载匠石之齐,至于曲辕,见栎社树而"不顾",并与弟子谈不材之木的故事。"狼顾",狼行走时常回头四顾,以防袭击。这两句说,林木遭受火灾,匠石回顾而愁叹。匠石能辨材之优劣,见劣材而不顾;这里"狼顾"说明被毁的都是美材。

〔8〕末两句作者发出感慨说:木材越来越稀少,"爱材养育"这样的大事有谁来关心呢?

跂 乌 词[1]

城上日出群乌飞,鸦鸦争赴朝阳枝[2]。刷毛伸翼和且乐,尔独落魄今何为[3]？无乃慕高近白日，三足妒尔令尔疾[4]？无乃饥啼走路旁，贪鲜攫肉人所伤[5]？翘肖独足下丛薄，口衔低枝始能跃[6]。还顾泥涂备蝼蚁，仰看栋梁防燕雀[7]。左右六翮利如刀，踊身失势不得高[8]。支离无趾犹自免，努力低飞逃后患[9]。

〔1〕 这是寓言诗，作者用跂乌的遭遇来比喻自己的身世，充满了对当时政治不满和自己受打击的愤慨情绪。"跂"，举一足。"跂乌"，病一足，跂而行的乌鸦。有人改为"跛乌"，实非。

〔2〕 "鸦鸦"，乌鸦鸣声。

〔3〕 "落魄(音托)"，不得志。这两句说群乌在阳光下刷毛伸翼，高高兴兴的，你独独如此不得意，现在还想能干什么呢？

〔4〕 "三足"，《五经通义》、《春秋元命苞》都说日中有三足乌。这两句说，莫非你想往上爬，和太阳相近，太阳里的三足乌妒忌你，使你患了这样的毛病吧？

〔5〕 这两句说：莫非你饿极了在路旁吃了人家的鲜肉被人打伤了吧？

〔6〕 "翘肖"，同"肖翘"。《庄子·外篇·胠箧》："肖翘之物。"疏："飞空之类曰肖翘。"一说应作"翘首"，就是抬头，和"独足"对称。"独足"，一足。这两句说，这只跂乌飞下丛林，因为只能举一足，不能高飞，只能嘴里衔着低枝跳跃。

〔7〕 这两句说跂乌惴惴不安，回头看看泥涂中的蚂蚁，因自己腿伤所以防备蚂蚁聚集咬它的伤口。又仰面看看栋梁上的燕雀，也加以戒备。

〔8〕 "六翮"，《扬子》："鹪鹏冲天，不在六翮乎？"六翮指两翼。这两句说跂乌本有高飞的能力(喻人本有才识)，可是因为有病(喻人失势)，飞不起来。

〔9〕 "支离"，形体不全。《庄子·内篇·人间世》有一段话，大意是有支离的人名叫疏，平日以缝洗衣服来糊口。当朝廷派下大差役时，他因有疾不能胜任；朝廷赈济病者时，却得到三钟(六斛四斗叫钟)粟和十束薪。这种残废的人还能够生活下去一直到老死。"无趾"，《庄子·内篇·德充符》：山东有个残

废的人,因为不注意保护身体,终于弄断了足趾。他认为孔丘是个"尊足者",想向孔丘学"务全"之道,而孔丘却说他"何及矣"。于是向老子问道,以超然的态度求得自全。末两句是借用《庄子》寓言中支离和无趾的事来比喻自己,说像支离、无趾还能以无为之道求自全,我为什么不能呢?我要像跂乌那样努力低飞以避免后患。

放鹧鸪词[1]

楚越有鸟甘且腴,嘲嘲自名为鹧鸪[2]。徇媒得食不复虑,机械潜发罝罦[3]。羽毛摧折触笼篥,烟火煽赫惊庖厨[4]。鼎前芍药调五味,膳夫攘腕左右视[5]。齐王不忍觳觫牛[6],简子亦放邯郸鸠[7]。二子得意犹念此,况我万里为孤囚[8]。破笼展翅当远去,同类相呼莫相顾[9]。

〔1〕这首诗是作者以即将被宰杀的鹧鸪自喻,以寄感愤,表现了向往自由的心情。

〔2〕"鹧鸪",鸟名,肉肥味美。"嘲嘲",鸟鸣声。"嘲嘲"句是说鹧鸪鸣声如自呼其名。

〔3〕"徇(音训)",从,跟着。"媒",指被人养驯用来招引同类的鸟,即鸟囮(音鹅)子。"罹(音离)",遭遇,触。"罝罦(音居孚)",网罗,捕捉野鸟的工具。

〔4〕"篥(音玉)",是折竹插在地上圈围起来,上加覆盖,蓄养鸟类的一种工具。上句说鹧鸪被捕捉后想逃逃不脱;下句说厨房内烧火就要烹它了。

〔5〕"鼎",三足两耳,古时用来烹饪的器具。"芍药",调味的香草。司马相如《子虚赋》:"芍药之和,具而后御。"这两句写厨人在做准备工作,将动手

宰烹鹭鸪的样子。

〔6〕"觳觫（音胡速）"，惊恐畏惧貌。《孟子·梁惠王上》："齐宣王坐于堂上，有牵牛而过堂下者，王见之，曰：'牛何之？'对曰：'将以衅（音信）钟。'王曰：'吾不忍其觳觫。'""衅钟"是用牲口的血涂在钟上，这是古时的祭礼。

〔7〕这句典出《列子·说符》："邯郸之民以正月之旦，献鸠于简子。简子大悦，厚赏之。客问其故，简子曰：'正旦放生，示有恩也。'""邯郸"，赵城，今河北省邯郸县。

〔8〕"二子"，指齐宣王与赵简子。"得意"，指有权有势。这两句说齐宣王、赵简子正当得意的时候还怜悯失去自由的动物，何况我自己的境遇就和这鹭鸪相似，哪能不对它同情呢？

〔9〕末两句嘱鹭鸪被放后应展翅远去，不要再上所谓"同类"的当。这些都是作者自喻，说明他的愤慨之深。

渔　翁[1]

渔翁夜傍西岩宿[2]，晓汲清湘燃楚竹[3]。烟销日出不见人，欸乃一声山水绿[4]。回看天际下中流，岩上无心云相逐[5]。

〔1〕本篇作于永州。
〔2〕"西岩"，疑即永州的西山。作者另有《始得西山宴游记》。
〔3〕"湘"，湘水。
〔4〕"欸乃（音袄霭）"，橹桨戛轧声。或云人声。唐时湘中棹歌中有《欸乃曲》（见元结《欸乃曲序》）。"欸乃一声"，即棹歌一声。"山水绿"，承上"烟销日出"，谓青山绿水，顿现原貌。

〔5〕末两句说渔翁驾舟向中流行去,回看天际,发现岩上缭绕舒展的白云仿佛追随着渔舟。"天际",即"岩上"。陶潜《归去来兮辞》:"云无心而出岫。"

张仲素

张仲素(约769—819),字绘之,河间(今河北省河间县)人。贞元十四年(798)进士,又中博学宏词科,官翰林学士、中书舍人。《全唐诗》存其诗三十九首,绝大多数是乐府歌词,以写闺情见长。

秋闺思[1]

碧窗斜日蔼深晖[2],愁听寒螀泪湿衣[3]。梦里分明见关塞,不知何路向金微[4]。

[1] 这是《秋闺思二首》的第一首,是闺怨诗,怨丈夫的征戍地太远,梦魂难到。

[2] 这句是说透过碧纱深入屋内的斜日馀晖变得暗淡了。

[3] "螀",蝉类。

[4] "金微",山名,在今蒙古人民共和国境内。这里指诗中女子所忆远人的征戍地。这两句翻用沈约《别范安成》诗"梦中不识路,何以慰相思"句意,言梦中确是清清楚楚见到关塞了,却不晓得走什么路到金微去的。"关塞"、"金微"互文同意。如以"关塞"、"金微"分指两地也可以通,那就是说梦中虽然见到关塞,仍然无法到达金微,表示金微还在塞外,是更远的地方。见过一般城堡的人可以具体想象边地"关塞"的形状,未到过"金微"的人只觉得它是一个抽象的地名。所以前者易见于梦寐,而后者不易。

陈羽

陈羽(753—?),江东(今南京一带)人。唐德宗贞元八年(792)进士,后官东宫卫佐。四十岁才中进士,政治抱负又不能实现,所以《春日南山行》诗说:"处处看山不可行,野花相向笑无成。长嫌为客过州县,渐被时人识姓名。"《全唐诗》存其诗一卷。

陈羽和陆贽、韩愈有交往。他的诗主要是近体诗,但也写古诗。诗的内容不外怀古和旅游两类,仅有个别作品直接反映现实斗争。他的诗注重文采,能够情景交融。《唐才子传》称赞他的诗说:"写难状之景,了了目前;含不尽之意,皎皎言外。"又说他的小诗"二十八字,一片画图",虽然评价过高,却把握住了陈诗的艺术特色。

从军行[1]

海畔风吹冻泥裂,枯桐叶落枝梢折[2]。横笛闻声不见人,红旗直上天山雪[3]。

〔1〕 这首诗写边塞军队雪里行军的情景。

〔2〕 这两句描写天山的奇寒。"海",天山脚下的湖泊。如李益《从军北征》"天山雪后海风寒"。

〔3〕 末两句通过有声有色的风物点染,表现了昂扬的士气。

韩愈

韩愈(768—824),字退之,河南河阳(今河南省孟县)人[1]。贞元八年(792)进士。唐宪宗时,曾随同裴度平定淮西藩镇之乱。在刑部侍郎任上,他上疏谏迎佛骨,触怒了唐宪宗,被贬为潮州刺史。后历官国子监祭酒、京兆尹及兵部、吏部侍郎。有《韩昌黎集》[2]。

韩愈在政治、思想、文学创作方面的问题,比较复杂。他与地主阶级上层并非处处一致,他维护中央集权,反对藩镇割据,主张排佛及其他一些改革弊政的措施。韩愈在政治上的基本倾向是站在豪族地主一边的。他支持俱文珍等宦官腐朽势力,反对以王叔文为代表的革新派。他和柳宗元同为古文运动的倡导者,反对骈文,提倡散文,强调文章内容的重要性,但从某些问题看,实质却不全同。韩愈在哲学思想上的唯心主义,政治立场上的保守主义,是应当批判的。

韩愈生活的时代,诗歌突破了大历诗人的狭小天地。李贺、柳宗元、刘禹锡、白居易、张籍、王建等人以他们的创作给诗坛带来了生气。他们的诗歌风格多样,各有创造。韩愈别开生面,也创建了一个新的诗歌流派,在当时和后世都有影响。韩诗题材不算狭窄,社会生活的重大内容也有一些反映。但民间疾苦在他笔下却常常只是浮光掠影。他对人民的态度和他写失意牢骚时那种激切的感情相比,不免显得冷漠了。

韩诗在艺术上的特点是宏伟奇崛和"以文为诗"。探险入幽的奇思幻想,拗折排奡的布局结构,佶屈聱牙的僻字晦句,有意违背常规的险韵重韵,以及汪洋恣肆的长篇巨幅,是构成他那宏伟奇崛风格的艺术因素。"以文为诗",杜甫早已有这方面的艺术实践,韩愈则更进了一步。他的"以文为诗"的主要内容是大量的议论成分,铺叙的表现手段和散文化的句式,这一切都为形成宏伟奇崛风格而服务。宋朝沈括斥韩愈这类诗为"押韵之文",吕惠卿却为之辩护说:"诗正当如是。"〔3〕他们褒贬不同,但都只是表面地从"诗格"着眼,没有结合思想内容进行评论,也没有看到韩诗这个特点有其成功和失败的地方。诗歌艺术风格多样化必须为进步的思想内容服务才有价值。韩愈诗中那些逞才使气、追求怪诞诡谲的游戏文字,以及形式主义的某些倾向,就对后代产生了不良影响。

〔1〕 韩愈的籍贯说法很多,这里根据林则徐《云左山房诗钞》卷一《孟县拜韩文公墓》的实地考察。岑仲勉《唐集质疑》考得的结果也相同。
〔2〕 韩诗注有顾嗣立《昌黎诗集注》、方世举《昌黎诗编年笺注》等。
〔3〕 见《苕溪渔隐丛话·前集》卷十八、《诗人玉屑》卷十五所引《临汉隐居诗话》(《历代诗话》本《临汉隐居诗话》无此条)。

山　石〔1〕

山石荦确行径微〔2〕,黄昏到寺蝙蝠飞。升堂坐阶新雨足,芭蕉叶大支子肥[3]。僧言古壁佛画好,以火来照所见稀。铺床拂席置羹饭,疏粝亦足饱我饥[4]。夜深静卧百虫绝,清月出岭光入扉[5]。天明独去无道路,出入高下穷烟霏[6]。山红涧碧纷烂漫,时见松枥皆十围[7]。当流赤足蹋涧石,水声激激风吹衣[8]。人生如此自可乐,岂必局束为人鞿[9]?嗟哉吾党二三子,安得至老不更归[10]!

〔1〕本篇当作于贞元十七年(801)七月,时作者在洛阳,洛北惠林寺题名中有年月可证。又《赠侯喜》诗,写在该处垂钓,有"晡时坚坐到黄昏"句,在时间上似与此诗衔接,可以参看。

〔2〕"荦(音落)确",山石不平貌。"行径微",山路狭窄。

〔3〕"支子",一作"栀子"。"肥"承上"新雨足"。杜甫《陪郑广文游何将军山林十首》之五"红绽雨肥梅",用法相同。起四句写山路及寺中景象。

〔4〕这四句叙到寺后情事。"稀",依稀、模糊;亦可作稀罕解,证实"僧言"所谓"好"。"疏粝",即糙米。

〔5〕这两句写夜深留宿。

〔6〕这两句写早晨游山。"无道路",谓任意走去,不择路径,引出下句"出入高下"。"烟霏",犹言云雾。

〔7〕"山红涧碧",指山花涧水。"枥",一作"栎",互通。

〔8〕这两句仍承上"新雨足"。

〔9〕"局束",不自在。"鞿",马络头。"为人鞿",为别人所牵制。意指幕僚生活。

〔10〕"吾党"、"二三子",都是《论语》常用语,如《公冶长》"吾党之小子狂简",《述而》"二三子以我为隐乎"等。这里似对同游的人说。"不更归",即"更不归"。"归",辞官归乡。末四句以抒怀做结。

汴泗交流赠张仆射[1]

汴泗交流郡城角,筑场千步平如削[2]。短垣三面缭透迤[3],击鼓腾腾树赤旗。新雨朝凉未见日,公早结束来何为[4]?分曹决胜约前定[5],百马攒蹄近相映[6]。球惊杖奋合且离,红牛缨绂黄金羁[7]。侧身转臂着马腹,霹雳应手神珠驰[8]。超遥散漫两闲暇,挥霍纷纭争变化[9]。发难得巧意气粗[10],欢声四合壮士呼。此诚习战非为剧,岂若安坐行良图[11]?当今忠臣不可得,公马莫走须杀贼[12]!

〔1〕 此诗作于德宗贞元十五年(799),讽张仆射耽于球戏。作者有《上张仆射第二书》,也是谏击球。"汴泗交流",指徐州,因古汴河在徐州合泗水入淮。"张仆射(音夜)",指张建封,时任武宁节度使驻守徐州。"仆射",是当时大臣的荣誉称号。韩愈时在徐州府署做幕僚。

〔2〕 这两句说在徐州城隅筑起方圆千步的球场。

〔3〕 "短垣",短墙。

〔4〕 "结束",指张建封早早装束来到球场。

〔5〕 这句说分成两组按照既定规则比赛胜负。

〔6〕 "攒",聚集。"攒蹄",马急驰时,四蹄并集。

〔7〕 这句说以染红的牛毛为缨络,以黄金为马勒头。言饰物华丽贵重。

〔8〕 这两句描写发球情状:选手翻身附着马腹,只听霹雳似的一声响,圆球随手飞出。

〔9〕 这两句写抢球情状:一忽儿跑远分散,看去不甚紧张,一忽儿跑快聚

集,动作轻捷,极其变化多姿。"超遥",远。"挥霍",迅疾。

〔10〕"发难得巧",指发球之难,得球之巧。"意气粗",犹言意壮气豪。

〔11〕这两句说击球诚然不是游戏而是练兵,但哪能比得上在帷幄中议行良策呢?

〔12〕"莫走",似说别使马为了球戏奔驰过劳。"贼",旧注指彰义节度使吴少诚,据淮西之地,掠州杀将,与中央政权对抗,发动叛乱。

雉 带 箭[1]

原头火烧静兀兀[2],野雉畏鹰出复没[3]。将军欲以巧伏人[4],盘马弯弓惜不发[5]。地形渐窄观者多[6],雉惊弓满劲箭加[7]。冲人决起百馀尺[8],红翎白镞随倾斜[9]。将军仰笑军吏贺,五色离披马前堕[10]。

〔1〕本篇贞元十五年(799)作于徐州,写随从徐州节度使张建封射猎的情景。

〔2〕"火",猎火,用以惊吓鸟兽。"兀兀",不动貌。"静兀兀",言猎者静悄悄没有动作,伫伺鸟兽。

〔3〕"鹰",猎鹰。"出复没",言"野雉"见火而出,见鹰而藏,与下"盘马弯弓惜不发"的情景扣合。

〔4〕"将军",指张建封。"巧",指射技的精巧。

〔5〕"盘马",骑马盘旋不进。"弯弓",挽弓,拉满弓。"惜不发",不轻易发射。

〔6〕这句写野雉在惊慌中躲入地势险窄之处,"将军"及其随猎众人渐渐逼进。曹植《七启》中渲染"羽猎之妙",有"人稠网密,地逼势胁"的句子,可以参看。

〔7〕"加",指射中。

〔8〕"冲人决起",写雉中箭后的挣扎。

〔9〕"翎",箭羽。"镞",箭锋。这句写雉中箭后摇晃堕地,箭贯雉身,所以看见箭羽和箭锋也随之倾斜而下。

〔10〕"五色",指雉的羽毛。"离披",紊乱貌。

送湖南李正字归〔1〕

长沙入楚深,洞庭值秋晚。人随鸿雁少〔2〕,江共蒹葭远〔3〕。历历余所经〔4〕,悠悠子当返。孤游怀耿介,旅宿梦婉娩〔5〕。风土稍殊音,鱼虾日异饭〔6〕。亲交俱在此,谁与同息偃〔7〕?

〔1〕 此诗约作于元和五年(810)。"李正字",李础。"正字"是掌管校勘典籍文字的官。

〔2〕 "鸿雁少",相传北雁南飞到湖南衡山回雁峰即止,再往南雁越来越少见了。

〔3〕 杜甫《渼陂西南台》:"蒹葭离披去,天水相与永。"是此句所从出。

〔4〕 "余所经",韩愈曾贬阳山令,又迁江陵,湖南地方他曾历历经过。

〔5〕 "婉娩(音晚)",仪容柔顺。这两句说李础胸怀正直而旅途孤单,亲人音容只能在旅宿时梦见。

〔6〕 以上十句想象途中情景。

〔7〕 末两句说李础亲友都在河南,别后恐少伴侣。"息偃",闲暇休息。

韩愈

醉留东野[1]

昔年因读李白杜甫诗,长恨二人不相从[2]。吾与东野生并世,如何复蹑二子踪[3]!东野不得官,白首夸龙钟[4];韩子稍奸黠,自惭青蒿倚长松[5]。低头拜东野,愿得终始如驱蚿[6];东野不回头,有如寸莛撞钜钟[7]。吾愿身为云,东野变为龙[8]。四方上下逐东野,虽有离别无由逢[9]!

〔1〕 本篇德宗贞元十四年(798)春作于汴州(郡治在今河南省开封市)。时韩愈在董晋幕中任观察推官。孟郊离汴南行,韩愈赠诗惜别。

〔2〕 "二人不相从",指李白和杜甫两位诗友不能相随在一起。李白和杜甫曾于天宝四年(745)同游齐鲁,后即分别,不再重逢。杜甫《送孔巢父谢病归游江东兼呈李白》:"南寻禹穴见李白,道甫问讯今何如?"《不见》:"不见李生久,佯狂真可哀。"《春日忆李白》:"何时一樽酒,重与细论文?"李白《沙丘城下寄杜甫》:"思君若汶水,浩荡寄南征。"这些诗都表示别后的相思。

〔3〕 这句是说为什么也像李、杜那样别多会少啊!

〔4〕 "龙钟",行动不灵便,形容老态。

〔5〕 "奸黠",狡猾。《世说新语·容止》:"魏明帝使后弟毛曾与夏侯玄共坐,时人谓蒹葭倚玉树。"韩愈采用其意。这两句意思说我今在幕中任职,不过依仗一点儿小聪明,比起孟郊的才德,实在自愧弗如。

〔6〕 "驱蚿(音巨穷)",《淮南子·道应训》说,北方有一种兽,叫做"蹶","鼠前而兔后,趋则顿,走则颠",它常为另一种叫做"蛩蛩驱驉"的野兽取甘草吃。当蹶遇到患害时,蛩蛩驱驉就背着它走,"此以其能托其所不能"。按

"蹶"前足短、后足长,行走不便;"蛩蛩駏驉"前足长、后足短,能行而不能上。诗中借以表示互相帮助、永不分离的愿望。

〔7〕"莛(音挺)",草茎。《说苑·善说》,赵襄子问"道"于孔丘,孔丘不答,子路告诉他:"建天下之鸣钟,而撞之以挺,岂能发其声乎哉?君问先生,无乃犹以挺撞乎?"诗中作"莛",出《汉书·东方朔传》"以莛撞钟"(《文选》东方朔《答客难》又作"筳")。这里以"寸莛"自喻,"钜钟"喻孟,意思是二人才能高下悬殊,不能旗鼓相当。这是作者自谦之词。

〔8〕"云"、"龙",《周易·乾卦·文言》:"同声相应,同气相求,水流湿,火就燥,云从龙,风从虎。"这里用"云"、"龙"比二人的相得投合,也表示出韩愈的谦逊和仰慕。这个比喻后来成为友朋投契的名言。

〔9〕"逢",遭逢。言世间虽有离别一事,但我们二人如云龙相随,永在一起,不再遭逢此事。

听颖师弹琴〔1〕

昵昵儿女语,恩怨相尔汝。划然变轩昂,勇士赴敌场〔2〕。浮云柳絮无根蒂,天地阔远随飞扬〔3〕。喧啾百鸟群,忽见孤凤皇〔4〕。跻攀分寸不可上,失势一落千丈强〔5〕。嗟余有两耳,未省听丝篁〔6〕。自闻颖师弹,起坐在一旁〔7〕。推手遽止之,湿衣泪滂滂。颖乎尔诚能,无以冰炭置我肠〔8〕!

〔1〕本篇当作于元和十、十一年(815、816)。据李贺《听颖师弹琴歌》:"竺僧前立当吾门,梵宫真相眉棱尊","请歌直请卿相歌,奉礼官卑复何益?"可知颖师是当时善琴的和尚,曾向好几位诗人请求作诗表扬。

〔2〕 起四句写琴声忽而轻柔细碎,忽而高亢雄壮。"昵",亲热。"尔汝",至友间不讲客套,径以你我相称,叫做"尔汝交",这里表示亲昵。

〔3〕 这两句写琴声的远扬。

〔4〕 这两句仍然摹拟琴声:似乎在百鸟喧闹声中,突然有一只凤凰引吭长鸣,声音嘹亮。

〔5〕 这两句连上"孤凤皇",以它的"跻攀"和"失势"比喻琴声的起伏抑扬。"千丈强",千丈有余。

〔6〕 "嗟余"以下写作者的感受之深。"未省听丝篁",不懂音乐。

〔7〕 "起坐",忽起忽坐,意即站也不是,坐也不是。

〔8〕 "滂滂",流貌。"冰炭置我肠",《庄子·内篇·人间世》:"事若成,则必有阴阳之患。"郭象注云:"人患虽去,然喜惧战于胸中,固已结冰炭于五藏矣。"作者自谓完全被琴声的悲欢所左右,一会儿满腔高兴,一会儿心情沮丧。

调 张 籍[1]

李杜文章在,光焰万丈长[2]。不知群儿愚,那用故谤伤!蚍蜉撼大树,可笑不自量[3]。伊我生其后[4],举颈遥相望。夜梦多见之,昼思反微茫[5]。徒观斧凿痕,不瞩治水航[6]。想当施手时,巨刃磨天扬。垠崖划崩豁,乾坤摆雷硠[7]。惟此两夫子,家居率荒凉。帝欲长吟哦,故遣起且僵[8]。剪翎送笼中,使看百鸟翔[9]。平生千万篇,金薤垂琳琅[10]。仙官敕六丁,雷电下取将[11]。流落人间者,太山一毫芒[12]。我愿生两翅,捕逐出八荒[13]。精诚忽交通,百怪入我肠。刺手拔鲸牙,举瓢酌天浆。腾身跨汗漫,不着织女襄[14]。顾语地上友:经营无太忙!乞君飞霞佩,与我高颉颃〔15〕!

〔1〕 本篇对李白、杜甫的诗歌成就做了极高的评价,也表示出作者对前辈诗人的仰慕和倾倒。"调",调侃,戏谑。

〔2〕 这两句对李、杜诗文高度评价。作者屡在诗中推重李、杜,如《荐士》:"勃兴得李杜,万类困陵暴。"《感春四首》之二:"近怜李杜无检束,烂漫长醉多文辞。"《石鼓歌》:"少陵无人谪仙死,才薄将奈石鼓何。"《酬司门卢四兄云夫院长望秋作》:"远追甫白感至诚。"

〔3〕 这四句讥斥轻薄后生诋毁前辈,与杜甫《戏为六绝句》之二"王杨卢骆当时体,轻薄为文哂未休。尔曹身与名俱灭,不废江河万古流"意同。元稹在《唐故检校工部员外郎杜君墓志铭》中尊杜贬李。韩愈这首诗虽然不一定专为驳斥元稹而发,实际上他所攻击的"蚍蜉撼树"的"群儿"是包括元稹在内的。在对李白诗评价问题上,韩愈的识见确比元稹高得多。"蚍蜉",蚁的一种,常在松树根营巢。

〔4〕 "伊",发语辞,无义。

〔5〕 这两句说常在梦中见到李、杜,但白天回忆梦境,反觉渺茫。

〔6〕 这两句说"李杜文章"好像夏禹疏凿江峡,虽有痕迹可寻,但当时运行之妙,今已不能穷原竟委。

〔7〕 "划",截裂。"乾坤",指天地。"摆",拨开。"雷硠",山崩声。

〔8〕 这两句说天帝故意造成他们升降不定的命运,使之发为歌吟。

〔9〕 这两句以"闭以雕笼,剪其翅羽"(祢衡《鹦鹉赋》)的形象写他们的不得伸展。

〔10〕 "金薤",薤叶形金片,犹俗语金叶子。"琳琅",美玉石。比喻文章的优美。

〔11〕 "六丁",道书中的天神名。"将",就是取。这两句言李、杜诗篇多为天上神仙收去。

〔12〕 "毫芒",喻细小。这两句意谓流传人间的李、杜作品,不过是极少的一部分而已。

〔13〕"八荒",八极,八方荒远之地。古人以为九州在四海之内,四海又在八荒之内。

〔14〕"汗漫",广漠无穷之处。语出《淮南子·道应训》,卢敖游于北海,遇一异人,欲与交友,那人"卷然而笑曰:'嘻!子中州之民,宁肯而远至此。……吾与汗漫期于九垓之外,吾不可以久驻。'""织女襄",《诗经·小雅·大东》:"跂彼织女,终日七襄。虽则七襄,不成报章。""襄",原意是更移,此处引申为纺织。这句说连织女织成的衣服也不屑穿了。以上几句写韩愈从李、杜作品中得到的创作启示,实际上是极力称颂李、杜诗歌境界的崇高。

〔15〕"地上友",指张籍。"经营",指构思,即从杜甫《丹青引赠曹将军霸》"意匠惨澹经营中"来。"乞(音气)",给别人东西。如杜甫《戏简郑广文虔兼呈苏司业源明》:"赖有苏司业,时时乞酒钱。""颉颃",上下飞翔貌。向上飞叫"颉",向下飞叫"颃"。结尾四句说张籍何苦雕章琢句,"惨澹经营",还是从大处远处着眼,一同向李、杜作品里吸取灵感吧。

短灯檠歌[1]

长檠八尺空自长,短檠二尺便且光[2]。黄帘绿幕朱户闭,风露气入秋堂凉。裁衣寄远泪眼暗,搔头频挑移近床[3]。太学儒生东鲁客[4],二十辞家来射策[5]。夜书细字缀语言[6],两目眵昏头雪白[7]。此时提携当案前[8],看书到晓那能眠。一朝富贵还自恣,长檠高张照珠翠[9]。吁嗟世事无不然,墙角君看短檠弃[10]。

〔1〕这首诗借咏灯檠讽刺那些富贵后忘本的人。"灯檠",我国旧时用油灯,上有灯盘,盛油置芯,下有立柱,叫做"灯檠"。长檠只有富贵人家才用。

〔2〕起两句比较"长檠"和"短檠",引出对短檠的赞美。"便且光",既方便又光亮。

〔3〕这四句写短檠便于思妇裁衣。"搔头",即玉簪,女子首饰。"挑",挑灯。

〔4〕以下六句写短檠移动方便,便于儒生看书。"东鲁客",山东来的读书人。山东是孔丘的故乡,多儒生。

〔5〕"射策",古代取士法的一种。《汉书·萧望之传》:"望之以射策甲科为郎。"颜师古注云:"射策者,谓为难问疑义书之于策,量其大小,署为甲乙之科,列而置之,不使彰显。有欲射者,随其所取得而释之,以知优劣。"

〔6〕"缀语言",指写文章。

〔7〕"眵(音蚩)",即俗语眼屎。"两目眵昏"与前思妇的"泪眼暗"对应。

〔8〕"提携当案前"与前思妇的"移近床"对应。

〔9〕"还",读"旋",随即。"自恣",放纵自娱。"长檠"句寓有与前文"长檠八尺空自长"对照的意义。"珠翠",借指美人。

〔10〕末句与前"搔头频挑移近床"、"此时提携当案前"对照,以讽忘本蜕变者。苏轼《侄安节远来夜坐三首》之一"免使韩公悲世事,白头还对短灯檠",即指本篇。

答张十一〔1〕

山净江空水见沙,哀猿啼处两三家。筼筜竞长纤纤笋,踯躅闲开艳艳花〔2〕。未报恩波知死所,莫令炎瘴送生涯〔3〕。吟君诗罢看双鬓,斗觉霜毛一半加〔4〕。

〔1〕本篇作于贞元二十年(804)韩愈初任阳山令时。"张十一",张署,

与韩愈同时被贬,为临武令(今湖南省临武县)。诸本"答张十一"下有"功曹"二字。按张署到临武一年后,才去江陵郡任功曹参军,故删去。

〔2〕"筼筜(音云当)",大竹名。"踯躅",即羊踯躅,杜鹃花科,春季开花,呈红黄色,甚鲜艳。这四句写阳山地区荒寒落寞的景象。这"筼筜"两句点明时在春季。

〔3〕这两句言皇恩未报,死所亦未知("未"字双贯"报"与"知"),但求馀生不在炎瘴之中白白消磨而已。

〔4〕"斗",与"陡"同,顿时。

湘 中[1]

猿愁鱼踊水翻波,自古流传是汨罗。蘋藻满盘无处奠[2],空闻渔父叩舷歌[3]。

〔1〕本篇是贞元二十年(804)贬官赴任阳山令(今广东省阳山县)途中所作。

〔2〕"蘋藻奠",《诗经·召南·采蘋》写祭祀情况,蘋藻都是祭物:"于以采蘋"、"于以采藻"、"于以奠之"。

〔3〕"渔父叩舷歌",《楚辞·渔父》传屈原贬逐后,在汨罗江畔遇一渔父,末云渔父"鼓枻而去,歌曰"云云。这两句承上谓湘江浩渺,不知何处祭奠屈原,徒闻渔父舷歌依然,怅然若失。

晚 春

草树知春不久归[1],百般红紫斗芳菲。杨花榆荚无才思,惟解漫天作雪飞[2]。

〔1〕"春不久归",指春季将结束。
〔2〕"榆荚",即榆钱,榆未生叶时,先在枝条间生榆荚,榆荚老时呈白色,随风飘落。后两句说杨、榆不能开出红紫烂漫的花,好像人不能写出华美的文章,所以说它们"无才思"。

同水部张员外籍曲江春游寄白二十二舍人[1]

漠漠轻阴晚自开[2],青天白日映楼台。曲江水满花千树,有底忙时不肯来[3]?

〔1〕本篇唐穆宗长庆二年(822)作。时张籍改官水部员外郎。"白二十二",即白居易。时任中书舍人。
〔2〕"漠漠",迷濛一片。
〔3〕"有底",有何。"时",相当于"呵"、"啊",为语气间歇之词。白居易《酬韩侍郎张博士雨后游曲江见寄》:"小园新种红樱树,闲绕花行便当游;何必更随鞍马队,冲泥踏雨曲江头!"解释了不来同游的缘由。

早春呈水部张十八员外[1]

天街小雨润如酥[2],草色遥看近却无。最是一年春好处,绝胜烟柳满皇都[3]。

〔1〕 本篇作于长庆三年(823)。原作二首,这是第一首。"张十八",即张籍。

〔2〕 "天街",皇城中的街道。"酥",酥油,动物乳汁制品。

〔3〕 末两句言此时春色最美,等到春晚,烟柳笼罩全城,反觉减色了。"绝胜",言远远超过。

李益

李益(748—约827),字君虞,姑臧(今甘肃省武威)人。大历四年(769)进士,曾任郑县尉,又为幽州节度使刘济从事。唐宪宗闻其诗名,任为秘书少监,官至礼部尚书。有《李君虞诗集》。

李益早著诗名[1],有人列他于"大历十才子"之内[2]。可是他的诗歌风格和钱起等人并不相近。集中长短歌行较多,讽时者如《汉宫少年行》,吊古者如《军夜次六胡北饮马磨剑为祝殇辞》,都可以看出他的笔锋多变,追慕盛唐时代的倾向[3]。

李益的边塞诗流传较广,当时被谱入管弦歌唱。主要抒写战士们久戍思归的怨望心情,情调虽偏于感伤,但亦不乏壮词。这些诗的音调风格,差不多可与王昌龄的七绝比美。五七言律诗也时有佳作,如下面选录的《盐州过胡儿饮马泉》便是传诵的好诗。

[1] 韦应物《送李侍御益赴幽州幕》:"二十挥篇翰,三十穷典坟。辟书五府至,名为四海闻。"

[2] 宋江邻几《嘉祐杂志》。

[3] 《登天坛夜见海》很像李白的《梦游天姥吟留别》;《长干行》也因为像李白的诗,竟被编入李白集中。又明陆时雍《诗镜总论》也说:"李益五古,得太白之深,所不能者澹荡耳。"

李益

竹窗闻风寄苗发司空曙[1]

微风惊暮坐,临牖思悠哉。开门复动竹,疑是故人来。时滴枝上露,稍沾阶下苔。何当一入幌,为拂绿琴埃[2]。

〔1〕"苗发、司空曙",都是与李益同列为"大历十才子"的诗人。本篇因风而发,风为全诗线索。

〔2〕"幌",帷幔。"绿琴",汉司马相如有琴名"绿绮",因称琴为"绿琴"。

喜见外弟又言别[1]

十年离乱后,长大一相逢。问姓惊初见,称名忆旧容[2]。别来沧海事,语罢暮天钟[3]。明日巴陵道,秋山又几重[4]。

〔1〕"外弟",表弟。

〔2〕这两句写久别初见,仿佛已不相识,称名以后,始追忆旧时容貌。

〔3〕这两句写两人各叙别来离乱情事,直至深夜时分,与第一句相应。"沧海事",用沧海桑田的典故,指世事变化很大。葛洪《神仙传》:"麻姑自说云:'接待以来已见东海三为桑田,向到蓬莱,水又浅于往者会时略半也,岂将复还为陵陆乎?'方平笑曰:'圣人皆言海中复扬尘也。'"

〔4〕末两句写"又别"。"巴陵",唐郡名,郡治在今湖南省岳阳。

盐州过胡儿饮马泉[1]

绿杨着水草如烟[2],旧是胡儿饮马泉。几处吹笳明月夜,何人倚剑白云天[3]。从来冻合关山路,今日分流汉使前[4]。莫遣行人照容鬓,恐惊憔悴入新年。

〔1〕"盐州",即今内蒙古自治区五原。据《旧唐书·地理志》,盐州自贞观后废而复置者数次,又称五原。题一作《过五原胡儿饮马泉》。

〔2〕"着水",拂水。"如烟",形容草茂盛。

〔3〕 这两句慨叹当时边防不固,形势紧张。"吹笳明月夜",据《晋书·刘琨传》,刘琨"在晋阳,尝为胡骑所围,城中窘迫无计,琨乃乘月登楼清啸,贼闻之,皆凄然长叹;中夜奏胡笳,贼又流涕歔欷(叹息),有怀土之切;向晓复吹之,贼并弃围而走"。"倚剑白云天",宋玉《大言赋》:"方地为车,圆天为盖,长剑耿耿倚天外。"

〔4〕 这两句说昔时水尚冻合,现已解冻分流于汉使之前,呼应第一句所写春景,同时寓有失地已收复的意思。"汉使",作者自指。

从军北征[1]

天山雪后海风寒,横笛偏吹行路难[2]。碛里征人三十万,一时回首月中看[3]。

〔1〕 本篇一作严维诗。
〔2〕"行路难",乐府《杂曲》,本为汉代歌谣。
〔3〕 这两句承前句,意思是说,横笛偏偏于此寒夜吹奏咏叹忧患的《行路难》,引起征人愁思,一时都回首怅望故乡。"碛",沙漠。"看",读平声。

夜上受降城闻笛[1]

回乐烽前沙似雪[2],受降城下月如霜。不知何处吹芦管[3],一夜征人尽望乡。

〔1〕"受降城",唐代受降城有东、西、中三城,都是武后景云中朔方军总管张仁愿为抵御突厥所筑。中受降城在今内蒙古自治区五原西北。据《元和郡县志》卷四:"中受降城本秦九原郡地,汉武帝元朔二年更名五原,开元十年,于此置安北大都护府。"作者另有《过五原胡儿饮马泉》诗(见《盐州过胡儿饮马泉》注〔1〕),则此诗所指受降城当即中受降城。
〔2〕"回乐烽",指回乐县的烽火台。回乐县故址在今宁夏回族自治区灵武县西南。"烽",一作"峰",据近人岑仲勉考证:"李益另有《暮过回乐烽》诗云:'烽火高飞百尺台。'知作'峰'者非。"(见《唐人行第录》二三二页)
〔3〕"芦管",乐器名。宋陈旸《乐书》称芦管与觱篥、芦笳相类。以芦叶为管,管口有哨簧,管面有孔,下端有铜喇叭嘴,清代兵营巡哨犹多用之。

长 干 行[1]

忆妾深闺里,烟尘不曾识[2]。嫁与长干人,沙头候风色[3]。

五月南风兴,思君下巴陵[4]。八月西风起,想君发扬子[5]。去来悲如何,见少离别多。湘潭几日到?妾梦越风波[6]。昨夜狂风度,吹折江头树。渺渺暗无边,行人在何处。好乘浮云骢,佳期兰渚东。鸳鸯绿浦上,翡翠锦屏中[7]。自怜十五馀,颜色桃花红。那作商人妇[8],愁水复愁风!

〔1〕本篇一作李白诗。"长干",见李白《长干行》注〔1〕。

〔2〕"烟尘",风尘。

〔3〕"沙头",指江边。此句及以下十二句说妻子关心丈夫的旅途安危,常到江边探望风向,即结句"愁水复愁风"之意。

〔4〕"巴陵",见《喜见外弟又言别》注〔4〕。

〔5〕"扬子",渡口名,在今江苏省扬州市南。

〔6〕这两句是说湘潭有多远我并不知道,我的梦却经越风波到那里去了。"湘潭",今属湖南省。

〔7〕这四句写妻子美好的幻想:丈夫乘骏马与自己相会,如绿浦上的鸳鸯,锦屏中的翡翠,永相谐好,不再分离。"浮云骢",汉文帝骏马名(见《西京杂记》卷二)。"兰渚",取曹植《应诏》"朝发鸾台,夕宿兰渚"意,言行程迅速。"翡翠",鸟名。左思《吴都赋》:"翡翠列巢以重行。"此处取其双栖之意。

〔8〕"那作",奈作。此句说奈何做了商人的妻。

度破讷沙

一[1]

眼见风来沙旋移,经年不省草生时。莫言塞北无春到,总有春来何处知[2]?

〔1〕 本题共二首,这是第一首,写沙漠中只见风沙不见寸草的荒凉情景。"破讷沙",沙漠名。《新唐书·地理志七》:"夏州(故址在今陕西省横山县西)北渡乌水,……经步拙泉故城,八十八里渡乌那水,经胡洛盐池、纥伏干泉,四十八里度库结沙,一曰普纳沙,……""普纳沙"即"破讷沙"。

〔2〕 这两句应前两句:不能说塞北没有春到,但由于只见风沙,不见青草,就是春天到来,风沙依旧,一切都没有变化,又从哪里看到春天呢?这里所写古代塞北的景象,和经过劳动人民大力改造的今日塞北,自是迥然不同。"总有",犹纵有,虽有。

二[1]

破讷沙头雁正飞,鸊鹈泉上战初归[2]。平明日出东南地,满碛寒光生铁衣[3]。

〔1〕 这是第二首,写出战的军队平明归营时的情景。

〔2〕 "鸊鹈(音劈梯)",泉名,在唐代丰州西受降城(今内蒙古自治区杭锦后旗乌加河北岸)北三百里。据说丰州有九十九泉,鸊鹈泉是其中最大者。唐宪宗元和初回鹘曾以骑兵进犯,与振武节度使驻兵在此地区交战。

〔3〕 这句写拂晓时,铁甲反映着寒光,特别耀眼,仿佛沙漠上的寒光都从甲胄上发出来。

塞 下 曲[1]

伏波惟愿裹尸还,定远何须生入关[2]。莫遣只轮归海窟〔3〕,仍留一箭射天山〔4〕。

〔1〕 这首诗以前代安边名将为比,抒发了将士的豪情壮志。

〔2〕 这两句说为保卫国家,宁愿战死疆场,不一定要活着回到关内。"伏波",指马援。他曾被封为伏波将军。"裹尸还",《后汉书·马援传》载马援语:"方今匈奴、乌桓尚扰北边,欲自请击之。男儿要当死于边野,以马革裹尸还葬耳,何能卧床上在儿女子手中邪!""定远",即班超。他曾被封为定远侯。"生入关",《后汉书·班超传》说,班超在边地,年老思归,曾上书给皇帝说:"臣不敢望到酒泉郡,但愿生入玉门关。"

〔3〕 这句说要全歼敌人,莫使逃归。"只轮",一只车轮。《春秋公羊传》:"僖公三十三年,夏四月,晋人及姜戎败秦于殽,……晋人与姜戎要之殽而击之,匹马只轮无反(返)者。""海窟",指当时敌人所居住的瀚海(沙漠)地方。

〔4〕 "一箭射天山",据《旧唐书·薛仁贵传》,薛在唐太宗和唐高宗时立了许多边功。他为铁勒道总管时,九姓突厥十馀万人来挑战,仁贵在天山连发三矢,射杀三人,其馀部下都下马请降,军中歌道:"将军三箭定天山,战士长歌入汉关。"这里"一箭"是概称,意思说应该留下一支军队防守边疆。

刘采春

刘采春,淮甸(今江苏省淮安淮阴一带)人[1]。一作越州人。伶工周季崇之妻,善歌唱,极为元稹所赏识[2]。

〔1〕范摅《云溪友议》卷下《艳阳词》。
〔2〕元稹《赠刘采春》一律,有"言辞雅措风流足,举止低回秀媚多"之句,参见《啰唝曲》注〔1〕。

啰唝曲[1]

一

不喜秦淮水,生憎江上船。载儿夫婿去[2],经岁又经年。

〔1〕《啰唝曲》,元稹《赠刘采春》:"选词能唱《望夫歌》。"自注:"即啰唝之曲也。"范摅《云溪友议》卷下《艳阳词》条云:"采春所唱一百二十首,皆当代才子所作。……采春一唱是曲(按即指《啰唝曲》),闺妇行人,莫不涟泣。"可见刘采春只是《啰唝曲》的歌唱者,不一定就是创作者。方以智《通雅》卷二十九《乐曲》:"啰唝犹来啰。""来啰"有盼望远行的人回来之意。《全唐诗》本题共六首,这篇原列第一首。

〔2〕"儿",女子自称。

二[1]

莫作商人妇,金钗当卜钱[2]。朝朝江口望,错认几人船。

〔1〕 本篇原列第三首。
〔2〕 "金钗当卜钱",商人经常外出,妻子在家想念,占问归期,就把金钗抛掷在地上,代替金钱卦。参看于鹄《江南曲》注〔4〕。

三[1]

那年离别日,只道住桐庐[2]。桐庐人不见,今得广州书。

〔1〕 本篇原列第四首,说女子和他的夫婿离别后,起初只知道他住在桐庐,忽又接到他从更远的广州寄来的信。说明游子的行踪飘忽不定。
〔2〕 "桐庐",今浙江省桐庐县。

张籍

张籍(约768—约830),字文昌,祖居苏州,后移居和州(今安徽省和县)[1]。贞元十四年(798)进士,历官太常寺太祝、水部员外郎,终于国子司业。有《张司业集》。

张籍早年生活贫苦,后来的官职也很低微。他所生活的时代,正是代宗李豫、德宗李适统治时期,内忧外患,相逼而来。他是一位关心现实同情人民疾苦的诗人,所作乐府歌行反映当时的社会现实,揭发了统治阶级的剥削罪恶,显示了劳动人民的灾难和苦闷。他一面拟作古乐府,一面创作新乐府,有用古题古义的,如《妾薄命》、《采莲曲》等;有用古题喻今义的,如《董逃行》、《筑城词》、《贾客乐》等;有即事名篇自创新词的,如《促促词》、《永嘉行》、《野老歌》、《山头鹿》等。这些乐府诗,继承汉魏乐府的优良传统,又勇于暴露现实,给予元、白新乐府运动以极其有力的推动。当时白居易《读张籍古乐府》就说:"张君何为者?业文三十春。尤工乐府诗,举代少其伦。……风雅比兴外,未尝著空文。"他的乐府诗另一特色是有意识地向民间歌谣学习,如《白鼍吟》、《云童行》、《江村行》等,不但包含丰富的农村生活的体验,有时简直像是民间口头诗歌的拟作。他的表现手法是篇幅不长而韵脚屡换,给人以活泼圆转的印象;同时,用自己口吻发表的议论少,往往让诗中人物来自白,或只摆一摆事实便戛然而止。除乐府歌行而外,他的五古也不乏感深意远之作;近体不事雕琢,轻快近白居易。

〔1〕 关于张籍籍贯的考订,详见余嘉锡《四库提要辨证》卷二十。

野 老 歌[1]

老农家贫在山住,耕种山田三四亩。苗疏税多不得食,输入官仓化为土[2]。岁暮锄犁傍空室,呼儿登山收橡实[3]。西江贾客珠百斛,船中养犬长食肉[4]。

〔1〕 题一作《山农词》。篇末用商人的奢侈生活和山农的贫苦对比。可参看作者另一首诗《贾客乐》结语:"农夫税多长辛苦,弃业宁为贩宝翁。"

〔2〕 这句说农作物送进官家的仓库积压太多,时间久了,腐烂变成灰土。参看白居易《重赋》诗:"进入琼林库,岁久化为尘。"

〔3〕 这两句是说一年的收成被剥削光了以后,农民家中只有农具靠着墙壁放着,因而不得不登山采橡实为食。"橡实",杜甫《北征》诗:"山果多琐细,罗生杂橡栗。"橡树的果实,其状似栗,贫苦人采作食物以充饥。

〔4〕 "西江",桂、黔、郁三江之水,在广西苍梧县合流,东流为西江,亦称上江。"西江贾客",指广西做珠宝生意的商人,和"珠百斛"相扣。又珠江流域实包括西江、北江、东江流经之处而言。广东亦多采珠商人,此所谓"西江贾客",亦可泛指两广贩卖珠宝的客人。

张　籍

筑　城　词[1]

筑城处,千人万人齐把杵[2]。重重土坚试行锥[3],军吏执鞭催作迟。来时一年深碛里[4],尽着短衣渴无水。力尽不得休杵声,杵声未尽人皆死。家家养男当门户,今日作君城下土[5]。

〔1〕"词",一作"曲"。
〔2〕"杵",舂土的工具。
〔3〕这句是说看城土筑得坚固与否,便拿铁锥刺下去探测。
〔4〕"碛",粗砂。这句说来此风沙地区已一年了。
〔5〕这两句说筑城而死的男人,都是一家门户的支持者。

山　头　鹿[1]

山头鹿,角芟芟,尾促促[2]。贫儿多租输不足[3],夫死未葬儿在狱[4]。旱日熬熬蒸野冈,禾黍不收无狱粮。县家惟忧少军食[5],谁能令尔无死伤。

〔1〕这首诗借山头鹿起兴,反映当时赋税繁重,农民生活艰苦。统治者为了要尽量供应那些保卫自己统治权的军队的食粮,就竭力向农民压榨。
〔2〕"芟芟(音删)",作"刈"解,意即光秃秃。一本"角"上有"双"字。

453

"促促",短貌。"角芰芰,尾促促"作为"贫"的起兴。

〔3〕"输不足",交租交不起,无力负担。

〔4〕这句说农妇为重税所苦:丈夫因租税交不出被逼而死,儿子又因交不出租税被关到牢监里去了。

〔5〕"县家",指县官。

秋 思

洛阳城里见秋风,欲作家书意万重[1]。复恐匆匆说不尽,行人临发又开封[2]。

〔1〕"重",重叠。"意万重",极言意思之多。

〔2〕"行人临发",捎信去的人快要出发。"开封",打开已封好的家书。这句说明写家书的人心有千言万语,叮咛惟恐不至,踌躇凝想,所以一再要做补充。

征 妇 怨[1]

九月匈奴杀边将[2],汉军全没辽水上[3]。万里无人收白骨,家家城下招魂葬[4]。妇人依倚子与夫[5],同居贫贱心亦舒。夫死战场子在腹,妾身虽存如昼烛[6]。

〔1〕本篇是新题乐府,反映当时战争的残酷。"征妇",指出征军人的妻。

〔2〕"匈奴",古代我国北方民族。匈奴统治者常在秋季骚扰当时中央政权直接管辖的地方,劫掠农产物。中央政权派兵加意防御,叫"防秋"。

〔3〕"辽水",一名大辽水,又名句骊河。有东西二源:东源出辽宁省西平顶山,西源出辽宁昭乌达盟克什克腾旗白岔山。二源既合,乃称辽河,纵贯今辽宁省西部。

〔4〕"招魂",古时候有招魂的迷信风俗,怕死者的魂灵迷不知返,要招唤它回来。"招魂葬",因收不到战士的尸骨,只好招魂并将衣冠装进棺内埋葬,又叫"衣冠葬"。

〔5〕"依倚",依赖。"依倚子与夫",封建时代统治阶级压迫妇女的儒家礼教有所谓"三从",即"未嫁从父,既嫁从夫,夫死从子"。

〔6〕这两句说丈夫已死,遗腹子尚未出世。自己虽然活着,就像白天点烛,是多馀的。她知道下一代也无希望。诗人写出了这个征妇绝望的悲愤心情。

董 逃 行〔1〕

洛阳城头火疃疃,乱兵烧我天子宫〔2〕。宫城南面有深山,尽将老幼藏其间。重岩为屋橡为食,丁男夜行候消息〔3〕。闻道官军犹掠人,旧里如今归未得。董逃行,汉家几时重太平?

〔1〕"董逃行",乐府旧题。郭茂倩《乐府诗集·董逃行五解》引崔豹《古今注》:"《董逃歌》,后汉游童所作也,终有董卓作乱,卒以逃亡。后人习之以为歌章,乐府奏之以为儆戒焉。"张籍借旧题写安禄山作乱时人民所受的痛苦及其对于太平的盼望。

〔2〕"疃疃(音童)",火光盛貌。"乱兵",指叛变作乱的兵士。

〔3〕"丁男",成年的男子。"候消息",探听乱兵动静。

废 宅 行[1]

胡马崩腾满阡陌[2],都人避乱唯空宅。宅边青桑垂宛宛[3],野蚕食叶还成茧。黄雀衔草入燕窠,啧啧啾啾白日晚[4]。去时禾黍埋地中,饥兵掘土翻重重。鸱枭养子庭树上[5],曲墙空屋多旋风[6]。乱定几人还本土?唯有官家重作主[7]。

〔1〕题一作《废居行》。这首诗写吐蕃突然袭击唐京畿,市民逃避一空,农业生产被严重破坏的景象。

〔2〕"胡马",指吐蕃的兵马。"阡陌",田间的路。南北曰"阡",东西曰"陌"。

〔3〕"宛宛",叶垂貌。

〔4〕"黄雀入燕窠",黄雀本是野鸟,不会像燕子一样在人家做巢的,现在居然占了燕子的窠,说明废宅久无人居,景象十分荒凉。"啧啧啾啾(音责鸠)",鸟雀声。

〔5〕"鸱枭(音痴萧)",猛鸟名。本栖住在山林里,今养子庭树,说明废宅无人。

〔6〕"曲墙",迂曲的垣墙。"旋风",回旋的风。

〔7〕末两句说不知何时乱定,乱定后又有几人能还本土?那只有全靠官府替老百姓做主了。"重"字有埋怨从前干得不好之意,讽刺"官家"没有防患。

张　籍

凉 州 词[1]

一[1]

边城暮雨雁飞低,芦笋初生渐欲齐[2]。无数铃声遥过碛,应驮白练到安西[3]。

〔1〕唐凉州是屏障长安的重镇,也是"丝绸之路"的必经之地。吐蕃从唐代宗广德元年(763)以来连年兴兵,占据西北数十州。唐德宗苟安求和,竟承认被占州县为合法,给吐蕃统治者骚扰内地大开方便之门。面对这种现状,作者深为不满,写了《凉州词》三首。这是第一首,它写大量的丝织品被掠夺。

〔2〕"芦笋",芦苇春天发芽,似竹笋而小。这两句通过雁飞和芦发笋来写时令。

〔3〕"碛",沙漠。"练",丝织品经过煮白叫"练"。"安西",地名,本为唐西域重镇,此时已沦为吐蕃的据点。

二[1]

凤林关里水东流,白草黄榆六十秋[2]。边将皆承主恩泽,无人解道取凉州[3]。

〔1〕这篇原列第三首。

〔2〕这两句说凤林关内被吐蕃占领的一片土地无人耕种,长期荒芜。

"凤林关",在今甘肃省临夏市西北,当时是唐朝和吐蕃交界处。"六十秋",永泰二年(766)凉州失陷,至宝历元年(825)尚未收复,所以诗人叹息"白草黄榆六十秋"。

〔3〕 这两句责边将辜负朝廷,不提收复凉州事。这一带地方的失陷,除了因安史之乱削弱了唐中央政权的力量外,还由于当地守将贪暴,内附部落离心,居民不得保护,辗转东移,致使吐蕃统治者有机可乘(见《旧唐书·李晟传》)。有时吐蕃入境掳掠后自己退走,边将就谎报驱敌出塞,以功臣自居。边地人民受到吐蕃和守将的双重祸害,引起当时人普遍不满。白居易《西凉伎》也说"遗民肠断在凉州,将卒相看无意收"。

蓟北旅思[1]

日日望乡国,空歌白纻词[2]。长因送人处,忆得别家时。失意还独语,多愁只自知。客亭门外柳,折尽向南枝[3]。

〔1〕 "蓟北",见高适《燕歌行》注[7]。
〔2〕 "白纻词",即《白纻舞歌》。纻麻本吴地所出,白纻舞是吴舞。《白纻词》亦是吴歌。白纻是故乡之物,所以因怀乡而歌唱白纻词。"纻",一作"苎"。
〔3〕 "客亭",郊外送客之亭。末句意谓南归人多,而作者自己是南方人还羁留在蓟北,不免感到惆怅。

夜到渔家[1]

渔家在江口,潮水入柴扉。行客欲投宿,主人犹未归。竹深村路远,月出钓船稀。遥见寻沙岸,春风动草衣[2]。

〔1〕 题一作《宿渔家》。
〔2〕 "沙岸",水中沙堆叫"沙岸"。"草衣",即蓑衣。这两句说遥见有人在寻沙岸泊船,风吹动着他的草衣(作者在盼望主人归来,所以注视沙岸来船)。

王建

王建(766—830以后),字仲初,颍川(今河南省许昌市)人,出身寒微,曾任县丞、侍御史等官,后任陕州司马。有《王司马集》。

王建和张籍"年状皆齐"[1],在诗歌上也同声相应,都算得元稹、白居易写作"新乐府"的先导。清代诗人王士禛对这一点有很简当的评断:"草堂乐府擅惊奇,杜老哀时托兴微;元、白、张、王皆古意,不曾辛苦学妃豨。"[2]那就是说,张、王、元、白的乐府能像李、杜那样,真正继承了古乐府的传统,而不是刻板地仿袭古乐府的内容和形式。"新"乐府能得"古"意,就因为它体会了古乐府的哀时托兴的精神,赋咏了新题材,运用了新语言;因为它把古乐府的传统看作一种可以发展和丰富的活东西,而不是一些只许照样复制的僵硬模型。王建曾说自己的诗"自看花样古"(《酬从侄再看诗本》),不妨也做这个意义的理解。

王建的乐府,和张籍的相似,简括爽利,不像元稹、白居易那样喜欢铺叙和发议论。但是他比张籍写得更具体,描述更细致,意思更含蓄。那时候,诗坛上分两大派:韩愈、孟郊派和元稹、白居易派。像张籍一样,王建跟他们都是诗友,也仿佛是两派之间的联络人。除乐府外,王建的七言近体也接近元、白,而他的好些五言古诗又接近韩、孟。至于他的五律像《原上新居十三首》等,却使读者联想到贾岛、姚合。他有一系列刻画宫廷生活琐事的作品,《宫词》常为人传诵,想来大多由于对幕后新闻或掌故的兴趣,不一定是欣赏文艺。

〔1〕 张籍《逢王建有赠》诗云:"年状皆齐初有髭,鹊山漳水每相随。使君座下朝听《易》,处士庭中夜会诗。"

〔2〕《渔洋精华录》卷五《戏仿元遗山论诗绝句三十二首》之九。参看元稹《乐府古题序》里的议论。"妃豨",这里代指乐府。古乐府《有所思》:"妃呼豨,秋风飒飒晨风飔。东方须臾高知之。"徐祯卿《谈艺录》:"乐府中有'妃呼豨'、'伊何那'诸语,本自无义,但补乐中之音。"

望 夫 石[1]

望夫处,江悠悠。化为石,不回头。山头日日风复雨,行人归来石应语[2]。

〔1〕 这诗采用民间故事为题材,写一女子对丈夫的爱情永远不变。"望夫石",我国很多地方都有"望夫石"、"望夫山"、"望夫台"的传说:有一个女人天天在山头盼望远征的丈夫归来,日子久了,化为石头,还保持远望的姿态。参看李白《长干行》注〔6〕。又刘禹锡《望夫石》诗:"终日望夫夫不归,化为孤石苦相思。望来已是几千载,只似当时初望时。"

〔2〕 最后一句是说假如丈夫真的回来,这块望夫石会开口倾诉离情。

水 夫 谣[1]

苦哉生长当驿边,官家使我牵驿船[2]。辛苦日多乐日少,水宿沙行如海鸟[3]。逆风上水万斛重,前驿迢迢后森森[4]。半夜缘堤雪和雨[5],受他驱遣还复去。夜寒衣湿披短蓑,臆穿足裂忍痛何[6]!到明辛苦无处说,齐声腾踏牵船歌[7]。一间茅屋何所直[8],父母之乡去不得。我愿此水作平田,长使水夫不怨天[9]。

〔1〕这首诗写纤夫在官家压迫和役使之下牵驿船的苦痛生活,想逃亡却又舍不得离开乡土。对于过于繁重而不合理的劳役制度,表示极端厌恶和反对。

〔2〕"驿",古代官办的交通站,有陆驿也有水驿,这里说的是水驿。"牵驿船",给驿站的官船拉纤。

〔3〕"水宿沙行",夜里宿在船上,白天在沙上行走。

〔4〕"森森(音眇)",茫茫无边际。"迢迢"、"森森",暗寓纤夫辛苦生涯,望不到边际。

〔5〕"缘",同"沿"。

〔6〕"臆",胸口。"穿",破裂。"忍痛何",没奈何只能忍痛。

〔7〕"腾踏",愤激的歌声破空而起。

〔8〕"直",同"值"。"何所直",值什么钱。

〔9〕末两句说没有水便没有驿船,就不必再受拉纤的苦而向天叫怨了。

田 家 行[1]

男声欣欣女颜悦,人家不怨言语别[2]。五月虽热麦风清,檐头索索缲车鸣[3]。野蚕作茧人不取,叶间扑扑秋蛾生。麦收上场绢在轴,的知输得官家足[4]。不望入口复上身,且免向城卖黄犊。田家衣食无厚薄,不见县门身即乐[5]!

〔1〕这首诗从具体的农村生产、生活写到农民的痛苦、希望,表现了农民遭受官府剥削的无可奈何的心情。

〔2〕"别",特别、例外。因输向官家,应有怨言,偏偏"不怨"。

〔3〕"檐头",屋檐边。"索索",响声。"缫车",抽丝车。

〔4〕"的知",确知。

〔5〕"无厚薄",说不上什么"厚"和"薄",极言田家生活之苦。"县门",县官的衙门。最后两句表示衣食不足固然痛苦,但比起官家的逼迫来,饥寒之苦还算是轻的。

羽 林 行[1]

长安恶少出名字[2],楼下劫商楼上醉。天明下直明光宫[3],散入五陵松柏中[4]。百回杀人身合死,赦书尚有收城功[5]。九衢一日消息定,乡吏籍中重改姓[6]。出来依旧属羽林,立在殿前射飞禽[7]。

〔1〕"羽林行",乐府旧题,属《杂曲歌》,是从汉杂曲《羽林郎》变化出来的。"羽林",《汉书·百官公卿表》:"武帝太初元年初置,名曰建章营骑,后更名羽林骑,又取从军死事之子孙,养羽林官,教以五兵(弓矢、殳、矛、戈、戟),号曰羽林孤儿。"从西汉以来,相沿以"羽林"称皇帝的禁卫军,唐置左右羽林军。这首诗暴露了唐代统治阶级的爪牙行凶做恶、逍遥法外的情况。

〔2〕"出名字",著名。

〔3〕"下直",即下班。"直",同值班的"值"。"明光宫",汉宫名,此系

借用。

〔4〕"五陵",汉朝皇帝陵墓所在。因地多松柏,恶少藏在其中干杀人劫货的勾当。

〔5〕"合",应该。这两句说杀人本该抵命,可是皇帝饶赦他的死罪,说他曾经收城立功,可以将功折罪。

〔6〕"衢",可以四达的街道叫"衢"。"九",极言其多。这两句说赦罪的消息传遍全城,这个犯罪的人早已改名换姓,入了吏籍。

〔7〕这两句说他又从吏籍出来,仍属羽林军。

新嫁娘词[1]

三日入厨下[2],洗手作羹汤。未谙姑食性,先遣小姑尝[3]。

〔1〕原作三首,选第一首。

〔2〕"三日入厨",古代女子嫁后第三天,俗称"过三朝",依照习俗要下厨房做菜。

〔3〕"谙(音庵)",熟悉。"姑食性",婆婆的口味。末句说小姑是知道她妈的"食性"的,所以请她先尝尝味道。

射虎行[1]

自去射虎得虎归,官差射虎得虎迟[2]。独行以死当虎命,两人因疑终不定[3]。朝朝暮暮空手回,山下绿苗成道径[4]。远立不教污箭镞,闻死还来分虎肉[5]。惜留猛虎着深山,射杀恐畏终身闲[6]。

〔1〕"行",一作"词"。这首歌行用的是比兴手法,借官役射虎不力的现象,以影射当时军阀(藩镇)混战和诸将讨伐叛军观望不前的历史事实。说的是射虎,实际上是指政局及战争形势。

〔2〕这两句说为私不为公。为扩张自己的势力不愿为国家立功的军阀大抵类此。

〔3〕这两句写当时藩镇所用的手段。上句似指唐德宗时李晟破朱泚,宪宗时高崇文破刘闢;下句似指代宗时李宝成、李正己合攻田承嗣,二李互相猜疑,各引兵退却而言。

〔4〕这两句说每日空跑,把绿苗田都跑成道路了。

〔5〕这两句说远远站着看,连箭也不肯射一支。一听到虎死的消息就赶来分虎肉了。似指李晟破朱泚,李愬平吴元济,下面的军官争着要分功。

〔6〕末两句慨叹当时军阀各怀私心,如德宗时李怀光不急攻朱泚,宪宗时韩弘不急攻吴元济,留它一手,卖点关子,所谓"养寇自重"。他们认为如果真的灭了皇帝要诛灭的人,反而对于自己不利了。

十五夜望月寄杜郎中[1]

中庭地白树栖鸦[2],冷露无声湿桂花。今夜月明人尽望,不知秋思落谁家[3]?

〔1〕"十五夜",中秋的晚上。"郎中",官名。

〔2〕"地白",月光满地。

〔3〕"秋思(读去声)",感秋之情。末两句说佳节月色如此,定然有人要起"秋思",还不知感秋的人是谁。

海 人 谣[1]

海人无家海里住,采珠役象为岁赋[2]。恶波横天山塞路[3],未央宫中常满库[4]。

〔1〕这诗歌咏当时海人采珠纳税的痛苦,讽刺统治者的贪暴。

〔2〕"海人",经常潜入海底劳动的人。"役象",海南出象,采珠人使象驮珠为纳税的交通工具。"岁赋",唐代统治阶级役使广东一带人民采珠贡赋税。

〔3〕"恶波横天",形容海里采珠之难。"山塞路",形容陆上运珠之苦。

〔4〕"未央宫",本是汉代宫殿的名称,此处系借用。

元稹

元稹(779—831),字微之,河南府(今河南省洛阳市附近)人。十五岁明经及第,授校书郎,后来又官监察御史,与宦官及守旧官僚斗争,遭到贬谪。继起任工部侍郎,拜相。出为同州刺史,改授浙东观察使,又官鄂州刺史、武昌军节度使,卒于任所。有《元氏长庆集》。

元稹从年轻时起,就和白居易齐名。他的诗有些配成乐曲在宫廷中歌唱,宫中人称他为"元才子"。他有和李绅的新题乐府十二首,在诗序中称李绅的新题乐府"雅有所谓,不虚为文",并"取其病时之尤急者,列而和之"。他重视古代采诗以观风俗的传说,又用杜甫"即事名篇,无复倚旁"[1]的精神,作为创作乐府的方针。所写诸篇如《西凉伎》、《法曲》、《驯犀》、《立部伎》、《胡旋女》、《阴山道》等,反映当时社会政治的情况以发泄内心的感愤。他写这些诗的时间较白居易为早,他是新乐府运动的积极提倡者。

他的诗歌创作和白居易一样,有沿用旧体的,有自创新题的,也有吸收民间形式的。特别是叙事诗,有所创新,可算是两家共有的特色。例如《连昌宫词》就是采取《长恨歌》的题材和白氏所作新乐府的体制,讽戒之意显著,叙事首尾详尽,布局完整,描写细致。

可是元稹有一个严重的缺点,他曾经说自己的讽谕诗"词直气粗,罪尤是惧,固不敢陈露于人"[2]。这种态度和白居易自称的"不惧贤豪怒，亦任亲朋讥。人亦无奈何，呼作狂男儿"[3]，一对比就更加清楚，一个是畏葸，一个是壮直。此外，元稹写新题乐府，喜铺陈缕述，往往一题数意，结构松而词旨晦，很少能在情节次序上做精心的安排。他自知不能与白居易争胜，便努力于古题乐府的撰作，"寓意古题，刺美见事"，自《梦上天》至《估客乐》共十九首，其中如《忆远曲》、《夫远征》、《织妇词》、《田家词》、《估客乐》等，既着重内容的充实，又比较讲究形式的完美。

大致说来，元、白诗风相似，但白不仅比元更有"直气""壮心"[4]，也比元抒情更恳切，说理更明白，叙事更条畅。元稹自己说"不能以过之"[5]，还是有自知之明的。

〔1〕《元氏长庆集》卷二十三《乐府古题序》。
〔2〕《元氏长庆集·集外文章》中《上令狐相公诗启》。
〔3〕《白氏长庆集》卷一《寄唐生》诗。
〔4〕同上卷二《和答诗十首序》。
〔5〕同注〔2〕。原文云："居易雅能为诗，就中爱驱驾文字，穷极声韵，或为千言，或为五百言律诗以相投寄。小生自审，不能以过之。"宋朝计有功《唐诗纪事》同，末句作"不能有以过之"。

田 家 词[1]

牛吒吒，田确确[2]，旱块敲牛蹄趵趵[3]。种得官仓珠颗谷[4]。六十年来兵簇簇,月月食粮车辘辘[5]。一日官军收海服[6],驱牛驾车食牛肉。归来收得牛两角,重铸锄犁作斤劚[7]。姑舂妇担去输官,输官不足归卖屋,愿官早胜仇早复[8]。农死有儿牛有犊,誓不遣官军粮不足[9]。

〔1〕本篇为《乐府古题》十九首中的第九首。元稹在《乐府古题序》中说:"《田家》止述军输。"当时农民在统治阶级的剥削压迫下,年年上输军粮,战争老是不停,因此负担更重。农民盼望早打胜仗,统一国土,所以尽力输粮,不使官军缺粮。这首诗细微地写出了这种复杂心理。

〔2〕"吒吒(音诧)",叱牛声。"确确",坚硬、瘠薄的意思。

〔3〕"趵(音剥)",牛蹄声。

〔4〕"珠颗谷",像珍珠一般的谷粒。这句是说经过千辛万苦种植出来那么美好的谷子都输入官库了。

〔5〕"六十年来",指自天宝十四年(755)的安史之乱至元和十二年(817)写此诗时。"兵簇簇",兵器众多。"辘辘",车声。"月月"句说每月送军粮的车声不断绝。

〔6〕"海服",四海之内的土地。在方千里的京畿之外,每五百里的地方称为一"服"。这句说有一天官军打了胜仗收复了土地。

〔7〕这三句是说官军把送粮的人、牛、车一起征用,最后牛被杀掉,农民只好带着两只牛角回家。没有牛,只好重铸农具,用人力耕种。"斤劚(音琢)",做砍伐之用的工具。

〔8〕"仇早复",早点复仇,把敌人打退。

〔9〕末两句是说农人死了还有孩子,牛死了还有小牛,还得继续为官军服务。"不遣",不让,不使。一本无"誓"字。

闻乐天授江州司马[1]

残灯无焰影幢幢[2],此夕闻君谪九江。垂死病中惊坐起,暗风吹雨入寒窗。

〔1〕本篇元和十年(815)作。是年三月元稹贬通州(今四川省达县),八月白居易又贬江州司马。二人同样被排斥离京,远贬异地,在政治上极不得意,心境悲凉。元稹这首诗远寄江州后,白居易在《与微之书》中说:"此句他人尚不可闻,况仆心哉!至今每吟,犹恻恻耳。"

〔2〕"焰",火苗。"影幢幢(音床)",阴影摇曳不定的样子。

连昌宫词[1]

连昌宫中满宫竹,岁久无人森似束[2]。又有墙头千叶桃,风动落花红蔌蔌[3]。宫边老翁为余泣:"小年进食曾因入[4]。上皇正在望仙楼,太真同凭阑干立。楼上楼前尽珠翠,炫转荧煌照天地[5]。归来如梦复如痴,何暇备言宫里事。初届寒食一百六,店舍无烟宫树绿[6]。夜半月高弦索鸣,贺老琵琶定场屋[7]。力士传呼觅念奴,念奴潜伴诸郎宿[8]。须臾觅得又连催,特敕街中许然烛。春娇满眼睡红绡,掠削云鬟旋装束[9]。飞上九天歌一声,二十五郎吹管笛[10]。逡巡大遍凉州彻[11],色色龟兹轰录续[12]。李謩擪笛傍宫墙,偷得新翻数般曲[13]。平明大驾发行宫,万人歌舞途路中。百官队仗避岐薛,杨氏诸姨车斗风[14]。

明年十月东都破[15],御路犹存禄山过。驱令供顿不敢藏[16],万姓无声泪潜堕。两京定后六七年[17],却寻家舍行宫前。庄园烧尽有枯井,行宫门闭树宛然。尔后相传六皇帝[18],不到离宫门久闭。往来年少说长安,玄武楼成花萼废[19]。去年敕使因斫竹,偶值门开暂相逐[20]。荆榛栉比塞池塘,狐兔骄痴缘树木[21]。舞榭攲倾基尚在,文窗窈窕纱犹绿[22]。尘埋粉壁旧花钿,乌啄风筝碎珠玉[23]。上皇偏爱临砌花,依然御榻临阶斜。蛇出燕巢盘斗拱,菌生香案正当衙[24]。寝殿相连端正楼[25],太真梳洗楼上头。晨光未出帘影动,至今反挂珊瑚钩[26]。指似傍人因怃哭[27],却出宫门泪相续[28]。自从此后还闭门,夜夜狐狸上门屋。"

我闻此语心骨悲,"太平谁致乱者谁?"翁言:"野父何分别[29],耳闻眼见为君说。姚崇宋璟作相公[30],劝谏上皇言语切。燮理阴阳禾黍丰[31],调和中外无兵戎。长官清平太守好,拣选皆言由至公[32]。开元之末姚宋死,朝廷渐渐由妃子。禄山宫里养作儿[33],虢国门前闹如市[34]。弄权宰相不记名,依稀忆得杨与李[35]。庙谟颠倒四海摇[36],五十年来作疮痏[37]。今皇神圣丞相明,诏书才下吴蜀平[38]。官军又取淮西贼[39],此贼亦除天下宁。年年耕种宫前道,今年不遣子孙耕[40]。"老翁此意深望幸,努力庙谟休用兵[41]。

[1] 本篇作于唐宪宗元和十三年(818)。时作者正在通州任司马。"连昌宫",在河南郡寿安县(今河南省宜阳县境内)。这首诗借宫边老人之口,追叙安史之乱前后政治上兴衰的原因及其征象,一面表现对所谓盛时的回顾,一面还有恢复旧日景象的殷切愿望,是元稹规讽诗中较有名的一篇。按之历史事实,唐玄宗和杨贵妃生前并未到过连昌宫,而诗中所谓"望仙楼"和"端正楼"都

在骊山华清宫,不在连昌宫。作者自己也并未到过连昌宫,诗中所写多凭想象。

〔2〕 "森似束",形容竹子长得高而且密,像一捆一捆似的。

〔3〕 "千叶桃",碧桃的别名。"红蔌蔌",落花纷纷的样子。

〔4〕 "小年",即少年。唐人用"少年"一词,常作"小年"。

〔5〕 这四句写当时进宫所见。"上皇",唐玄宗传位给肃宗李亨后,称"上皇"。"望仙楼",骊山华清宫楼名。"太真",杨贵妃做女道士时的名字。"珠翠",指佩带珍珠、翡翠的宫女们。"炫转荧煌",光彩闪烁。

〔6〕 "寒食",冬至节后的一百零六天(一说是一百零五天)为"寒食"节,当时风俗这一天不许举火,所以说"店舍无烟"。

〔7〕 "贺老",指贺怀智,玄宗时善弹琵琶的乐师。"定场屋",压场之意。

〔8〕 "念奴",作者自注中说:念奴,天宝中名娼。每逢年节,宫楼下设宴,接连几天,万人拥挤喧哗,不能禁止,众乐为之罢奏。明皇叫高力士在楼上大呼:"现在叫念奴唱歌,邠二十五郎吹小管笛,看人能听否?"立刻得到众人的拥护,悄然听奏。"诸郎",这里指供奉宫廷的其他年轻艺人。

〔9〕 "掠削",用手整顿梳理一下头发。"旋妆束",一会儿就妆扮好了。

〔10〕 "九天",此处借指宫禁。"二十五郎",邠王李承宁,善吹笛。

〔11〕 "逡巡",急奏,迅速之义,与普通之作"迟缓"解者不同。元稹《琵琶歌》:"逡巡弹得《六幺》彻,霜刀破竹无残节。"从下句的比喻,知为迅速义。"大遍凉州",是说整套的凉州曲调。"彻",从头唱到底的意思。

〔12〕 "龟(音秋)兹",汉时西域国名,故址在今新疆库车、沙雅一带地方。这里是指西域传来的音乐,唐朝曾设立龟兹乐部。"录续",即陆续。"轰录续",意谓接连着热热闹闹地演奏。

〔13〕 "李謩擪笛",作者自注:"明皇尝于上阳宫,夜后按新翻一曲,属明夕正月十五日,潜游灯下。忽闻酒楼上有笛奏前夕新曲,大骇之。明日,密遣捕捉笛者,诘验之。自云:'其夕窃于天津桥玩月,闻宫中度曲,遂于桥柱上插谱记之。臣即长安少年善笛者李謩。'明皇异而遣之。""擪",同"擫",手按。

〔14〕 "岐薛",岐王李范、薛王李业,和上面提到的邠王,都是明皇的弟弟。宋洪迈《容斋随笔·续笔》卷二"开元五王"条说岐王李范在开元十四年就死了,薛王李业在开元廿二年就死了。没有于天宝十三年到连昌宫的事实。这

是作者想象之词。"杨氏诸姨",杨贵妃的姐姐韩国夫人、虢国夫人、秦国夫人。"斗",比赛。"车斗风",极言车行迅速。

以上为第一段,写安史乱前帝妃在行宫的行乐。

〔15〕"十月东都破",天宝十四年(755)十二月东都洛阳被安禄山攻陷。这里说十月,或是元稹偶误,或是大约言之。

〔16〕"驱令供顿",强迫供应食宿的地方。

〔17〕"两京",西京长安和东都洛阳。由郭子仪先后收复。

〔18〕"六皇帝",肃宗李亨、代宗李豫、德宗李适、顺宗李诵、宪宗李纯,只有五帝。所以说六皇帝,有人推测,此诗由宦官崔潭峻抄给穆宗看,改"五"字为"六"字云云,可备一说。

〔19〕"玄武楼",在长安大明宫的北面,德宗时建。"花萼",楼名,在长安兴庆宫的西南面,玄宗时建。这里用两楼的兴废来说明长安城中的今昔变迁。

〔20〕"暂相逐",暂且跟进去看看。

〔21〕"荆榛栉比",言杂草丛木,密如梳篦的齿。"栉",梳篦的总称。"狐兔骄痴",是说狐兔胆大不怕人。"缘",绕。

〔22〕"文窗",雕花的窗子。"窈窕",幽深貌。"纱",窗纱。

〔23〕上句是说灰尘堆积在粉壁上悬挂着的女子的装饰品(花钿)上。"风筝",挂在檐棱之间的铁马(铃铎)。下句说乌鸦啄着风筝发出碎玉般的声音。《杨升庵全集》卷五十七:"古人殿阁檐棱间,有风琴、风筝,皆因风动成音,自谐宫商。"

〔24〕"盘斗栱",盘踞斗栱之上。"斗栱",斗榉之栱木,即"斗拱"。"栱",柱上方木,用以拱持栋柱的。"菌生香案",快腐朽的香案上已经长着菌类植物了。"当筍",即当着天子居住的门庭。《新唐书·仪卫志上》:"天子居曰筍。"

〔25〕"端正楼",亦华清宫中的楼名,和前面的"望仙楼"一样都是借用。

〔26〕"帘影动",风吹帘影在摇动,承上句"梳洗"而言。"珊瑚钩",珊瑚制成的帘钩,"反挂珊瑚钩",形容寂寞凄凉无人管理的景象。

〔27〕"似",同"示"。一作"向"。

〔28〕"却",却退、却还之意。与前面"却寻家舍"之"却"表示转折的连词

略有不同。

以上为第二段,写乱后行宫的荒凉。

〔29〕"翁言"以下又是"宫边老翁"的话。"野父",乡野老人,是老翁自谦的称谓。"何分别",哪能辨别。

〔30〕"姚崇宋璟",开元时比较贤明的两宰相。

〔31〕"燮理阴阳",即"调和阴阳,顺四时,育万物",封建迷信的词语。这里指宰相帮助皇帝正常地处理政务。

〔32〕"至公",用人行政至为公正。这是作者对姚、宋奖饰之词。

〔33〕"养作儿",安禄山本胡人,入朝后,得玄宗及宰相李林甫的信任,被任为平卢、范阳、河东节度使,官至左仆射(音夜)。自请为杨贵妃养子。杨贵妃在宫中戏以襁褓裹安禄山向玄宗乞取"洗儿钱"。

〔34〕这句说虢国夫人倚势弄权,到她那儿去钻营的人很多。"闹如市",是说门前像市上一样热闹。

〔35〕"依稀",仿佛。"杨与李",即杨国忠、李林甫,二人都是天宝年间的权奸。

〔36〕"庙",宗庙,这里指朝廷。"庙谟",宗庙社稷的谋议计划,即朝廷制订的国家大计。

〔37〕"疮痏(音伟)",指毒害人民的坏事以及乱后遗留下来的残破局面。

〔38〕"今皇",指唐宪宗。"丞相",指裴度。"吴",指江南东道节度使李锜。"蜀",指西川节度使刘辟。"吴蜀平",李锜、刘辟先后叛乱,都一一平定。

〔39〕"淮西贼",指淮西节度使吴元济。元和十年吴元济叛乱,时裴度为相,协助宪宗征伐,经过三年战争,终于在元和十二年十一月取得胜利。

〔40〕这两句大意说以前因经过长期的军阀混乱,洛阳受军事威胁,皇帝不敢东游,现在乱事既平,皇帝有重来连昌宫的可能,所以不让子弟在宫前耕种。

〔41〕"幸",皇帝亲到某地叫"幸"。"深望幸",殷切地希望皇帝前来。"休用兵",要求朝廷早日结束战争,不再用兵。

以上为第三段,写宫边老翁望太平和望幸,望幸也就是望太平。

元稹

行　宫[1]

寥落古行宫,宫花寂寞红。白头宫女在,闲坐说玄宗[2]。

〔1〕本篇或作王建诗,题为《古行宫》。"行宫",皇帝外出所住之处。
〔2〕末两句写白发宫女闲话玄宗旧事,抒发盛衰的感慨。

刘禹锡

刘禹锡(772—842),字梦得,洛阳(今河南省洛阳市)人[1],一作彭城人[2],自称是汉代中山王刘胜的后裔,因此也算河北中山人[3]。贞元九年(793)进士,官监察御史。王叔文失败,他牵连坐罪,被贬为朗州(今湖南省常德县)司马,后又任连州、夔州、和州等州刺史,官至检校礼部尚书兼太子宾客。有《刘宾客集》,又称《刘中山集》、《刘梦得文集》。

刘禹锡和柳宗元都热心赞助王叔文的政治革新,参与机要,颇受重用。他不仅是当时进步的政治家,而且是哲学思想家。他的三篇《天论》意在"尽天人之际";关于自然界和人类社会的关系,他的见解的确表现了朴素的唯物主义思想。他那种"人能胜乎天"的思想,使他能积极地参加政治活动。他的诗歌带有浓烈的政治色彩,特别是那些政治讽刺诗,更显露出斗争锋芒。被贬后,有机会接触下层人民,也写了一些反映人民生活、关心民间疾苦的诗篇。

尽管他和韩愈、白居易都有深厚的交情,却能在诗歌的风格上保持独立自主,不附和、更不附属于韩或白的有势力的流派。他和白居易的唱和诗多少仿效了对方的风格,这是应酬诗里惯有的礼貌[4],不能算数的。韩愈诗奇崛,白居易诗平浅,但是两人有一点相似:都不收敛而倾向于铺放。刘禹锡不铺张放纵而比较节制约缩。像《插田歌》、《贾客词》那几篇新乐府,就接近张籍、王建的简括,而不同于白居易、元稹的繁详。他对诗歌的语言讲究得很细致,叮咛告诫说:"为诗用僻字,须有来处,……后辈业诗,若非有据,不可率尔造也";他甚至在诗里不敢用"糕"字,因为"六经"里没有这个字[5]。他的语言很干净明快,虽然偶尔有些自注,并没有多少炫博矜奇的地方。

刘禹锡那样讲究书本上的古老出典,同时又对口头文学的民间歌谣发生了新鲜事物感。他不但学会了唱民歌[6],还受了民歌的启发,写出《竹枝词》、《杨柳枝词》等耐人吟咏的好诗,创造了一种新体裁。元结在湖南时所写的《欸乃曲》,早已是结合当地民歌的先例;相形之下,《欸乃曲》还是书卷气或文人学士气太浓,远不及刘禹锡这几首的真率和活泼。《竹枝词》这一体也被归入词类,然而后世诗集里常有《竹枝词》、《柳枝词》、《橘枝词》等[7],反在词集里很少出现。下面选了几首《竹枝词》、《柳枝词》,正是根据这个相传的习惯。

[1]《汝州上后谢宰相状》:"籍占洛阳。"

[2] 白居易《刘白唱和集解》、《旧唐书》本传。

[3]《子刘子自传》,亦载《新唐书》本传。

[4] 例如韩愈《山南郑相公樊员外酬答为诗依赋十四韵》就充满了樊宗师所爱用的那种刺眼棘口的僻字涩句。

[5] 韦绚《刘宾客嘉话录》记刘禹锡语;参看宋祁《景文集》卷二十四《九日食糕》:"刘郎不敢题糕字,辜负诗家一代豪!"自注用字来历、用典出处以表示谨严的写作态度,是中唐新兴的风气,例如李德裕的赋里就很多这类自注,和

以前谢灵运《山居赋》、张渊《观象赋》、颜之推《观我生赋》里偶标出典而主要是申说意义或全部解释本事的自注完全不同。白居易晚年和刘禹锡唱酬愈密,所作诗歌里这种有关"来处"的自注也大大增多,而且大部分出于"六经",可能是受了刘禹锡的理论的影响。

〔6〕 白居易《忆梦得》诗自注:"梦得能唱《竹枝》。"

〔7〕 例如元代杨维桢有名的《西湖竹枝歌》,见《铁崖古乐府》卷十。

插 田 歌[1]

连州城下[2],俯接村墟。偶登郡楼[3],适有所感。遂书其事为俚歌,以俟采诗者[4]。

冈头花草齐,燕子东西飞。田塍望如线[5],白水光参差。农妇白纻裙[6],农父绿蓑衣。齐唱郢中歌[7],嘤伫如竹枝[8]。但闻怨响音,不辨俚语词[9]。时时一大笑,此必相嘲嗤。水平苗漠漠,烟火生墟落。黄犬往复还,赤鸡鸣且啄。路旁谁家郎,乌帽衫袖长。自言上计吏[10],年初离帝乡[11]。田夫语计吏:"君家侬定谙[12]。一来长安道,眼大不相参[13]。"计吏笑致辞:"长安真大处。省门高轲峨,侬入无度数[14]。昨来补卫士,唯用筒竹布[15]。君看二三年,我作官人去。"

〔1〕 这首诗前半描写南方稻农插秧的情景,后半记吏人和农民的对话,微露讽刺朝政的意思。

〔2〕 "连州",州治在今广东省连县。作者于元和十年(815)任连州

刺史。

〔3〕"郡楼",郡城城楼。

〔4〕"俚歌",民间歌谣。"采诗者",采集风谣的官吏。相传周代有设官采诗的制度,《诗经·国风》里的民谣就是被采诗者搜集起来的。作者自称本篇是"俚歌",并说等待朝廷采诗者来搜集,不仅表示有意仿效民谣,而且表示其中有讽谕,有如《国风》。

〔5〕"田塍",田埂。

〔6〕"白纻",白麻布。

〔7〕"郢中歌",犹言楚歌(郢是春秋时楚国都城)。郢中歌有《阳春》、《白雪》、《下里》、《巴人》等曲,见宋玉《答楚王问》。

〔8〕这句说歌声如唱《竹枝》。"嘤伫(音婴狞)",细声。

〔9〕这两句说只听出歌声哀怨,不懂歌词内容。

〔10〕"上计吏",亦可简称"上计"或"计吏",地方政府派到中央政府办公事的书吏。

〔11〕"初",《全唐诗》作"幼",误。此据影宋本《刘宾客集》。"帝乡",指京都。

〔12〕"谙",见王建《新嫁娘词》注〔3〕。

〔13〕这两句说自从你到了京都长安,眼界大了,和我们不是一路了。"相参",犹言相与。

〔14〕"省门",指宫禁或官署的门。汉代人宫中称为省中,宫门称为省闼。省又是官署名。唐有尚书、门下、中书、秘书、殿中、内侍六省。"轲峨",高貌。"无度数",数不清的次数。这两句写计吏自夸在长安出入省禁。

〔15〕"昨来",近来。"补卫士",姓名补进了禁军的缺额。"筒竹布",筒中布与竹布。筒中布又名黄润,是蜀中所产的一种细布。竹布是岭南名产(见《唐书·地理志》)。"筒",也可能是一筒的意思。左思《蜀都赋》云"黄润比筒","比筒"即每筒。近代丝绸有用锡筒装的,或许古代对于布帛亦有筒装的办法。这两句写计吏自谓补卫士只用了一些布做代价,说明卫士的位置可用贿赂得来。下文预言二三年后就要去做官,正因为他估计买个官做,价码也不会很高。

客有为余话登天坛遇雨之状因以赋之^[1]

清晨登天坛,半路逢阴晦。疾行穿雨过,却立视云背^[2]。白日照其上,风雷走于内。溴瀁雪海翻,槎牙玉山碎^[3]。蛟龙露鬐鬣,神鬼含变态^[4]。万状互生灭,百音以繁会^[5]。俯观群动静^[6],始觉天宇大^[7]。山顶自晶明,人间已滂霈^[8]。豁然重昏敛,涣若春冰溃^[9]。反照入松门,瀑流飞缟带。遥光泛物色,馀韵吟天籁^[10]。洞府撞仙钟,村墟起夕霭^[11]。却见山下侣,已如迷世代。问我何处来,我来云雨外。

〔1〕"天坛",山名,在今河南省济源县,即王屋山绝顶。相传这里是古轩辕氏祈天之所,所以叫天坛山。

〔2〕这两句言疾行上山,穿过雨云,然后转身立定从上而下地看云。

〔3〕这两句写云的翻涌。"溴瀁(音晃漾)",波涛动荡貌。"槎牙",即"磋砑",互相磨擦貌。

〔4〕这两句写云的形状奇异多变。"鬐鬣(音耆猎)",指蛟龙的脊。

〔5〕这两句总括写云雨的形状和声音,与上文"风雷走于内"句相应。

〔6〕这句说高处望下去,一切动的东西似乎都静止了。

〔7〕"天宇",天空。

〔8〕这两句说山上晴明,山下雨住。"晶明",晴朗貌。"已",止。"滂霈",或作"滂沛",雨盛貌。

〔9〕这两句说阴云收敛、消散。"豁",开敞。"涣",流散。

〔10〕这两句承上两句。"遥光",指雨后湿润物受夕阳照射的反光。"泛物色",浮在众物之上。"馀韵",指瀑声说。"天籁",出于天然的音响。

〔11〕"洞府",本指神仙的住处,这里借指山寺,"霭",气氛。

秋日送客至潜水驿

候吏立沙际[1],田家连竹溪。枫林社日鼓[2],茅屋午时鸡。鹊噪晚禾地,蝶飞秋草畦。驿楼宫树近,疲马再三嘶。

〔1〕"候吏",指驿站的管理人。"沙际",水边。
〔2〕"社日",祭社神的日子。祭社神分春秋两次,这里指秋社。

元和十年自朗州召至京戏赠看花诸君子[1]

紫陌红尘拂面来,无人不道看花回。玄都观里桃千树,尽是刘郎去后栽[2]。

〔1〕"元和",唐宪宗年号。"十年",《全唐诗》作"十一年",是传写之误,今依《刘梦得文集》改正。据《旧唐书·刘禹锡传》,禹锡贞元元年(805)贬离长安做连州刺史,半途又贬为朗州司马;从朗州被召回京是在元和十年(815),同年又贬往连州。作者在《重至衡阳伤柳仪曹》诗前小序中追述这次被贬途中和柳宗元作别事,说是在"元和乙未"年,也就是元和十年。本篇"诗语讥忿",触

怨当权者,作者因此又遭贬逐。

〔2〕"玄都观(音贯)",道教庙宇名。"刘郎",作者自指。这两句以桃花比朝中某些新贵,暗示这些人是由于王叔文集团失败,攀附了新当权者才爬上去的。作者因此诗得罪,正如他的朋友柳宗元所说的"自取之",就是说作者明知会因此遭到迫害,但是不怕。可见他是富于斗争精神的。

再授连州至衡阳酬柳柳州赠别〔1〕

去国十年同赴召,渡湘千里又分歧〔2〕。重临事异黄丞相〔3〕,三黜名惭柳士师〔4〕。归目并随回雁尽,愁肠正遇断猿时〔5〕。桂江东过连山下,相望长吟有所思〔6〕。

〔1〕刘禹锡元和十年(815)召回长安,因为做了"玄都观里桃千树,尽是刘郎去后栽"那首诗,被执政者指为讥刺,又将他外放播州(今贵州省遵义)刺史,由于裴度为他请求,得改为连州刺史。柳宗元这时又被遣离长安任柳州(治所在今广西柳州市)刺史。两人同路南行,到衡阳分手。柳宗元在衡阳有几首赠别刘禹锡的诗。刘禹锡写本篇酬答柳的《衡阳与梦得分路赠别》那一首。

〔2〕这两句叙两人离长安十年,同时被召还,又同时贬往南方,渡湘江后分路。"去国",指离开京城。"分歧",指分路。

〔3〕"黄丞相",指黄霸。他是西汉宣帝时的丞相,在为相前两度任颍川太守。黄霸两次到颍川和刘禹锡两次到连州都是重临旧地,情况相似,所不同的是黄霸被汉宣帝所重视,而作者是唐宪宗有意借故打击的人;颍川是中原大郡,地近长安,连州是南方僻远之处。这句作者将自己和黄霸比较。"事异"两字暗含牢骚。

〔4〕"三黜",三次贬斥。"士师",狱官。《论语·微子》:柳下惠为士师,

三黜。曰:"直道而事人,焉往而不三黜?……"柳下惠就是展禽,春秋时鲁国人。他居住的地方叫柳下,死后的谥号叫惠。这句诗里的"柳士师"是借来指柳宗元,也是将柳宗元比做柳下惠。柳宗元于永贞元年贬邵州刺史,再贬永州司马,召还后又贬为柳州刺史,正是"三黜"。这里作者暗示宗元被贬斥由于"直道事人"。作者也经三黜,和宗元相同,虽然谦虚地表示自己被人和柳宗元并提有所惭愧,实际上却是把自己包括在"直道事人"之列。

〔5〕"归目",向北望的眼光。"回雁",向北飞的雁群。衡阳有回雁峰,相传北雁南飞到此为止,逢春北归。"尽",指视线的尽头,雁影的消失处。"猿",这里指猿的啼声。"断猿",指猿声断续。这两句写两人分手时共同的情绪。上句写雁归人不归。"并随"二字表示两人思归之情相同。下句写猿啼更添人的愁思。人愁因为贬谪和离别,这也是两人所共同的。

〔6〕"桂江",即漓江。"连山",是连州境内的山,地因山而得名,在柳州之东。这两句说别后彼此将在两地相望相思。桂江虽然从广西流入广东,却并不经过连山,这里只是借它把两个地名联系起来。"有所思",古乐府篇名。这里只是用它的字面。

平 蔡 州[1]

一

蔡州城中众心死,妖星夜落照濠水[2]。汉家飞将下天来,马箠一挥门洞开。贼徒崩腾望旗拜,有若群蛰惊春雷[3]。狂童面缚登槛车,太白夭矫垂捷书[4]。相公从容来镇抚,常侍郊迎负文弩[5]。四人归业闾里闲,小儿跳踉健儿舞[6]。

〔1〕 蔡州(今河南省汝南)是淮西(包括蔡、光、申三州)节度使的驻地。元和九年(814)彰义军(淮西)节度使吴少阳死,子吴元济自立。唐宪宗发兵讨伐。元和十二年(817)宰相裴度到郾城(今河南省郾城县)督师,将军李愬得裴度支持,攻入蔡州城,擒获吴元济。平定淮西是唐宪宗能暂时制服藩镇叛乱的一个转折点。刘禹锡是一向关心国家统一的,这时远谪在外,听到这个消息,兴奋地写诗三首,叙写了李愬攻下蔡州,吴元济被擒,人民欢庆和献囚等事。

〔2〕 "众心死",言吴元济统治下的民众痛苦绝望。"妖星",犹灾星。诗以"妖星落"表示吴元济灾难临头。

〔3〕 这四句写李愬破城,叛军崩溃。"汉家飞将",西汉名将李广被匈奴人称为"飞将军",这里借指李愬。两《唐书》李愬本传写他破蔡州城是在大风雪的夜里,兵到吴元济外宅,元济还在梦中。"马箠",即马策,鞭马的杖。"崩腾",纷乱。

〔4〕 "狂童",疯狂昏顽的人,指吴元济。"面缚",将双手反缚在背后。"槛车",笼车,囚车(上有顶,四周有栅栏)。"太白",旗名。《史记·周本纪》:"以黄钺斩纣头悬太白之旗。""夭矫",形容旗帜飘动之词。"垂捷书",悬挂宣布胜利的文告。

〔5〕 "相公",称宰相之词,指裴度。"常侍",指李愬。当时李愬的官职是检校左散骑常侍。"文弩",刻有花纹的弩。"负弩",是尊敬的表示。

〔6〕 "四人",即"四民",指士、农、工、商。"跳踉(音良)",跳跃。

二〔1〕

汝南晨鸡喔喔鸣,城头鼓角音和平。路旁老人忆旧事,相与感激皆涕零。老人收泣前置辞,官军入城人不知。忽惊元和十二载,重见天宝承平时〔2〕。

〔1〕 这首写战后城中的和平景象,通过老人的回忆,写出百姓的欢欣。

〔2〕"元和十二载",即公元817年。"天宝",唐玄宗年号。在天宝十四年安禄山作乱以前的玄宗朝还算是承平时代。

三

九衢车马浑浑流,使臣来献淮西囚。四夷闻风失匕箸,天子受贺登高楼[1]。妖童擢发不足数,血污城西一抔土[2]。南烽无火楚泽闲,夜行不锁穆陵关。策勋礼毕天下泰,猛士按剑看恒山[3]。

〔1〕这四句写将帅遣使到京城献俘,皇帝受俘。"九衢",大街。"浑浑",水流貌,这里形容车马众多,进行时连续不断。"匕",饭匙。"失匕箸",形容震惊。借用刘备闻雷失箸的典故。

〔2〕这两句写吴元济被定罪处死。"妖童",犹言凶徒,指吴元济。"擢(音浊)",拔。"擢发不足数",《史记·范雎蔡泽列传》:"范雎曰:'汝(指须贾)罪有几?'(须贾)曰:'擢贾之发以续(数)贾之罪,尚未足。'"这里用以说明吴元济罪恶太多,擢发难数。"一抔土",一堆土。

〔3〕这四句说南方已经平定,北方还有叛乱。"南烽无火",即南无烽火。"楚泽",泛指因淮西镇叛乱受害的附近地区。"穆陵关",即木陵关,在今湖北省麻城县北。"策勋",纪功。"恒山",指恒山郡,唐时已改为恒州,治所在真定(今河北省正定县)。唐宪宗时是成德军驻地,宪宗讨伐叛乱藩镇,成德军节度使王承忠是其中之一。淮西平定后,成德渐孤立,但直到刘禹锡写这首诗的时候,王承忠还在抗拒中央。本篇最后原有注云:"时唯恒山不庭。"

松滋渡望峡中〔1〕

渡头轻雨洒寒梅,云际溶溶雪水来〔2〕。梦渚草长迷楚望,夷陵土黑有秦灰〔3〕。巴人泪应猿声落,蜀客船从鸟道回〔4〕。十二碧峰何处所?永安宫外有荒台〔5〕。

〔1〕"松滋",唐时属江陵府,在今湖北省松滋县西。"峡中",在秭归县东。这是一首写景与怀古的诗。

〔2〕"溶溶",水大貌。

〔3〕这两句因望楚国旧地忆楚国旧事。"梦渚",云梦泽之渚。"楚望",犹言楚国的山川。《左传·哀公六年》:"三代命祀,祭不越望。江、汉、睢、章,楚之望也。"江、汉、睢、章都是楚国境内的河流。祭祀国内的山川叫做"望"。"夷陵",本楚国先王墓地,后为县名,在今湖北省宜昌境。《史记·白起列传》:"白起攻楚,拔郢,烧夷陵。"白起是秦国的名将。

〔4〕这两句写巴蜀道路幽险,旅客哀愁。古《巴东三峡歌》云:"巴东三峡巫峡长,猿鸣三声泪沾裳。""鸟道",参看李白《蜀道难》注〔4〕。"船从鸟道回",三峡山水曲折,所以船行迂回。

〔5〕末两句联想宋玉《高唐赋》所写楚王梦巫山神女的事,因而相望有关的地方。"十二碧峰",巫山在今四川省巫山县东南,相传有十二峰。"永安宫",在今四川省奉节县。宋玉《高唐赋序》写楚王所梦神女云:"妾在巫山之阳,高丘之岨,旦为朝云,暮为行雨,朝朝暮暮,阳台之下。"作者因永安宫外的荒台联想到神女故事中的阳台(山名),因而产生"何处所"的疑问。

刘禹锡

西塞山怀古[1]

王濬楼船下益州[2],金陵王气黯然收[3]。千寻铁锁沉江底,一片降幡出石头[4]。人世几回伤往事,山形依旧枕寒流[5]。今逢四海为家日,故垒萧萧芦荻秋[6]。

〔1〕"西塞山",在今湖北省黄石市。一名道士洑矶。

〔2〕"王濬",晋益州刺史。"益州",晋时郡治在今四川省成都市。这句写晋伐吴事。晋武帝谋伐吴,派王濬造大船,出巴蜀。船上以木为城,起楼。每船可容二千馀人。

〔3〕这句说吴国国运告终。"金陵王气",金陵是吴国的都城。古人迷信望气之术,认为帝王所在之地有"王气",国亡则气歇。

〔4〕这两句说吴君战败出降。"铁锁沉江底",当时吴人用铁索横绝江面,阻拦晋船,晋人用火烧熔它。"降幡出石头",王濬从武昌顺流直向金陵,攻进石头城。吴主孙皓亲到营门投降。

〔5〕这两句说人世屡经兴亡盛衰,而此山依然如旧。

〔6〕"四海为家",言四海归于一家,即天下统一。结句说这些江上的营垒都已荒废无用,只有芦荻萧萧,发出悲凉的秋声。到这里似乎还有意思不曾说出,让读者自己去体味:三国六朝的分裂局面早已过去了,唐代确实已完成统一大业了,但此时藩镇割据不又成为严重问题了吗?"故垒萧萧"放在面前,该引起怎样的警惕呢?

竹 枝 词

一[1]

城西门前滟滪堆[2],年年波浪不能摧。懊恼人心不如石,少时东去复西来[3]。

〔1〕"竹枝",是巴渝一带的民歌。作者仿作的《竹枝词》现存十一首,分为两组,一组九首,另一组二首。本篇是《竹枝词九首》之第六首。作者在引言中说明这些歌词是在建平(泛指夔州)听到儿童歌唱后仿制的。引言中并说明《竹枝》唱时"吹短笛,击鼓以赴节"。歌者同时扬袖而舞。

〔2〕"城西门",当指奉节西门。唐时奉节故址在今奉节县东北。"滟滪堆",原在今四川省奉节县西南瞿塘峡口江中,是一块大石(今已炸去),亦作"淫预堆"、"犹豫堆",又有"英武石"、"燕窝石"等名。

〔3〕 这两句讽刺随风赶浪,行无定向。浪不能摧的巨石则是志节坚定不可动摇的象征。(对于比喻往往会有不同解释,这里如作为写一般商妇愁怨之词也可以通,因为有东去西来就会有离情别恨。不过这样解释,诗的意义就缩小了。)

二[1]

瞿塘嘈嘈十二滩[2],人言道路古来难[3]。长恨人心不如水,等闲平地起波澜[4]。

〔1〕 这是《竹枝词九首》的第七首。
〔2〕 "嘈嘈",流水下滩声。
〔3〕 "人言",一本作"此中"。
〔4〕 "人心",不是泛指一切人,而是专指那些惯会兴风作浪的小人。"等闲",犹无端。俗语"无事生非"就是这句诗的意思。作者自己被人排挤诬陷,长期贬谪,所以用这样的话来讽世。

竹 枝 词[1]

杨柳青青江水平,闻郎江上唱歌声[2]。东边日出西边雨,道是无晴却有晴[3]。

〔1〕 这是《竹枝词二首》的第一首。由于运用双关隐语的巧妙,它常常被人称引。
〔2〕 "唱",一作"踏"。"踏歌"言唱时以脚踏地为节拍。参看李白《赠汪伦》注〔2〕。
〔3〕 这两句是双关隐语。"东边日出"是"有晴","西边雨"是"无晴"。"晴"与"情"同音,"有晴"、"无晴"是"有情"、"无情"的隐语。"东边日出西边雨"表面是"有晴"、"无晴"的说明,实际却是"有情"、"无情"的比喻。歌词要表达的意思是听歌者从那江上歌声听出唱者是"有情"的。末句"有"、"无"两字中着重的是"有"。"晴",一作"情"。作"晴"是仅仅写出谜面,谜底让读者自己去猜;作"情"是索性把谜底揭出来。在南朝《清商曲辞》中这两种方法是并用的。

杨柳枝词[1]

城外春风吹酒旗[2],行人挥袂日西时[3]。长安陌上无穷树,唯有垂杨管别离[4]。

〔1〕"杨柳枝",唐教坊曲名。歌词形式就是七言绝句,作者多用此题咏柳。本篇为《杨柳枝词九首》的第八首。
〔2〕"酒旗",酒家所用的市招。
〔3〕"挥袂",挥袖,告别时的动作。
〔4〕"垂杨管别离",汉代人就有"折柳赠别"的习俗。大约因为"柳"谐"留"音,折柳表示留客的意思。《诗经·小雅·采薇》有"杨柳依依"之句,因此折柳也可以表示惜别的意思。清褚人穫《坚瓠广集》卷四:"送行之人岂无他枝可折而必于柳者,非谓津亭所便,亦以人之去乡正如木之离土,望其随处皆安,一如柳之随地可活,为之祝愿耳。"也是合理的解释。

浪 淘 沙

一[1]

日照澄洲江雾开,淘金女伴满江隈[2]。美人首饰侯王印,尽是江中浪底来[3]。

〔1〕"浪淘沙",唐教坊曲名,亦做词牌名。刘禹锡有《浪淘沙九首》,这是原第六首。

〔2〕"江隈",江曲处。

〔3〕末两句说富贵人家男女用的黄金都是劳动人民冒险从江中取沙,辛苦淘洗出来的。

二〔1〕

莫道谗言如浪深,莫言迁客似沙沉〔2〕。千淘万漉虽辛苦,吹尽狂沙始到金〔3〕。

〔1〕这是《浪淘沙九首》的第八首。本篇以淘沙见金比喻被谗言所害遭到放逐的人终于洗清罪名,得到赦免。作者屡次被谪贬,却保持着乐观精神,从本篇可见。

〔2〕"迁客",指谪降外调的官。

〔3〕末两句比喻清白正直的人虽然一时被小人诬陷,历尽辛苦之后,他的价值还是会被人发现。

堤 上 行〔1〕

江南江北望烟波,入夜行人相应歌〔2〕。桃叶传情竹枝怨,水流无限月明多〔3〕。

〔1〕作者有《堤上行三首》,是仿民歌的绝句,这是原第二首。

〔2〕"相应歌",有倡有和地歌唱。

〔3〕上句说行人唱答的歌词或表爱情或诉怨苦。下句写景,同时也是比喻,流水和月光的无限正可以比喻歌中的感情无限。"桃叶",是南朝《吴声歌曲》,《乐府诗集》载歌辞四首,不题作者姓名,当是江南民歌。《古今乐录》将"桃叶复桃叶,渡江不用楫"一首作为晋人王献之的作品,并说桃叶是献之的爱妾。不足信。

蜀先主庙[1]

天下英雄气,千秋尚凛然[2]。势分三足鼎,业复五铢钱[3]。得相能开国,生儿不象贤[4]。凄凉蜀故妓,来舞魏宫前[5]。

〔1〕这是作者经过蜀先主(刘备)庙吊古的诗。庙在夔州,作者曾在夔州做刺史。

〔2〕"天下英雄",曹操曾对刘备说,当时"天下英雄"只有两个人,一是刘备,另一是曹操自己(《三国志·蜀书·先主传》)。这里作者用曹操的话称颂刘备,并点明"先主庙"。"凛然",肃然,形容引起别人敬畏的气概。

〔3〕这两句概括刘备一生的事业。刘备建立蜀汉,和吴、魏三分天下,成"鼎足"的形势。刘备自称汉中山靖王之后,要兴复汉室。"五铢钱",是汉武帝以来的钱币,王莽篡汉后废止不用。这里用"复五铢钱"代指复汉。

〔4〕上句说刘备能用贤,得诸葛亮为丞相,帮助他开国。下句叹惜后主刘禅不能守父业。"象贤",肖象或效法先人的好样子。

〔5〕"蜀故妓",公元263年,刘禅降魏。后东迁洛阳,被命为安乐县公。魏相国司马昭在宴会中使蜀国的女乐表演歌舞给刘禅看,旁人见了都为刘禅慨叹,但他自己却"喜笑自若"(《三国志·蜀书·后主传》裴注引《汉晋春秋》)。末两句感叹后主亡国。

刘禹锡

酬乐天扬州初逢席上有赠[1]

巴山楚水凄凉地,二十三年弃置身[2]。怀旧空吟闻笛赋[3],到乡翻似烂柯人[4]。沉舟侧畔千帆过,病树前头万木春[5]。今日听君歌一曲,暂凭杯酒长精神[6]。

〔1〕唐敬宗宝历二年(826)冬,刘禹锡罢和州刺史,被征还京,和白居易(乐天)在扬州(今江苏省扬州市)相遇。白有《醉赠刘二十八(禹锡)使君》诗七律一首,本篇就是答白诗之作。

〔2〕"二十三年",刘禹锡从唐宪宗永贞元年(805)贬连州刺史出京后,到宝历二年冬,共历二十二个年头。预计回到京城时,已跨进第二十三个年头。中间迁徙多次,曾在朗州(今湖南省常德县)住了九年多,在夔州住了二年多。朗州在战国时属楚地,夔州在秦汉时属巴郡。"巴山"、"楚水"概指这些贬谪的地方。

〔3〕"闻笛赋",晋人向秀经过亡友嵇康、吕安的旧居,听见邻人吹笛,感音悲叹,因而写了一篇《思旧赋》(见《思旧赋序》)。这句感叹朋友中有死去的。

〔4〕"烂柯人",指王质。相传晋人王质进山打柴,看见两个童子下棋。他看棋看到终局,手里的斧头柄(柯)已朽烂了。下山回到村里,才知道过去了一百年,同时的人都已死尽(见《述异记》)。作者以王质自比,说明被贬离京之久。这句感叹回乡后可能和乡人都不相识了。

〔5〕白居易赠诗有"举眼风光长寂寞,满朝官职独蹉跎"之语。作者用这两句答他,自比为"沉舟"、"病树"。后人摘句,曾赋予新意说,世界还是要向前发展,新陈代谢总是要继续下去,与作者原意不同。

〔6〕这两句答白诗首联"为我引杯添酒饮,与君把箸击盘歌"。"长精神",有抖擞自奋的意思。

石 头 城[1]

山围故国周遭在,潮打空城寂寞回[2]。淮水东边旧时月,夜深还过女墙来[3]。

〔1〕"石头城",在今江苏省南京市。即战国时楚国的金陵城,三国时代吴国孙权改为石头城。这首诗是《金陵五题》的第一首。《金陵五题》咏金陵的古迹,前有序。序中提到白居易最称赏此首,认为"后之诗人不复措辞矣"。序中又云:"馀四咏虽不及此,亦不孤乐天之言耳。"足见作者自己很欣赏这几首诗,尤其重视本篇。

〔2〕这两句写石头城的荒废和城边的山水如旧。"故国",即旧城。石头城在六朝时代一直是国都,唐高祖武德九年(626)开始废弃,到刘禹锡写此诗时已有二百年,久已成为"空城"了。

〔3〕"淮水",指秦淮河。"女墙",指石头城上矮墙。这两句写月照空城,更见"寂寞"。

乌 衣 巷[1]

朱雀桥边野草花[2],乌衣巷口夕阳斜。旧时王谢堂前燕,飞入寻常百姓家[3]。

〔1〕"乌衣巷",在今南京市东南。从东晋以来,王、谢两大世族都住在这

里。这首诗是《金陵五题》的第二首,写乌衣巷的今昔变化。

〔2〕"朱雀桥",在乌衣巷附近,是六朝时代都城正南门(名朱雀门)外的大桥,在当时是车马填咽的交通要道。"野草花",言野草开花。

〔3〕这两句说在王、谢等贵族第宅的废墟上早已建起了平常百姓的住宅,燕子仍能来原处做巢,不过屋舍和主人的身份都不同了。这里写出沧桑变化的事实,自然成为对豪门大族辛辣的讽刺。

再游玄都观[1] 并引

余贞元二十一年为屯田员外郎时,此观未有花。是岁出牧连州,寻改朗州司马,居十年,召至京师。人人皆言有道士手植仙桃满观,如红霞,遂有前篇,以志一时之事。旋又出牧。今十有四年,复为主客郎中,重游玄都观。荡然无复一树,唯兔葵燕麦动摇于春风耳。因再题二十八字,以俟后游。时大和二年三月[2]。

百亩庭中半是苔,桃花净尽菜花开[3]。种桃道士归何处?前度刘郎今又来[4]。

〔1〕作者在元和十年写了玄都观看花诗,被贬出京,经过十四年重被召还,又写了本篇,在诗前的"引"中叙明了原委。十四年中皇帝换过三个,人事有许多变迁,但政治上斗争并未停息。作者写这首诗有意重提旧事,是不怕高压,继续斗争的表示。

〔2〕以上是"引",即序。"贞元",唐德宗年号。贞元二十一年即顺宗永贞元年(805)。"出牧连州",指出京为连州刺史。"朗州",今湖南省常德市。

"大和",或作"太和",唐文宗年号。"大和二年",即公元828年。

〔3〕 这两句喻人事变迁。

〔4〕 "种桃道士",借指当初打击王叔文集团,贬黜刘禹锡等八人的当权者。到作者写本篇时,应该对这些事负责的执政者有些已死了,所以说"归何处"。

始闻秋风

昔看黄菊与君别,今听玄蝉我却回[1]。五夜飕飗枕前觉[2],一年颜状镜中来[3]。马思边草拳毛动,雕眄青云睡眼开[4]。天地肃清堪四望,为君扶病上高台[5]。

〔1〕 前两句代秋风设辞。"君",是秋风称作者;"我",是秋风自称。依《礼记·月令》,季秋(九月)"鞠(菊)有黄华(花)",孟秋(七月)"寒蝉鸣"。"看黄菊"是在九月秋序已尽,所以说"别";"听玄蝉"是在七月,秋之始,所以说"回"。

〔2〕 "五夜",一夜分为五刻,即甲、乙、丙、丁、戊五夜,也就是五更。"飕飗(音搜留)",风声。

〔3〕 这句说秋去秋来又经一年,一年中人的容颜也有了变化,在镜中呈现出来。

〔4〕 这两句写秋风使马和雕兴奋起来,借以象征人的精神奋发,想有所作为,和下两句紧密联系。晋王赞《杂诗》云:"朔风动秋草,边马有归心。""马思"句似受王诗启发。《春秋元命苞》:"立秋之日鹰鹯击。""雕眄"句写到雕或与此有联想。(作者在《学阮公体》诗中有句云:"朔风悲老骥,秋霜动鸷禽。"和这一联相似。又《秋声赋》云:"骥伏枥而已老,鹰在鞲而有情。聆朔风而心动,盼天籁而神惊。"也是将马和鹰并提。)"拳毛",卷曲的毛(马病则毛拳)。

"眄",斜视。"睡眼",《唐诗贯珠》云:"凡笼鹰过夏,金眸困顿。"

〔5〕 末两句是作者对秋风之辞,有感谢秋风使我能克服疾病,精神振作的意思。"天地肃清",秋气严肃而清爽。"君",指秋风。

贾岛

贾岛（779—843），字阆仙，范阳（今北京附近）人。曾做过和尚，法名无本。后以诗投韩愈，和孟郊、张籍、姚合往还酬唱，诗名大著，因还俗应进士考。由于出身卑微，不被录取，失意之馀曾吟诗讥诮，被称为举场"十恶"。五十九岁时坐罪贬长江（今四川省蓬溪）主簿[1]。后迁普州（今四川省安岳县）司仓参军，死时六十五岁。有《长江集》。

贾岛这位穷愁苦吟的诗人，作品中大多写些闲居情景，或描摹自然风物，生活狭窄，而感情又较平淡，有时令人不免有枯寂之感。贾岛和孟郊从来是相提并论的，可是他却没有孟郊对生活观察的广度，也没有孟郊诗里感情的深度。他的诗几乎很少涉及国家政事或关怀民生疾苦。

韩愈说贾岛的诗"往往造平淡"[2]。"平淡"大约就是贾岛所追求的一种艺术境界。他的诗用典较少，也不喜欢华丽的词藻，主要是以平常用语，抒写眼前的实际情景，和当时李贺的浓艳幽奇的诗风比较起来，更显得清淡朴素。创造这种境界似易而实难，正如梅尧臣所说："作诗无古今，欲造平淡难。"[3]不但晚唐诗人李洞等对他顶礼膜拜[4]。他的诗对南宋的江湖派也有较大影响[5]。

[1]《新唐书·贾岛传》："文宗时，坐飞谤，贬长江主簿。"
[2] 韩愈《送无本师归范阳》。
[3] 梅尧臣《和晏相诗》。

〔4〕 李洞《题晞上人贾岛诗卷》:"贾生诗卷惠休装,百叶莲花万里香。供得年年吟不足,长须字字顶司仓。"南唐孙晟尝画贾岛像置于屋壁,晨夕事之(见晁公武《郡斋读书志》卷十八)。

〔5〕 南宋永嘉四灵中的赵师秀选贾岛、姚合的诗为《二妙集》。

剑　客[1]

十年磨一剑,霜刃未曾试[2]。今日把示君,谁为不平事?

〔1〕 题一作《述剑》。
〔2〕 "霜刃",剑锋白光凛凛,似有寒意,故称"霜刃"。

戏赠友人[1]

一日不作诗,心源如废井[2]。笔砚为辘轳,吟咏作縻绠[3]。朝来重汲引,依旧得清泠[4]。书赠同怀人,词中多苦辛。

〔1〕 这首诗是贾岛苦吟生活的自我写照。
〔2〕 首二句言一天不作诗,就觉得心灵如泉源枯竭了的样子。"源"与"井"呼应。
〔3〕 这两句以汲水比写诗。"辘轳",井上所架绞绳汲水的器具。"縻绠",绳索。

〔4〕"清冷",指井水,比喻诗中的情意。

题李凝幽居

闲居少邻并,草径入荒园[1]。鸟宿池边树,僧敲月下门[2]。过桥分野色,移石动云根[3]。暂去还来此,幽期不负言[4]。

〔1〕这两句写题中"幽"字。

〔2〕这两句有个传说,据《苕溪渔隐丛话·前集》卷下九引《刘公嘉话》:"岛初赴举京师,一日,于驴上得句云:'鸟宿池边树,僧敲月下门。'始欲着'推'字,又欲着'敲'字,炼之未定,遂于驴上吟哦,时时引手作推敲之势。时韩愈吏部权京兆,岛不觉冲至第三节,左右拥至尹前,岛具对所得诗句云云。韩立马良久,谓岛曰:'作"敲"字佳矣。'"后世遂称斟酌字句、反复考虑为"推敲"。

〔3〕"云根",古人认为云"触石而出",故称石为云根。《诗经·召南·殷其雷》毛传:"山出云雨,以润天下。"孔疏:"山出云雨者,《公羊传》曰:'触石而出,肤寸而合。'"

〔4〕末两句说不久当重来,不负共隐的期约。

忆江上吴处士

闽国扬帆去,蟾蜍亏复团[1]。秋风生渭水,落叶满长安[2]。此地聚会夕,当时雷雨寒[3]。兰桡殊未返,消息海

贾岛《题李凝幽居》

云端〔4〕。

〔1〕 这两句写吴处士去闽已经一月。"闽国扬帆去",即"扬帆闽国去"。"蟾蜍",虾蟆。此处是月的代称。《后汉书·天文志》注:"羿请无死之药于西王母,姮娥窃之以奔月,是为蟾蜍。"

〔2〕 这两句写吴处士去后的长安已入秋天。

〔3〕 这两句回忆夏天与吴处士相聚会的当时正值雷雨。

〔4〕 末两句写吴处士去得很远,归期渺茫,表示思念殷切。"兰桡",木兰做的楫。"海云端",与题中"江上"相应。

题兴化寺园亭〔1〕

破却千家作一池,不栽桃李种蔷薇。蔷薇花落秋风起,荆棘满亭君自知。

〔1〕 题一本无"寺"字。孟启《本事诗·怨愤》:"岛《题兴化寺园亭》以刺裴度。"按唐文宗大和元年,白居易有《题兴化小池诗》,知裴度起兴化园亭在本年稍前。《韩诗外传》卷七:"春种桃李者夏得阴其下,秋得其实;春种蒺藜者,夏不可采其叶,秋得其刺焉。"是贾岛诗意所本。这首诗反映了当时权臣的聚敛与骄奢。

刘皂

刘皂,唐德宗时人。据《旅次朔方》诗看,想是咸阳人。《全唐诗》存其诗五首。

旅次朔方[1]

客舍并州数十霜[2],归心日夜忆咸阳。无端又渡桑乾水,却望并州是故乡。

〔1〕 本篇一作贾岛诗,题作《渡桑乾》。今据令狐楚选《御览集》作刘皂诗。按令狐楚是贾岛的先辈,与贾岛本有交往,当不至把贾岛的诗当作刘皂的诗选了送给唐宪宗去看。况且贾岛是范阳人,未在并州久住,又没有去过朔方,诗意与贾岛生平都不相符。李嘉言《贾岛年谱》对此已做考订,今从李说。

〔2〕 "舍",居住。"并州",今山西省太原市。"十霜",十年。

皇甫松

皇甫松,字子奇,散文家皇甫湜的儿子,号檀栾子,睦州新安(今浙江省建德县)人。《全唐诗》存其诗十三首,其中有几首同时又收在词里。

采莲子[1]

船动湖光滟滟秋[2],贪看年少信船流[3]。无端隔水抛莲子,遥被人知半日羞[4]。

[1] 本篇写一个采莲少女的爱情。原作二首,此选第二首。

[2] 这句写采莲船划破湖面,水波动荡闪光,反映秋色。"滟滟",见张若虚《春江花月夜》注[3]。

[3] "年少",指采莲女所爱的青年男子。"信船流",听任船随波漂流。

[4] 这两句写采莲女向少年抛掷莲子,表示爱情,不料给旁人远处看见,害羞了好半天。"无端",犹言没来由。作者设想少女心里自悔自责地想:好好地抛什么莲子,惹得一番羞愧。"无端"表达了这种自悔自责的意味。"莲"和爱怜的"怜"谐音。"抛莲子",即表示"怜子"(爱你)。

浪淘沙

一

滩头细草接疏林,浪恶罾船半欲沉[1]。宿鹭眠鸥飞旧浦,去年沙嘴是江心[2]。

〔1〕 首句写滩草与疏林相接,说明大水冲刷河岸非常厉害。"罾(音增)",一种用竹竿做支架的方形渔网,远望如仰伞。用这种网打鱼叫扳罾。涨水时节正好扳罾,所以说浪恶船危。

〔2〕 "浦",水边,或大水有小口别通的地方。"沙嘴",沙滩。这里"旧浦"即"去年沙嘴"。末两句是说洪水暴涨,河床变化,去年的沙嘴已变为今年的江心,所以鸥鹭飞离旧浦,宿于新的岸草之中。

二

蛮歌豆蔻北人愁,松雨蒲风野艇秋[1]。浪起鸂𪆟眠不得,寒沙细细入江流[2]。

〔1〕 "蛮",把我国南方少数民族或边远的南方人民叫做"蛮",是封建统治阶级的诬蔑。"豆蔻",产于岭南,多年生植物,种子芳香,可供药用。这里当指一种民歌,像当时的《木兰花》、《竹枝》、《采莲子》一样。这两句写小船停泊在秋风秋雨的野岸,阵阵南方民歌触动了北客的心思。

〔2〕 "鸂𪆟",水鸟,又叫赤头鹭,头颈赤褐色,全身多白色,胸背羽毛疏

松,杂有绿色,喙长足高,产于我国南方。末两句写浪涌鸟惊,岸沙漫流,表现了诗人细致的观察力。

李绅

李绅(772—846)[1],字公垂,无锡(今江苏省无锡市)人,原籍亳州[2]。曾为宰相,后出任淮南节度使。他在元稹、白居易提倡"新乐府"之前,写有《新题乐府二十首》,可惜没有流传;现存《追昔游诗》三卷,杂诗一卷。《追昔游》是他在六十多岁时编写的,用各种体裁来追述生平的遭遇和经历,既是写景诗,也是宦海升沉录。其中有不少是矜夸才能、炫耀势位荣宠的[3],思想很庸俗,风格也平常。他早年所作的《古风(一作《悯农》)二首》最为后世传诵。

[1] 李绅《墨诏持经大德神异碑铭》:"大历癸丑岁,文忠公颜真卿领郡,余先人主邑乌程,余生未期岁。"(《全唐文》卷六百九十四)"大历癸丑"为公元773年,可证李绅生年为772年。

[2] 李绅《过梅里》诗称无锡的惠山是他的"家山";沈亚之《李绅传》说他"本赵人"(《全唐文》卷七百三十八),晁公武《郡斋读书志》卷四说他是亳州人。

[3] 陈振孙《直斋书录解题》批评《追昔游》说:"读此编见其饰智矜能,夸荣殉势。"

李　绅

古　风

一[1]

春种一粒粟,秋成万颗子[2]。四海无闲田[3],农夫犹饿死。

〔1〕题一作《悯农》。原作二首,这是第一首。
〔2〕"成",一作"收"。
〔3〕"闲田",荒废不种的田。

二[1]

锄禾日当午,汗滴禾下土。谁知盘中餐[2],粒粒皆辛苦。

〔1〕本篇原列第二首。
〔2〕"餐",一作"飧"。

宿　扬　州

江横渡阔烟波晚,潮过金陵落叶秋。嘹唳塞鸿经楚泽[1],

浅深红树见扬州。夜桥灯火连星汉,水郭帆樯近斗牛[2]。今日市朝风俗变,不须开口问迷楼[3]。

〔1〕"嘹唳(音聊利)",雁鸣声。"楚泽",楚国旧有湘、鄂、江、浙、皖一带地。扬州附近沼泽,亦称"楚泽"。

〔2〕"星汉",银河。曹丕《燕歌行》:"星汉西流夜未央。""水郭",指城外的河水。"樯",帆船上挂风帆的桅杆。"斗牛",二十八宿中的斗宿、牛宿,这里泛指天上的星斗而言。这两句形容扬州夜景的繁华灿烂。李绅另有《宿扬州水馆》诗,有"闲凭阑干指星汉,尚疑轩盖在楼船"之句,境亦近似。

〔3〕"市朝",众人会集之所,这里指扬州而言。"市朝风俗变",言扬州风气已变,不如昔时繁华。陆机《门有车马客行》:"市朝忽迁易,城阙或丘荒。""迷楼",隋炀帝命浙人项昇兴建起来的宫室。千门万牖,误入者,终日不能出。炀帝选后宫女数千住其中,穷极荒淫。旧有《迷楼记》,不详撰著人姓氏。一说是韩偓撰,不足信。

白居易

白居易(772—846),字乐天,号香山居士,下邽(音规,在今陕西省渭南县境)人。生于河南新郑。少年时期,避乱江南。贞元十六年(800)进士,任翰林学士、左拾遗。元和十年李师道、王承宗遣人刺杀宰相武元衡,居易上书请急捕贼,以雪国耻,为当政者所恶,贬江州司马,移忠州刺史。后被召为主客郎中,知制诰。出任杭州、苏州刺史,又内召任太子宾客分司东都、太子少傅等职,以刑部尚书致仕。有《白氏长庆集》。

今存白居易诗近三千首,数量之多在唐代诗人中首屈一指。他对当时诗歌的发展,起了重要的作用。主要是由于他的理论和实践,使诗歌得以突破大历十才子"流连光景"的窄狭范围,扩大了境界,能以社会政治重大问题为内容。他早年写了许多讽谕诗,其中最有名的如《秦中吟》十首,《新乐府》五十首等,谴责宦官、藩镇互相勾结,危害人民和国家。他不顾自身的安全,说"但伤民病痛,不识时忌讳"[1]。他之所以要写这许多讽谕诗是因为身居言官,理应将下情上达,希望朝廷采择施行,能调整封建社会的上层建筑,维护国家的统一,促进生产,有利于封建统治阶级的统治。在当时,他站在封建士大夫的立场,不可能否定唐王朝的统治。但是对黑暗面有所揭露,客观上对人民是有利的。他写《新乐府》时间在他的朋友李绅、元稹之后,成就却超过了他们,提倡新乐府运动的影响也远比他们大。在艺术标准上他又是以通俗平易为世人所称许的,他之所以称得上唐代大诗人之一的原因主要就在这里。

白居易从两个方面继承了前人的传统。他常以陈子昂、杜甫并提,因为陈子昂诗多兴讽,杜甫即事忧时。在二人中,他对杜甫学习得更多。讽谕诗正是从杜甫《新安吏》、《石壕吏》等作品变化而出。另一类,他自己所谓"闲适"诗,受陶渊明、韦应物的影响也不小。他在诗中也常表示对于陶、韦诗风的企慕。

这两个方面在他全部生活中并行不悖,既有"兼济天下"的志向,又作"独善其身"的打算。照作者自己的想法,认为"怡情悦性""流连光景"乃士大夫的"本等",他在"兼济"时也决不会不要这种"本等"。同样,他在所谓"独善"时,也不会完全不关心封建统治。虽然这两种思想是互相矛盾的。

他在前期以写讽谕诗为主,但也有消极性的东西,在后期也写近于讽谕的诗(如寓言及政治讽刺之作)。但前期的闲适和后期近于讽谕的诗在当时所起的作用不大,只居次要地位。

白居易把叙事诗中《长恨歌》、《琵琶行》等名篇列于"感伤类"。事实上,这些诗和讽谕诗中《新丰折臂翁》、《卖炭翁》等篇的艺术手法很相像。刻画人物,形象特别鲜明突出,前后脉络联系,达到叙事诗空前熟练的程度,开辟了歌行体的新道路。

白居易诗的风格,深入浅出,以平易通俗著

称。尤其是古体诗,意到笔随,没有雕琢拼凑的痕迹。这种平易自然的诗,并不是摇笔便成的。宋代看到他手稿的人早说:"香山诗语平易,疑若信手而成者,间观遗稿,则窜定甚多。"[2]古代诗人少有能像白居易写得那样通俗化,也少有能像他赢得那样多的读者。元稹赞美白诗说:"禁省、观寺、邮候、墙壁之上无不书;王公、妾妇、牛童、马走之口无不道,……自篇章已来,未有如是流传之广者。"[3]这可能有些夸大,但绝不会是没有根据的话。

〔1〕《伤唐衢二首》之二。
〔2〕周必大《省斋文稿》卷十六《跋宋景文唐史稿》。
〔3〕元稹《白氏长庆集序》。

赋得古原草送别[1]

离离原上草,一岁一枯荣[2]。野火烧不尽,春风吹又生。远芳侵古道,晴翠接荒城[3]。又送王孙去,萋萋满别情[4]。

〔1〕旧传白居易写此诗时,只有十六岁。顾况在长安接待他时,特别欣赏"野火"二句。唐张固《幽闲鼓吹》云:"白尚书应举,初至京,以诗谒顾著作况。顾睹姓名,熟视白公,曰:'米价方贵,居亦弗易。'乃披卷首篇(按即此诗),即嗟赏曰:'道得个语,居即易矣。'因为之延誉,声名大振。"按白居易十一岁

(建中三年)至十八岁(贞元五年)都在江南；贞元五年以后,顾况即贬官饶州,不久又转至苏州。他二人不大可能在长安相见,这只是一种传说。"赋得",见韦应物《赋得暮雨送李胄》诗注[1]。

〔2〕 "离离",长貌。"原",郊野平地。"荣",茂盛。

〔3〕 "远芳"、"晴翠",形容草的茂盛,兼言原野的阔远和春日的和煦。"古道"、"荒城",扣紧题中"古原",以人事代谢的现象与自然界光景常新做对照。"侵"和"接"刻画春草蔓延、绿野广阔的景象。

〔4〕 这两句点出"送别"本意。用《楚辞·招隐》"王孙游兮不归,春草生兮萋萋"句意。"王孙",贵族,这里借指作者的朋友。"萋萋",草盛的样子。

自河南经乱,关内阻饥,兄弟离散,各在一处。因望月有感,聊书所怀,寄上浮梁大兄、於潜七兄、乌江十五兄,兼示符离及下邽弟妹[1]

时难年荒世业空[2],弟兄羁旅各西东。田园寥落干戈后,骨肉流离道路中。吊影分为千里雁,辞根散作九秋蓬[3]。共看明月应垂泪,一夜乡心五处同[4]。

〔1〕 本篇大约作于唐德宗贞元十六年(800)的秋天。作者在那年九月到符离(今属安徽省宿县),有《乱后过流沟寺》诗,流沟寺即在符离。题中所言"弟妹",很可能和他自己都在符离,因此合起来共"五处"。贞元十五年(799)春宣武节度使董晋死后部下叛乱,接着申、光、蔡等州节度使吴少诚又叛乱,唐中央政权分遣十六道兵马去攻打,战事大都发生在河南境内。当时南方漕运主要经过河

南输送关内,由于"河南经乱",交通断绝,使得"关内阻饥"。"关内",唐时关内道辖今陕西省中部、北部及甘肃省一部分地区。白居易的大兄,名幼文,于贞元十三年(797)始作浮梁县(今江西省景德镇市)主簿。七兄是於潜县(今浙江省临安县附近)尉,十五兄是乌江(今安徽省和县)县主簿,都是白居易的堂兄。"下邽",白氏祖墓所在地(贞元二十年春作者始移家于此),今陕西省渭南县。

〔2〕"世业",指祖先世代遗下的产业。

〔3〕"吊影",对影感伤。雁群飞时,行列齐整,古人常用"雁序"比喻兄弟。这里说兄弟分散,有如形单影只的孤雁。"九秋",秋季三个月,有九旬(九十天),所以叫"九秋"。"蓬",草名,即飞蓬,秋天常常被风连根拔起,在空中飞转。旅客行踪无定,常用以比拟。

〔4〕"乡心",怀念故乡之情。诗人生长于河南郑州新郑县东郭宅,在他的诗文中每称河南为故乡,如《伤远行赋》"命余负米而还乡",《宿荥阳》"生长在荥阳,少小辞乡曲",《及第后归觐诸同年》"春日归乡情"等皆是。"五处同",是说分散在五处的"弟兄"都同样在怀念河南故乡。

长 恨 歌[1]

汉皇重色思倾国[2],御宇多年求不得[3]。杨家有女初长成[4],养在深闺人未识。天生丽质难自弃,一朝选在君王侧。回眸一笑百媚生,六宫粉黛无颜色[5]。春寒赐浴华清池,温泉水滑洗凝脂[6]。侍儿扶起娇无力,始是新承恩泽时[7]。云鬓花颜金步摇[8],芙蓉帐暖度春宵。春宵苦短日高起,从此君王不早朝。承欢侍宴无闲暇,春从春游夜专夜。后宫佳丽三千人,三千宠爱在一身。金屋妆成娇侍夜,玉楼宴罢醉和春。姊妹弟兄皆列土[9],可怜光彩生门户[10]。遂令天下父母心,不重生男重生女[11]。
骊宫高处入青云[12],仙乐风飘处处闻。缓歌慢舞凝丝竹,尽日君王看不足。渔阳鼙鼓动地来,惊破霓裳羽衣曲[13]。九重城阙烟尘生,千乘万骑西南行[14]。翠华摇摇行复止[15],西出都门百馀里。六军不发无奈何,宛转蛾眉马前死[16]。花钿委地无人收,翠翘金雀玉搔头[17]。君王掩面救不得,回看血泪相和流。黄埃散漫风萧索,云栈萦纡登剑阁[18]。峨嵋山下少人行[19],旌旗无光日色薄。蜀江水碧蜀山青,圣主朝朝暮暮情[20]。行宫见月伤心色,夜雨闻铃肠断声[21]。天旋日转回龙驭,到此踌躇不能去[22]。马嵬坡下泥土中,不见玉颜空死处[23]。

君臣相顾尽沾衣,东望都门信马归。归来池苑皆依旧,太液芙蓉未央柳[24]。芙蓉如面柳如眉,对此如何不泪垂。春风桃李花开夜,秋雨梧桐叶落时。西宫南内多秋草[25],落叶满阶红不扫。梨园弟子白发新,椒房阿监青娥老[26]。夕殿萤飞思悄然,孤灯挑尽未成眠[27]。迟迟钟鼓初长夜,耿耿星河欲曙天[28]。鸳鸯瓦冷霜华重,翡翠衾寒谁与共[29]。悠悠生死别经年,魂魄不曾来入梦[30]。

临邛道士鸿都客[31],能以精诚致魂魄。为感君王展转思,遂教方士殷勤觅。排空驭气奔如电,升天入地求之遍。上穷碧落下黄泉[32],两处茫茫皆不见。忽闻海上有仙山,山在虚无缥缈间。楼阁玲珑五云起,其中绰约多仙子[33]。中有一人字太真,雪肤花貌参差是[34]。金阙西厢叩玉扃,转教小玉报双成[35]。闻道汉家天子使,九华帐里梦魂惊[36]。揽衣推枕起徘徊[37],珠箔银屏迤逦开[38]。云鬓半偏新睡觉,花冠不整下堂来。风吹仙袂飘飘举,犹似霓裳羽衣舞。玉容寂寞泪阑干,梨花一枝春带雨[39]。
含情凝睇谢君王[40],一别音容两渺茫。昭阳殿里恩爱绝,蓬莱宫中日月长[41]。回头下望人寰处,不见长安见尘雾。唯将旧物表深情,钿合金钗寄将去。钗留一股合一扇[42],钗擘黄金合分钿[43]。但教心似金钿坚,天上人间会相见。临别殷勤重寄词,词中有誓两心知。七月七日长生殿[44],夜半无人私语时。在天愿作比翼鸟,在地愿为连理枝[45]。天长地久有时尽,此恨绵绵无绝期[46]。

〔1〕本篇作于元和元年(806),当时作者正在盩厔县任县尉。诗成后,陈鸿为作《长恨歌传》。诗中写流传已久的唐玄宗(李隆基)和杨贵妃(玉环)的悲剧故事,一面是揭露和讽刺,在一定程度上反映了当时社会复杂而尖锐的阶级矛盾的某些方面;一面又因作者封建士大夫的立场,对帝王的悲剧表示了某种程度的同情。

〔2〕"汉皇",本指汉武帝(刘彻),这里借指唐玄宗。"倾国",指美女。《汉书·外戚传》载李延年歌:"北方有佳人,绝世而独立。一顾倾人城,再顾倾人国。"作者的《新乐府》中有《李夫人》一诗,可以参考。

〔3〕"御宇",统治全国。

〔4〕"杨家有女",杨贵妃是蜀州司户杨玄琰的女儿,幼时养在叔父杨玄珪家,小名玉环。开元二十三年,册封为寿王(玄宗的儿子李瑁)妃。二十八年玄宗使她为道士,住太真宫,改名太真。天宝四年册封为贵妃。

〔5〕"六宫",后妃的住处。"粉黛",本是妇女的化妆品,这里用作妇女的代称。"无颜色",是说六宫妃嫔和杨贵妃比较之下都显得不美了。

〔6〕"华清池",开元十一年建温泉宫于骊山,天宝六年改名华清宫。温泉池也改名"华清池"。"凝脂",形容皮肤白嫩而柔滑。《诗经·卫风·硕人》:"肤如凝脂。"

〔7〕"承恩泽",指得到皇帝的宠遇。

〔8〕"步摇",一种首饰的名称,用金银丝宛转屈曲制成花枝形状,上缀珠玉,插在发髻上,行走时摇动,所以叫"步摇"。

〔9〕"姊妹弟兄",指杨氏一家。杨玉环受册封后,她的大姐封韩国夫人,三姐封虢国夫人,八姐封秦国夫人。伯叔兄弟杨铦官鸿胪卿,杨锜官侍御史,杨钊赐名国忠,天宝十一年(752)为右丞相,所以说"皆列土"(分封土地)。

〔10〕"可怜",可爱。

〔11〕"不重生男重生女",当时有两首歌谣:"生女勿悲酸,生男勿喜欢";"男不封侯女作妃,看女却为门上楣。"(一作"生男勿喜女勿悲,君今看女作门楣")与《史记·外戚世家(褚少孙补)》所载歌谣相类似:"生男无喜,生女无怒,独不见卫子夫,霸天下。"

以上为第一段,写杨氏得宠,兄弟姊妹高官厚禄,煊赫一时。

〔12〕"骊宫",骊山上的宫殿。唐玄宗常和杨贵妃在这里饮酒作乐。

〔13〕这两句指安禄山反叛。"渔阳",天宝元年河北道的蓟州改称渔阳郡,当时所辖之地约在今北京市东面的地区,包括今蓟县、平谷等县境在内,原属平卢、范阳、河东三镇节度使安禄山管辖。"鞞",古代军中用的小鼓,骑鼓。"霓裳羽衣曲",著名舞曲名。作者《霓裳羽衣舞歌》自注:"开元中,西凉府节度杨敬述造。"又刘禹锡《三乡驿楼伏睹玄宗望女几山诗小臣斐然有感》:"开元天子万事足,惟惜当时光景促。三乡陌上望仙山(指女几山),归作《霓裳羽衣曲》。"由此可见,这个舞曲是唐玄宗根据杨所献十二遍之曲润色而成(详见《唐戏弄》上册《辨体·弄婆罗门》)。

〔14〕"九重城阙",指京城。"烟尘生",指发生战祸。"西南行",天宝十五年(756)六月,安禄山破潼关,杨国忠主张逃向蜀中,唐玄宗命将军陈玄礼率领"六军"出发,他自己和杨玉环等跟着出延秋门向西南而去。

〔15〕"翠华",指皇帝仪仗中用翠鸟羽毛装饰的旗子。

〔16〕这两句写陈玄礼的部下不肯西行,迫使唐玄宗先杀杨国忠,后命杨妃自尽。"六军",《周礼》说天子有"六军",后来诗人用它泛指皇帝的军队。事实上那时候只有左、右龙武,左、右羽林,合共四军。"蛾眉",美女的代称,此处指杨妃。

〔17〕"翠翘",翠鸟尾上的长毛叫"翘"。此处指形似"翠翘"的头饰。"金雀",雀形的金钗。"玉搔头",玉簪。这句说各种各样的首饰和花钿都丢在地上。

〔18〕"云栈",高入云端的栈道。"萦纡",回环曲折。"剑阁",即剑门关,在今四川省剑阁县北,详见李白《蜀道难》注〔13〕。

〔19〕"峨嵋山",也作峨眉山,在今四川省峨眉县境。唐玄宗到蜀中,不经过峨嵋山,这里只是泛指今四川的高山而言。

〔20〕这句写唐玄宗对杨贵妃的怀念。

〔21〕《明皇杂录》:"明皇既幸蜀,西南行,初入斜谷,属霖雨涉旬,于栈道雨中闻铃音,隔山相应。上(指玄宗)既悼念贵妃,采其声为《雨霖铃》曲,以寄恨焉。"

〔22〕"天旋日转",比喻国家从倾覆后得到恢复。"回龙驭",指玄宗由蜀中回到长安。"此",指杨贵妃自尽处。

〔23〕"马嵬坡",在今陕西省兴平县西。即前"西出都门百馀里"所指之地。"不见"句说,不见杨妃,只见她的死处。

以上是第二段,写安禄山起兵后唐朝君臣逃奔西蜀,杨贵妃被绞死的经过。

〔24〕"太液",池名,在长安城东北面的大明宫内。现在西安市北郊未央区孙家凹之南,含元殿遗址北一里许即太液池的旧址(《西安胜迹志略》)。"未央",宫名,在长安县西北。两者都是汉朝就有的旧名称。此处借指唐朝的池苑和宫廷。

〔25〕"西宫",《新唐书·宦者传》载:李辅国胁迫太上皇(李隆基)从兴庆宫迁"西内"(唐称太极宫曰"西内")。肃宗(李亨)不要玄宗再过问天下大事,让他住在西宫中。"南内",《新唐书·地理志》:"兴庆宫在皇城东南,谓之南内。"

〔26〕"梨园",见杜甫《观公孙大娘弟子舞剑器行》注〔6〕。"椒房",宫殿名称,皇后所居。以椒(花椒)和泥涂壁,取其温暖而芳香。"阿监",宫廷中的近侍,唐代六七品女官名。即白氏《上阳人》所谓"绿衣监使守宫门"的"监使"。"青娥",指年轻貌美的宫女。"青娥老"和上句"白发新"对举。

〔27〕"孤灯挑尽",古时用灯草点油灯,过一会儿就要把灯草往前挑一挑,让它好燃烧。"挑尽",是说夜已深,灯草也将挑尽。

〔28〕"耿耿",明亮。"星河",银河。"欲曙天",天快要亮的时候。

〔29〕"鸳鸯瓦",屋瓦一俯一仰扣合在一起叫"鸳鸯瓦"。"霜华",即霜花。"重",指霜厚。"翡翠衾",绣着翡翠鸟的被子。"翡翠衾寒",一作"旧枕故衾"。

〔30〕"魂魄",指杨妃的亡魂。

以上是第三段,写唐玄宗返京后对杨贵妃的想念。

〔31〕"临邛(音穷)",今四川省邛崃县。"鸿都",洛阳北宫门名。《后汉书·灵帝纪》:光和元年二月,"始置鸿都门学生"。"鸿都客",是说这位四川方士曾在洛阳住过。一说"鸿都客"是说临邛道士来京都为客。

〔32〕"穷",找遍的意思。"碧落",指天上。"黄泉",指地下。

〔33〕"五云",五色云。"绰约",美好的样子。

〔34〕"参差是",仿佛就是。

〔35〕"扃(音炯)",本指门闩或门环,这里指门扇。"叩玉扃",即叩玉作的门。"小玉",作者《霓裳羽衣舞歌》自注:"吴王夫差女小玉。""双成",姓董。《汉武帝内传》:"西王母命玉女董双成吹云和之笙。"这里借小玉、双成作为杨太真在仙山上的侍婢之名。

〔36〕"九华帐",见王维《洛阳女儿行》注〔4〕。这句是说杨贵妃从华美的帐帷中惊醒了。

〔37〕"揽衣",披衣。"徘回",同"徘徊"。

〔38〕"珠箔",珠帘,汉武帝建造神室,以珠串编为帘子。"屏",屏风。"逦迤",连接不断。这句描写神仙洞府一重重门户先后打开的情景。

〔39〕"阑干",形容流泪的样子。一说这里的"阑干"是指眼眶(《韵会》:"眼眶亦谓之阑干")。

以上是第四段,写道士到仙山找到杨贵妃。

〔40〕"凝睇",凝视。

〔41〕"昭阳殿",汉宫名,赵飞燕居住过的地方,这里借指唐宫。"蓬莱宫",传说中海上仙山的宫殿,这里指杨妃所住的仙境。这两句有仙凡对照

之意。

〔42〕"钿合",镶嵌金花的盒子。"寄将去",托请捎去。"钗留一股合一扇",钗有两股,捎去一股,留下一股。盒有两片,捎去一片,留下一片。前面"花钿委地无人收"两句,已暗示杨妃绝命之时,花钿、翠翘、金雀等物散失,也许被人拾取暗藏,后为方士所得,用以欺骗玄宗。

〔43〕"擘",分开。"合分钿",即嵌金属花片的盒子各得一半。

〔44〕"长生殿",《唐会要》卷三十:"华清宫,天宝元年十月,造长生殿,名为集灵台,以祀神。"

〔45〕这两句是写唐玄宗和杨贵妃当年在长生殿的誓词。"比翼鸟",雌雄相比而飞的鸟叫"比翼鸟"。"连理枝",两棵树不同根而枝干结合在一起的叫"连理枝"。

〔46〕末两句极言生离死别之恨难消。

以上是第五段,记杨贵妃的话,点明"长恨"。

宿紫阁山北村[1]

晨游紫阁峰,暮宿山下村。村老见余喜,为余开一尊[2]。举杯未及饮,暴卒来入门。紫衣挟刀斧[3],草草十馀人[4]。夺我席上酒,掣我盘中飧[5]。主人退后立,敛手反如宾[6]。中庭有奇树,种来三十春。主人惜不得,持斧断其根。口称采造家[7],身属神策军[8]。"主人慎勿语,中尉正承恩[9]!"

〔1〕本篇大约作于唐宪宗元和四年(809),作者官左拾遗时。诗中揭露唐德宗时神策军扰民劫物的罪恶。作者《与元九书》中曾说:"闻《宿紫阁村》

诗,则握军要者切齿矣。""紫阁山",在今陕西省户县东南三十里,是终南山的一个山峰。

〔2〕"尊",同"樽",盛酒器。

〔3〕"紫衣",此处指唐代低级官吏的粗紫布服色而言。《唐会要》卷三十一《杂录》:"通引官许依前粗紫绁及紫布充衫袍,……其行官门子等,请许依前服紫粗绁充衫袄。"与"朱紫尽公侯"(《歌舞》)之紫服不同。

〔4〕"草草",乱纷纷。

〔5〕"掣(音彻)",取。"飧(音孙)",熟食。

〔6〕"敛手",拱手,交叉双手拱于胸前,表示恭敬。

〔7〕"采造家",采伐木材为官家建筑房屋的人员。当时因土木工程人力不足,临时调遣左右神策军协助修建工作,所以这里说自己是"采造家"。

〔8〕"神策军",《旧唐书·职官志三》:"贞元中,特置神策军护军中尉,以中官窦官为之,时号两军中尉。贞元以后,中尉之权倾于天下,人主废立,皆出其可否。"所谓"左右神策军"、"左右龙武军"和"左右神武军"同是保护皇帝的卫兵。"神策军"归当时中官管领。本篇"中尉"即指神策军护军中尉。

〔9〕最后两句是作者劝告主人不要发话,因为皇帝正宠信中尉,权势很大,是惹不得的。

新制布裘〔1〕

桂布白似雪〔2〕,吴绵软于云〔3〕。布重绵且厚,为裘有馀温。朝拥坐至暮,夜覆眠达晨。谁知严冬月,支体暖如春〔4〕。中夕忽有念,抚裘起逡巡〔5〕。丈夫贵兼济,岂独善一身〔6〕。安得万里裘,盖裹周四垠。稳暖皆如我,天下无寒人〔7〕。

〔1〕这诗大约作于元和初年,大意说新制绵衣颇能御寒,因而想到天下"寒人"很多,如果只满足于自己得到温暖,就有负于平时所抱的"兼济"之志。

〔2〕"桂",唐代"桂管"地区,属于当时的岭南道(今广西壮族自治区地区)。当地出产的棉布叫"桂布"。这种布在那时还不普遍,比较珍贵。

〔3〕"吴绵",指吴郡(今苏州市一带)所产的丝绵。

〔4〕"支",同"肢"。"支体",四肢和身体。

〔5〕"中夕",中夜。"逡巡",有所思虑而徘徊。

〔6〕"兼济",《孟子·尽心上》:"穷则独善其身,达则兼善天下。"作者《与元九书》中说:"古人云:'穷则独善其身,达则兼济天下。'仆虽不肖,常师此语。……故仆志在兼济,行在独善。"所谓"兼济"、"独善",是有些封建士大夫所秉承的立身处世哲学:如果能被国君任用,有职有权,能做出一些使国人受益的事,就叫"兼济";如果没有做官的机会,就只管个人的修养,叫做"独善"。

〔7〕"安得",如何能得到。"周",遍。"四垠",四边,指全国范围以内。与末句"天下"意同。"稳暖",安稳,和暖。末四句从杜甫《茅屋为秋风所破歌》脱化而出。杜的原句是:"安得广厦千万间,大庇天下寒士俱欢颜,风雨不动安如山!"

同李十一醉忆元九〔1〕

花时同醉破春愁,醉折花枝当酒筹〔2〕。忽忆故人天际去,计程今日到梁州〔3〕。

〔1〕元和四年(809)三月七日,元九(元稹)奉命前往东川(东川节度使署在今四川省三台县)复查狱刑案件。在长安的白居易和李十一(名建,字杓

直)、白行简同游曲江慈恩寺。白居易在饮酒时思念元稹,写了这首诗。

〔2〕据当时同游者白居易的弟弟白行简所作《三梦记》的记载,第一句作"春来无计破春愁",第二句"当"作"作"。"酒筹",饮酒记数的筹码。又行酒令的签也叫酒筹。

〔3〕"梁州",元稹《梁州梦》诗云:"梦君同绕曲江头,也向慈恩院院游。亭吏呼人排去马,忽惊身在古梁州。"今陕西省汉中、城固等地在唐为梁州。《旧唐书·地理志二》:"梁州兴元府,隋汉川郡。武德元年置梁州总管府。"汪立名本作"凉州",实误。

重　赋[1]

厚地植桑麻,所要济生民[2]。生民理布帛[3],所求活一身。身外充征赋[4],上以奉君亲。国家定两税,本意在忧人[5]。厥初防其淫[6],明敕内外臣:税外加一物,皆以枉法论[7]。奈何岁月久,贪吏得因循[8];浚我以求宠,敛索无冬春[9]。织绢未成匹,缲丝未盈斤;里胥迫我纳,不许暂逡巡[10]。岁暮天地闭[11],阴风生破村。夜深烟火尽,霰雪白纷纷[12]。幼者形不蔽,老者体无温。悲端与寒气,并入鼻中辛[13]。昨日输残税[14],因窥官库门:缯帛如山积,丝絮似云屯;号为羡馀物[15],随月献至尊。夺我身上暖,买尔眼前恩。进入琼林库[16],岁久化为尘。

〔1〕《秦中吟十首》自序云:"贞元、元和之际予在长安,闻见之间,有足悲者。因直歌其事,命为《秦中吟》。"这一组诗,一题写一事,反映了社会的不

平，讽刺了政治上的弊病，是作者"为时为事"而作诗的重要实例，和他的《新乐府》一样，继承了《国风》、《小雅》、汉魏乐府以至陈子昂、杜甫等诗歌中现实主义传统。作者在《编集拙诗成一十五卷，因题卷末，戏赠元九、李二十》中有"十首《秦吟》近正声"之句，也就是指继承了上述的优良传统。本篇是《秦中吟十首》的第二首。《才调集》题作《无名税》。此诗对当时统治阶级加重农民赋税的残酷剥削予以揭发和讽刺。当时皇帝除国库而外，还另设私库，储藏群臣贡奉的财物。许多地方大官僚在正税之外用"羡馀"的名义，向皇帝进贡，以供挥霍，因此而得提升高位。广大人民由于沉重的剥削榨取，不能生活下去。可是那些官僚们却把从人民那儿夺来的财物放在仓库里，听其腐烂。作者进行揭发当然必要，可惜讽刺的笔锋仅仅指向贪官污吏，而且还说贡奉财物之风与皇帝无关。这种不敢直接揭露的态度，是作者阶级局限性的表现。

〔2〕"厚地"，和"大地"意同，语本《后汉书·仲长统传》"高天厚地"。"厚"，即厚大之意。"济"，在此处只是供生活所需之意。

〔3〕"理布帛"，治布帛，即制作布帛。唐人避唐高宗李治的名讳，用"理"字代替"治"字。唐代人以麻织布，以丝织帛。这句是从上句"植桑麻"直贯下来的。

〔4〕"身外"，指自己生活必需之外的布帛。

〔5〕"两税"，在唐玄宗开元以前，赋税制度是用租（粮谷）、庸（力役）、调（布帛）法，有田则有租，有力则有庸，有户则有调。开元后，户籍破坏，户口和田产都无法稽查，从德宗建中元年(780)二月起，始用杨炎议，改行"两税"法，即将租、庸、调三者合并收税，一年分夏、秋两次征取，所以叫"两税"。"忧人"，一作"爱人"。

〔6〕"厥初"，其初。"淫"，过度，在这里指滥增税目税额。

〔7〕"枉法"，违法。"以枉法论（读平声）"，以违法论罪。

〔8〕"因循"，这里指沿循旧制度，仍在两税定额之外勒索实物。

〔9〕"浚（音俊）"，有取出、煎熬两义，在这里都可通。《国语·晋语》："浚民之膏脂以实之。"引申为剥削、压榨之意。"无冬春"，不论是在冬天或春天，就是一年到头的意思。

〔10〕"胥"，胥吏。"里胥"，即里正。唐制，一百户为里，设里正，掌管督

察及"课植农桑,催驱赋役"等事(见《唐六典》)。"纳",交纳税物。"逡巡",徘徊不前。"不许",指交税不许迟延。

〔11〕"天地闭",有冥塞不开之意。古代人对自然现象、季节气候的一种想象的解释。

〔12〕"霰",雪珠。

〔13〕"悲端",悲绪。《才调集》和《唐诗别裁》均作"悲啼",汪立名本《白香山诗长庆集》作"悲喘"。这里从绍兴本。

〔14〕"残税",一作"馀税",指还没有缴清的税捐。

〔15〕"羡馀",盈馀的赋税。据《唐会要》卷八十八,贞元中,盐铁使以盐铁税收"市(买)珍玩时新物充进献,以求恩泽。其后益甚,岁进钱物,谓之'羡馀'。而经入益少,及贞元末,遂月献焉,谓之'月进'"。

〔16〕"琼林库",唐德宗曾于奉天(今陕西省乾县)置"琼林"、"大盈"两库(用旧名),别藏贡物(见《旧唐书·陆贽传》)。

轻　肥[1]

意气骄满路[2],鞍马光照尘[3]。借问何为者,人称是内臣[4]。朱绂皆大夫,紫绶悉将军[5]。夸赴中军宴,走马去如云。樽罍溢九酝[6],水陆罗八珍[7]。果擘洞庭橘[8],鲙切天池鳞[9]。食饱心自若[10],酒酣气益振[11]。是岁江南旱,衢州人食人[12]!

〔1〕这是《秦中吟十首》的第七首。韦縠《才调集》题作《江南旱》。"轻肥",《论语·雍也》:"乘肥马,衣轻裘。"这里用来指达官显宦,兼喻其生活阔绰、豪奢。正当他们"酒酣"、"食饱"之际,江南大旱饥荒,老百姓饿到人吃人的

地步。这诗把统治阶级和人民的生活作了强烈的对比。

〔2〕 这句形容大官僚的骄横神态,意气扬扬,不可一世。

〔3〕 这句写漂亮的鞍马,光照纤尘。

〔4〕 "内臣",指皇帝左右的宦官。

〔5〕 "朱绂"、"紫绶",古代系印纽或佩玉的丝织绳带,官阶高的用红色或紫色。《文选》曹植《求自试表》"俯愧朱绂",李善注:"《礼记》曰:诸侯佩山玄玉而朱组绶。《仓颉篇》曰:绂,绶也。"这两句是说佩戴朱绂、紫绶,不是大夫就是将军。

〔6〕 "樽罍(音尊累)",盛酒的壶罐。"九酝",美酒名。《西京杂记》卷一:"以正月旦作酒,八月成,名曰酎,一名九酝。"

〔7〕 "八珍",八样珍贵食品,说法不一,有一说法是:龙肝、凤髓、鲤尾、鸮炙、猩唇、豹胎、熊掌、酥酪蝉。"水陆",统指水陆所产各种美食。

〔8〕 "洞庭橘",江苏省太湖洞庭山产橘,味美。

〔9〕 "脍",把鱼肉细切做菜,名"脍"。"天池鳞",指天池所产鱼。"天池",海的别称(见《庄子·内篇·逍遥游》)。皇甫谧《释劝》:"浴天池以濯鳞。"

〔10〕 "心自若",心里泰然无事。

〔11〕 "振(读平声),盛貌。这句说酒喝够了神气十足。

〔12〕 "江南旱",元和四年(809)"南方旱饥"(见《通鉴·唐纪五十三》)。"衢州",今浙江省衢县。

歌　舞〔1〕

秦城岁云暮,大雪满皇州〔2〕。雪中退朝者,朱紫尽公侯〔3〕。贵有风雪兴〔4〕,富无饥寒忧。所营唯第宅,所务在追游。朱轮车马客〔5〕,红烛歌舞楼。欢酣促密坐,醉暖脱重裘。秋官为主人,廷尉居上头[6]。日中为乐饮,夜半不能休。岂知阌乡狱[7],中有冻死囚。

〔1〕这是《秦中吟十首》中的第九首。《才调集》选此诗,题作《伤阌乡县囚》。这首诗把当时的官僚和被剥削被压迫人民的生活,做了强烈的对比。透过这个对比,使人认识到当时社会中存在的阶级矛盾。

〔2〕"秦城",指长安。"云",语助词。"皇州",京城。

〔3〕"退朝者",指朝见皇帝之后退班下来的官僚们。"朱紫",见《轻肥》注〔5〕。

〔4〕"雪",一作"雲",今从《才调集》。当时那些富贵的人无"饥寒"之忧而有赏雪的所谓"闲情逸致"。

〔5〕"朱轮",车轮涂上红色,贵官乘朱轮车。"朱轮",一作"朱门"。

〔6〕"秋官",《周礼·秋官司寇》:"乃立秋官司寇,使帅其属而掌邦禁,以佐王刑邦国。"后世用"秋官"一词作专掌刑法官员的名称。"廷尉",秦代管刑狱审判的官名,汉照旧。唐改称大理寺卿、少卿。《新唐书·百官志三》:"大理寺:卿一人,从三品;少卿二人,从五品下。掌折狱、详刑。""居上头",坐在首席上。

〔7〕"阌(音文)乡",隋置县名,旧属陕州。今属洛阳地区,县已撤消。旧址在陕西省潼关与河南省灵宝之间。《白氏长庆集》卷五十八《奏阌乡县禁囚状》,详述当时"阌乡狱"中无辜妇孺受迫害的苦难情况,可以参看。

买　花[1]

帝城春欲暮,喧喧车马度。共道牡丹时,相随买花去。贵贱无常价,酬直看花数[2]。灼灼百朵红,戋戋五束素[3]。上张幄幕庇,旁织笆篱护[4]。水洒复泥封,移来色如故[5]。家家习为俗,人人迷不悟。有一田舍翁[6],偶来买花处。低头独长叹,此叹无人谕[7]。一丛深色花,十户中人赋[8]。

〔1〕这是《秦中吟十首》的第十篇。《才调集》选此诗,题作《牡丹》。唐李肇《国史补》卷中:"京城贵游尚牡丹,三十馀年矣。每春暮,车马若狂,以不耽玩为耻。执金吾铺官围外,寺观种以求利,一本有值数万者。"本篇正是这种情况的具体反映。写作时间和《歌舞》等篇同在元和五年(810)前后。

〔2〕"无常价",没有一定的价钱。"酬直",买花者给予价款。"看花数",看花的品种易得与否而定。"数",计算的意思。

〔3〕"灼灼",《诗经·周南·桃夭》:"桃之夭夭,灼灼其华。"这里用来形容牡丹的颜色之美。"戋戋(音渐)",用《易经·贲卦》"束帛戋戋"语意,形容众多。这两句说百朵花值价五匹帛。

〔4〕这两句说上面张设帷幕遮蔽,周围编起篱笆保护。

〔5〕这句说因为周密细致的养护,移来后花色依然很好。

〔6〕"田舍翁",指老农。

〔7〕"谕",知道,理解。

〔8〕末两句说一丛颜色浓艳的花,代价足以抵得十户中等人家所出的赋税额。用对比法来讽刺当时统治阶级的奢侈豪华,同时也为穷苦人民表示同情。"中人赋",唐代赋税制度按百姓家产多少分为上户、中户、下户。

上 阳 人[1]

愍怨旷也。

上阳人,红颜暗老白发新。绿衣监使守宫门[2],一闭上阳多少春。玄宗末岁初选入，入时十六今六十[3]。同时采择百馀人，零落年深残此身。忆昔吞悲别亲族，扶入车中不教哭[4]。皆云入内便承恩，脸似芙蓉胸似玉。未容君王得见面，已被杨妃遥侧目[5]。妒令潜配上阳宫[6]，一生遂向空房宿。宿空房，秋夜长，夜长无寐天不明。耿耿残灯背壁影，萧萧暗雨打窗声。春日迟，日迟独坐天难暮。宫莺百啭愁厌闻，梁燕双栖老休妒[7]。莺归燕去长悄然，春往秋来不记年。唯向深宫望明月，东西四五百回圆[8]。今日宫中年最老，大家遥赐尚书号[9]。小头鞋履窄衣裳，青黛点眉眉细长[10]。外人不见见应笑，天宝末年时世妆。上阳人，苦最多。少亦苦，老亦苦，少苦老苦两如何。君不见昔时吕向美人赋[11]，又不见今日上阳白发歌。

〔1〕《新乐府》自序云："凡九千二百五十二言，断为五十篇。篇无定句，句无定字，系于意不系于文。首句标其目，卒章显其志，《诗三百》之义也。其辞质而径，欲见之者易谕也。其言直而切，欲闻之者深诫也。其事核而实，使采之者传信也。其体顺而肆，可以播于乐章歌曲也。总而言之：为君为臣为民为物为事而作，不为文而作也。"这一组诗作于元和四年（809），时作者任左拾遗。诗中揭露了一些社会黑暗面和政治上的缺失，目的是使执政者知所改革，减轻一些百姓的困苦，以尽做谏官（拾遗）的责任和实现"兼济"的志愿。作者摹仿杜甫的"三吏三别"、《悲陈陶》、《留花门》等乐府诗，写新事，标新题，不同于杜甫以前的旧乐府。在内容和形式上作者都有特别用心的地方，在自序中做了说明。本篇是《新乐府》中的第七篇。题一作《上阳白发人》。自注："天宝五载已后，杨贵妃专宠，后宫人无复进幸矣。六宫有美色者，辄置别所，上阳是其一也。贞元中尚存焉。""上阳"，宫名，在洛阳。这首诗控诉了封建统治者大量强选民间女子以供役使，不让她们婚配，老死在宫

禁之中。诗中充分描写宫廷的黑暗和宫女们的痛苦。但全诗只是用哀愍的口吻,表示同情而已。这一类"宫怨诗"唐诗中很多,都须要用分析批判的态度去对待。元和四年三月,白居易有《请拣放后宫内人》奏章,与本篇都是同时的作品。

〔2〕"绿衣监使",指管理宫闱事务的太监。唐代掌管宫闱出入的宫闱令,或者是掌管宫人簿籍的掖庭令,都是由太监担任的从七品下的内官。唐代六七品官规定穿绿衣。

〔3〕"今",指"贞元中"。

〔4〕"教(音交)",让。

〔5〕"侧目",怒视。这里形容妒忌的样子。

〔6〕"潜",秘密地。"配",分配到。

〔7〕"休",停止。这句说看到梁燕双栖的美好生活,也不妒羡,因为自己老了。

〔8〕这两句说看月亮东升西没、圆而复缺,已经有四五百次。

〔9〕"大家",宫中口语称皇帝为"大家"(见蔡邕《独断》及《北齐书·神武纪》)。"尚书",这里是宫中女官的名称;赐号"尚书",用空名欺骗以示安慰。

〔10〕"青黛",青黑色的石粉。天宝年间妇女还用青黛画细长的眉毛,但这种妆扮和"小头鞋履窄衣裳"一样已经过时了。作者写诗时(元和四年),妇女已改穿宽大衣裳,把眉毛画得阔而短,在上阳宫中的妇女因和外面隔绝,所以还是老式打扮。

〔11〕此句自注:"天宝末,有密采艳色者,当时号花鸟使,吕向献《美人赋》以讽之。"吕向在开元十年召入翰林,兼集贤院校理。献《美人赋》亦在开元年间。今人岑仲勉根据《宝刻类编》卷三吕向所书诸文,考证吕向卒于天宝初年,疑白居易误记。吕向传见《新唐书》卷二百零二,《美人赋》见《全唐文》卷三百零一。

红 线 毯[1]

忧蚕桑之费也。

红线毯,择茧缲丝清水煮,拣丝练线红蓝染[2]。染为红线红于蓝[3],织作披香殿上毯[4]。披香殿广十丈馀,红线织成可殿铺[5]。彩丝茸茸香拂拂,线软花虚不胜物[6];美人蹋上歌舞来,罗袜绣鞋随步没[7]。太原毯涩氇缕硬,蜀都褥薄锦花冷[8];不如此毯温且柔,年年十月来宣州。宣州太守加样织[9],自谓为臣能竭力;百夫同担进宫中,线厚丝多卷不得[10]。宣州太守知不知?一丈毯,千两丝,地不知寒人要暖,少夺人衣作地衣[11]!

〔1〕 这是《新乐府》的第二十九首。诗题宋本原作《红绣毯》,但正文作"红线毯"。"红线毯",是一种丝织地毯。此类红线毯是宣州(今属安徽省)所管织造户织贡的。据《新唐书·地理志》宣州土贡中有"丝头红毯"之目,即此篇所谓"年年十月来宣州"的"红线毯"。这首诗通过宣州进贡红线毯的事,对宣州太守一类官员讨好皇帝的行为加以讽刺,又着重地暴露最高统治者为了自己荒淫享乐,毫不顾惜织工的辛勤劳动而任意浪费人力物力的罪恶。从结尾两句,可以清楚看出浪费那么多的丝和劳力去织地毯,势必影响许多人穿不上衣服。作者这样的直接谴责,感情是强烈的。

〔2〕"缲丝",将蚕茧抽为丝缕。"拣",挑选。"练",煮缣使熟,又有选择意。"红蓝",即红蓝花,叶箭镞形,有锯齿状,夏季开放红黄色花,可以制胭脂和红色颜料。胡震亨《唐音癸签》卷二十"诂笺"云:"此则红花也,本非蓝,以其

叶似蓝,因名为红蓝:《本草图经》云。"

〔3〕"红于蓝",染成的丝线,比红蓝花还红。

〔4〕"披香殿",汉代殿名。汉成帝的皇后赵飞燕曾在此歌舞。这里泛指宫廷里歌舞的处所。

〔5〕"可",适合。"可殿铺",亦可作"满殿铺"解。

〔6〕"不胜(读平声)",承受不起。

〔7〕这两句描写丝毯松软,能陷没舞女的鞋袜,即所谓"不胜物"。

〔8〕这两句说太原出产的毛毯硬涩,四川织的锦花褥又太薄,都不如这种丝毯好。"毳(音脆)",鸟兽的细毛。

〔9〕作者原注:"贞元中,宣州进开样加丝毯。""开样"和"加样"都是翻新花样的意思。"加样织",用新花样加工精织。

〔10〕"线厚",是说丝毯太厚。"卷不得",是说不能卷起。

〔11〕"一丈毯,千两丝",汪立名本作"一丈毯用千两丝"。"地衣",即地毯。

杜 陵 叟[1]

伤农夫之困也。

杜陵叟,杜陵居,岁种薄田一顷馀。三月无雨旱风起,麦苗不秀多黄死[2]。九月降霜秋早寒,禾穗未熟皆青干。长吏明知不申破[3],急敛暴征求考课[4]。典桑卖地纳官租,明年衣食将何如。剥我身上帛,夺我口中粟。虐人害物即豺狼,何必钩爪锯牙食人肉[5]。不知何人奏皇帝,帝心恻隐知人弊[6]。白麻纸上书德音[7],京畿尽放今年税[8]。

昨日里胥方到门〔9〕,手持尺牒牓乡村。十家租税九家毕,虚受吾君蠲免恩〔10〕。

〔1〕 这是《新乐府》五十篇的第三十篇。"杜陵",参看杜甫《自京赴奉先县咏怀五百字》注〔2〕。唐宪宗元和四年(809),旱荒严重,李绛、白居易上疏请免除农民的租税。宪宗虽然颁布免税的命令,但具体执行政策的贪官污吏还照旧"急敛暴征",农民们并没有得到丝毫实惠。这首诗对贪官污吏们痛加指斥,为被剥削被迫害者鸣不平。

〔2〕 "不秀",未开花。

〔3〕 "申破",呈报事情的真相。

〔4〕 "求考课",力求完成征收赋税的任务,作为考绩。

〔5〕 这两句说贪官污吏本和豺狼一样,不一定要"钩爪锯牙食人肉"的野兽才算是豺狼。

〔6〕 这句说皇帝怜悯百姓,知人民困顿。"弊",乃劳瘁困乏之意。作者在此处有意为统治者涂脂抹粉,表现了官僚阶级立场。

〔7〕 "白麻纸",唐制:中书省所用公文纸分黄白两种,纸的原料是麻,有关任命将相、赦宥、豁免等等重要命令,照例都写在白麻纸上。至于黄麻纸是用以写一般的诏令的。"德音",指皇帝颁布下来的免赋税的"好消息"。

〔8〕 这句说京城附近地区都免除了今年的赋税。

〔9〕 "里胥",即里正。见《重赋》注〔10〕。"尺牒",指免税的公文。"牓",贴榜,动词。参照下文,这两句的意思是,当农民已缴纳赋税之后,"里胥"们"方"才"到门"贴出免税的公文。

〔10〕 "蠲(音捐)",免除。这句说农民受了皇帝这种口头恩惠而并未得到实际的好处。

缭　绫[1]

念女工之劳也。

缭绫缭绫何所似,不似罗绡与纨绮[2];应似天台山上月明前,四十五尺瀑布泉[3]。中有文章又奇绝[4],地铺白烟花簇雪[5]。织者何人衣者谁？越溪寒女汉宫姬[6]。去年中使宣口敕[7],天上取样人间织[8]。织为云外秋雁行[9],染作江南春水色。广裁衫袖长制裙,金斗熨波刀剪纹[10]。异彩奇文相隐映[11],转侧看花花不定。昭阳舞人恩正深,春衣一对直千金[12]。汗沾粉污不再着,曳土蹋泥无惜心。缭绫织成费功绩,莫比寻常缯与帛[13]。丝细缲多女手疼,扎扎千声不盈尺[14]。昭阳殿里歌舞人,若见织时应也惜。

〔1〕 这是《新乐府》五十篇中的第三十一篇。"缭绫",是最费工力的一种丝织品,产于"越溪"。本篇对产品做了细致的描绘,反映了"越溪寒女"和"汉宫姬妾"不同的生活情况,从而深刻地揭露了统治阶级的荒淫奢侈。

〔2〕 "罗绡"、"纨绮",都是丝织物。织文稀疏的叫"罗"。"绡"是生丝绸。"纨"是细绢。"绮"是有花纹的绸。

〔3〕 "天台山",在今浙江省天台县北,山上有"石梁飞瀑",很壮观,也很有名。"四十五尺",指一匹缭绫的长度而言,非指瀑布。

〔4〕 "文章",指缭绫的花纹。一作"炫彰",彩绘之意。

〔5〕 "地",底子。"花簇雪",花纹有如簇聚的白雪。"簇雪"和"铺烟"相对。

〔6〕"越溪",在今浙江省绍兴县南,相传西施曾在溪上浣纱。这里指女工的所在地。"姬",宫中美人。不便明说当代,所以假托"汉宫"。

〔7〕"中使",宫中派出的使者,即太监。"宣口敕",宣布皇帝的口头命令。自此以下另起一段,追叙"去年"的事。

〔8〕"天上",比喻皇宫。"样",花样。"人间",民间。

〔9〕"秋雁行(音杭)",指所织的花样。"行",行列。

〔10〕"广裁衫袖",幅阔正够连袖子一起裁,不必拼接。"金斗熨波",用金属熨斗来熨平缭绫的皱纹。"纹",指规定要剪的纹路。这两句总说裁剪、量制、熨烫等工作。

〔11〕"相隐映",因光线反射,文彩时隐时现,闪烁不定。

〔12〕"昭阳",汉宫殿名。"舞人",指赵飞燕,与前"汉宫姬"照应。"恩",受皇帝的宠爱。"直",同"值"。

〔13〕"缯与帛",二者都是丝绸的名称。

〔14〕"缲",抽茧出丝,亦作"缫"。"扎扎",织机声。"盈",满。

卖炭翁[1]

苦宫市也[2]。

卖炭翁,伐薪烧炭南山中。满面尘灰烟火色,两鬓苍苍十指黑。卖炭得钱何所营[3],身上衣裳口中食。可怜身上衣正单,心忧炭贱愿天寒。夜来城上一尺雪,晓驾炭车辗冰辙。牛困人饥日已高,市南门外泥中歇[4]。翩翩两骑来是谁,黄衣使者白衫儿[5]。手把文书口称敕,回车叱牛牵向北[6]。一车炭,千馀斤,宫使驱将惜不得[7]。半匹红纱一丈绫,系向牛头充炭直[8]。

〔1〕 这是《新乐府》五十篇中的第三十二篇。

〔2〕 "宫市",是皇帝派太监到宫外劫夺人民资财的一种方式。从唐德宗贞元末年起,宫中日用所需不用官府承办,直接由太监向民间采购。太监和爪牙多至数百人,经常在市上巡逻,强买甚至硬夺老百姓的东西。韩愈《顺宗实录》曾说:"名为宫市,其实夺之。"可与此诗印证。

〔3〕 "何所营",做什么用?

〔4〕 这句写当时长安的商贩不敢进城,只得在市南门外歇息。

〔5〕 "黄衣使者",指太监。"白衫儿",指太监手下的爪牙。

〔6〕 "口称敕",嘴里说皇帝有命令。"牵向北",唐代长安市场大都在南面,皇宫在城北,所以叱牛车回转向北面去。

〔7〕 "宫使",指太监。"驱将",把牛车赶走。

〔8〕 "炭直",炭的价钱。唐代商品交易,绢帛等丝织品可代货币使用。太监们只用半匹纱和一丈绫给卖炭翁作为一车炭的代价。当时半匹纱和一丈绫,比一车炭的价钱差得太远了,这是强夺的一种非法行为,作者是十分愤慨的。

盐 商 妇[1]

恶幸人也[2]。

盐商妇,多金帛,不事田农与蚕绩;南北东西不失家,风水为乡船作宅。本是扬州小家女,嫁得西江大商客[3]。绿鬟富去金钗多[4],皓腕肥来银钏窄[5]。前呼苍头后叱婢[6],问尔因何得如此？婿作盐商十五年,不属州县属天子[7]。每年盐利入官时,少入官家多入私。官家利薄私家厚,盐铁尚书远不知[8]。何况江头鱼米贱,红脍黄橙香稻饭;饱食浓妆倚舵楼[9],两朵红腮花欲绽。盐商妇,有幸嫁盐商;终朝美饭食,终岁好衣裳。好衣美食有来处,亦须惭愧桑弘羊[10]。桑弘羊,死已久,不独汉时今亦有[11]。

〔1〕这是《新乐府》的第三十八首。盐商在唐代中叶以后享有政治特权,任意抬高盐价,勒索肥己;剥夺来的钱财,就任情挥霍在穷奢极侈的生活享受上。本篇只从盐商豪奢生活的一个侧面加以揭露。盐商的眷属不从事任何生产劳动,却过着鲜衣美食的生活。当时盐商的残酷剥削盐民,是唐王朝所认为合法的,所以诗人的笔锋,一转而指向了盐政的主管人盐铁尚书,讽刺尖锐,用意也很深刻。

〔2〕"恶",憎恨。"幸人",游惰之人,即《左传》中所谓的"幸"(《左传·宣公十六年》:羊舌职曰:"善人在上,则国无幸民"),避唐太宗讳,以"民"为"人"。

〔3〕"扬州",今江苏省扬州市,是当时盐的重要集散地,商业繁荣,唐代在此设有盐铁巡院,管理盐政。"小家女",小户人家的女儿。"小家",出《汉书·霍光传》:"使乐成小家子得幸将军。"在封建社会里除贵族、官僚、大地主等,其馀一般人户,就称为"小家"。"西江",指长江中下游南部的安徽、江西等地。

〔4〕"绿鬓",言年少鬓发之黑。凡黑色之有光彩者似浓绿,所以叫绿鬓。"绿鬓富去金钗多"即"富去绿鬓金钗多",言人富了发上的金钗也多了。"去",语助词。这句中的"去"与下句中的"来"都相当于"了"。

〔5〕这句说人胖了腕上的银钏就嫌窄了。和上句一样是倒装句法。"银钏",银手镯。

〔6〕"苍头",奴隶。《汉书·鲍宣传》:"苍头庐儿,皆用致富。"注:"孟康

曰:黎民黔首,黎黔皆黑也,……汉名奴为苍头,非纯黑,以别于良人也。"后世遂将"苍头"作为仆隶的通称。这是封建统治阶级对劳动人民的侮辱。

〔7〕这句说盐商的户籍,虽在州县,但又直属于盐铁机关,地方官不能管他。

〔8〕"盐铁尚书",唐于乾元元年设盐铁使,管理盐铁税收,多由尚书仆射、刑部尚书、户部尚书兼任(见《唐会要》卷八十八)。

〔9〕"舵楼",大船船尾安舵处有楼,叫做"舵楼"。

〔10〕"桑弘羊",汉武帝时洛阳商人之子,武帝时领大农丞,管天下盐铁,作平准法。他采取由国家直接掌握物资和市价的办法,废除富商大贾的中间剥削,不加重人民的赋税,国家收入却增加很多。作者在这里引来讽刺当时的盐铁使,有愧于桑弘羊。

〔11〕结句说:桑弘羊那样善于理财的人已死去很久,但这种人才,唐代也有,可惜皇帝不用他。

欲与元八卜邻先有是赠〔1〕

平生心迹最相亲,欲隐墙东不为身〔2〕。明月好同三径夜,绿杨宜作两家春〔3〕。每因暂出犹思伴,岂得安居不择邻。可独终身数相见,子孙长作隔墙人〔4〕。

〔1〕"元八",元宗简,字居敬,河南人。官历御史府尚书郎、京兆少尹。有《元少尹文集》。白居易曾为作序。这首诗大约作于元和十年(815)春在长安官太子左赞善大夫时,作者写他和元宗简的友谊之深。又有《和元八侍御升平新居四绝句》,自注:"时方与元八卜邻。"

〔2〕"墙东",喻隐者所居处。用王君公的典故。《后汉书·逢萌传》记当时谚语:"避世墙东王君公。""墙东",到了唐朝还用来指官运不通的人居住

的地方。《唐诗纪事》卷十三载,唐玄宗先天(712—713)中吏部郎中张敬忠咏诗嘲膳部员外郎王主敬云:"有意嫌兵部,专心望考功。谁知脚蹭蹬,几落省墙东。"这句是说他和元八都宁愿在这个蹩脚地方隐居下来,不想挤入省台高位,有表示谦退的意思。

〔3〕 这两句说,倘能和元八结邻,那就可以三径同赏明月,两家平分柳色。"三径",赵岐《三辅决录》:"蒋诩舍中竹下开三径。"陶潜《归去来辞》:"三径就荒。"后人因用"三径"称隐士所居。"绿杨",用结邻典故。《南史·陆慧晓传》:"慧晓与张融并宅,其间有池,池上有二株杨柳。"

〔4〕 这四句一层层推进:由暂出需要伴侣,到久居必择好邻;由本身彼此常见,到子孙永远"隔墙"。末两句是说:不但终我们一生常可相见,而且连子孙后代也可以"隔墙"同住下去。

初与元九别后,忽梦见之,及寤,而书适至,兼寄桐花诗;怅然感怀,因以此寄[1]

永寿寺中语,新昌坊北分[2];归来数行泪,悲事不悲君[3]。悠悠蓝田路[4],自去无消息;计君食宿程,已过商山北[5]。昨夜云四散,千里同月色;晓来梦见君,应是君相忆。梦中握君手,问君意何如?君言苦相忆,无人可寄书。觉来未及说,叩门声冬冬。言是商州使,送君书一封。枕上忽惊起,颠倒着衣裳[6];开缄见手札[7],一纸十三行:上论迁谪心,下说离别肠;心肠都未尽,不暇叙炎凉[8]。云作此书夜,夜宿商州东;独对孤灯坐,阳城山馆中[9];夜深作书毕,山月向西斜;月下何所有?一树紫桐花[10];桐花半落时,复道正相思;殷勤书背后,兼寄桐花诗。桐花诗八韵[11],思绪一何深!以我今朝意,忆君此夜心;一章三遍读,一句十回吟;珍重八十字[12],字字化为金。

〔1〕 题下原注:"元九初谪江陵。""元九",即元稹。元和五年(810),元稹谪江陵(今湖北省江陵县),寄书给在长安的作者,附有《三月二十四日宿曾峰馆夜对桐花寄乐天》一诗,白氏答以此篇。

〔2〕 "永寿寺",在长安城中部的永乐坊,是作者与元稹道别处。"新昌坊",是作者居宅。这两句是追忆元稹谪官启程时两人仓卒话别的情况。按作者《和答诗十首》序云:"五年春,微之从东台来,不数日,又左转为江陵士曹掾(掾是地方长官属下的佐吏)。诏下曰,会予下内直归,而微之已即路,邂逅于街衢中,自永寿寺南,抵新昌里北,得马上语别。"

〔3〕 "悲事",是说所悲者是元稹因言事以致由监察御史谪江陵士曹参军这件事,而不是为了同情元稹个人。《旧唐书·元稹传》载元稹此次是因为在御史任弹劾东川节度使严砺贪暴罪状而触怒严党。又在由东都召赴长安道中,于敷水驿和宦官刘士元为住厅堂事相争,"士元怒,排其户,稹袜而走厅后。士元追之,后以箠击稹伤面。执政以稹少年后辈,务作威福,贬为江陵府士曹参军"。当时白居易曾上书为他争辩。

〔4〕 "蓝田",县名,在长安东南。

〔5〕 "商山",在商州(今陕西省商县)东南,是元稹由长安谪往江陵的必经之地。

〔6〕 这句形容作者对元稹关心的急切,以致连衣服都穿颠倒了。

〔7〕 "缄(音尖)",封。"手札",亲笔书简。

〔8〕 "炎凉",季候,冷暖,生活状况。

〔9〕 "阳城",驿站名,在商县东。《元氏长庆集》卷二《阳城驿》云:"商有阳城驿。"

〔10〕 "紫桐",桐树,花色有白,有紫;开紫花的叫紫桐。

〔11〕"八韵",古诗歌一般是两句一押韵,"八韵"即十六句。

〔12〕"八十字",五言诗八韵十六句,全篇八十个字。

采地黄者[1]

麦死春不雨,禾损秋早霜[2]。岁晏无口食[3],田中采地黄。采之将何用?持以易糇粮[4]。凌晨荷锄去,薄暮不盈筐[5]。携来朱门家,卖与白面郎[6]:"与君啖肥马,可使照地光[7]。愿易马残粟,救此苦饥肠[8]!"

〔1〕这首诗作于唐宪宗元和七年或八年(812或813)间。作者时在下邽渭村。诗中对采地黄卖给富人喂马的贫苦农民表示同情。"地黄",玄参科植物名,其根可入药。

〔2〕"禾",禾苗,庄稼。这句意思说由于秋霜过早,庄稼都受害了。

〔3〕"岁晏",岁晚,年尾。"口食",口粮。

〔4〕"糇(音喉)粮",干粮。

〔5〕"凌晨",早晨天色还没有十分明亮时。"荷(读去声)",动词,肩扛。"薄暮",傍晚。

〔6〕"白面郎",指富贵人家的子弟。

〔7〕"啖(音淡)",喂。这两句是说,把滋补药给你喂马,使它的皮毛润泽发亮,映照地面。

〔8〕"马残粟",马吃剩的饲料。"苦饥肠",苦于饥饿的肚肠。

白居易《卖炭翁》

放言五首[1] 并序

元九在江陵时,有《放言》长句诗五首[2],韵高而体律,意古而词新。予每咏之,甚觉有味;虽前辈深于诗者,未有此作,唯李颀有云:"济水自清河自浊,周公大圣接舆狂[3]。"斯句近之矣。予出佐浔阳[4],未届所任[5],舟中多暇,江上独吟,因缀五篇,以续其意耳[6]。

一

朝真暮伪何人辨[7],古往今来底事无[8]?但爱臧生能诈圣[9],可知宁子解佯愚[10]。草萤有耀终非火,荷露虽团岂是珠[11]。不取燔柴兼照乘,可怜光彩亦何殊[12]。

〔1〕《放言五首》,元和十年作者在被贬谪去江州的途中和元稹之作。这里选了五首中的第一、第三两者。

〔2〕元九(稹)在元和五年被贬为江陵士曹掾。十年三月调任通州(今四川省达县)司马。他的《放言五首》见《元氏长庆集》卷十八。"长句诗",指七言诗,五言为短句。

〔3〕"李颀",见前小传。李颀的两句诗见于他的《杂兴》诗。"济水",源出河南省济源县西王屋山,其故道过黄河而南,东流入今山东省境。《元和郡县志》:"今东平、济南、淄川、北海界中,有水流入于海,谓之清河,实菏泽、汶水合流,亦曰济河。""河",黄河。作者《效陶潜体诗十六首》中有云:"济水澄而

洁,河水浑而黄。"与李颀此诗上句意相似。"周公",见后本题第二首注〔5〕。"接舆狂",见陈子昂《度荆门望楚》注〔4〕。

〔4〕"出佐浔阳",离京到江州去做司马,辅助郡治。

〔5〕"未届所任",还没有到达任所。

〔6〕"缀",撰写。"续其意",是说继元稹原作之意。

〔7〕"辨",汪立名本《白香山诗集》作"辩",绍兴本作"辨",从绍兴本。

〔8〕"底",同"啥"。

〔9〕"臧生",指臧武仲。《论语·宪问》:"子曰:臧武仲,以防求为后于鲁。虽曰不要君,吾不信也。""防"是武仲封邑。武仲凭借他的防地以要挟鲁君。武仲,臧孙氏,名纥,官为司寇,在贵族中有"圣人"之称(《左传·襄公二十二年》杜氏注:"武仲多知,时人谓之圣")。"诈圣",即指臧孙氏的奸诈。"臧",汪立名本作"庄",误。

〔10〕"宁子",宁武子。《论语·公冶长》:"宁武子,邦有道则知,邦无道则愚。其知可及也,其愚不可及也。"荀悦《汉纪·王商论》:"宁武子佯愚(装痴)。"这两句说人们只是上了假圣人的当,去爱臧武仲那样的人,哪知道世上还有宁武子那样装痴作傻的呢!

〔11〕这两句用萤之非火、露不是珠来比拟人世间的一切假象。

〔12〕"燔柴",《礼记·祭法》:"燔柴于泰坛。"疏:"谓积薪于坛上,而取玉及牲置柴上燔之,使气达于天也。""照乘",珠名。《史记·田敬仲完世家》:齐威王"与魏王会田于郊。魏王问曰:'王亦有宝乎?'威王曰:'无有。'梁王曰:'若寡人国小也,尚有径寸之珠,照车前后各十二乘者十枚,奈何以万乘之国而无宝乎?'"这两句说假如不兼用明亮的火焰和照乘珠的光彩就不能发现它们的区别。"殊",异。

二

赠君一法决狐疑[1],不用钻龟与祝蓍[2]。试玉要烧三日满^[3],辨材须待七年期^[4]。周公恐惧流言日^[5],王莽谦恭未篡时^[6]。向使当初身便死,一生真伪复谁知^[7]?

〔1〕"狐疑",犹豫不决。

〔2〕"钻龟与祝蓍(音尸)",古代迷信活动:钻龟壳后看它的裂纹以卜凶吉,也有拿蓍草的茎来占卦的。

〔3〕这一句下面作者自注说:"真玉烧三日不热。"《淮南子·俶真训》:"钟山之玉,炊以炉炭,三日三夜而色泽不变。"这是作者所本。

〔4〕这一句作者自注说:"豫章木,生七年而后知。""豫章",枕木和樟木。《史记·司马相如传》:"其北则有阴林巨树楩楠豫章。"《正义》云:"豫,今之枕木也;章,今之樟木也。二木生至七年,枕樟乃可分别。"

〔5〕"周公",名旦,周武王之弟,成王之叔。武王死,成王年幼,周公旦摄政,管、蔡、霍三叔,阴谋陷害,造作流言,说周公要篡位。周公为之避居于东,不问政事。后成王悔悟,迎周公归,三叔惧而叛变,成王命周公出征,奠定东南。"日",一作"后"。

〔6〕"未篡",一作"下士"。这句说王莽未篡汉前曾伪装谦恭下士。《汉书·王莽传》:"(莽)爵位益尊,节操愈谦。散舆马衣裘,振施宾客,家无所馀。收赡名士,交结将相卿大夫甚众。……欲令名誉过前人,遂克己不倦。"后竟独揽朝政,杀平帝,篡位自立。以上两句用周公、王莽两人的事例,说明时间是对人的重要考验,不能只凭一时一地的现象就下结论。否则就会把周公当做篡位者,把王莽当做谦谦君子了。

〔7〕末两句点出关键性的问题。

琵 琶 行 ^[1]并序

元和十年,予左迁九江郡司马^[2]。明年秋,送客溢浦口[3]。闻舟中夜弹琵琶者,听其音,铮铮然有京都声。问其人,本长安倡女。尝学琵琶于穆、曹二善才,年长色衰,委身为贾人妇[4]。遂命酒使快弹数曲,曲罢悯然[5]。自叙少小时欢乐事,今漂沦憔悴,转徙于江湖间。予出官二年,恬然自安[6],感斯人言,是夕始觉有迁谪意。因为长句,歌以赠之,凡六百一十二言[7],命曰《琵琶行》。

浔阳江头夜送客[8],枫叶荻花秋索索[9]。主人下马客在船,举酒欲饮无管弦。醉不成欢惨将别,别时茫茫江浸月。忽闻水上琵琶声,主人忘归客不发。寻声暗问弹者谁,琵琶声停欲语迟。移船相近邀相见,添酒回灯重开宴[10]。千呼万唤始出来,犹抱琵琶半遮面。转轴拨弦三两声[11],未成曲调先有情。弦弦掩抑声声思[12],似诉平生不得意。低眉信手续续弹,说尽心中无限事。轻拢慢捻抹复挑[13],初为霓裳后六幺[14]。大弦嘈嘈如急雨,小弦切切如私语。嘈嘈切切错杂弹,大珠小珠落玉盘[15]。间关莺语花底滑,幽咽泉流冰下难[16]。冰泉冷涩弦凝绝[17],凝绝不通声暂歇。别有幽愁暗恨生,此时无声胜有声。银瓶乍破水浆迸,铁骑突出刀枪鸣[18]。曲终收拨当心画[19],四弦一声如裂帛。东舟西舫悄无言,唯见江心秋月白[20]。

沉吟放拨插弦中,整顿衣裳起敛容[21]。自言本是京城女,家在虾蟆陵下住[22]。十三学得琵琶成,名属教坊第一部[23]。曲罢曾教善才伏[24],妆成每被秋娘妒[25]。五陵年少争缠头[26],一曲红绡不知数[27]。钿头云篦击节碎[28],血色罗裙翻酒污[29]。今年欢笑复明年,秋月春风等闲度[30]。弟走从军阿姨死,暮去朝来颜色故[31]。门前冷落鞍马稀,老大嫁作商人妇。商人重利轻别离,前月浮梁买茶去[32]。去来江口守空船[33],绕船月明江水寒。夜深忽梦少年事,梦啼妆泪红阑干[34]。

我闻琵琶已叹息,又闻此语重唧唧[35]。同是天涯沦落人,相逢何必曾相识。我从去年辞帝京,谪居卧病浔阳城。浔阳地僻无音乐,终岁不闻丝竹声。住近湓江地低湿,黄芦苦竹绕宅生。其间旦暮闻何物,杜鹃啼血猿哀鸣。春江花朝秋月夜,往往取酒还独倾。岂无山歌与村笛,呕哑嘲哳难为听[36]。今夜闻君琵琶语[37],如听仙乐耳暂明。莫辞更坐弹一曲,为君翻作琵琶行[38]。感我此言良久立,却坐促弦弦转急[39]。凄凄不似向前声[40],满座重闻皆掩泣。座中泣下谁最多? 江州司马青衫湿[41]。

〔1〕这首诗作于元和十一年秋。诗题原作《琵琶引》,这里为了和序文统一,改"引"作"行"。引、行都是歌曲名。本篇记浔阳舟中一位商人妇弹奏琵琶并叙述她的不幸遭遇,联系作者自己在政治上的升沉经历,揭露封建社会的一些黑暗,抒发了自己的愤慨。诗中关于琵琶女的故事是否真实,前人早有怀疑。作者可能虚构这些情节,借以寄托感慨。白集另有《夜闻歌者寄鄂州》一诗,情调和本篇相似,但不如本篇情节感人。

〔2〕"左迁",就是贬官降级。古人论等次以右为尊。"九江郡",隋代郡名,唐代叫江州或浔阳郡,治所在今江西省九江市。"司马",官名,古时协助州刺史处理一州事务。唐代的司马实际上是闲职。

〔3〕"湓浦口",即湓口,在今九江西湓水入江处。

〔4〕"善才",唐代对弹琵琶艺人或曲师的通称。"委身",将自己托付给别人。旧时代妇女依附男子故称妇女出嫁为"委身"。"贾(音古)",商人。

〔5〕"悯然",形容面容忧伤。一作"悯默",忧闷未即吐露的样子。

〔6〕"恬然",心境平静而舒适的样子。

〔7〕"六百一十二言",全诗八十八句,实际应是六百一十六言。

〔8〕"浔阳江",即流经浔阳境内的长江。

〔9〕"索索",形容枫树、芦荻被秋风吹动的声音。江总《贞女峡赋》:"树索索而摇枝。""索索",一作"瑟瑟"。这里根据宋本《白氏长庆集》。明杨慎《升庵全集》五十七卷有"瑟瑟"条,言瑟瑟本是珍宝名,其色碧。谓此句言枫叶赤,荻花白,秋色碧。虽较牵强,亦备一说。

〔10〕"回灯",移灯。"重",再。

〔11〕"转轴拨弦",将琵琶上缠绕丝弦的轴,拧动以调音定调。这是写弹琵琶前的准备工作。"三两声",是试弹几声的意思。

〔12〕"掩抑",掩蔽,遏抑,形容音调的意境,是奔放的反面。作者《新乐府·五弦弹》"第五弦声最掩抑,陇水冻咽流不得","掩抑"即指幽咽的情调。"思",读去声。

〔13〕"拢",左手手指按弦向里(琵琶的中部)推,后世称为推;"捻",左手手指按弦在柱(今名"相"或"品")上左右捻动,后世称为"吟"和"揉";"拢"和"捻"是适于表达宛转细腻情调的两种左手手法。"抹",向左拨弦,后世称为"弹";"挑",向右拨弦,后世也称为"挑";"抹"和"挑"是两种右手手法。

〔14〕"霓裳",即《霓裳羽衣曲》,是白氏《新乐府·法曲》所云"法曲法曲舞霓裳"之大曲(自注云:"起于开元,盛于天宝")。详见《唐戏弄》上册《辨体·弄婆罗门》及《教坊记笺订·大曲名》。"六幺",大曲名,又叫《乐世》、《绿腰》、《录要》,为歌舞曲。白氏《听歌六绝句》:"管急弦繁拍渐稠,《绿腰》宛转曲终头。"元稹《琵琶歌》:"《六幺散序》多笼捻。"

〔15〕这四句写琵琶四条弦上发出的声音,有高低粗细的不同。"大弦",指最粗的弦,其馀三条弦一条比一条细。"小弦",指最细的弦。"嘈嘈",沉重舒长。"切切",细促轻幽。刘禹锡《曹刚》诗咏弹奏琵琶说:"大弦嘈嘈小弦清。"意思相近。

〔16〕"间关",莺语流滑,叫"间关"。"幽咽",遏塞不畅状。下句通常作"幽咽泉流水下滩"。段玉裁《经韵楼文集》卷八《与阮芸台书》:"'泉流水下滩'不成语,且何以与上句属对?昔年曾谓当作'泉流冰下难'。……莺语花

底,泉流冰下,形容涩滑二境,可谓工绝。"

〔17〕 这句写声音有如结冰的泉水声那样又滞又涩,后来弦竟又好像断折了似的。这是写弦声由滑转流走忽然咽涩停住。"疑",一作"凝",凝结滞涩的意思,较作"疑"稍胜。作者《夜筝》诗"弦凝指咽声停处,别有深情一万重",用语类似。

〔18〕 "迸",溅射。"银瓶"句说琵琶声在低沉、似乎停顿之后,又突然爆发出清脆的强音,像银瓶破裂,水浆冲激而出一般。紧接着用"铁骑"句来形容乐声的雄壮铿锵、突然高扬。

〔19〕 "曲终",乐曲结束。"拨",奏弹弦乐时所用的拨子,用象牙、牛角或其他材料做成。"当心画",用拨子在琵琶的中部划过四弦,相当于后世的"扫",是一曲结束时经常用到的右手手法。

〔20〕 "舫",船。

以上为第一段,写会见琵琶女的情况,并描写琵琶音调之美。

〔21〕 "敛容",严肃矜持而有礼貌的态度。

〔22〕 "虾蟆陵",在长安城东南,曲江附近,是当时有名的游乐地区。一说"虾蟆"是"下马"的讹音。

〔23〕 "教坊",唐代官办管领音乐杂技、教练歌舞的机关。唐玄宗开元二年(714),设置左、右教坊以教俗乐。这里虽说"名属教坊第一部",实际上只是临时被召入宫中演奏的外间歌舞妓,即所谓"外供奉",仅仅挂名于"教坊"而已。

〔24〕 "教(音交)","使得"或"让"的意思。

〔25〕 "秋娘",唐时歌舞妓常用的名字。作者《江南喜逢萧九彻因话长安旧游,戏赠五十韵》:"巧语许秋娘。"元稹《赠吕二校书》:"竞添钱贯定秋娘。"

〔26〕 "五陵",在长安城外,汉代五个皇帝的陵墓。后来皇帝迁贵族于此,便成为阔人们居住的地方。因此有钱有势人家的子弟叫"五陵年少"。"缠头",用锦帛之类的财物送给歌舞的妓女叫"缠头"。"争",有竞争谁送得多或抢先的意思。

〔27〕 "绡",指精细轻美的丝织品。这句说弹完一曲,得到的绡多极了。

〔28〕 "钿头云篦",镶嵌着花钿的发篦(栉发具)。"击节",打拍子。这句

写酒宴上高兴时不用拍板而用"钿头云篦"来代替,因此常把它敲碎了。"云",一作"银"。

〔29〕这句说身上穿的红色罗裙因为打翻酒而被弄脏了。以上两句写当时五陵少年生活豪华奢侈,不以财物为惜,反衬"倡女"当年的身份。

〔30〕这两句是说"倡女"在欢乐中把青春随随便便消磨过去。

〔31〕"颜色故",容貌衰老。

〔32〕"浮梁",古县名,唐属饶州。在今江西省景德镇市,当时茶叶贸易甚盛。

〔33〕"去来",走了以后。

〔34〕"梦啼妆泪",梦中啼哭,匀过脂粉的脸上带着泪痕。"红",指胭脂色,形容妆泪。"阑干",形容流泪。

以上是第二段,叙述琵琶女的身世。

〔35〕"重(读平声)",重新、重又之意。"唧唧",叹声。因上句已用"叹息"一词,所以这句换成"唧唧"二字。

〔36〕"呕(音欧)哑嘲哳(音渣)",形容声音嘈杂。这里贬低"山歌与村笛",是为了衬托琵琶女技艺的高妙。

〔37〕"琵琶语",琵琶声,琵琶所弹奏的乐曲。

〔38〕"翻作",依曲调写为歌词。

〔39〕"却坐",退回到原处。"促弦",把弦拧得更紧。

〔40〕"向前声",刚才奏过的音调。

〔41〕"青衫",唐朝八品、九品文官的服色。这时白居易虽为江州司马,却是最低的文散官将仕郎(见《白氏长庆集》卷四十《祭匡山文》),从九品,所以着青色官服。

以上是第三段,联系作者自己的遭遇,倾诉悲怀。

问刘十九[1]

绿蚁新醅酒,红泥小火炉[2]。晚来天欲雪,能饮一杯无[3]？

〔1〕本篇元和十二年(817)冬在江州司马任上作。"刘十九",作者在江州时的友人,名字不详。白居易《刘十九同宿》诗里说"唯共嵩阳刘处士",刘十九实是河南登封人。一说此刘十九即刘轲,但据《白氏长庆集》第四十三卷《代书》:"有彭城人刘轲"云云,《全唐文》卷七百四十二刘轲《上座主书》自称"沛上耕人",《全唐诗》存沛人刘轲诗一首。可证刘轲并非刘十九。

〔2〕"绿蚁",新酿的米酒,未过滤时,酒面浮渣,微现绿色,细如蚁,称为"绿蚁"。

〔3〕"无",等于"么",问话的语气词。

自蜀江至洞庭湖口有感而作[1]

江从西南来,浩浩无旦夕[2]。长波逐若泻,连山凿如劈。千年不壅溃,万里无垫溺[3]。不尔民为鱼,大哉禹之绩[4]！导岷既艰远,距海无咫尺[5]。胡为不讫功？湖水斯委积[6]。洞庭与青草,大小两相敌[7]。混合万丈深,森茫千里白[8]。每岁秋夏时,浩大吞七泽[9]。水族窟穴多,农人土地窄。我今尚嗟叹,禹岂不爱惜。邈未究其由,想古观遗迹。疑自苗人顽,恃险不终役[10]。帝亦无奈何,留患与今昔。水流天地内,如身有血脉。滞则为疽疣,治之在针石[11]。安得禹复生？为唐水官伯[12]。手提倚天剑[13],重来亲指画。疏河似剪纸,决壅如裂帛[14]。渗作膏腴田,蹋平鱼鳖宅[15]。龙宫变闾里,水府生禾麦。坐添百万户,书我司徒籍〔16〕。

〔1〕 长庆二年(822)作者在长安接受了杭州刺史的任命。七月,他在赴任途中,因汴军之乱,汴河不通,便绕道走襄、汉,经蜀江至洞庭湖口,写了这首诗。作者目睹湖水侵蚀农田太多,希望通过兴修水利,恢复农田,发展生产。这在当时只是一种幻想,但他的愿望还是好的。

〔2〕"无旦夕",不分昼夜。

〔3〕"壅",塞。"溃",冲破。"垫溺",陷溺。

〔4〕"不尔",不如此。"民为鱼",比喻人民受水灾,身为鱼鳖。《左传·昭公元年》:"微禹,吾其鱼乎!"这两句说假若不是这样,所有人民就要受水灾,禹的功劳真大呀!

〔5〕"岷",山名,主峰在今四川省松潘县西北,岷江发源于此;传说夏禹导江水,始于岷江。岷江南流转东,至今四川省宜宾市入长江。这句意思是说洞庭湖一带离海已经很近(实际并不很近),如果由此导江向下游去,就比较容易些罢了。

〔6〕"讫",完成。"委积",积聚。《周礼·地官·遗人》:"掌邦之委积。"注:"少曰委,多曰积。"上句说为什么不能完功。下句说湖水在这儿积聚。

〔7〕"青草",湖名,在今湖南省岳阳县西南,接湘阴县界,湘水所汇。因湖南有青草山,而且湖中多青草,故名。青草湖向来就和洞庭湖并称。一湖之内,南名青草,北名洞庭,有沙洲间隔。

〔8〕"淼(音秒)茫",形容一望无际的大水。

〔9〕"七泽",古谓楚有七泽,当在今湖北省境。司马相如《子虚赋》:"臣闻楚有七泽,尝见其一,未睹其馀也。臣之所见,盖特其小小者耳,名曰云梦。"这里说"吞七泽",极力形容水势之浩大。

〔10〕"苗",种族名。古有"三苗"、"有苗"之称。苗族生活在今湖南、广西、云南、四川、贵州等地。这两句说:疑是古代苗民顽固地不听禹的命令,没把水患彻底治好。这是作者的主观设想,同时也反映出封建时代士大夫轻视少数民族的思想。

〔11〕这两句说人身上血脉凝滞便生疽疣一类的肿毒,医治它就必须用针砭法。"针石",古时人以砭石为针,以石针治病叫"砭"。又一说:"石"即《本草》所说的钟乳、矾、磁石等药物。

〔12〕"水官",古代掌兴修水利、收鱼税之官。"伯",凡为长者皆曰"伯"。"水官伯",即水官之长。这两句说:怎样能使得大禹再出来做唐朝的水官之长呢?

〔13〕"倚天剑",用宋玉《大言赋》中的词意,说希望禹带着"倚天"的长剑来指挥,以成就兴修水利的大业。

〔14〕这两句夸张地说大禹治水,疏通河流像剪纸,开通壅塞像裁绢那样容易。

〔15〕"渗",下漉,渗漏。"蹋",同"踏"。

〔16〕"坐添",因而增加。"司徒",古代官名,管理全国土地、户口、物产、财赋的官。在唐代即为户部。"籍",官府登记用的簿册。

暮 江 吟[1]

一道残阳铺水中,半江瑟瑟半江红[2]。可怜九月初三夜[3],露似真珠月似弓。

〔1〕这诗约作于长庆二年(822)秋赴杭州的途中。

〔2〕"瑟瑟",碧色。杨慎《升庵全集》卷五十七有"瑟瑟"条,说瑟瑟本是珍宝名称,碧色,所以用瑟瑟影指碧。白居易《出府归吾庐》诗"嵩碧伊瑟瑟",可以参看。这两句说残阳照射江面,江水有一半是红色、一半是碧色。这和戎昱"日落半江阴"(《采莲曲》)所写景相同。

〔3〕"怜",爱。

钱唐湖春行[1]

孤山寺北贾亭西[2],水面初平云脚低[3]。几处早莺争暖树,谁家新燕啄春泥。乱花渐欲迷人眼,浅草才能没马蹄。最爱湖东行不足,绿杨阴里白沙堤[4]。

〔1〕"钱唐湖",西湖,在今浙江省杭州市西。这诗约作于长庆三年(823)春。

〔2〕"孤山",在西湖中后湖和外湖之间,和其他山不相连接,故名。"贾亭",据五代王谠《唐语林》卷六:"贞元中,贾全为杭州,于西湖造亭,为'贾公亭'。"

〔3〕"云脚",古人称流荡不定像在行走的云气为"云脚"。此句中的"云脚"和"水面"有对偶的作用。

〔4〕"白沙堤",又名十锦塘,在杭州西城外,沿堤向西南行直通孤山。春来桃柳盈堤,景色妙丽,简称白堤,曾被人误传为白居易所筑。

杭州春望[1]

望海楼明照曙霞[2],护江堤白踏晴沙[3]。涛声夜入伍员庙[4],柳色春藏苏小家[5]。红袖织绫夸柿蒂[6],青旗沽酒趁梨花[7]。谁开湖寺西南路,草绿裙腰一道斜[8]。

〔1〕本篇作于长庆三年或四年(823或824)的春天,作者时任杭州刺史。

〔2〕"望海楼",作者原注云:"城东楼名望海楼。"

〔3〕"堤",指白沙堤。

〔4〕"伍员庙",伍员,字子胥,春秋时楚国人,父名奢,兄名尚,都被楚平王杀害。子胥逃到吴国,佐吴王阖闾打败楚国,又佐夫差打败越国。后来夫差听信谗言,把伍员杀了。民间同情伍员,造出神话,说他怨恨吴王,死后驱水为涛(潮);所以钱塘江潮又叫"子胥涛"。历代都为他立祠纪念,称伍公庙,把立庙的胥山也称为"伍公山"。《钱塘县志》:"吴山古称胥山,自凤凰山迤逦而来,跨据城中,昔吴人立祠祀子胥,故名。亦称伍山。"

〔5〕"苏小",即苏小小,南齐时钱塘名妓。西湖西陵(泠)桥畔旧有苏小小墓。

〔6〕"红袖",指织绫女。"柿蒂",绫的花纹。作者原注:"杭州出柿蒂,花者尤佳也。"南宋吴自牧《梦粱录》卷十八:"杭土产绫曰柿蒂、狗脚,……皆花纹特起,色样织造不一。"

〔7〕"青旗",指卖酒家的酒旗。"梨花",酒名。作者原注云:"其俗,酿酒趁梨花时熟,号为'梨花春'。""趁",赶。这句似说赶在梨花开时饮梨花春酒。

〔8〕作者原注云:"孤山寺路在湖洲中,草绿时,望如裙腰。""西南路",指由断桥向西通往湖中到孤山的长堤。

画 竹 歌 [1] 并引

协律郎萧悦善画竹[2],举世无伦。萧亦甚自秘重。有终岁求其一竿一枝而不得者。知予天与好事[3],忽写一十五竿,惠然见投。予厚其意,高其艺,无以答贶,作歌以报之,凡一百八十六字云。

植物之中竹难写,古今虽画无似者。萧郎下笔独逼真,丹青以来唯一人[4]。人画竹身肥拥肿,萧画茎瘦节节竦[5];人画竹梢死赢垂[6],萧画枝活叶叶动。不根而生从意生,不笋而成由笔成[7]。野塘水边碕岸侧[8],森森两丛十五茎。婵娟不失筠粉态[9],萧飒尽得风烟情。举头忽看不似画,低耳静听疑有声。西丛七茎劲而健,省向天竺寺前石上见[10]。东丛八茎疏且寒,忆曾湘妃庙里雨中看[11]。幽姿远思少人别[12],与君相顾空长叹。萧郎萧郎老可惜,手颤眼昏头雪色。自言便是绝笔时,从今此竹尤难得。

〔1〕 本篇大约作于长庆二年或三年(822或823)作者在杭州任刺史时。

〔2〕 "协律郎",属太常寺,是掌管音律的官。"萧悦",兰陵(今山东省临沂市)人。唐朱景玄《唐朝名画录》:"萧悦,工画竹,有雅趣。说者谓墨竹肇自明皇,萧悦得其传,举世无伦。"

〔3〕 "天与",意为天生。"好(读去声)事",对某一事物爱好或发生兴趣。

〔4〕 "丹青以来",从有绘画艺术以来。

〔5〕 "竦(音耸)",耸然而立。

〔6〕 "死赢垂",萎弱低垂,没有生气。

〔7〕 这两句说萧悦画的竹子是经过艺术构思画出来的。

〔8〕 这句是陪衬竹子的画中景物。"碕(音奇)",曲岸。又石桥也称"碕"。

〔9〕 "婵娟",美好。"筠粉",新竹皮上的一层白色粉状物。这句说竹子画得惟妙惟肖,把嫩竹的特征都表现出来了。

〔10〕 "省",记得。"天竺寺",在杭州西山,有上、中、下三天竺寺,以产竹著名。

〔11〕"湘妃庙",又名湘夫人庙,庙在今湖南省洞庭湖君山上。
〔12〕"远思(读去声)",高远的情趣。"少人别",很少人能识别和领会。

江楼夕望招客[1]

海天东望夕茫茫,山势川形阔复长。灯火万家城四畔,星河一道水中央[2]。风吹古木晴天雨,月照平沙夏夜霜[3]。能就江楼销暑否?比君茅舍较清凉。

〔1〕 长庆三年(823)作者任杭州刺史的第二年写此诗。"江楼",又名"望潮楼"或"望海楼",亦称"东楼"。作者《东楼南望八韵》中所云:"江楼对海门"的"江楼"即是。

〔2〕"四畔",四边。"星河",即银河。这里写映入江中的银河。

〔3〕 这两句写风与月。"晴天"不会有"雨",风吹古木,声响萧瑟似雨;"夏夜"不会有"霜",月照平沙,颜色粲白似霜。两句引出"清凉"。按宋赵令畤《侯鲭录》卷七:"东坡云:'白公晚年诗极高妙。'余请其妙处。坡云:'如"风生古木晴天雨,月照平沙夏夜霜",此少时所不到也。'"可以参考。

览卢子蒙侍御旧诗,多与微之唱和,感今伤昔,因赠子蒙,题于卷后[1]

早闻元九咏君诗,恨与卢君相识迟。今日逢君开旧卷,卷中多道赠微之[2]。相看掩泪情难说,别有伤心事岂知。

闻道咸阳坟上树[3],已抽三丈白杨枝。

〔1〕"卢子蒙",名贞,元稹的好友。《元氏长庆集》中有《卢评事子蒙》、《谕子蒙》《答子蒙》等诗。卢贞是香山九老会中的一老,武宗会昌五年(845)官河南尹。"侍御",官名。这首诗是会昌元年(841)所作,元稹已早在十年前身故。

〔2〕本篇音调的特点值得留意,前四句一气盘旋而下,颔联也不讲究对仗,在律诗中很突出。后来苏轼的《和子由渑池怀旧》七律前四句:"人生到处知何似,应似飞鸿踏雪泥。泥上偶然留指爪,鸿飞那复计东西。"被人称赏,其实全学此诗。

〔3〕"咸阳坟",元稹葬咸阳奉贤乡洪渎原,见《白氏长庆集》卷七十《河南元公墓志铭》。又卷三十五《梦微之》有句云:"咸阳宿草八回秋。"

李德裕

李德裕（787—849），字文饶，赵郡（今河北省赵县）人，宰相李吉甫之子。牛僧孺、李宗闵执政后，因政治上主张不一致，发展成为党争，牛党不断地打击德裕。武宗即位，重用德裕，拜太尉，封卫国公。在他当政的六年中，政治上成就很大，制驭宦官，斗争坚决。在军事上，收复幽燕，平定回鹘和昭义军节度刘稹。"号令既简，将帅得以施其谋略，故所向有功"（《通鉴·唐纪六十四》）。当时不服从朝廷的割据称雄者一一先后归顺。可惜到了宣宗大中初年，白敏中、令狐绹等当政，一反会昌时李德裕推行的方针与措施，把立过功勋的重要成员郑亚、李回等纷纷贬逐远地，李德裕也被贬为潮州司马，继又贬崖州（今广东省琼山县南）司户参军。大中三年十二月，卒于任所。年六十三。著有《李文饶文集》，又作《会昌一品集》。《全唐诗》存其诗一卷。

谪岭南道中作[1]

岭水争分路转迷，桄榔椰叶暗蛮溪[2]。愁冲毒雾逢蛇草，畏落沙虫避燕泥[3]。五月畬田收火米，三更津吏报潮鸡[4]。不堪肠断思乡处，红槿花中越鸟啼[5]。

〔1〕 题一作《岭南道中》。作者在他被贬崖州、路出五岭之南时,描写气候风景之异,并发抒感慨。

〔2〕 "桄榔",棕榈科常绿高大乔木。生长于我国广东、广西等地。胡震亨《唐音癸签》云:桄榔"高七八丈,叶大如掌,皆攒(聚)于树之杪,甚浓密"。"椰",果树,热带地方的人把椰果作为重要的食品,椰子肉可以榨油、制烛及石碱,或做药用。"蛮溪",指岭南道中所见的溪流。

〔3〕 这两句语涉双关。既把毒雾、蛇草、沙虫在南方所见的事物表现出来,又暗喻自身所遇的恶劣环境。上句是说岭南蛇过之处,草都有毒,人碰到这种蛇草便要生病。下句是说生怕沙虫夹在燕泥里落下来。用沙虫比小人。《太平御览》卷七十四引《抱朴子》:"周穆王南征,一军尽化,君子为猿为鹤,小人为虫为沙。""燕泥",薛道衡《昔昔盐》诗:"暗牖悬蛛网,空梁落燕泥。"

〔4〕 这两句表示对于南方季候和时间之早感到惊奇,五月在北方谷物刚下种,可是岭南就收割了。潮水到的时候,鸡就叫,头津小吏在深夜将消息报告给旅客。"畲(音奢)",字亦作"畬"。焚烧田地里的草木,用草木灰做肥料耕种叫"畲田"。"火米",当地以五月收米为"火米",据说即因火种之故。"潮鸡",《神异经·东方经》:"扶桑山有玉鸡。玉鸡鸣则金鸡鸣。金鸡鸣则石鸡鸣。石鸡鸣则天下之鸡悉鸣,潮水应之矣。"《述异记上》:"伺潮鸡,潮水上则鸣。孙绰《望海赋》曰'石鸡清响而应潮'是也。"《舆地志》:爱州移风县有潮鸡,鸣长且清,如吹角,每潮至则鸣。陈后主《估客乐》:"屡逐鸡鸣潮。"

〔5〕 "红槿花",《岭南异物志》:"岭南红槿,自正月至十二月常开,秋冬差小。""槿"就是木槿,落叶灌木,花有红、白、紫等颜色。"越",古代广东一带也称"越"。末两句说贬官异地,听到越鸟在红槿花中鸣叫,此情此景,更觉难堪。

登崖州城作〔1〕

独上高楼望帝京,鸟飞犹是半年程〔2〕。青山似欲留人住,百匝千遭绕郡城〔3〕。

〔1〕 唐宣宗大中二年李德裕被白敏中、令狐绹等人陷害,从潮州司马再贬崖州司户。这是作者在崖州城上怀念长安的诗。宋王谠《唐语林》卷七有云:"李卫公在珠崖郡,北亭谓之望阙亭。公每登临,未尝不北睇悲咽,题诗云云。"

〔2〕 "高楼",《唐语林》作"江亭"。"鸟飞"句说鸟飞要半年之久;极言离京之远,是诗人的想象和夸张。

〔3〕 "青山似欲",《唐语林》作"碧山也恐"。

张祜

张祜（792？—854？）[1]，字承吉，南阳（今河南省南阳县）人，一作清河（今河北省清河县）人。元和、长庆中，深为令狐楚所知。祜自草荐表，录新旧诗三百首进献，希望能在中书门下供职。至京为元稹所抑，由是寂寞而归[2]，以处士终身，生活颇为放浪，是个"狂生"而兼欲为侠客的人[3]。《全唐诗》存其诗一卷。

张祜以侠客自命，写过《侠客传》，而偏偏上了一个假充侠客的骗子的当，传为笑谈[4]。这是个小讽刺。他抱怨白居易对自己的诗歌赏识不够、评判不公。白居易的反对者杜牧曾因此借题发挥[5]，而张为所作《主客图》偏偏把他附属于白居易，说他是白居易派的"入室"。这也算是个小讽刺。从现存他的诗看来，并不像白居易那样平坦爽直，比较约敛，带点小巧，毋宁说是王建的"入室"。也像王建，他作了些宫词。

〔1〕"祜"，一作"祐"，误。冯翊子《桂苑丛谈》里"崔张自称侠"条记载张祜因儿子谋得了冬瓜堰的小官，讲了句笑话："冬瓜合出祜子。"这表示他名"祜"而不名"祐"，因为"祜子"双关同音的"瓠子"，可以牵上冬瓜。参看胡应麟《诗薮》内编卷四。

〔2〕详见皮日休《皮子文薮·论白居易荐徐凝屈张祜》及王定保《唐摭言》卷十一"荐举不捷"条。

〔3〕范摅《云溪友议》卷中"辞雍氏"条、刘崇远《金华子杂说》卷下。

〔4〕《桂苑丛谈》"崔张自称侠"条。即《儒林外史》第十二回张铁臂"虚

设人头会"事所本。

〔5〕《云溪友议》卷中"钱塘论"条。参看《唐诗纪事》卷五十二,《全唐文》卷七百九十七皮日休卷。

宫　词[1]

故国三千里[2],深宫二十年。一声河满子[3],双泪落君前。

〔1〕原作二首,此为第一首,写宫女的哀怨。在二十个字中,叠用"三千"、"二十"、"一"、"双"等数目字而不觉堆砌。杜牧《酬张祜处士见寄长句四韵》:"可怜故国三千里,虚唱歌词满六宫。"郑谷《高蟾先辈以诗笔相示抒成寄酬》:"张生故国三千里,知者唯应杜紫微。"可见当时人对这首诗的赏识。

〔2〕"故国",指宫女的故乡。

〔3〕"河满子",一作"何满子"。白居易《听歌六绝句》之五《何满子》自注:"开元中,沧洲有歌者何满子,临刑,进此曲,以赎死。上竟不免。"苏鹗《杜阳杂编》记载:"文宗时,宫人沈翘翘为帝舞《何满子》,调辞风态,率皆宛畅。"

观徐州李司空猎[1]

晓出郡城东,分围浅草中。红旗开向日,白马骤迎风[2]。背手抽金镞,翻身控角弓[3]。万人齐指处,一雁落寒空。

〔1〕 韦庄《又玄集》选此诗,题作《观魏博何相公猎》。

〔2〕 "骤",驰骤,马跑得很快。

〔3〕 "镞",箭头。箭插在身后的箭袋里,射箭时要背着手去抽它。"控",拉开。"角弓",见王维诗《观猎》注〔2〕。这两句写射箭时的动作和姿态。

题 金 陵 渡〔1〕

金陵津渡小山楼〔2〕,一宿行人自可愁。潮落夜江斜月里,两三星火是瓜洲〔3〕。

〔1〕 "金陵渡",润州(今江苏镇江)过江的渡口。唐时润州亦称金陵。

〔2〕 "津",渡水的地方。"津渡",渡口的复义词。"小山楼",张祜寄宿处。

〔3〕 "瓜洲",在今江苏省扬州市南,对岸为镇江市。

张祐《题金陵渡》

朱庆馀

朱庆馀,名可久,以字行。越州(今浙江省绍兴)人。宝历二年(826)进士。官秘书省校书郎。曾客游边塞,在仕途上很不得意,与张籍、贾岛、姚合、顾非熊、僧无可等交游。张籍最欣赏他的诗,逢人称诵,朱因之得名。他的诗绝大部分是五律,颇能刻画景物,与张籍诗风略近,但像张籍那样的乐府歌行是没有的。《全唐诗》录其诗二卷。

宫　词[1]

寂寂花时闭院门[2],美人相并立琼轩[3]。含情欲说宫中事,鹦鹉前头不敢言[4]。

〔1〕 题一作《宫中词》。
〔2〕 "花时",指美好的春天。这里在"花时"上加"寂寂"二字,联系下面"闭院门",极写宫女的寂寞无聊。
〔3〕 "美人",指宫女。"琼轩",装饰富丽的长廊。
〔4〕 这两句写两个宫女想谈谈心事,又怕架上的鹦哥学舌,传与君王得知。说明宫女不仅无聊,而且缺乏安全感。

闺意献张水部〔1〕

洞房昨夜停红烛,待晓堂前拜舅姑〔2〕。妆罢低声问夫婿,画眉深浅入时无〔3〕?

〔1〕题一作《近试上张籍水部》。"张水部",即张籍,曾官水部郎中。这首诗是作者在将近考试之期写的。借闺房情事来隐喻考试,自比新娘,把张籍比做新郎,舅姑比做主考官。

〔2〕"洞房",新婚卧室。"舅姑",丈夫的父母。首句说"昨夜",次句说到"晓",有次序。"停",留,即不吹灭,通夜长明之意。

〔3〕"画眉",《汉书·张敞传》记张敞为妻画眉,当时传为佳话。后世常以"画眉"指夫妇间"闺房之乐"。"深浅",浓淡。"入时无",问是否够时髦,这是借喻文章是否合式。

南　湖〔1〕

湖上微风小槛凉,翻翻菱荇满回塘〔2〕。野船着岸入春草〔3〕,水鸟带波飞夕阳。芦叶有声凝露雨〔4〕,浪花无际似潇湘。飘然蓬艇东归客,尽日相看忆楚乡〔5〕。

〔1〕本篇一作温庭筠诗。此诗是远游归来所作。"南湖",在今浙江省绍兴县。《嘉泰会稽志》卷十:"镜湖在县东二里,故南湖也。东汉太守马臻始筑

塘立湖,周三百十里,溉田九千馀顷。"

〔2〕"翻翻",晃动貌。"荇(音杏)",水草名。

〔3〕"入",一作"偎"。

〔4〕"凝露雨",疑惑正在滴露下雨。

〔5〕"忆楚乡",作者远游曾经过洞庭湖、望九疑山,所以南湖景色使他有"似潇湘"的感觉和"忆楚乡"的怀念。

雍陶

雍陶(805—?),字国钧,成都(今四川省成都市)人。大和(827—835)间进士,历任侍御史、国子毛诗博士。大中八年(854)出任简州(今四川省简阳县)刺史。《全唐诗》录存其诗一卷。

雍陶曾多次越秦岭,穿三峡,到过塞北和今山东、湖南、湖北、福建等地,足迹遍及大半个中国,旅游之作成为他诗的主要题材。他和张籍、王建、贾岛、姚合、殷尧藩等关系密切。律诗语言精练,工于对仗,是苦吟的结果。不过,他能注意全诗形象的完整性,并通过形象表达自己的感情,可能是从杜甫诗受到启发[1]。他的《哀蜀人为南蛮俘虏五章》对金代元好问的"丧乱诗"有直接的影响。据说雍陶常常自比谢朓、柳恽。殷尧藩也称赞他的诗风"清婉逼阴(铿)、何(逊)"[2]。六朝诗人谢、柳、阴、何虽然长于写景,但很少反映社会生活,雍陶也是如此。

[1] 雍陶非常钦佩杜甫,他在《经杜甫旧宅》中说:"万古只应留旧宅,千金无复换新诗。"
[2] 见殷尧藩《酬雍秀才二首》。

雍　陶

城西访友人别墅[1]

澧水桥西小路斜[2],日高犹未到君家。村园门巷多相似,处处春风枳壳花[3]。

〔1〕"城",即澧州城,今湖南省澧县,城临澧水。
〔2〕"澧水",在湘北,一名佩浦。湖南四大河流之一。流经澧县、安乡后注入洞庭湖。
〔3〕"枳壳花",枳树花。枳树似橘树而小,叶与橙叶相似,枝多刺。农村常常种在篱旁。枳树在春天开白花,气味清香。

塞路初晴[1]

晚虹斜日塞天昏,一半山川带雨痕。新水乱侵青草路,残烟犹傍绿杨村[2]。胡人羊马休南牧,汉将旌旗在北门[3]。行子喜闻无战伐,闲看游骑猎秋原[4]。

〔1〕题一作《晴诗》。
〔2〕前四句写雨霁在塞路所见的宁静景象。
〔3〕"南牧",贾谊《过秦论》表现秦的强盛说:"乃使蒙恬北筑长城而守藩篱,却匈奴七百馀里,胡人不敢南下而牧马。"司马迁《史记·匈奴列传》:"(匈奴)随畜牧而转移,其畜之多则马牛羊。""北门",《史记·田敬仲完世

家》:齐威王说:"吾吏有黔夫者,使守徐州,则燕人祭北门。"《旧唐书·郭子仪传》:"朔方,国之北门。"这两句警告塞北贵族统治者不要南下骚扰,北方有雄兵镇守。

〔4〕"无战伐",唐宣宗时与奚、党项、回鹘、吐蕃曾有过短暂的休战。末两句说没有打仗,秋天的原野上将士在游猎,行人带着喜悦的心情在观猎。

到蜀后记途中经历〔1〕

剑峰重叠雪云漫,忆昨来时处处难〔2〕。大散岭头春足雨,褒斜谷里夏犹寒〔3〕。蜀门去国三千里,巴路登山八十盘〔4〕。自到成都烧酒熟,不思身更入长安〔5〕。

〔1〕 这首诗是雍陶晚年的作品,记述入蜀途中所经高山深谷的艰险历程。

〔2〕 "剑峰",山峰高耸,远望似剑。"处处难",从长安到成都要翻越秦岭,一路险阻重重,高山积雪,所以作者说"处处难"。

〔3〕 "大散岭",因大散关而得名,在陕西省宝鸡市西南。"褒斜谷",又叫斜谷,陕西终南山的山谷。从眉县西南到褒城县北长四百多里,两山高峻,褒水从谷底流过。这两句写险关多雨,危谷夏寒,更增加了旅途的艰难。

〔4〕 "蜀门",一般指"剑门关",在四川省剑阁县北大、小剑山之间。李白《上皇西巡南京歌》:"剑阁重关蜀北门。""国",指唐代国都长安。"去国三千里",说从长安到四川三千里。这是古代诗词里的"虚数",表示道路遥远。姚合《送雍陶游蜀》:"春色三千里,愁人意未开。"李商隐《赴职梓潼留别》诗也说"京华庸蜀三千里"。"巴",四川的简称。"八十盘",上下秦岭,山路盘旋曲折。李白《蜀道难》说:"青泥何盘盘,百步九折萦岩峦。"白居易《长恨歌》也说:"云栈萦纡登剑阁。"

〔5〕"烧酒",唐代四川特产的一种酒,色美味香。白居易《荔枝楼对酒》:"荔枝新熟鸡冠色,烧酒初开琥珀香。"末两句表示宦情已淡。作者早年热衷功名,经过长期的仕宦生活,使他对险恶的官场感到厌倦了。他在《蜀路倦行因有所感》说:"蹇步不唯伤旅思,此中兼见宦途情。"也是表现这种宦途倦游的思想。

题 君 山[1]

烟波不动影沉沉,碧色全无翠色深[2]。疑是水仙梳洗处,一螺青黛镜中心[3]。

〔1〕"君山",又叫湘山、洞庭山。在湖南省洞庭湖中。古代神话传说:这山是舜妃湘君姊妹居住和游玩的地方,所以叫君山(见《水经注》)。这首诗可能是雍陶早期的作品。他的《望月怀江上旧游》诗回忆往事说:"往岁曾随江客船,秋风明月洞庭边。为看今夜天如水,忆得当时水似天。"

〔2〕"沉沉",形容君山倒影颜色很深。"碧色",湖水的颜色。"翠色",山色。唐张又新《孤屿》诗:"碧水透迤浮翠巘。"这两句写风平浪静、薄雾笼罩的洞庭湖上湖光山色两相映衬,山色浓于湖色。

〔3〕"水仙",水中女神,即湘君姊妹。"一螺青黛",古代一种制成螺形的黛墨,作绘画用,女子也用来画眉。这里用以比君山。"镜",用以比拟洞庭湖。刘禹锡曾经把洞庭湖比做银盘,把君山比作黛墨。他说:"湘江秋月两相和,潭面无风镜未磨。遥望洞庭山翠小,白银盘里一青螺。"(《洞庭》)雍陶把美丽的湖光山态和神话传说联系起来,使小诗更加生动活泼。一说"一螺青黛"指发髻。

杜牧

杜牧(803—约852),字牧之,京兆万年(今属陕西省西安市)人。文宗大和时中进士后,曾为黄、池、睦、湖等州的刺史,也在朝中做过司勋员外郎、中书舍人等官。有《樊川文集》。

杜牧和李商隐同时代,他们写诗活跃在唐文宗至唐宣宗年间。王叔文、柳宗元等革新失败后,社会矛盾斗争进一步尖锐化,杜牧死后不到三十年便有黄巢领导的农民大起义。杜牧关心政治,早年很有抱负。他的理想社会就是盛唐时期的社会,他希望国家统一、繁荣。他注释过兵家的《孙子》,还在其他一些著作中探讨财赋、战争、治乱等问题,希望有所作为。可是唐朝已到江河日下的地步,政治腐败,思想进步的人常受打击压抑,因此,他的理想必然落空。杜牧一生的遭遇虽然比李商隐稍好,但前半生也尝够了沉沦下僚的滋味。他在生活上有放浪不检、纵情酒色的一面。"但将酩酊酬佳节,不用登临恨落晖。"[1]"十年一觉扬州梦,赢得青楼薄幸名。"[2]便是它的写照。他的诗歌的中心内容包括了以上所述的积极和消极两个方面。

杜牧继承唐代文学中的优良传统,主张文章"以意为主,以气为辅,以辞采章句为之兵卫"[3]。他诗歌中的成功之作,实践了这一理论。他愤慨统治者的荒淫误国,斥责大官僚将帅的昏懦苟安,反对藩镇拥兵自固,反对吐蕃、回鹘统治者的掠夺骚扰,等等。因此,把他和李商隐联系起来,并称"李杜"[4],虽然不等于说两人成就相等,但也有一定的道理。

在艺术上,杜牧自称追求"高绝",不学"奇丽",不满"习俗",所谓"不今不古"[5],正是力图在晚唐浮浅轻靡的诗风之外自具面目;但他的风格不像李贺的奇特,也不似元、白的平易,和李商隐比也能各树一帜。

杜牧的古诗,大都写政治、社会题材,往往豪健跌宕,流丽之中骨气遒劲,这是由他政治上的识见和抱负决定的。近体诗却情致俊爽、风调轻利。他那些抒情写景的绝句,创造出富有情韵的深远意境,达到很高的艺术水平。尤其是咏史绝句,或再现历史事件的某些情景,寄寓自己的感慨和评价,或以咏叹的语调,融入较多的史论成分,例如"东风不与周郎便,铜雀春深锁二乔"[6],"南军不袒左边袖,四老安刘是灭刘"[7]等。在晚唐的咏史作品中,杜牧是有代表性的。

杜牧在《冬至日寄小侄阿宜诗》中说:"李杜泛浩浩,韩柳摩苍苍。"从他的古诗和律诗来看,杜、韩的影响比较显著。

[1]《九日齐山登高》。

[2]《遣怀》。

[3]《答庄充书》。

[4] 或称李白、杜甫为大"李杜",称李商隐、杜牧为小"李杜"。

[5]《献诗启》。

〔6〕《赤壁》。
〔7〕《题商山四皓庙一绝》。

感怀诗一首[1]

高文会隋季,提剑徇天意[2]。扶持万代人,步骤三皇地[3]。圣云继之神,神仍用文治[4]。德泽酌生灵,沉酣熏骨髓[5]。

旄头骑箕尾,风尘蓟门起。胡兵杀汉兵,尸满咸阳市[6]。宣皇走豪杰,谈笑开中否[7]。蟠联两河间,烬萌终不弭[8]。号为精兵处,齐蔡燕赵魏。合环千里疆,争为一家事[9]。逆子嫁虏孙,西邻聘东里。急热同手足,唱和如宫徵[10]。法制自作为,礼文争僭拟[11]。压阶螭斗角,画屋龙交尾[12]。署纸日替名,分财赏称赐[13]。刳隍献万寻,缭垣叠千雉[14]。誓将付屠孙,血绝然方已[15]。九庙仗神灵,四海为输委。如何七十年,汗赧含羞耻[16]!韩彭不再生,英卫皆为鬼[17]。凶门爪牙辈,穰穰如儿戏[18]。累圣但日呼:阃外将谁寄[19]?屯田数十万,堤防常慴惴[20]。急征赴军须,厚赋资凶器[21]。因隳画一法,且逐随时利。流品极蒙龙,网罗渐离弛[22]。夷狄日开张,黎元愈憔悴[23]。邈矣远太平,萧然尽烦费[24]。至于贞元末,风流恣绮靡[25]。艰极泰循来,元和圣天子[26]。元和圣天子,英明汤武上。茅茨覆宫殿,封章绽帷帐[27]。伍旅拔雄儿,梦卜庸真相[28]。勃云走轰霆,河南一平荡[29]。继于长庆

杜牧《过华清宫绝句》

初,燕赵终异襟。携妻负子来,北阙争顿颡[30]。故老抚儿孙:"尔生今有望[31]!"茹鲠喉尚隘,负重力未壮[32]。坐幄无奇兵,吞舟漏疏网[33]。骨添蓟垣沙,血涨滹沱浪[34]。只云徒有征,安能问无状[35]?一日五诸侯[36],奔亡如鸟往。取之难梯天,失之易反掌。苍然太行路,翦翦还榛莽[37]。

关西贱男子,誓肉房杯羹[38]。请数系房事,谁其为我听[39]?荡荡乾坤大,瞳瞳日月明[40]。叱起文武业,可以豁洪溟[41]。安得封域内,长有扈苗征[42]!七十里百里,彼亦何尝争[43]。往往念所至,得醉愁苏醒[44]。韬舌辱壮心,叫阍无助声[45]。聊书感怀韵,焚之遗贾生[46]。

〔1〕题下原注云:"时沧州用兵。"敬宗宝历二年(826)横海节度使(治沧州)李全略死,子李同捷反。文宗大和元年(827)讨李同捷。战事经过三年才得解决。作者因沧州的战事感慨多年来藩镇的祸害,写了这首诗。写作时应在讨李战争进行的期间。这首亦诗亦史,夹叙夹议的长篇,可与杜甫的《北征》和李商隐的《行次西郊作一百韵》相比。

〔2〕开端两句写唐高祖李渊、太宗李世民以武力夺得隋朝的政权。"高",指唐高祖。"文",指唐太宗。太宗的谥号是"文皇帝"。"提剑"句以汉高祖刘邦的事业比李渊父子。《史记·高祖本纪》:刘邦曾说:"吾以布衣提三尺剑取天下,此非天命乎?""徇",从。

〔3〕"扶持",救助。"三皇",传说中的上古君主,伏羲、神农、燧人。这两句说李渊父子平定天下救了百姓,功比古之三皇。

〔4〕"圣",指高祖。"神",指太宗。这两句说太宗继承高祖,用文治治国。《旧唐书·音乐志》记唐太宗语:"朕虽以武功定天下,终当以文德绥海内。"

〔5〕"生灵",指众民。这两句说太宗的德泽深入人心,像美酒似的使人

陶醉。

以上是第一段，追忆唐初政治，写盛世。

〔6〕这四句叙安禄山乱起，长安蒙兵灾。"觜头"、"箕"、"尾"都是星名。古人相信天上的星宿下应各地区人事。据说觜头星变大而闪动时主发生大战争（见《晋书·天文志》）。箕星和尾星下应燕地。"觜头骑箕尾"，表示从星象看来战乱将从燕地发生。"蓟门"，见祖咏《望蓟门》注〔1〕。"咸阳"，指长安。

〔7〕两句写肃宗（谥号文明武德大圣大宣孝皇帝）转变了唐朝中衰的局势。"走豪杰"，使天下豪杰为之奔走。"否（音痞）"，《易经》卦名，表示阻塞不通。"开中否"，指平定安史之乱。以上六句为一节，写安史之乱。

〔8〕这两句说安史馀孽继续祸害黄河南北。"两河"，指河南河北两道。"烬萌"句指未除尽的安史部下，降唐后又拥兵占地，成为火种和祸根，萌发新的叛乱。"弭"，止。

〔9〕这四句写齐、蔡、燕、赵、魏等五个强大藩镇互相勾结，串通成一家，背叛唐朝，各营私利。"齐"，指淄青节度，治青州。"蔡"，指彰义节度治蔡州。"燕"，指卢龙节度，治幽州。"赵"，指成德节度，治镇州。"魏"，指魏博节度，治魏州。

〔10〕"逆"、"虏"，都指五镇。"急热"，亲密。"宫徵（音纸）"，五音中的二音。以上四句是写五镇互通婚姻，亲如一家的情况。

〔11〕这两句说藩镇不遵守唐朝制度，不顾君臣之礼。"僭拟"，指臣僚擅用皇帝的制度。下文举事实。

〔12〕"螭（音痴）"，似龙而黄。皇帝的殿阶设置石螭，屋室画龙。

〔13〕"替"，废止。上句说在文书上不再署名（仿皇帝的诏书）；下句说给人财物叫"赐"（学皇帝的口吻）。

〔14〕"刳（音枯）"，挖空。"刳隍"，掘城壕。"歁（音含）"，贪，欲。"寻"，八尺。"缭垣"，围墙，这里指城垣。"雉"，墙高一丈长三丈为一雉。古礼"天子千雉"。

〔15〕这两句说这些藩镇都想把土地权位传给子孙，直到嗣续断绝为止。以上二十句为一节，说藩镇各谋建小朝廷，行世袭制度。

〔16〕这四句说上有祖宗的神灵护佑，下有四方的财物供应，七十年来含

羞忍耻是何缘故？暗示有负于祖宗和百姓。"九庙"，皇帝的宗庙。"输委"，地方将积聚的财货随时输送到中央，叫"输委"或"委输"。"七十年"，从天宝十四年安史乱起到宝历二年李同捷谋反，首尾七十二年。这里举成数。"赩（音隙）"，大红。

〔17〕这两句说七十年来缺乏有才能的将帅。"韩彭"，指汉高祖时名将韩信、彭越。"英卫"，指唐太宗时名将英国公李勣、卫国公李靖。

〔18〕"凶门爪牙"，指武臣。古时将军奉命出征辞行时行丧礼"凿凶门而出"（见《淮南子·兵略》）。古人将武臣比做国君的"爪牙"（见《诗经·小雅·祈父》）。"穰穰（音嚷）"，众多。这两句说武臣虽多，有如儿戏。

〔19〕"累圣"，指唐朝历代皇帝。"吁"，叹气。"阃外"，郭门以外。《史记·冯唐传》："臣闻上古王者之遣将也，跪而推毂曰：阃以内者寡人制之，阃以外者将军制之。"后世因此称遣将为"阃寄"。这两句说这些年来历代皇帝只叹息征战大事无人可委托。

〔20〕"屯田"，指边防武装。"堤防"，堤坝，作为动词就是防范。"慴惴（音摺坠）"，恐惧不安。这两句说屯田为了防边，但几十万屯田武装本身又不可靠，须要防范。

〔21〕两句说为军事需要，紧急征敛；为制办兵器，加重赋税。

〔22〕这四句说由于破坏了国家制度，追逐一时的便利，不遵守原则，以致臣僚流品庞杂，纪律废弛。"隳（音灰）"，坏。"画一法"，汉初萧何定制度，百姓赞其"讲若画一"（平允整齐），见《汉书·曹参传》。"随时利"，即指上文"急征"、"厚赋"之类。"蒙茸"，庞杂。"网罗"，指法度，纪律。"离弛"，散乱，松弛。

〔23〕这两句说叛乱的异族日益进逼，百姓更加困苦。"开张"，放肆，猖狂。"黎元"，百姓。

〔24〕这两句说距离太平日子遥远，百姓所遭受的只是骚扰和苛烦的征敛。"邈矣"，远哉。"萧然"，骚然，扰乱貌。

〔25〕"贞元"，德宗年号（785—805）。"风流"，这里指风气。

〔26〕这两句说到宪宗元和（806—820）时代，局势由艰险转为安泰。古人相信祸福循环，有"否极泰来"、"艰泰相袭"之类的说法。以上二十二句为一

节,写唐朝将帅无能,军事处于被动,制度被破坏,百姓更困苦。

〔27〕二句用唐尧和汉文帝的典故夸喻唐宪宗的节俭。"茅茨(音瓷)",用茅草盖屋。相传尧时宫殿是"茅茨土阶"。"封章",上书。古时上书"囊封以进"。这里指藏奏章的封囊。汉文帝曾将群臣上书用的袋子搜集起来缝制殿帷(见《汉书·东方朔传》)。

〔28〕上句说宪宗能从下级军官中提拔大将(例如用高崇文平割据西川的刘辟)。下句说宪宗能任用贤相(如裴度)。"伍旅",犹言行伍,指士兵的行列。"雄儿",犹健儿,指猛将。"梦卜",殷商武丁梦得圣人,因而在郊野访得傅说,使他为相(见《史记·殷本纪》)。周文王将出猎,卜得获贤相之兆,果然在渭滨遇到吕尚,立他为太师(见《史记·齐太公世家》)。"庸",用。

〔29〕"勃云",忽然兴起的云。"霆",疾雷。"一平荡",都平定扫荡了。"河南平荡",指元和十二年平淮西吴元济,十四年平淄青李师道,同年宣武节度使韩弘以汴、宋、亳、颍诸州归顺唐朝,都在黄河以南。

〔30〕"长庆",唐穆宗年号(821—824)。"燕赵",指卢龙军节度使刘总、成德军观察支使王承元。"舁(音鱼)襁",背上裹在包被中的孩子,表示准备归顺朝廷。"北阙顿颡",在皇帝宫门前叩头。这四句写穆宗初年还能因宪宗的馀威,使燕赵归顺。

〔31〕这两句借故老之口写人民怀着重见太平的希望。以上十四句为一节,歌颂唐宪宗用人得当,决心对叛镇用兵,使局势一度好转。

〔32〕这两句说当时朝廷力弱,不能负重,如喉咙窄狭,吞不下鱼骨。"茹",吞食。"鲠",鱼骨。

〔33〕"幄",帐篷。"坐幄",指在帷幄中出谋划策。"无奇兵",指拿不出好办法。晋张协《杂诗十首》:"何必操干戈,堂上有奇兵。""吞舟",指大鱼。《史记·酷吏列传》:"网漏于吞舟之鱼。"这两句用成语表示朝廷谋画不当,致叛乱又起。

〔34〕这两句说燕、赵又叛,再动刀兵。长庆元年七月,卢龙军都知兵马支使朱克融囚其节度使张宏靖,反唐。同时成德军大将王廷凑杀节度使田弘正,反唐。"蓟垣",即蓟丘,指卢龙军所在地。"滹沱",河名,流经成德军治所镇州。

〔35〕这两句说朝廷空有征讨之名,不能行问罪之实。"无状",指叛逆,犹"无礼"或"无法无天"的意思。

〔36〕"五诸侯",指长庆八年讨王廷凑的魏博、横海、昭义、河东、义武五节度使。

〔37〕这四句说收复叛镇难如登天,得而复失易如反掌,以致太行道路又阻塞不通。长庆二年魏博又乱,连卢龙、成德、河北三镇又都失掉。三镇都在太行山以东。"剪剪",形容狭小。"榛莽",形容草木丛芜。以上十四句为一节,写穆宗以后的藩镇叛乱。

以上为第二段,分五节,历叙安史乱后七十馀年间藩镇割据,朝廷软弱,兵连祸结的情况。

〔38〕上句作者自称。下句说发誓要烹煮那些乱国害民的叛镇的肉,分一杯汤来喝。

〔39〕这两句说要陈说擒缚叛逆的主张,但无人愿听。

〔40〕《后汉书·郎顗传》:"诚欲陛下修乾坤之德,开日月之明。"这两句用其语意。"荡荡",大。"瞳瞳",明。

〔41〕这两句说只要一声吆喝,干起周文王、武王的统一天下的事业,就可以使一片昏暗的世界豁然开朗。"洪",广大。"溟",犹"溟溟",暗。

〔42〕"封域",疆域。"扈苗征",指对叛逆的征讨。夏代曾征讨有扈和三苗。

〔43〕古人传说商汤以七十里,周文王以百里统一天下。是上句所本。"彼",指汤与文王。"何尝争",言不计较地盘大小。这两句意谓藩镇割据虽然使得唐中央所控制的区域缩小了,但仍然可以从现有的基础上进行统一。

〔44〕这两句作者自谓往往一想到这些就忧烦,愿醉而不愿醒。

〔45〕这两句说如闭口藏起舌头不说话就未免使壮心受屈辱;如去向皇帝陈说,又无人相助。"韬",藏。"阍",指皇帝的宫门。"叫阍",到皇帝门前诉苦呼冤叫做"叩阍"或"叫阍"。

〔46〕"贾生",指西汉的贾谊。贾谊有才识,关心国事,屡次对汉文帝上书论天下事。作者愤慨地说这首诗中所写的,或许只有古人贾谊肯予注意。

以上为第三段,一面对当政者进忠言,一面自述忧愤。这样的结尾和李商隐《行次西郊作一百韵》相似。

过华清宫绝句[1]

一

长安回望绣成堆[2],山顶千门次第开[3]。一骑红尘妃子笑[4],无人知是荔枝来[5]。

〔1〕本题共三首。"华清宫",在骊山上(今陕西省临潼县南),是唐玄宗、杨贵妃的游乐之地。

〔2〕这句说从长安回望骊山,只见林木、花卉、建筑,宛如一堆锦绣。骊山有东西绣岭,均在华清宫缭垣内。

〔3〕"次第开",形容山上宫门逐层地开着。

〔4〕"红尘",带红色的尘土。

〔5〕末两句说驿马奔驰神速,看不清所载何物,惟有杨贵妃在山上远望,知是供口腹享受的荔枝,欣然而"笑"。《新唐书·杨贵妃传》:"妃嗜荔支,必欲生致之,乃置骑传送,走数千里,味未变,已至京师"。苏轼《荔支叹》云"宫中美人一破颜,惊尘溅血流千载",把此诗第三句的含义对比得更强烈;"颠坑仆谷相枕藉,知是荔支龙眼来",反用第四句,指斥得更直露。

二

新丰绿树起黄埃[1],数骑渔阳探使回[2]。霓裳一曲千峰上,舞破中原始下来[3]!

〔1〕"新丰",唐县名,在陕西临潼东北,与华清宫相距不远。
〔2〕原注:"帝使中使辅璆琳探禄山反否,璆琳受禄山金,言禄山不反。""探使",指璆琳。
〔3〕"霓裳",即《霓裳羽衣曲》,见《长恨歌》注〔13〕。"千峰上",指骊山上。这两句说唐玄宗纵情声色,醉生梦死,直至安禄山叛军攻破中原大地,才罢歌舞。

三

万国笙歌醉太平[1],倚天楼殿月分明。云中乱拍禄山舞,风过重峦下笑声[2]。

〔1〕"万国",指全国各地。
〔2〕"乱拍禄山舞",《旧唐书·安禄山传》载,安禄山体肥,重三百三十斤,但能在唐玄宗前作《胡旋舞》,其"疾如风"。"乱拍",指安禄山舞时在旁的宫人们拍掌表示节拍,因为舞得快,拍乱了。"下",落下。说笑声从骊山高处吹落下来。"乱拍"引起笑声。安禄山肥胖,舞态滑稽也引起笑声。这两句写华清宫中的狂欢也有安禄山参加,讽刺更尖锐。

读韩杜集

杜诗韩集愁来读[1],似倩麻姑痒处搔[2]。天外凤凰谁得髓?无人解合续弦胶[3]!

〔1〕 杜牧《冬至日寄小侄阿宜诗》曾说:"李杜泛浩浩,韩柳摩苍苍。近者四君子,与古争强梁。"此句即谓杜甫、韩愈的作品气势雄伟,振奋人心,能使人解愁去忧。

〔2〕 "麻姑",仙女,《太平广记》卷六十引《神仙传》:"麻姑鸟爪(指爪长如鸟)。蔡经见之,心中念言,背大痒时,得此爪以爬背,当佳。"此句称赞杜、韩作品善于描写难言之情和难状之景,言人所欲言而不能言者。

〔3〕 "续弦胶",亦作鸾胶,神话传说中的一种由凤凰嘴等制成的胶,能使断弦粘合如新。《汉武帝外传》即记"西海献鸾胶"。据《海内十洲记》,传说续弦胶由凤喙麟角合煎而成。这两句慨叹杜、韩高度的文学成就后继无人。

长安秋望

楼倚霜树外,镜天无一毫〔1〕。南山与秋色,气势两相高〔2〕。

〔1〕 上句说楼高出树上;下句说天空澄净得像一面镜子,丝毫的云也没有。

〔2〕 "南山",指终南山。"两相高",秋季气爽,寥廓的天宇显得比平时高,山峰也显得比平时高,二者像是互相竞赛。这样说实际上是赞美终南山有欲与青天比高的气概。

江南春绝句

千里莺啼绿映红,水村山郭酒旗风。南朝四百八十寺〔1〕,

多少楼台烟雨中[2]!

〔1〕"南朝",宋、齐、梁、陈四朝。"四百八十寺",南朝皇帝及世家大族都崇信佛教,梁武帝尤甚。参看《南史·郭祖深传》:"时帝大弘释典,将以易俗,故祖深尤言其事,条以为都下佛寺,五百馀所,穷极宏丽,僧尼十馀万,资产丰沃。所在郡县,不可胜言。"

〔2〕"楼台",即指寺院的建筑。末两句写景如画,景中寓情,凭吊南朝的覆亡,并讽其迷信佛教,广建佛寺。唐代君主也崇信佛教,寺宇奢丽,杜牧写此诗含有现实的讽谕意义。

题宣州开元寺水阁,阁下宛溪,夹溪居人[1]

六朝文物草连空,天淡云闲今古同[2]。鸟去鸟来山色里,人歌人哭水声中[3]。深秋帘幕千家雨,落日楼台一笛风。惆怅无因见范蠡,参差烟树五湖东[4]。

〔1〕本篇当作于开成三年(838)。时杜牧任宣州(今属安徽省)团练判官(团练使幕中的僚属,掌管文书工作)。"开元寺",建于东晋,初名永安。杜牧在宣州时常游此寺,见《题宣州开元寺》、《开成三年宣州开元寺作》、《宣州开元寺南楼》等诗。"宛溪",一名东溪,在宣州东。参看李白《秋登宣州谢朓北楼》注〔3〕。

〔2〕首二句以文物不见、风景依旧寄慨。"六朝",指吴、东晋、宋、齐、梁、陈。

〔3〕这句说人们世代居住溪边。《礼记·檀弓下》:"晋献文子成室,张

老曰：'美哉轮(高大)焉！美哉奂(众多)焉！歌于斯,哭于斯,聚国族于斯。'"

〔4〕《史记·越世家》："范蠡事越王勾践,既苦身戮力,与勾践深谋二十馀年,竟灭吴,报会稽之耻。……还反国,范蠡以为大名之下,难以久居；且勾践为人可与同患,难与处安。……乃装其轻宝珠玉,自与其私徒属乘舟浮海以行,终不反。"又,《吴越春秋》卷六《勾践伐吴外传》："(范蠡)乃乘扁舟,出三江,入五湖,人莫知其所适。"这两句用范蠡泛舟五湖的故事来抒写感慨。"五湖",太湖及其相属的四个小湖,因而也可作太湖的别称。参看李白《答王十二寒夜独酌有怀》注〔19〕。

早　雁[1]

金河秋半虏弦开[2],云外惊飞四散哀。仙掌月明孤影过[3],长门灯暗数声来[4]！须知胡骑纷纷在,岂逐春风一一回。莫厌潇湘少人处,水多菰米岸莓苔[5]。

〔1〕本篇以早雁喻兵乱中的流亡者。武宗会昌二年(841)八月,回鹘南进,诗中所说的"虏弦"、"胡骑"或许是指回鹘。

〔2〕前四句叙述"早雁"南飞时的惊恐散乱。"金河",在今内蒙古自治区呼和浩特市南。"秋半",指八月。

〔3〕"仙掌",西汉长安建章宫内设承露盘,下有铜铸仙人伸掌捧托。参看李贺《金铜仙人辞汉歌》。

〔4〕"长门",宫名,汉武帝时,陈皇后失宠后幽居之地。

〔5〕后四句嘱咐"早雁"不要飞回战乱的北方,江南有"菰米"、"莓苔"为食,尚堪留居。"潇湘",水名,见张若虚《春江花月夜》注〔14〕。"菰米",菰是多年生草本植物,生浅水中,花淡紫色,嫩茎叫茭白,果实叫菰米。"莓苔",蔷薇科植物,种类很多。常见者花白色,子红色,味酸甜。

赤　壁[1]

折戟沈沙铁未销,自将磨洗认前朝[2]。东风不与周郎便[3],铜雀春深锁二乔[4]。

〔1〕本篇一作李商隐诗。"赤壁",今湖北省蒲圻县西北,长江南岸,相传是三国时吴、蜀联军火烧魏军之处。

〔2〕"折戟",折断的戟。"将",拿起。

〔3〕"不与",等于"若不与"。"周郎",即周瑜。"便",方便。

〔4〕"铜雀",台名,建安十五年(210)曹操建于邺城(在今河北省临漳县西),以楼顶铸有大铜雀而得名。"二乔",即大桥、小桥姐妹。分嫁孙策和周瑜。《三国志·吴书·周瑜传》:"(孙)策欲取荆州,以瑜为中护军,领江夏太守,从攻皖,拔之。时得桥公两女,皆国色也。策自纳大桥,瑜纳小桥。""桥",后人通作"乔",称为"二乔"。

泊　秦　淮[1]

烟笼寒水月笼沙,夜泊秦淮近酒家。商女不知亡国恨[2],隔江犹唱后庭花[3]!

〔1〕"秦淮",即秦淮河,源出今江苏省溧水县东北,流经南京地区,入长江。相传为秦始皇南巡会稽时所凿,以疏淮水,故名。

〔2〕"商女",卖唱的歌女。

〔3〕"后庭花",即乐曲《玉树后庭花》。陈后主(陈叔宝)荒淫奢侈,耽于声色,终至亡国。人们便把他所娱乐的《玉树后庭花》看做亡国之音。如《旧唐书·音乐志》引杜淹对唐太宗语:"前代兴亡,实由于乐。陈将亡也,为《玉树后庭花》;齐将亡也,而为《伴侣曲》,行路闻之,莫不悲泣,所谓亡国之音也。"许浑《金陵怀古》也说:"《玉树》歌残王气终,景阳兵合戍楼空。"这两句是说,"商女"但知唱歌,不知道唱的是"亡国之音"。诗人寄寓感慨,而讽刺的矛头实指向那些买唱享乐、醉生梦死的上层人物。

寄扬州韩绰判官[1]

青山隐隐水迢迢,秋尽江南草木凋[2]。二十四桥明月夜,玉人何处教吹箫[3]?

〔1〕"韩绰",生平不详,杜牧另有《哭韩绰》诗。"判官",观察使、节度使的僚属。时韩绰似任淮南节度使判官。文宗大和七至九年(833—835),杜牧曾任淮南节度使掌书记,与韩绰是同僚。

〔2〕"迢迢",远貌。一作"遥遥"。"木",或作"未"。

〔3〕"二十四桥",唐时扬州繁盛,城内共有二十四座桥,宋沈括《梦溪笔谈·补笔谈》卷三曾记其名;后来转为一桥的专名,清李斗《扬州画舫录》卷十五:"廿四桥即吴家砖桥,一名红药桥,在熙春台后。……扬州鼓吹词序云:是桥因古二十四美人吹箫于此,故名;或曰即古之二十四桥,二说皆非。""玉人",美人,指扬州的歌妓。"教",使。末两句是询问别后韩绰的"风流韵事",含有调侃的意味。

山　行

远上寒山石径斜,白云生处有人家[1]。停车坐爱枫林晚[2],霜叶红于二月花。

〔1〕"生处",一作"深处"。
〔2〕"坐",因。

秋　夕[1]

红烛秋光冷画屏[2],轻罗小扇扑流萤[3]。天阶夜色凉如水,坐看牵牛织女星[4]。

〔1〕本篇一作王建诗。诗中的女主角是深闭内廷的宫女。
〔2〕这句说红烛在秋夜中发出寒光照着画屏。"红",一作"银"。"冷",指烛光带有寒意。
〔3〕"轻罗小扇",轻薄的丝制团扇,所谓"纨扇"。
〔4〕"天阶",皇宫中的石阶。"阶",一作"街"。"坐",一作"卧"。

河　湟[1]

元载相公曾借箸[2]，宪宗皇帝亦留神[3]。旋见衣冠就东市[4]，忽遗弓剑不西巡[5]。牧羊驱马虽戎服，白发丹心尽汉臣[6]。唯有凉州歌舞曲，流传天下乐闲人[7]。

〔1〕"湟"，湟水，源出青海，东流入甘肃与黄河汇合。"河湟"，指湟水流域及与黄河合流的一带地方。这里指吐蕃统治者从唐肃宗以来所侵占的河西、陇右之地。

〔2〕"元载"，字公辅，曾任同中书门下平章事（宰相），他在大历八年(773)，上书代宗，对西北边防措施多所筹策。"借箸"，谋划。《史记·留侯世家》，张良在刘邦吃饭时进策说："臣请借前箸为大王筹之。""箸"，筷子。

〔3〕"留神"，留意西北边事。

〔4〕这句指大历十二年(777)，元载因事被捕下狱，诏令自杀。慨叹他经略之策不为代宗所用，反而惨遭不测。"衣冠就东市"，用西汉晁错的故事。晁错在景帝时任御史大夫，主张削夺各地王国的部分封地。吴楚七国发动叛乱，他为袁盎等所潜，仓卒间竟被诱杀，"衣朝衣，斩东市"。

〔5〕这句指宪宗死去，不及西征，赍志以殁。"遗弓剑"，旧说黄帝仙去(死)，遗下弓剑。

〔6〕这两句说河湟一带人民受吐蕃统治者的奴役，改事游牧，不穿汉服，然内心仍思念唐朝。

〔7〕"凉州"，辖地在今甘肃省永昌以东、天祝以西地区。末两句慨叹边地的乐曲流传天下，而失地尚未收复。宣宗大中三年(849)，河湟复归唐朝，老幼千馀人到长安庆贺，杜牧有"听取满城歌舞曲，《凉州》声韵喜参差"(《今皇帝陛下一诏征兵，不日功集，河湟诸郡，次第归降，臣获睹圣功，辄献歌咏》)之句，

疆土的一失一得,对同一乐曲的态度也一叹一喜。

念昔游

一[1]

十载飘然绳检外,樽前自献自为酬[2]。秋山春雨闲吟处,倚遍江南寺寺楼[3]。

〔1〕原诗三首,这是第一首,作者回忆他在江南的游踪。

〔2〕"绳检",约束。"献酬",主人向宾客第一次敬酒叫"献",宾客回敬后主人又自己饮酒同时邀宾客同饮叫"酬"。这两句自述十年间生活放浪的情况。

〔3〕"江南寺寺楼",冯集梧《杜樊川诗注》引《北史·李公绪传》:"江南多以僧寺停客。"

二[1]

李白题诗水西寺,古木回岩楼阁风[2]。半醒半醉游三日,红白花开山雨中[3]。

〔1〕本篇原列第三首,忆宣州游踪。

〔2〕"水西寺",原注:"宣州泾县。"李白有《游水西简郑明府》诗,据李集王琦注引《江南通志》,泾县西五里有水西山,山中有天宫水西寺。其中华岩院

(宋时改为崇庆寺)"横跨两山,廊庑皆阁道,泉流其下"。"回岩",绕岩。"楼阁风",风满楼阁。李白游水西诗:"绿竹绕飞阁,凉风日潇洒。"

〔3〕"山雨",一本作"烟雨"。

润　州[1]

向吴亭东千里秋[2],放歌曾作昔年游。青苔寺里无马迹,绿水桥边多酒楼。大抵南朝皆旷达,可怜东晋最风流[3]!月明更想桓伊在,一笛闻吹出塞愁[4]。

〔1〕原有二首,选第一首。"润州",今江苏省镇江市。

〔2〕"向吴亭",在丹阳县南。"向",一作"句",误。

〔3〕"大抵",大略。"可怜",可羡。"风流",指不拘礼法,不同流俗,自为一派。东晋、南朝(宋、齐、梁、陈)时的知识分子酷好清谈,崇尚老、庄,狂放自适,不拘礼法。《晋书·王献之传》:王献之"高迈不羁,闲居终日,容止不怠,风流为一时之冠"。

〔4〕"桓伊",东晋时人,官至刺史,曾与谢玄、谢琰大破秦苻坚军于淝水,稳定了东晋的偏安局面。他喜音乐,善吹笛,时称"江南第一"。

将赴吴兴登乐游原一绝[1]

清时有味是无能,闲爱孤云静爱僧[2]。欲把一麾江海去[3],乐游原上望昭陵[4]。

〔1〕本篇是宣宗大中四年(850)杜牧由吏部员外郎即将赴任湖州刺史时所作。"吴兴",郡名,即湖州,在今浙江省吴兴县。"乐游原",长安城南可作登高望远的游览区。

〔2〕"清时",太平时节。这两句说处在清平有为之世,自己却有闲情逸致,足见是无能。

〔3〕"麾",旌旗之类,与作动词指麾之义不同。汉制,郡太守车两幡(旌旗之类)。此处即指赴任湖州刺史。"江海",指吴兴郡。

〔4〕"昭陵",唐太宗李世民陵墓。末句意谓离京前夕,凭吊昭陵,向往唐太宗的"贞观之治"。

九日齐山登高〔1〕

江涵秋影雁初飞,与客携壶上翠微〔2〕。尘世难逢开口笑,菊花须插满头归。但将酩酊酬佳节〔3〕,不用登临恨落晖。古往今来只如此,牛山何必独沾衣〔4〕?

〔1〕"九日",旧历九月九日重阳节,旧俗登高饮菊花酒。"齐山",在今安徽省贵池县。杜牧在武宗会昌年间曾任池州刺史。本篇以看破一切的旷达乃至颓废,来排遣人生多忧、生死无常的悲哀,表现了封建知识分子的人生观的落后、消极一面。

〔2〕"翠微",这里代指山。

〔3〕这句暗用晋朝陶渊明典故。《艺文类聚》卷四引《续晋阳秋》:"陶潜尝九月九日无酒,宅边菊丛中摘菊盈把,坐其侧,久望,见白衣至,乃王弘送酒也。即便就酌,醉而后归。""酩酊",醉得稀里糊涂。

〔4〕末句用齐景公牛山泣涕事。《晏子春秋·内篇谏上》:"(齐)景公游

于牛山,北临其国城而流涕曰:'若何滂滂去此而死乎!'艾孔、梁丘据皆从而泣。"

许浑

许浑,字用晦,润州丹阳(今属江苏省)人。大和六年(832)进士,官监察御史,后出为睦、郢二州刺史。润州的丁卯涧附近,许浑有别墅,他在那里自编诗歌"新旧五百篇",因名《丁卯集》[1]。集中无一古体,近体以五律、七律为最多,句法圆稳工整,当时颇为杜牧、韦庄等所标重,后世也被陆游推为晚唐的"杰作"[2]。清朝田雯说:"诗律之熟,无如浑者,……七言拗句亦自挺拔,兼饶风致。"[3]但是许浑诗中多消极退隐的思想,如官御史时作《秋日候扇》诗说:"虚戴铁冠无一事,沧江归去老渔舟。"又《旅怀作》说:"往事只应随梦里,劳生何处是闲时?"就艺术而论,造诣也不很高;一般稳妥而缺乏精辟警策,句联也每每复出。许浑诗里用"水"字特多,以致后人有"许浑千首湿"的嘲讽[4]。

[1] 许浑《乌丝阑诗自序》(《全唐文》卷七百六十),诗集是大中四年庚午(850)编定。晁公武《郡斋读书志》卷十八谓许浑"方丁卯间,自编所著,因以为名"。丁卯是大中元年(847),恐无根据。

[2] 《渭南文集》卷二十八《跋许用晦丁卯集》。

[3] 田雯《古欢堂集·杂著》卷三。

[4] 见胡仔《苕溪渔隐丛话》前集卷二十四引《桐江诗话》。

秋日赴阙题潼关驿楼[1]

红叶晚萧萧,长亭酒一瓢。残云归太华,疏雨过中条[2]。树色随山迥[3],河声入海遥。帝乡明日到,犹自梦渔樵[4]。

〔1〕题一作《行次潼关逢魏扶东归》。"阙",代指当时的首都长安。"潼关",在今陕西省潼关县境。

〔2〕"太华(音划)",华山。山的西南有少华,为区别起见,故名太华。"中条",中条山,在今山西省永济县。地当太行山和华山之间,故名中条。这两句又见作者《秋霁潼关驿亭》诗颔联,完全相同。

〔3〕"迥",远。

〔4〕"帝乡",指京城长安。上句即题中"赴阙"之意。"梦渔樵",梦想回故乡去过渔樵生活。在出仕和归隐上作者的思想有矛盾。

汴 河 亭[1]

广陵花盛帝东游,先劈昆仑一派流[2]。百二禁兵辞象阙,三千宫女下龙舟[3]。凝云鼓震星辰动,拂浪旗开日月浮[4]。四海义师归有道,迷楼还似景阳楼[5]。

〔1〕"汴河",又称汴渠,水道屡经变迁。《通典·州郡七》:"汴渠在河南

河阴县南二百五十步,今名通济渠。隋炀帝开导,西通河洛,南达江淮。"通济渠在开封(即汴梁)县。刘禹锡《杨柳枝词》之六:"炀帝行宫汴水滨。""汴河亭",即筑于汴水之旁。许浑凭吊隋炀帝的遗迹,感而赋诗。

〔2〕"广陵",今扬州。"帝",指隋炀帝杨广。《隋书·炀帝纪》:"大业元年,发河南诸郡男女百馀万,开通济渠,自西苑引谷、洛水达于河,自板渚引河通于淮。……八月,御龙舟幸江都。""先劈"句是说将那从昆仑山流下的黄河分引凿渠。

〔3〕"百二",《史记·高祖本纪》:"秦,形胜之国,带河山之险,县(悬)隔千里,持戟百万,秦得百二焉。"苏林注:"秦地险固,二万人足当诸侯百万人也。""百二禁兵",指隋炀帝的卫兵。"象阙",宫门外悬法之所,又名象魏。"阙中通门"也叫"象阙"。"辞象阙",是说禁卫之兵别离隋宫南下。"三千"句是说三千宫女都跟炀帝乘龙舟南下。《隋书·炀帝纪》:"庚申,遣黄门侍郎王弘、上仪同于士澄往江南采木造龙舟、凤艒、黄龙、赤舰、楼船等数万艘。"

〔4〕"凝云",云凝而不流。即"响遏行云"的意思,形容鼓声响亮,上入云霄,把行云都挡住了。《列子·汤问》形容歌者秦青的歌唱用此语。"日月浮",指日月浮影于水中。上句说凝云的鼓声使星辰为之震动;下句说拂浪的旌旗闪开时,看见水中日月的浮影。

〔5〕末两句说天下起义的兵归服于唐,炀帝终于亡国。炀帝在扬州所建的"迷楼"和陈后主的景阳楼一样地没有好结果。"迷楼",炀帝晚年,尤沉迷女色。浙人项升为造迷楼。罗隐所作《迷楼赋》,宋传奇《迷楼记》,可以参看。

金陵怀古[1]

玉树歌残王气终[2],景阳兵合戍楼空[3]。松楸远近千官冢,禾黍高低六代宫[4]。石燕拂云晴亦雨,江豚吹浪夜还风[5]。英雄一去豪华尽,惟有青山似洛中[6]。

〔1〕"金陵",南京的旧称,六朝建都于此。

〔2〕"玉树",《玉树后庭花》歌名的简称。见杜牧《泊秦淮》注〔3〕。这句说在靡靡之音的歌曲中陈的国运也就终了了。六朝终于陈,所以作者以陈的灭亡说起。

〔3〕"景阳",楼名。陈后主建景阳宫,宫中有楼,即名景阳楼。《六朝事迹》:景阳宫中有井,隋克台城,陈后主与张丽华、孔贵妃躲入井中,被隋军俘虏。"兵",指隋兵。这句一作"景阳钟动曙楼空"。

〔4〕"松楸",坟墓上栽的树。"禾黍",《诗经·王风·黍离》小序说周大夫行役过故宗庙宫室之地,看见到处长着禾黍,感伤王都颠覆,作《黍离》诗。"六代",即六朝,指吴、东晋、宋、齐、梁、陈六代。这两句借凭吊荒冢故宫遗迹,写六朝兴亡的感慨。

〔5〕"石燕",传说"零陵有石燕,得风雨则飞翔,风雨止还为石"(《湘中记》)。"江豚",《南越志》:"江豚似猪,居水中,每于浪间跳跃,风辄起。"金陵在长江边。这两句通过江上风云晴雨的变化写时代的变迁。

〔6〕李白《金陵三首》其三:"苑方秦地少,山似洛阳多。"王琦注引《景定建康志》:"洛阳山四围伊、洛、瀍、涧在中,建康亦四山围秦淮直渎在中。"所以说"青山似洛中"。这两句说英雄一去,豪华便尽,不复再留,只有青山依然无恙似洛中。从金陵想到洛中,因为这两个地方能引起同样的感慨。

咸阳城东楼[1]

一上高城万里愁,蒹葭杨柳似汀洲[2]。溪云初起日沉阁,山雨欲来风满楼[3]。鸟下绿芜秦苑夕,蝉鸣黄叶汉宫秋[4]。行人莫问当年事,故国东来渭水流[5]。

〔1〕题一作《咸阳城西楼晚眺》。"咸阳",秦、汉都城。在唐代隔渭河与长安相望,旧址在今陕西省咸阳市东窑店公社。《旧唐书·地理志一》:"秦之咸阳,汉之长安也。隋开皇二年,自汉长安故城东南移二十里置新都,今京师是也。""禁苑,在皇城北。……西连故长安城,南连京城,北枕渭水。苑内离宫、亭、观二十四所。汉长安故城东西十三里,亦隶入苑中。"这首诗写作者于秋夕登咸阳城楼远眺时的感慨。"山雨欲来风满楼"形象地写出了暴风雨来临前的征兆,是传诵的名句。

〔2〕"汀洲",水中的小洲。这里似专指作者怀想中的某一汀洲。

〔3〕"溪"、"阁",作者自注:"(咸阳城)南近磻溪,西对慈福寺阁。"清代段玉裁《与阮芸台书》力主改"阁"字为"谷"字(《经韵楼集》卷八)谓"阁"与"楼"重复,这是不成理由的。"日沉阁",夕阳隐没于寺阁之后。

〔4〕这两句写禁苑中凄凉秋色。"芜",长满乱草。

〔5〕这两句感慨社会变迁,只有渭水汩汩依然东去。"行人",旅人,作者自指。"当年事",前朝事,指秦、汉的灭亡。

李涉

李涉,自号清溪子,洛阳人。官太子通事舍人,后贬谪陕州司仓参军,召为太学博士,复以事流放南方,浪游桂林。诗见《全唐诗》。七绝较多,也最擅长。传说有关于他的一个故事说,当他在九江皖口时遇"盗","盗"问他叫什么名字,同行的人回答是李博士。"盗首"说:"若是李涉博士,不用剽夺,久闻诗名,愿题一篇足矣。"涉欣然书一绝句[1]。这个故事说明李涉的诗在民间有不少读者,他的诗语言通俗,是一特点。

〔1〕《唐诗纪事》卷四十六。

润州听暮角[1]

江城吹角水茫茫,曲引边声怨思长[2]。惊起暮天沙上雁,海门斜去两三行[3]。

〔1〕题一作《晚泊润州闻角》。"润州",即今江苏省镇江市。"角",古代军中的乐器,如铜角、画角。
〔2〕"边声",边地的音乐。指角声。边地军中常吹画角。
〔3〕"海门",山名,在今江苏省镇江市附近长江中。

李涉

再宿武关[1]

远别秦城万里游[2],乱山高下入商州[3]。关门不锁寒溪水,一夜潺湲送客愁[4]。

〔1〕 题一作《从秦城回再题武关》。"武关",旧商州的关名,在今陕西省商县东。

〔2〕 "秦城",在今陕西省陇县境内。或借指长安。

〔3〕 "乱山高下",商州山势高下曲折,旧有"七盘十二绋"(绋,绳索,一作"绕")的名称。

〔4〕 "潺湲",水声。"送",等于"输送"。末两句意思说,溪水仿佛是载着离愁别恨,长流远去,关门也阻挡不了。

姚合

姚合,陕州(今河南省陕县)人,宰相姚崇的曾孙。唐宪宗元和十一年(816)进士。曾任武功(今陕西省武功县)主簿,诗家称为姚武功。敬宗宝历年间(825—826),官监察殿中御史,出为荆、杭二州刺史,在杭州写了不少诗。后被召入京,官刑部郎中、谏议大夫、给事中、任陕虢观察使,终秘书少监。有《姚少监集》。

他有和刘禹锡、白居易、令狐楚等人的唱酬之作,与马戴、殷尧藩、张籍、费冠卿交游,李频拜他为师。姚合诗和贾岛同称,能自成一格。贾岛吟思艰苦,姚合却比较趋向平浅,有时在直朴中寓工巧,写萧条山县,荒凉风景,从凋敝中见出匠心。胡震亨《唐音癸签》卷七"评汇"评他的诗有云:"洗濯既净,挺拔欲高,……但体似尖小,味亦微醨。"所以品格只能"列于中驷"。所编《极玄集》推崇王维等是"诗家射雕手"。

原上新居[1]

秋来梨果熟,行哭小儿饥[2]。邻富鸡长往,庄贫客渐稀。借牛耕地晚,卖树纳钱迟[3]。墙下当官道,依前夹竹篱。

〔1〕本篇一作王建诗。

〔2〕这两句意思是说,梨果熟了,果园的主人要卖出钱来缴纳租税并养家活口,可是饥饿的小儿看见熟果子就想摘来吃,不给他,他就一边走,一边哭。

〔3〕"纳钱",缴纳租税,完钱粮。

穷 边 词[1]

一

将军作镇古汧州[2],水腻山春节气柔。清夜满城丝管散,行人不信是边头[3]。

〔1〕题一作《边词》,共二首,都是赞扬守边将领防守有功,边地不受侵犯,有一派升平景象。

〔2〕"汧(音千)州",又名汧阳,今属陕西省,改名千县。

〔3〕"边头",边疆。

二

箭利弓调四镇兵[1],蕃人不敢近东行。沿边千里浑无事,唯见平安火入城[2]。

〔1〕"四镇",据《唐书·陆贽传》略云:四镇指"朔方、泾原、陇右、河东四节度"。又唐时称龟兹、于阗、焉耆、疏勒为西域四镇(见《小学绀珠·地理类》)。

〔2〕这两句写边民举火入城,可见平安无事。"平安火",杜甫《夕烽》:"夕烽来不近,每日报平安。"清朱鹤龄注:"唐镇戍,每日初夜放烟一炬,谓之平安火。《禄山事迹》:潼关失守,是夕平安火不至,帝惧焉。"刘禹锡《令狐相公自太原累示新诗因以酬寄》:"万里胡天无警急,一笼烽火报平安。"所写也是"平安火"。

庄居野行〔1〕

客行野田间,比屋皆闭户〔2〕。借问屋中人,尽去作商贾。官家不税商,税农服作苦〔3〕。居人尽东西,道路侵垄亩〔4〕。采玉上山颠,探珠入水府。边兵索衣食,此物同泥土〔5〕。古来一人耕,三人食犹饥;如今千万家,无一把锄犁。我仓常空虚,我田生蒺藜〔6〕。上天不雨粟,何由活烝黎〔7〕?!

〔1〕这首诗对当时社会重商轻农的风气,表示忧愤,并对农民利益受到损害表示关心。虽然作者不是站在农民的立场,但这一点正义感还是可贵的。

〔2〕"比屋",义同"比居"。古时候五家为比。这句说左右近邻都关门逃走了。

〔3〕这句说对农民税重而差役又特多。

〔4〕这句意思是说,田既荒芜,道路便侵占了田地。"垄",堤埂。

〔5〕"此物",指所采的珠玉。这句意思是说因珠玉寒不能衣,饥不能食,所以贱同泥土。

〔6〕"蒺藜",有刺的恶草。

〔7〕"蒸黎",众百姓。

殷尧藩

殷尧藩(780—855),秀州(今浙江省嘉兴县)人。元和九年(814)进士,曾任永乐县令、福州从事,并做过潭州李翱幕府的幕僚。官至侍御史。他和沈亚之、姚合、雍陶、许浑、马戴是诗友,和白居易、李绅、刘禹锡等也有往来。他长期贫困失意,曾经惋惜自己"壮怀空掷班超笔"(《九日》),又说"文字饥难煮,为农策最良"(《寄许浑秀才》),说明他曾有归农的思想。集中《李节度平虏诗》、《送韦侍御报使西蕃》等诗主张巩固边疆,抵御少数民族统治者的侵扰。他的朋友说他又做官、又做隐士[1];他自己也用"偿隐趣"、"读书耕"来安慰被贬连州的刘禹锡[2]。白香山有《见殷尧藩侍御忆江南诗三十首,诗中多叙苏、杭胜事,余尝典二郡,因继和之》一诗,起句云:"江南名郡数苏杭,写在殷家三十章。"[3]这三十首诗,在现存的殷尧藩集中不载。他走过许多地方(现在的陕西、山西、湖北、湖南、江西、江苏、浙江、福建等地他都到过),南北不同的生活,赋予他的诗以一定的生活气息。像"越女收龙眼,蛮儿拾象牙"(《偶题》),"衣逢梅雨渍,船入稻花香。海戍通盐灶,山村带蜜房"(《送客游吴》),都是其他诗人少有涉及的。明胡震亨《唐音癸签》卷七称"殷尧藩诗有葩艳,微嫌肉丰,《鹡鸰》一律,独茂硕而婉,不愧初唐遗则"。是评论殷诗的值得参考的话。《全唐诗》存其诗一卷。

〔1〕姚合《寄永乐长官殷尧藩》:"故人为吏隐,高卧簿书间。"许浑《酬殷尧藩》:"莫怪青袍选,长安隐旧春。"

〔2〕《送刘禹锡侍御出刺连州》。

〔3〕《白香山诗后集》卷九。

旅　行〔1〕

烟树寒林半有无,野人行李更萧疏〔2〕。堠长堠短逢官马,山北山南闻鹧鸪〔3〕。万里关河成传舍,五更风雨忆呼卢〔4〕。寂寥一点寒灯在,酒熟邻家许夜沽〔5〕。

〔1〕作者长期离家做客,他在《同州端午》诗中就说过:"离家三十五端阳。"对于羁旅生活感受颇深。这首诗就是写旅途的生活和感受。诗题一作《金陵道中》。

〔2〕上句说旅途中的烟树寒林有时看得到有时看不到。"野人",在野之人,自指。"行李",即行装。"萧疏",指行装轻便简单。

〔3〕"堠",驿路旁的记里堡。"堠长堠短",行程或长或短。"逢官马",在道路上常常遇到官马,表明官差很多,民役艰苦。"鹧鸪",鹑鸡类,古人认为它的叫声像"行不得也哥哥",最易引起旅人的愁思。郑谷《鹧鸪》诗:"游子乍闻征袖湿。"这两句说,不管走到哪里,所见不外驿站的官家之马,所闻偏偏是叫人心里难过的鹧鸪声。

〔4〕上句说,万里关河都成了我的旅舍,表明作者足迹之广。下句说,夜雨凄凉,叫人追忆起友朋博戏的热闹生活,反衬出当前旅舍中的寂寥。"传舍",驿站供过客歇宿的房屋。"呼卢",古代博戏的一种,又名樗蒲(音初菩),五木,类似后世的掷骰子。用五个木制杏仁形之子,一面涂黑,一面涂白,掷出

后,五子皆现黑,即为"卢",是最高之采。掷子时,往往呼喊,希望得到全黑,故名"呼卢"。

〔5〕末两句说,在孤寂的深夜中只有一盏寒灯做伴,幸而能买到酒来排解愁闷。

令狐楚

令狐楚(766—837),字壳士,《唐才子传》说他是敦煌人,后迁宜州华原(今属陕西省)。刘禹锡《和令狐仆射相公题龙回寺》诗注云:"相公家本咸阳,有乔木之息。"亦作咸阳人。德宗贞元七年进士。宪宗时,累擢知制诰,敬宗时为尚书仆射,历任诸镇节度,卒于山南西道节度使任内。与白居易、刘禹锡等常相唱酬。刘禹锡《重酬前寄》云:"新成丽句开缄后,便入清歌满坐听。"可见他的乐府诗是受到时人注意的。《全唐诗》存其诗一卷。除《少年行》、《塞下曲》等篇而外,佳作无多。

少 年 行[1]

一

少小边城惯放狂,骣骑蕃马射黄羊[2]。如今年老无筋力,犹倚营门数雁行[3]。

〔1〕题一作《年少行》,共四首,这里选的是第一、第二、第三三首。

〔2〕"骣(音产)骑",马背上不放鞍,马口上也不装辔,叫做"骣骑"。"蕃",此处指西域。"黄羊",野羊,腹带黄色。

〔3〕这两句说看见雁在空中飞,虽然自己年已老大,没有筋力,还是想把雁射下来。隐寓有"烈士暮年,壮心不已"(曹操诗)之意。

二

家本清河住五城[1],须凭弓箭得功名。等闲飞鞚秋原上[2],独向寒云试射声。

〔1〕"清河",郡名。今河北省的清河、枣强及山东省的清平、高唐、临清、武城等县及其附近一带。"五城",蔡邕《光武济阳宫碑》:"即位高县之阳,五城之阴。"高县,今属山东省,在博兴县西南,位小清河北。又名高苑。

〔2〕"鞚(音控)",马勒。"飞鞚",飞驰。

三

弓背霞明剑照霜,秋风走马出咸阳[1]。未收天子河湟地,不拟回头望故乡[2]。

〔1〕第一句说"弓"和"剑"都闪烁光芒。"咸阳",今陕西省咸阳市。
〔2〕"河湟",指河西、陇右一带地。安禄山、史思明乱后,为吐蕃所侵占,沦陷数十年没有恢复。见杜牧《河湟》诗注〔1〕、〔7〕。这两句诗就是"匈奴未灭,何以家为"(霍去病语,见《史记》本传)的意思。

温庭筠

温庭筠(约812—866?)[1],本名岐,字飞卿,太原祁(今山西省祁县)人。做过随县和方城县尉,官终国子助教。他是行为放浪的没落贵家子弟,屡试进士不得登第,却在试场舞弊,为人代笔,"以文为货"[2]。他又是任性的不驯服的才人,好讥诃权贵,多犯忌讳,得罪宰相令狐绹。因此长被摈抑,终身不得志。有《温飞卿诗集》(明代曾益注,清顾予咸补注,予咸子嗣立重校并续注集外诗)。

温庭筠和李商隐齐名,他的诗一般以设色浓丽,词藻繁密为特点,但比李诗清浅,也比李诗内容贫乏,风格单调。乐府受吴歌、西曲和梁陈宫体的影响,也受李白、李贺的影响。其吸引读者的地方往往只是声调色彩之美。近体诗有些吊古伤今,抒怀寄愤,或以山水、行旅为题材的作品,往往感慨深切,体物工细。这些诗气韵清澈,和他的珠宝光、脂粉气的一般作品迥然不同。

温庭筠也是著名的词人,词风秾丽,和他的诗风相类。

〔1〕"庭筠",或作"庭云"。生年据夏承焘《唐宋词人年谱·温飞卿系年》。
〔2〕见王定保《唐摭言》卷十一。

温庭筠

烧 歌[1]

起来望南山,山火烧山田。微红久如灭,短焰复相连[2]。差差向岩石,冉冉凌青壁[3]。低随回风尽[4],远照檐茅赤[5]。邻翁能楚言[6],倚插欲潸然[7]。自言楚越俗,烧畬为旱田[8]。豆苗虫促促[9],篱上花当屋。废栈豕归栏[10],广场鸡啄粟。新年春雨晴,处处赛神声[11]。持钱就人卜,敲瓦隔林鸣[12]。卜得山上卦[13],归来桑枣下。吹火向白茅[14],腰镰映赪蔗[15]。风驱槲叶烟[16],槲树连平山。迸星拂霞外[17],飞烬落阶前。仰面呼复嗔,鸦娘咒丰岁[18]。谁知苍翠容,尽作官家税[19]。

〔1〕"烧(读去声)",放火焚烧野草叫做"烧"。这首诗描写作者目睹的南山烧田景况,并记录邻翁关于楚越烧畬的描述。

〔2〕这两句说一堆堆馀火好像已经熄灭,忽然又发出火焰,连成一片。

〔3〕"差差(音雌)",不齐貌。"冉冉",渐进貌。这两句说火焰跳动,高低不齐,延向山岩,渐烧渐高。

〔4〕这句说山火由低处烧向高处,所以低处先尽。

〔5〕这句说远处未灭的火还照红了茅屋。

〔6〕"楚言",楚地方言。古楚国疆土广阔,主要是今湖北、湖南、安徽几省地。

〔7〕"插",同"锸",即铲锹。"潸(音删)然",泪流貌。这句说邻翁看见南山的火,便谈起楚、越的事,未开口先伤心。以下就是邻翁所言。

〔8〕"烧畬(音奢)",一种耕种山地的方法,即"火耕""火种",先放火烧

去地面草木,使灰烬成为肥料,然后掘地下种,二三年后抛弃这块地,如法另烧一处。

〔9〕"促促",即"蹙蹙",蜷缩貌。

〔10〕"废栈",破木棚。

〔11〕"赛神",酬神赛会。农村于赛神时往往敲锣打鼓、演杂戏。

〔12〕"敲瓦",一种巫俗,即敲破瓦块,观察裂纹,以定吉凶,叫做"瓦卜"。

〔13〕"山上",似指卦象。据《易经·说卦》,艮卦象山,又象径路和果蓏等,也和山有关系。《周易正义》解释道:"为径路,取其山虽高有涧道也。……为果蓏,木实为果,草实为蓏,取其出于山谷之中也。"这样的卦象表示宜于上山开荒。

〔14〕这句说放火烧畲。

〔15〕这句是说芟木割草。腰上插着镰刀,白刃和红色的甘蔗相映。

〔16〕"槲",树名。槲叶冬天存留在枝上,次年嫩芽发生时才脱落。春天烧畲正是槲叶满地的时候。

〔17〕"迸星",飞起的火星。"拂霞外",形容火星飞得高。

〔18〕上句写巫人的迷信动作。下句似说鸦鸣主丰年。"鸦娘",即母乌(后人诗中或以"鸦娘"与"燕子"、"鱼儿"作对)。"咒",祝。元稹《大觜乌》、白居易《和大觜乌》都写巫人说大嘴乌飞到人家可致吉祥,并借乌骗取酒食。元诗云:"巫言此乌至,财产日丰宜。"白诗述巫人语云:"此鸟所止家,家产日夜丰;上以致寿考,下可宜田农。"白诗还描写了主人一家随巫拜乌祝祷,杀鸡供乌。

〔19〕末两句说烧畲果然得到丰收,但农民自己却一无所得。"苍翠容",指茂盛的农作物。

利 州 南 渡[1]

澹然空水对斜晖,曲岛苍茫接翠微[2]。波上马嘶看棹去,柳边人歇待船归[3]。数丛沙草群鸥散,万顷江田一鹭飞[4]。谁解乘舟寻范蠡,五湖烟水独忘机[5]。

〔1〕"利州",唐代属山南西道,治所在今四川省广元县。

〔2〕这两句泛写嘉陵江景。"澹然",水光闪动貌。"翠微",指山坡。

〔3〕上句写望渡船过江,人渡马也渡。下句写待渡的人(包括作者自己)歇在柳边。

〔4〕这两句写渡江。船过沙滩时惊散成群的江鸥,近岸时只见江田万顷衬托着一只飞鹭。下句写景如在目前,可以和王维的"漠漠水田飞白鹭"比较。

〔5〕"范蠡",春秋时楚国人,从越王勾践二十馀年,助勾践攻灭吴国后,辞官乘舟而去,泛于五湖。"五湖",指太湖和它附近的几个湖。"忘机",指心志淡泊,与人无争。作者餬口四方,倦于奔走,到此偶然兴起放浪江湖的想望。

过陈琳墓[1]

曾于青史见遗文[2],今日飘蓬过此坟[3]。词客有灵应识我,霸才无主始怜君[4]。石麟埋没藏春草[5],铜雀荒凉对暮云[6]。莫怪临风倍惆怅,欲将书剑学从军[7]。

〔1〕"陈琳",字孔璋,广陵人。初为何进主簿,后为袁绍掌书记,最后归曹操。陈琳除了长于写章表书檄之类的文章外,也能作诗,是"建安七子"之一。他的墓在今江苏省邳县。这首诗吊陈琳,同时自伤身世。

〔2〕"青史",指《三国志》。《三国志·王粲传》附载陈琳的事迹。

〔3〕"飘蓬",用以比自己迁徙无定。

〔4〕"词客",犹言文士,指陈琳。陈琳是以文学著名当时,也是以文学传

名后世的。"霸才",指杰出的军事和政治才能。"君",指陈。作者自命有经世之才而无所依托,所以对陈琳同情。陈琳先后依袁绍、曹操,也只是做一些文字工作,并非被重用,所以作者仍然觉得他可"怜"。这两句表示异代同心之感,是全诗的骨干。

〔5〕 "石麟",墓前的陈列品。此句写墓地的荒凉。"春",一本作"秋"。

〔6〕 这句因陈琳墓联想到曹操墓。曹操临终留给家属的遗令有"汝等时时登铜雀台,望吾西陵墓田"等语。

〔7〕 末两句说在这里临风凭吊,倍觉伤感,并非无故,因为自己也正要学陈琳的榜样,携带书剑去从军。

经 五 丈 原〔1〕

铁马云雕共绝尘,柳营高压汉宫春〔2〕。天清杀气屯关右,夜半妖星照渭滨〔3〕。下国卧龙空寤主,中原得鹿不由人〔4〕。象床宝帐无言语,从此谯周是老臣〔5〕!

〔1〕 "五丈原",唐代属凤翔府,在今陕西省眉县西南渭水南岸。三国时蜀相诸葛亮领兵伐魏,曾在这里屯驻,和魏司马懿军对峙。两军相持百馀日,诸葛亮病死在军中。本篇惋惜诸葛亮出师未捷身先死,在他死后,蜀国的命运就掌握在主张投降的谯周手中,终于亡国。

〔2〕 上句说蜀国的雄兵迅速北进,下句说蜀兵屯营在五丈原,使魏国受到很大的压力。"铁马云雕",喻雄壮的大军。"铁马",犹"铁骑",见杨炯《从军行》注〔3〕。"云雕",指旗。云旗上画熊虎(见《史记·司马相如列传》张守节正义),雕旗上画鸷鸟,即旟(音余)。《释名》:鸟隼为旟。"绝尘",飞速前进。"柳营",即细柳营。西汉将军周亚夫屯兵细柳(地名,在长安附近),军纪严肃。这里以周亚夫的营垒比诸葛亮的营垒。一作"柳阴"。"汉宫",指西汉

〔3〕 这两句说正当关西战云密布的时候,诸葛亮不幸病死。"杀气",战争气氛。"关右",指函谷关以西地。"妖星",犹灾星。诗中说妖星照临即表示灾难降临(参看刘禹锡《平蔡州》其一注〔2〕)。相传诸葛亮临死之夜有"赤而芒角"的大星落在渭南(见《三国志·诸葛亮传》注引《晋阳秋》)。

〔4〕 上句说诸葛亮开导蜀后主白白费心,下句说诸葛亮统一中国的志愿未偿,并非由于人事未尽到。"下国",指蜀国。《左传》称中原的诸侯之国为上国,与南方吴、楚等国相对而言。蜀国偏处西南,本篇称之为"下国",以对"中原"。"卧龙",指诸葛亮。《三国志·蜀书·诸葛亮传》载徐庶向刘备推荐诸葛亮时将他比做卧龙,意即隐居的俊杰。"寤主",开导君主使他醒寤。诸葛亮对后主屡有忠告。"中原得鹿",比喻争夺中原得到胜利。参看魏徵《述怀》注〔2〕。"不由人",言非人力所能争取。诸葛亮曾上表后主表示"鞠躬尽力,死而后已",他确实做到了。北伐未成并非主观努力不够,而是由于其他因素。

〔5〕 "象床宝帐",祠庙中神龛里的陈设。"无言语",言供在祠庙里的诸葛亮不再能发言。"谯周",字允南。诸葛亮死后,谯周为后主所宠信。魏将邓艾攻蜀时,谯周独主投降,后主依了他的主张,谯周因此得到魏国的封奖。"老臣",杜甫曾赞诸葛亮"两朝开济老臣心"(见《蜀相》),本篇用"从此"、"是"三字说明谯周继诸葛亮之后成为老臣,隐隐以两人相比较,既讥诮谯周违背诸葛亮出师北伐统一中国的遗志,也讽刺后主对他的宠信。

苏 武 庙[1]

苏武魂销汉使前,古祠高树两茫然[2]。云边雁断胡天月,陇上羊归塞草烟[3]。回日楼台非甲帐,去时冠剑是丁年[4]。茂陵不见封侯印,空向秋波哭逝川[5]。

〔1〕"苏武",西汉的民族英雄,他的事迹见《汉书·李广苏建传》。汉武帝天汉元年(前100)派他出使匈奴,被匈奴扣留逼降,苏武不屈,被流放在北海(今贝加尔湖)无人烟的地方牧羊。有时靠掘取野鼠所藏的草籽充饥。到昭帝时匈奴与汉和亲,有汉使者到匈奴,经过交涉,将苏武带回国,于始元六年(前81)春回到长安。前后经过十九年。

〔2〕"魂销",十分激动,好像知觉快要失去。"汉使",指汉昭帝派遣到匈奴的使者。"两茫然",指祠庙和树木虽然属于苏武,它们都是无知的,都不能了解苏武的价值。上句写苏武生前,下句写身后。

〔3〕"雁断",指音信不通。汉使者到匈奴索还苏武时,匈奴人诡称苏武已死。有人教汉使者诈言得到苏武系在雁足上的亲笔书,匈奴人才承认苏武还在。"陇上",丘垄之上。这两句叙述苏武在匈奴牧羊时的生活。

〔4〕"甲帐",《汉武故事》载武帝"以琉璃、珠、玉、明月、夜光,错杂天下珍宝为甲帐,其次为乙帐。甲以居神,乙以自居"。"丁年",壮年。汉制,人民从二十岁到五十六岁须服徭役,叫做丁年。李陵《答苏武书》:"丁年奉使,皓首而归。"上句说苏归汉时武帝已死,楼台更换。下句倒叙,说苏武出使时正在壮年。

〔5〕末两句说苏武怀念武帝,因武帝不能亲见他生还故国,得到封赏,十分伤感。"茂陵",武帝的葬处,这里用来指武帝。"封侯印",汉宣帝时重视苏武这样的"著节老臣",加以优礼,赐爵关内侯,食邑三百户。"哭逝川",悲时间像川水流逝,不可复返。《论语·子罕》:"子在川上曰:逝者如斯夫!"

商山早行[1]

晨起动征铎[2],客行悲故乡[3]。鸡声茅店月,人迹板桥霜[4]。槲叶落山路,枳花明驿墙[5]。因思杜陵梦,凫雁满回塘[6]。

温庭筠《商山早行》

〔1〕"商山",在今陕西省商县东南,又名地肺山,亦名楚山。汉初"四皓"隐居之处。这诗是作者离开长安时所作。

〔2〕"动征铎",指车行铃响。

〔3〕"悲故乡",即思故乡。《汉书·高祖本纪》:"游子悲故乡。"

〔4〕这一联写荒村野店中旅客被鸡鸣声唤起赶路,天空残月还亮着,板桥上白霜未消,留下行人的脚迹。两句中只用了几个名词就在读者的脑中构成一幅图画,而且把题中的"早行"两字表现得很明晰,手法不同寻常。欧阳修曾称赞它写道路辛苦见于言外(《六一诗话》)。

〔5〕"槲叶",见《烧歌》注〔16〕。"枳花",枳树或称枳壳,春季开白花。

〔6〕"杜陵",在长安城南,见杜甫《自京赴奉先县咏怀五百字》注〔2〕。"回塘",曲折的池塘。结束处表示忆长安。

送人东归〔1〕

荒戍落黄叶〔2〕,浩然离故关〔3〕。高风汉阳渡,初日郢门山〔4〕。江上几人在?天涯孤棹还〔5〕。何当重相见,尊酒慰离颜〔6〕。

〔1〕"东归",一作"东游",观"天涯孤棹还"句,似"归"字是。

〔2〕"荒戍",荒废的旧营垒。

〔3〕"浩然",《孟子·公孙丑下》:"予然后浩然有归志。"注:"浩然,心浩浩有远志也。""故关",犹言古塞。

〔4〕这两句写眼前景物,同时说明了送别的时间和地点。"高风",指秋风,见王勃《山中》注〔3〕。"初日",晓日。"郢门山",即荆门山,见陈子昂《度荆门望楚》注〔1〕。

〔5〕"江上",犹言江海之上。指长江下游。"几人",犹言谁人。"棹",船旁拨水的楫,这里用作船的代称。这两句说你现在东归江海,那里还有什么故人吗?作者在江南日久,也看作故乡,他在诗里常自称"江南客",这里"几人在"似指作者和这东归的朋友共同的故人。

〔6〕这两句说重聚难以预期。"何当",犹言何时。"尊酒",一樽酒。"离颜",离人的愁颜。

达摩支曲[1]

捣麝成尘香不灭,拗莲作寸丝难绝[2]。红泪文姬洛水春,白头苏武天山雪[3]。君不见无愁高纬花漫漫[4],漳浦宴馀清露寒[5]。一旦臣僚共囚虏,欲吹羌管先汍澜[6]。旧臣头鬓霜华早[7],可惜雄心醉中老。万古春归梦不归,邺城风雨连天草[8]。

〔1〕题一作《达磨支》,又名《泛兰丛》,唐健舞曲名。

〔2〕这两句以麝香、莲丝为比,说明有些古人的事迹流传很久,或永远引起人的思念。"拗",折断。"丝"与"思"谐音。

〔3〕这两句举苏武、文姬两事作为"香不灭"、"思难绝"的例子。"文姬",汉末蔡琰字文姬,又字昭姬,陈留圉(今河南省杞县南)人。她是蔡邕的女儿,初嫁卫氏,夫亡无子,归宁于家。兵乱中被掳,辗转入南匈奴。身陷南匈奴十二年。曹操将她赎还,重嫁同郡董祀。"红泪",王嘉《拾遗记》载魏文帝时女子薛灵芸被选入宫,辞别父母,眼泪鲜红如血。这就是"红泪"的故实。作者选用这样的字面,固然为了和下句"白头"相对,同时还可能因为相传为文姬所作的《胡笳十八拍》中有"十拍悲深兮泪成血"之句。文姬被掳的经历,据她的自

述,确实是血泪斑斑。后来回到故乡,重建家庭,便好像冬去春来。"洛水春",是指文姬的后一段生活而言。文姬和她的后夫董祀都是陈留人,洛水离他们不太远。"苏武",见《苏武庙》注〔1〕。

〔4〕"高纬",北齐后主,是一个荒淫的亡国之君,曾作"无愁之曲",自己弹着琵琶歌唱,当时民间叫他做"无愁天子"。"花漫漫",言其奢侈、繁华。

〔5〕"漳浦",漳水之滨。高纬都邺城(今河北省临漳县),滨临漳水。

〔6〕"臣僚共囚虏",高纬被北周的军力所逼,和他的儿子幼主高恒同奔青州,被周将捕获,送长安。从臣韩长鸾等同时被俘。后来父子君臣被周人诬以谋反,一齐处死。"汍澜",流泪貌。

〔7〕"旧臣",指高纬的祖、父两代所遗留的老臣。

〔8〕 这两句言北齐的繁华像一场春梦,一去不返。故都只剩一片衰草,在风雨中呈现凄凉。亡国的事是历史教训,也是值得后人深思的。

李商隐

李商隐(813—858),字义山,号玉谿生,怀州河内(今河南省沁阳县)人。早年受知于令狐楚[1],登进士第后娶王茂元女。令狐楚和王茂元是政敌,党于令狐的人认为商隐亲近王氏是背恩负德的行为。后来令狐楚的儿子令狐绹长期执政,排抑商隐。商隐对政治本来很热心,却始终不能得志,这和他得罪令狐氏,处在朋党倾轧的峡谷里不无关系,虽然他自己并不屑于攀附这两个政治集团中的任何一个。他先后依托在几个大官的幕下,曾随桂管观察使郑亚到过广西,又随剑南、东川节度使柳仲郢到过四川。最后客死在荥阳。有《玉谿生诗》,注本颇多,以流行的冯浩《玉谿生诗详注》为较详备。

李商隐有"欲回天地"的政治雄心,也有蔑视"古圣先贤"的进步思想。他称颂汉高祖、唐太宗,也称颂张良、诸葛亮。他同情"不师孔氏"的元结[2],更同情"言皆在中兴"的刘蕡[3]。他反对藩镇割据,又反对宦官擅权。可惜他"运与愿违",由于遭遇谗毁,横被排抑,"一生襟抱未尝开"[4]。这就是他的诗常带感伤情调的原因。

李商隐是晚唐诗坛的一颗明星,也是对后代有影响的一个诗家。他的近体诗,尤其是七律有独特的风格。他爱好绣织丽字,镶嵌典故,包藏细密,意境朦胧。常常因为有声、有色、有新语、有巧对而吸引人去注意,又因为能含蓄和多比兴而吸引人去玩索。后代学他的人,例如北宋的西昆体作者,专门讲究典故和词藻,在语言的色泽上用工夫,形式主义的倾向非常显著。李商隐自己的诗也不免晦涩和浓得化不开的缺点。有时因用典深僻而遭到"语工而意不及"的批评[5]。不过他也能够不依赖典故而达到很高的表现效果,例如"红楼隔雨相望冷,珠箔飘灯独自归"(《春雨》),有情调,有色彩,有气氛,却并不靠典故来烘托牵引。他的咏物诗如《赠柳》的"堤远意相随"和《蝉》诗的"一树碧无情",除表现事物的特征还写出它在诗人头脑里引起的特殊感觉,绝非寻常的刻画,这不是堆砌典故所能办得到的。至于《夜雨寄北》那样述情如话的诗,虽然为数不多,也表明作者并不缺乏白描的本领。

同时,李商隐的优秀作品都是言之有物,并非专讲表面的涂饰。由于他的身世经历,他对于生活的感受和世情的认识都不是浮浅的。在他的诗里感慨讽谕都有一定的深度。他的政治诗如《有感》、《重有感》、《哭刘蕡》和《行次西郊作一百韵》等,都有深切的忧愤,攻击宦官、藩镇,更表现出识见和胆量。他的咏史诗往往有讽有叹,以古喻今。咏物诗往往借慨身世,如《蝉》和《扶风界见梅花》,在写物的同时也写出了作者自己。他的爱情诗(不包括写爱情而别有寄托的诗)常常写相思失望,其中较好的几首能给人情深语挚的印象,也有一些免不了一般艳情绮语中的浮薄气息。这一类的诗虽然有特色,却并不能代表他的艺术成就。

如果说李商隐善于言情,却有一定的理由,他的寄内、悼亡的作品就可以作证。

李商隐从过去诗人接受多方面的影响,庾信、李贺的色调,杜甫、韩愈的句格,在《玉谿生诗》里都不时发现。李商隐的七律往往在秾丽之中时露沉郁,流美之中不失厚重,使读者容易联想到杜甫的一些优秀作品。长篇《行次西郊作一百韵》,写法受杜甫《北征》的影响,虽然比较质直,艺术上似不及《北征》,但更多写国家大事,政治性更强,更多地表现了"诗史"精神。

李商隐的绝句,和他的律诗一样,讲求精工,巧于用笔,构思细密,唱叹有情。论艺术成就也不在他的律诗之下。在当时的作家中,杜牧的绝句非常突出,他们是并驾齐驱的。

由于李商隐一生中许多遭遇不称心,他的诗里恬愉散朗的境界少,哀伤抑郁的表现多。他的近体诗因为有吐韵铿锵,工于唱叹等艺术特点,感染力往往很强。正因为感染力强,其中的感伤情绪也就容易传给读者,有时读者还不曾了解诗的意义就已经感染了某些不健康的情绪。这是爱好《玉谿生诗》的人所应该警惕的。

〔1〕大和三年令狐楚为天平军节度使,李商隐从令狐楚之辟,署巡官,所谓"受知"当在此时。新、旧《唐书》本传叙在令狐镇河阳时,冯浩《玉谿生年谱》和张采田《玉谿生年谱会笺》都加以辨正。

〔2〕《元结文集后序》。

〔3〕《哭刘司户蕡》。

〔4〕崔珏《哭李商隐》。
〔5〕见冯浩引《蔡宽夫诗话》。

初食笋呈座中[1]

嫩箨香苞初出林，於陵论价重如金[2]。皇都陆海应无数，忍剪凌云一寸心[3]？

〔1〕本篇当是大和八年在兖海观察使崔戎幕中作。诗以竹笋寓意，流露青年气盛口吻。

〔2〕这两句写所食竹笋的名贵。"箨（音托）"，竹皮。"於陵"，地名。汉代有於陵县。当时作者在兖州，於陵是邻近的地方。冯浩《玉豁生诗详注》："《竹谱》云'䉑肠实中，为笋殊味'，注曰：'䉑肠竹生东郡缘海诸山中，有笋最美。'正兖海地也。"可能当时兖州附近产笋，是北方难得的食品。

〔3〕这两句写感想。意思说大都邑水陆美味很多，何必吃笋？笋有凌云气概，象征人的向上志气，加以剪伐，未免太残忍了。暗示对于青年有志的人，应该扶植，不应该挫伤他。"皇都"，一般指京城，这里泛指大都邑。"陆海"，盛产植物的膏腴之地号称"陆海"。这里指陆地和海中的产物。

宿骆氏亭寄怀崔雍崔衮[1]

竹坞无尘水槛清[2]，相思迢递隔重城[3]。秋阴不散霜飞晚，留得枯荷听雨声[4]。

〔1〕"骆氏亭",亭所在无定说,朱鹤龄《李义山诗集》笺注引《唐语林》说明长安春明门外有骆骏所筑池馆。屈复《玉谿生诗意》云:"诗有隔重城,则春明门外之骆亭为是。盖崔二方官于朝,义山闲游宿此,故怀之也。""崔雍崔衮",崔雍字顺中,弟崔衮字柄章,作者曾受知于他们的父亲崔戎。

〔2〕首句写骆氏亭。"竹坞",指长着竹子的池边高地。"水槛",临水的阑干。

〔3〕这句写怀二崔。"迢递",远。"重城",指长安城。

〔4〕末两句从秋夕欲雨写到夜中听雨。长夜不眠的情况已暗藏在内,寄怀之意亦在言外。曹雪芹在《红楼梦》第四十回提到本篇的最后一句,"枯荷"作"残荷"。

重 有 感[1]

玉帐牙旗得上游,安危须共主君忧[2]。窦融表已来关右[3],陶侃军宜次石头[4]。岂有蛟龙长失水[5]?更无鹰隼与高秋[6]!昼号夜哭兼幽显[7],早晚星关雪涕收[8]。

〔1〕唐朝自中叶以后中央军政大权逐渐落到一班宦官的手里,文宗即位后想消灭这一祸胎,于大和九年(835)和李训、郑注等密谋,先在左金吾厅事藏伏兵甲,使人奏称那里后院中石榴花上发现甘露,然后文宗遣宦官仇士良等去验看,准备趁机将他们杀死。不料兵甲隐藏不密,被宦官看出破绽。他们先下手将皇帝劫往后宫,然后率禁兵出来屠杀,朝臣死得很多。宰相王涯并未参预密谋,也被族诛。文宗的命运也完全掌握在宦官手里。这次事变史家把它叫做"甘露之变"。李商隐曾写过两首五言排律《有感》,叙述这次事变,表示他的愤慨。这一首七律仍然是对这次事变表示意见,所以题作《重有感》。诗中主张

节度使们向长安进军,清除宦官,恢复皇帝的自由。这在当时是大胆的,表现了正义感。

〔2〕 开端两句说节度使们有实力,能够威慑宦官,控制形势。在国家安危关头应该和皇帝共忧戚。"玉帐",主将所居的军帐。"牙旗",将军的旌旗,旗杆上用象牙装饰。"得上游",掌握有利的形势。

〔3〕 "窦融",东汉初任凉州牧,他知道光武帝刘秀将讨伐隗嚣,上表问出兵日期,准备效力。"关右",函谷关以西,指窦融所在地。这句以窦融比当时昭义军节度使刘从谏。甘露事变后从谏三次上疏,要求公布王涯等人的罪状,并表示要训练士卒,誓死清除皇帝左右的奸臣。

〔4〕 "陶侃",东晋人,明帝时苏峻谋反,他和温峤、庾亮等会师石头城下,杀了苏峻。这句表示希望刘从谏和其他节度使像东晋陶侃似的和诸将合力讨逆,进军京师。

〔5〕 这句以"蛟龙失水"比喻皇帝为宦官所制。"长",一作"愁"。

〔6〕 这句是用反激的语气说现在没有武臣起来,像鹰隼高举秋空,击杀鸟雀似的来驱除宦官。"与",犹"举",飞扬。古人以"鹰扬"比将帅的威武(见《诗经·大雅·大明》),以"鹰鹯逐鸟雀"比诛戮"无礼于其君"的人(见《左传·文公十八年》),又以立秋后为用兵行诛伐之事的适宜时节(见《礼记·月令》)。

〔7〕 "幽",指鬼神;"显",指人。这句说对宦官的专横神鬼和人都悲愤万分。

〔8〕 "早晚",短时期内。"星关",犹天门,指皇帝的住所。"雪涕",指掉眼泪。末句说早晚之间被宦官盘踞的宫阙就会收复,使君臣化悲为喜。

行次西郊作一百韵〔1〕

蛇年建丑月,我自梁还秦。南下大散岭,北济渭之滨〔2〕。

草木半舒坼,不类冰雪晨;又若夏苦热,焦卷无芳津[3]。高田长槲枥,下田长荆榛[4]。农具弃道傍,饥牛死空墩。依依过村落[5],十室无一存。存者背面啼,无衣可迎宾。始若畏人问,及门还具陈[6]。

"右辅田畴薄[7],斯民常苦贫。伊昔称乐土,所赖牧伯仁[8]。官清若冰玉,吏善如六亲。生儿不远征,生女事四邻[9]。浊酒盈瓦缶,烂谷堆荆囷[10]。健儿庇旁妇,衰翁舐童孙[11]。况自贞观后,命官多儒臣。例以贤牧伯,征入司陶钧[12]。降及开元中,奸邪挠经纶[13]。晋公忌此事,多录边将勋。因令猛毅辈,杂牧升平民[14]。中原遂多故,除授非至尊。或出幸臣辈,或由帝戚恩[15]。中原困屠解,奴隶厌肥豚[16]。皇子弃不乳,椒房抱羌浑[17]。重赐竭中国,强兵临北边[18]。控弦二十万,长臂皆如猿[19]。皇都三千里,来往同雕鸢[20]。五里一换马,十里一开筵[21]。指顾动白日,暖热回苍旻。公卿辱嘲叱,唾弃如粪丸[22]。大朝会万方,天子正临轩[23]。彩旗转初旭,玉座当祥烟[24]。金障既特设,珠帘亦高褰。捋须塞不顾,坐在御榻前[25]。忤者死跟履,附之升顶颠[26]。华侈矜递炫,豪俊相并吞[27]。因失生惠养,渐见征求频[28]。

奚寇东北来,挥霍如天翻[29]。是时正忘战,重兵多在边[30]。列城绕长河,平明插旗幡[31]。但闻虏骑入,不见汉兵屯。大妇抱儿哭,小妇攀车辕[32]。生小太平年,不识夜闭门。少壮尽点行,疲老守空村。生分作死誓[33],挥泪连秋云。廷臣例獐怯,诸将如赢奔[34]。为贼扫上阳,捉人送潼关[35]。玉辇望南斗[36],未知何日旋。诚知开辟久,遘此云雷屯[37]。逆者问鼎大,存者要高官[38]。抢攘互间谍,孰辨枭与鸾[39]?千马无返辔,万车无还辕。城空雀鼠死,人去豺狼喧[40]。南资竭吴越,西费失河源[41]。因令左藏库,摧毁惟空垣[42]。如人当一身,有左无右边。筋体半痿痹,肘腋生臊膻[43]。列圣蒙此耻,含怀不能宣。谋臣拱手立,相戒无敢先[44]。万国困杼轴,内库无金钱[45]。健儿立霜雪,腹歉衣裳单。馈饷多过时,高估铜与铅[46]。山东望河北,爨烟犹相联[47]。朝廷不暇给,辛苦无半年[48]。行人榷行资,居者税屋椽[49]。中间遂作梗,狼藉用戈鋋[50]。临门送节制,以锡通天班[51]。破者以族灭,存者尚迁延[52]。礼数异君父,羁縻如羌零[53]。直求输赤诚,所望大体全[54]。巍巍政事堂,宰相厌八珍[55]。敢问下执事,今谁掌其权[56]?疮疽几十载,不敢抉其根[57]。国蹙赋更重,人稀役弥繁[58]。

近年牛医儿,城社更攀援[59]。盲目把大旆,处此京西藩[60]。乐祸忘怨敌,树党多狂狷[61]。生为人所惮,死非人所怜[62]。快刀断其头,列若猪牛悬[63]。凤翔三百里,兵马如黄巾。夜半军牒来,屯兵万五千[64]。乡里骇供亿,老少相扳牵。儿孙生未孩,弃之无惨颜[65]。不复议所适,但求死山间[66]。

尔来又三岁,甘泽不及春[67]。盗贼亭午起,问谁多穷民[68]。节使杀亭吏,捕之恐无因[69]。咫尺不相见,旱久多黄尘。官健腰佩弓,自言为官巡[70]。常恐值荒迥,此辈还射人[71]。愧客问本末,愿客无因循[72]。郿坞抵陈仓,此地忌黄昏[73]。"

我听此言罢,冤愤如相焚。昔闻举一会,群盗为之奔;又闻理与乱,系人不系天[74]。我愿为此事,君前剖心肝。叩头出鲜血,滂沱污紫宸[75]。"九重黯已隔,涕泗空沾唇[76]。使典作尚书,厮养为将军[77]。"慎勿道此言,此言未忍闻[78]。

〔1〕 李商隐于文宗开成二年(837)冬从兴元(今陕西省汉中市)回到长安,途中在长安西郊停留时所见所闻引起他对国事的强烈忧愤,因而写下了这首长诗。诗中夹叙夹议,其中谴责那些祸国殃民的当权者和揭露各种腐败暴横的情况,比较大胆直率,语言质朴。这诗继承汉魏诗的优良传统,杜甫的《北征》对它有直接影响。

〔2〕 "蛇年",丁巳年;巳属蛇。"建丑月",十二月。"梁",即兴元府,唐时兴元是梁州州治。"秦",指长安。"大散岭",在今陕西省宝鸡县西南。"岭",一作"关"。大散关在岭上,以岭得名。这四句叙旅行的时间、路线。

〔3〕 这四句说草木舒张而脆裂,不像受冻凋萎,倒像在夏天被烈日晒焦卷缩,全无水分。

〔4〕 "槲(音斛)",一作"榍"。"枥(音历)",即"栎"。槲、榍、栎、荆、榛都是野生的树。这两句说田地荒芜,长出野生的树。

〔5〕 "依依",形容不忍即刻离去的惆怅心情。

〔6〕 这两句说村民见到生人,开始似乎怕人问他什么,待客人进门,还是一一诉述出来。

以上为第一段,写作者在西郊所见农村荒凉穷困的景象。

〔7〕 "右辅",指长安以西凤翔府一带,汉时属右扶风,为"三辅"之一。京城附近的地区叫做"辅"。

〔8〕 "伊",发语词。"牧伯",指地方最高行政长官。下文"官清"、"吏善"则指一般官吏。

〔9〕 "事",古代称侍奉尊长叫"事",女子嫁夫叫"事夫"。"事四邻",是说不远嫁。

〔10〕"缶（音否）"，盛酒的瓦器。"荆囷"，用荆树条编成的圆形储粮物。

〔11〕"旁妇"，侧室，外妻。旧时认为一个有劳力的男子在正妻以外还能养活一个外妻，形容生活富裕。"舐"，舔。这里以"老牛舐犊"比祖父爱抚童孙。以上十二句为一节，说此地地薄民贫，但从前也有过好日子。作者为了写出目前农民的困苦，用今昔对比的手法，故意美化了往昔。

〔12〕"贞观"，唐太宗年号(627—649)。"征入"，调进京。"司陶钧"，指做宰相。"陶钧"是做陶器的模子，下圆，可转动。古人以陶人转动模子使陶器成圆形比喻治国得法。这四句说贞观以后一个时期内多用文臣作官，照例将好的地方大官内调执政。作者赞美这种办法。

〔13〕"开元"，玄宗年号(713—741)。"挠"，阻挠。"经纶"，将丝理直排列为经，纠合组织起来为纶。这里"经纶"比喻政治上的安排。

〔14〕"晋公"，指宰相李林甫，曾封晋国公。"忌"，憎、畏。"此事"，指"命官多儒臣"及"例以贤牧伯，征入司陶钧"。"猛毅辈"，指那些横暴威猛的"边将"们。"牧"，治理。"升平民"，指内地和平地区的人民。这四句意思是说，李林甫提拔边将杂在文臣中任内地"牧伯"，因为在边将中少有适合内调做宰相的人材，他的相位被人顶掉的机会也就少了。

〔15〕"除授"，任命官职（仍指地方官）。"至尊"，皇帝。"幸臣"，皇帝宠爱的近臣。"帝戚"，皇帝的亲戚。

〔16〕这两句说中原人民从此被当作猪羊屠杀宰割，那些地方官的爪牙们（"奴隶"指此辈）吃足了人民的脂膏。"厌"，即"餍"，饱足。以上十六句为一节，说从开元中以来由于宰相和地方大官不得人，中原陷入苦境。

〔17〕"不乳"，不养育。这里指开元二十五年玄宗由于宠武惠妃，要废太子李瑛，据杨洄诬告，认为李瑛谋反，将他和鄂王李瑶、光王李琚一齐杀了。"椒房"，后妃住处的名称，这里用来指杨贵妃。"抱羌浑"，指杨妃洗儿事。据《安禄山事迹》，禄山曾自请为杨妃的养子，得玄宗许可。禄山生日后三日应玄宗召入宫。杨妃用锦绣缠缚禄山，使宫人用彩轿抬着他走，说是给他做洗三（婴儿于出生第三天洗澡）。从此宫内叫安禄山做"禄儿"，常出入宫禁。"羌浑"，作者以此指安禄山。安禄山是营州杂胡，故称"羌浑"。这两句说玄宗昏暗，先因宠武妃，诬杀自己的儿子，后因宠杨妃，让她收安禄山为养子。

〔18〕这四句说玄宗对安禄山赏赐无算,竭尽中原的财富,养得他兵力强盛,成为北方的大患。

〔19〕"控弦",拉弓的人,指安禄山的兵。"长臂",指善射者。史传称汉李广善射,长臂如猿。

〔20〕"三千里",安禄山的驻地范阳(今北京市大兴县)在长安东北二千五百多里。"同雕鸢",和鹫、鹰一样快。

〔21〕"换马",据《安禄山事迹》,安禄山体肥,每次往长安,途中换马次数比别人加倍,在驿站之间筑"大夫换马台"。"开筵",安禄山每到一地,皇帝赐以"御膳"。

〔22〕这四句说安禄山气焰熏天,声势逼人。他的举动态度可以影响皇帝。朝中大臣被他任意辱骂,视同粪土。"暖热",指脸色、态度的温和或严厉。"苍旻(音民)",指天,这里喻皇帝。"粪丸",蜣螂抟成球状的粪便。

〔23〕"大朝",盛大的朝会。"会万方",集合各地的长官。"临轩",指皇帝接见臣属。

〔24〕"初旭",初升的太阳。"祥烟",朝会时在铜炉中燃烧香料,香烟缭绕。

〔25〕"障",屏风。"寋(音牵)",挂起,张开。"捋须",抚摩胡须。"寋(音简)",骄傲。"御榻",皇帝的坐具。这四句说玄宗为安禄山特设坐位,表示尊宠,而安禄山态度骄傲,全无顾忌。《旧唐书·安禄山传》:"上御勤政楼,于御座东为(禄山)设一大金鸡障,前置一榻坐之(给禄山坐),卷去其帘。"

〔26〕"跟",脚后跟。"顶颠",头顶。这两句说触犯安禄山的人就死于他的践踏之下,附从他的人就被提升到极高的位置。

〔27〕这两句说贵人互相夸耀豪奢的事,强者吞并他人的地盘和武装。

〔28〕这两句说由于执政者不理民生,不爱民养民,对于人民的勒索日益频繁。

以上二十八句为一节,说由于玄宗宠安禄山,种下祸根;又因君臣奢侈浪费,加重人民的负担。

〔29〕"奚寇",指安禄山叛军,叛军中多奚族人,因以代指。"挥霍",指行动迅速。

〔30〕这两句说这时因承平日久,无人想到备战,中原没有重兵。

〔31〕这两句说叛军所过城邑,一夜之间换了旗帜。

〔32〕"轓",车箱两边的遮蔽物。

〔33〕这句说虽然是活着分离,却做死别的盟誓,因为估计再见是不可能的。

〔34〕"例",比。"例獐怯",胆小如獐。"如羸奔",奔逃如羊。"羸",瘦羊。

〔35〕"上阳",宫名,在洛阳。天宝十五年正月安禄山在洛阳自称大燕皇帝。六月,禄山部下攻陷长安,搜捕百官、宦者、宫女等送洛阳。

〔36〕"玉辇",皇帝所坐的车,这里用来指玄宗。此时玄宗已逃往蜀中。"南斗",星宿名。这句说长安附近的人瞻依南斗星而想望玄宗。

〔37〕"开辟",开天辟地。传说盘古氏开天辟地之前自然界是一片混沌。"遘",逢。"云雷屯",用《易经》屯卦表示灾难或黑暗时代。天地开辟有云雨雷电的现象。作者认为治乱是交替循环的,所以说心知距离混沌已久,又该来到混沌时代。

〔38〕"逆者",指叛臣。"问鼎大",比喻称王称帝的野心。春秋时楚庄王路过洛阳曾询问周王传国之宝九鼎的重量,流露夺取周王政权的野心。"存者",指未附逆的官。

〔39〕"抢攘",纷乱。"互间谍",互相侦伺。"枭"鸟,喻奸臣。"鸾"鸟,喻忠臣。

〔40〕"豺狼",指占领者。以上三十二句为一节,说安禄山叛军直驱长安,势如破竹。人民流亡,皇帝出奔,满朝文武一片混乱,或叛或留,都乘战争谋取私利。

〔41〕"河源",指被吐蕃占领的河西、陇右一带粮产丰富的地区。这两句说安史乱后财赋来源枯竭,吴越搜括已穷,河源又已丢失。

〔42〕"左藏库",唐代中央贮藏全国赋税的地方。这两句说叛乱地区不缴赋税。

〔43〕"痿痹",麻痹。"半痿痹",即上文一身有左无右的意思。"臊羶",猪和羊身上的气味,封建时代用它作为对少数民族的侮辱性的代称。"肘腋",

比喻切近之地。《晋书·江统传》:"寇发心腹,害起肘腋。"下句说外族逼近中原。

〔44〕"列圣",指玄宗以后从肃宗到文宗八代皇帝。"含怀",怀藏在心里。这四句说朝廷上下都不敢倡议收复失地。

〔45〕"万国",各地。"杼轴",指织机。"困杼轴",指缺乏纺织物。《诗经·小雅·大东》:"小东大东,杼轴其空。"这两句说各地织物空乏,内库钱财耗尽,已是民困国穷。

〔46〕"健儿",指防御外侮的战士。"腹欿",粮食不足。"馈饷",指军粮。"高估",估价升高。"铜与铅",指钱。德宗时江淮多铅锡钱,表面荡上薄薄的一层铜,斤两不符规定,因此各物的价值合成钱数就要高估。这四句说物价高涨,影响军需。

〔47〕"山东",华山以东。"河北",黄河以北。"爨(音篡)烟",烧饭的烟。这两句说山东、河北一带炊烟不断,可见居民还不少。

〔48〕"不暇给",即成语"日不暇给"的省文,意思就是无暇顾及。"辛苦"句说居民在藩镇过度剥削下,一年劳动只够半年生活。

〔49〕"榷(音确)",征收。"行赀",指行商所带货物。"税屋椽",收房屋税。德宗建中三年(782)开始在交通要道收货物税。次年开始收房屋税,以"间"、"架"计算。

〔50〕这两句指河北诸镇朱滔、田悦、王武俊,以及朱泚、李怀光、李纳、李希烈等相继叛乱。"作梗",指藩镇抗命,使朝廷的权力不能达到地方。"狼藉",乱纷纷。"用戈铤",动武力。"铤",矛一类的武器。

〔51〕"节制",任命官职的信物和文书。"锡",赐给。"通天班",最高一级的官阶。这两句说中央将节制送上门,给与极高的职衔(中唐以来节度使往往带同平章事衔)。

〔52〕"破者",指被中央打倒的藩镇,如西蜀刘辟、淮西吴元济等。"以",已。"迁延",观望拖延。

〔53〕这两句说某些藩镇对皇帝傲慢,不讲君臣的礼数。中央对待他们好像对羌戎、先零(音怜)一样,加以笼络,保持联系而已。

〔54〕"直",即使。"输赤诚",表示服从。这两句说即使要求他们表示效

忠,也不过指望保全大概的体统罢了。

〔55〕"政事堂",宰相商议政事之处。"厌",同"餍"。"八珍",指精美的食物。唐代宰相议事照例要会餐。这两句讥讽宰相无所建树,会食而已。

〔56〕"敢",表示冒昧之词。"下执事",听支使的人。"敢问"句是谦卑的说法,表示不敢直接向对方动问,只是向对方的属下打听一下。"其权",指宰相之权,当时新上任的宰相是李石。

〔57〕这两句说对国家几十年来的灾患,没有人敢挖它的根子。

〔58〕"国蹙",指中央控制的区域缩小。"人稀",指户口减少。这两句说土地、人口越减,摊派给人民的负担就越重。

以上四十二句为一节,列述安史乱后少数民族统治者入侵,藩镇割据,民穷财尽,而执政者无所措施,且不敢探求祸患的根源。

〔59〕"牛医儿",东汉黄宪的父亲为牛医,因此有人叫黄宪"牛医儿"。这里借用来指郑注,是轻贱之词。郑注略知医方,因此由宦官王守澄推荐给文宗治病,得到任用。作者轻视郑注的为人和医术,所以用此称。"城社",古人比君王亲信的小人为"城狐社鼠",就是钻在城墙里的狐和藏在土地神祠的鼠。人对这些狐鼠不易消灭,因为怕损坏城、社。郑注得到文宗的信任。他初时内交宦官,后来外结朝官,互相攀附援引,成为一群城狐社鼠。

〔60〕"盲目",指郑注。郑注有眼病,视力很差。"把大旆",指郑注为凤翔节度使,唐时节度使被任命后,皇帝赐以双旌,"大旆"指此。"西藩",唐肃宗以后凤翔又称西京。

〔61〕"怨敌",指宦官。郑注和李训合谋消灭宦官,失败后郑注对宦官警惕性不足,被仇士良命张仲清将他诱杀。"狂狷",本指轻率和褊狭的人,这里是较重的贬词,犹言谬妄的人。《旧唐书·郑注传》说:"轻浮躁进者盈于注门。"《李训传》说:"趋附之士皆狂怪险异之流。"

〔62〕这两句用汉成帝时童谣"昔为人所爱,今为人所怜",说郑注生时人人侧目,死后人人称快。郑、李谋诛宦官(史称"甘露之变",见《重有感》注〔1〕)本是好事,但因无能败事,反使得局面更坏。郑注平时好作威福,诬害正人,和李训被史家称为"二奸",所以作者虽赞成诛宦官,对于郑、李本人却少同情。

〔63〕这两句指郑注死后头被挂在长安兴安门上示众(见《通鉴·唐纪六十一》)。

〔64〕这四句写左神策大将军陈君奕率禁军出镇凤翔,沿途祸害百姓。"三百里",凤翔距长安三百一十五里。"黄巾",东汉末张角领导的农民起义军头着黄巾。封建时代对农民起义军一律诬为"盗贼",这里借做"盗贼"的代称。"军牒",调动军队的公文。

〔65〕"供亿",供给安顿。"孩",小儿笑。这四句说禁军勒索太多,居民无力供应,被吓得扶老携幼逃奔他处,抛弃掉初生还不会笑的婴孩。

〔66〕这两句说居民逃亡无一定的目的地。只求到山里藏起来,也不认为这就是活路,不过暂免屠杀罢了。

以上二十句为一节,写郑注和陈君奕,他们都是凤翔节度使,诗中所写诉苦的农民属于他们的治下。

〔67〕"尔来",指甘露事变以来。这时上距甘露之变首尾三年。"甘泽",及时的雨水。这两句说人祸之外加上天灾,又遭逢干旱。

〔68〕"亭午",正午。"谁"字一顿。这两句说所谓"盗贼"白昼就起来行事。若问"盗贼"是谁,他们多属穷民。

〔69〕"节使",节度使。"亭吏",相当于汉时的亭长。汉时一乡分为十亭,亭有亭长,管捕捉盗贼。这两句意思是说,节使用严刑逼亭吏捕盗,但民穷为盗,有深远的根源,既不容易捕捉,也不是捕捉所能解决的,所以说"无因"。

〔70〕"官健",各州县招募的士兵。这两句说各地士兵自称代公家巡查。

〔71〕"荒迥",僻远的地方。"此辈",指官健。这两句说常怕在荒僻地带和官健相遇,因为这些人还会伤害人。意思说他们自己就是强盗。

〔72〕"愧",表示回答客人的问题不详尽。"无因循",劝客早离此地,不要耽搁时间。

〔73〕"郿坞",故址在今陕西省郿县北。"陈仓",在今陕西省宝鸡县南。是凤翔南边不远的地方。这两句说这一带道途不平静,不宜夜行。这就是劝客"无因循"的原因。

以上十六句为一节,说人民在严重的人祸和天灾之下绝了生路,不得已铤而走险。官府也就把他们当做"盗贼"来捕杀,而那些捕盗的人本身就是强盗。

〔74〕"举一会",《左传·宣公十六年》:"(晋侯)命士会将中军,且为太傅。于是晋国之盗,逃奔于秦。""举",荐举。"会",指士会。"理",治。"系人不系天",一本作"在人不在天"。

〔75〕"此事",指上文所述官吏害民,民不聊生的事。"剖心肝",把心里的话都倒出来。"滂沱",指流血很多。"紫宸",殿名。

〔76〕"九重",指皇帝的住处,也可以用来指皇帝。这两句说皇帝已经被小人包围,他那里也没有光明。我们徒然哭泣罢了。

〔77〕"使典",即胥吏,掌管案牍的低级人员。"尚书",指尚书省内的高级政务官。"厮养",犹仆役,指宦官。当时禁军由宦官率领。这两句说皇帝以下的文武大官都是远远不够格的,更不必指望他们解决国家大问题。

〔78〕"此言",指上面四句村民的诉述。这里意思是尽管诉说未详,也不必多说了。说了徒然伤心。

以上最后一段表示对国事的愤慨和绝望。作者在全诗中强调治乱在人而不在天,地方的治乱在"牧伯"是否得人,全国的治乱在宰相是否称职。作者主张两者都须用有经验有才能的地方行政长官。并认为任用大臣能否得当在于皇帝是否明智。诗中叙衰乱的缘由,归咎玄宗,直言不讳。叙到近事也深责朝廷昏暗,毫不含糊。

安定城楼[1]

迢递高城百尺楼,绿杨枝外尽汀洲[2]。贾生年少虚垂涕[3],王粲春来更远游[4]。永忆江湖归白发,欲回天地入扁舟[5]。不知腐鼠成滋味,猜意鹓雏竟未休[6]。

〔1〕"安定",郡名,即泾州(今甘肃省泾川县北),是泾原节度使的治所。

开成三年(838)作者赴泾原节度使王茂元幕,做了王茂元的女婿。婚后应博学鸿词科考试,不中。仍居泾原幕。这诗是因考试失意自慰之作。

〔2〕"迢递",高貌。"绿杨"句说隔着绿杨是一片多水之区。"汀",水边平处,指泾州东的美女湫。

〔3〕"贾生",指贾谊。他上书汉文帝论当时政治,有"可为痛哭者一,可为流涕者二,可为长太息者六"等语。"年少",贾谊只活了三十三岁,上书时还是青年。作者应试时也是青年。"虚垂涕",言贾生虽痛切上书,终不被汉文帝录用,比喻自己应试不中。

〔4〕"王粲",东汉末年人,十七岁时从长安避难到荆州,依靠荆州刺史刘表。他曾于春日登当阳城楼,作了一篇《登楼赋》。王粲依人作客,和作者目前做王茂元幕官的情况类似,所以用来自比。

〔5〕这两句说自己常常忆念"江湖",想在年老时归隐,希望在做出一番回天转地的事业之后去过"扁舟"放浪的生活。

〔6〕《庄子·外篇·秋水》:"惠子相梁,庄子往见之。或谓惠子曰:'庄子来,欲代子相。'于是惠子恐,搜于国中,三日三夜。庄子往见之,曰:'南方有鸟,其名为鹓雏,子知之乎?夫鹓雏,发于南海而飞于北海,非梧桐不止,非练实不食,非醴泉不饮。于是鸱得腐鼠,鹓雏过之,仰而视之曰:"吓!"今子欲以子之梁国而吓我耶?'"庄周以"鹓雏"(凤凰)自比,以"鸱"比惠施,以"腐鼠"比梁国的相位。表明自己十分厌恶这种权位,要惠施不要害怕。末两句用这些现成比喻来表示自己志向远大,虽然赴博学鸿词科考试,并非恋此区区禄位;虽然婚于王氏,也并无朋党门户之见,不料因此被人猜忌。暗示这次考试失败是由于令狐绹党的排斥(参看张采田《玉谿生年谱会笺》卷二)。

七月二十九日崇让宅宴作〔1〕

露如微霰下前池,风过回塘万竹悲〔2〕。浮世本来多聚散^[3],红蕖何事亦离披^[4]? 悠扬归梦惟灯见^[5],濩落生涯独酒知^[6]。岂到白头长只尔? 嵩阳松雪有心期^[7]。

〔1〕"崇让宅",洛阳崇让坊有河阳节度使王茂元宅。李商隐的妻子王氏是茂元的女儿。

〔2〕"风",旧作"月",似误,二十九日不能有月光。据宋姚宽《西谿丛语》卷上改正。

〔3〕"浮世",即"浮生",指人生。"浮",言其无定。

〔4〕"蕖","芙蕖"的简称,就是荷。"离披",散落。

〔5〕"悠扬",长。"归梦",当时商隐妻王氏住在长安,"归梦"表示忆内之情。

〔6〕"濩落",即"廓落",这里是空虚无聊的意思。

〔7〕"嵩阳",嵩山之南。"心期",两心相许。结尾表示晚年偕隐的心愿。

哭刘蕡^[1]

上帝深宫闭九阍,巫咸不下问衔冤^[2]。黄陵别后春涛隔,湓浦书来秋雨翻^[3]。只有安仁能作诔,何曾宋玉解招魂^[4]。平生风义兼师友^[5],不敢同君哭寝门^[6]。

〔1〕"刘蕡",字去华,昌平(今北京市昌平)人。大和二年(828)举贤良方正,对策痛论宦官专权,危害国家,劝皇帝诛灭他们。考官赞赏刘蕡的文章,但惧怕宦官,不敢取录。令狐楚在兴元,牛僧孺在襄阳,都召用他为从事。后授秘书郎,被宦官诬陷,贬柳州司户。会昌二年(842)卒。刘蕡因为大胆攻击宦

官,名动一时。李商隐和他交谊很深,对他十分推崇。刘死后李有悼诗四首。

〔2〕"九阍",九重宫门。"巫咸",古代的神巫名(见《离骚》王逸注)。首二句说上帝高高在上,不降神巫问刘蕡的冤情。表示痛刘被诬远谪,朝廷不察真相。

〔3〕"黄陵",在今湖南省湘阴县境。下面作者另一首哭刘蕡的诗云:"去年相送地,春雪满黄陵。""溢浦",又名溢口,在今江西省九江县西。上句写去年最后见面的时间地点,下句写今年讣音寄来的时间地点(冯浩注说刘蕡虽贬柳州而实卒于江乡,其时在会昌二年秋)。

〔4〕"安仁能作诔",晋朝潘岳字安仁,长于写哀诔之文。"诔",哀悼文的一种。"宋玉解招魂",《楚辞》有《招魂》一篇,王逸认为是宋玉写来招屈原魂魄的。这两句说如今只能如潘岳空以文词表示哀悼;没有人真正会得招魂。悲死者不能复生。

〔5〕"平生",指作者与刘蕡平素的关系。"风义",指刘蕡的风骨气节。这句说论平素交往,彼此是朋友;论死者的风义,我实际上奉为学习的榜样,所以是"兼师友"。

〔6〕"哭寝门",《礼记·檀弓上》载孔丘语:"师,吾哭诸寝;朋友,吾哭诸寝门之外。"依古礼,哭师在正寝之内,哭友在寝门之外,表示师重于友。结句借来表示不敢以待朋友的礼同样待刘,说明对他的尊敬。

哭刘司户蕡

路有论冤谪,言皆在中兴〔1〕。空闻迁贾谊,不待相孙宏〔2〕。江阔惟回首,天高但抚膺〔3〕。去年相送地,春雪满黄陵〔4〕。

〔1〕上句说行路的人都为刘蕡悲伤,谈论他被贬谪之冤。下句说刘蕡的

言论都有关中兴唐朝的大事。"中"字在这里读去声。

〔2〕 这两句说刘蕡被贬谪之后不曾等到再被征用就死了。"迁",指升迁。"迁贾谊",指汉文帝一度任用贾谊做大中大夫或指一度将他从长沙召还的事。令狐楚和牛僧孺都曾举荐刘蕡,但被宦官所阻,反而遭诬陷远谪,所以用"空闻迁贾谊"做比。"孙弘",指公孙弘。汉武帝初用公孙弘为博士,一度免官,后又征用,官至丞相。

〔3〕 这两句写"哭"。"回首"、"抚膺",均悲痛之状。"膺",胸。

〔4〕 末两句回顾最后一次见面的时间和地点。

晚　晴[1]

深居俯夹城[2],春去夏犹清[3]。天意怜幽草[4],人间重晚晴[5]。并添高阁迥,微注小窗明[6]。越鸟巢干后,归飞体更轻[7]。

〔1〕 这首诗描写初夏晚晴的情景,言外有身世之感,表示从自然界得到启示,在寂寞中精神焕发起来。

〔2〕 "深居",言居处幽僻。"俯夹城",言居处地势高。"夹城",两层城墙,中有通道。唐长安城内太极宫、大明宫、兴庆宫、芙蓉园之间都有夹城相连。

〔3〕 这一句说明时在初夏,气候寒热适宜。"清",犹言"清和"。谢朓《别王丞僧孺》诗云:"首夏实清和。"

〔4〕 "幽草",生长在幽暗处的小草,作者似用以自比。阴雨太久会使幽草烂死。"天意怜幽草"暗含放晴的意思。

〔5〕 如果说上句"幽草"是作者自喻,这句就是更明显地借"重晚晴"来表示作者对人生的态度。读者常摘此句和《乐游原》诗"夕阳无限好,只是近黄昏"比较,将"晚"、"夕"理解为指人生的老年。"夕阳"二句虽然对美丽的暮景

表示喜悦,却不免嗟叹它的短暂;"人间"句只是珍重这个"晚晴",并不理会它的久暂,更多地表现出乐观态度。

〔6〕这两句里的"高阁"、"小窗"就是首句中的"深居"。上句写晚晴使人从阁上眺望时看得更远(云收雨散、空气澄鲜、夕阳返照等等景象,合成让眺望者展拓视野的条件),杜甫《垂白》诗说:"江喧长少睡,楼迥独移时。"杜因在楼上听江声稍远,就说"楼迥",李因晴后在阁上看景物更远,就说"阁迥","迥"字用法相同,不同处只在一从听觉来,一从视觉来。下句写晚晴将夕阳的余辉送进小窗,虽然微弱却是值得欢迎的光明。"并",合。"迥",远。"注",流注、注入。

〔7〕末两句刻画晚晴。巢干表现"晴",鸟归表现"晚"。"体更轻",暗示羽毛干燥,归飞迅捷,既写出晴又写出喜晴,同时借以表现作者自己的精神振奋。

贾　生[1]

宣室求贤访逐臣,贾生才调更无伦[2]。可怜夜半虚前席,不问苍生问鬼神[3]。

〔1〕这首诗讽汉文帝虽然重视贾谊的才调,却不能真正发挥贾谊的作用,只和他讨论荒唐的鬼神之事而不涉及国计民生的大问题。

〔2〕这两句说文帝召回贾谊本是求贤爱才的表示。"宣室",西汉未央宫前的正室。"贤"与"逐臣"都指贾谊。贾谊曾被文帝贬往长沙,做长沙王太傅,这时文帝将他召回,在宣室接见。"才调",才气。"无伦",无比。

〔3〕"夜半虚前席",《史记·屈原贾生列传》载文帝接见贾谊时"问鬼神之本。贾生因具道所以然之状。至夜半,文帝前席"。"前席",向前移动坐处。古人席地而坐。从所坐的席上向前移动,以接近谈话的对方,是听得入神时不

自觉的动作。"虚前席"说明虽然得到文帝倾听,却是徒然无益。"可怜"是为贾生惋惜,惋惜他在这次重要的召对时只被问到一些无意义的问题,不曾得到真正的任用。末两句虽属对史事发议论,其中含有作者自己怀才不遇的感愤,所以写来唱叹有情。"苍生",指人民。

夜雨寄北[1]

君问归期未有期。巴山夜雨涨秋池[2]。何当共剪西窗烛,却话巴山夜雨时[3]。

〔1〕题一作《夜雨寄内》。冯浩《玉谿生年谱》将此诗系在大中二年(848),本年的另一首寄内诗《摇落》也描写了秋景,两首诗写作时间很接近。《摇落》诗有"滩激黄牛暮,云屯白帝阴"之句,可见当时作者正在湖北、四川之间旅行。

〔2〕"巴山",三巴都可以称"巴山",在这首诗里应指巴东。

〔3〕"何当",犹言何时。末两句是说不晓得哪一天能够回家相对夜谈,追述今夜的客中情况。

无 题[1]

相见时难别亦难,东风无力百花残[2]。春蚕到死丝方尽,蜡炬成灰泪始干[3]。晓镜但愁云鬓改,夜吟应觉月光寒[4]。蓬山此去无多路[5],青鸟殷勤为探看[6]。

〔1〕李商隐有一部分诗称为"无题",这些诗写得很隐晦,内容或写爱情,或表面写爱情而别有寄托。至于寄托的具体内容,多数由于年代久远,资料不足,难于确指。本篇写离别相思之情,一说可能有政治上的隐喻,表示像作者在《行次西郊作一百韵》所说的"九重黯已隔,涕泗空沾唇"那样的感叹。

〔2〕这两句说正当暮春时节遭逢难堪的离别。因为相见的机会难得,别时更觉难分难舍。

〔3〕这两句说,要不相思除非自己身死。"丝"和"思"谐音。"泪",蜡烛燃点时流溢的油脂叫做"烛泪"。

〔4〕这两句设想对方也深陷在痛苦之中,担心她入夜无眠,形容憔悴,表示怜惜和希望她保重之意。"但愁"的"愁"是作者的忧虑。

〔5〕"蓬山",蓬莱山的简称,传说中的海上仙山之一。这里指对方的住处。

〔6〕这句说希望有人传递消息。《山海经·大荒西经》:西有王母之山"有三青鸟,赤首黑目"。注曰:"皆西王母所使也。"又《汉武故事》载西王母会汉武帝,有青鸟先到殿前。后人就以"青鸟"为使者的代称。

无 题

凤尾香罗薄几重?碧文圆顶夜深缝〔1〕。扇裁月魄羞难掩,车走雷音语未通〔2〕。曾是寂寥金烬暗〔3〕,断无消息石榴红〔4〕。斑骓只系垂杨岸〔5〕,何处西南待好风〔6〕?

〔1〕开端两句作者设想他所思念的女子在幽闺静夜缝制罗帐。"凤尾",罗上的花纹。"香罗",指帐帏。"碧文圆顶",指帐顶。古代有复帐(汉乐府《孔雀东南飞》"红罗复斗帐"句可证),复帐不止一层,"薄几重"就是问所缝的是单

帐还是复帐。

〔2〕这两句写一次相逢的情景。"月魄",月轮无光处。这里以月比扇的形状。用团扇半遮面是所谓"羞难掩"。"雷音",指车声。司马相如《长门赋》:"雷殷殷而响起分,声象君之车音。"

〔3〕"金烬",指灯芯的馀火。这句写自己在夜深灯烬时的相思。

〔4〕这句说音讯隔绝,又到石榴花开的时候。

〔5〕"斑骓",黑白杂毛的马。

〔6〕这句表示望对方来相会。"西南待好风",即待西南之好风。参看曹植《七哀》诗:"愿为西南风,长逝入君怀。"曹植原诗有人解释为以男女比君臣,用来表示对魏文帝的忠爱。本篇写相思渴望。也有人以为有类似的寓意。

无 题[1]

万里风波一叶舟,忆归初罢更夷犹[2]。碧江地没元相引,黄鹤沙边亦少留[3]。益德冤魂终报主,阿童高义镇横秋[4]。人生岂得长无谓,怀古思乡共白头[5]。

〔1〕本篇写作者在东川思乡和怀古之情,借以表示政治上失意的愤慨。寓意明白,和其它无题诗不同。

〔2〕开端两句说道远路险,归乡不易。忆归的心事一会儿丢开一会儿犹豫。"初罢",刚刚罢休。"夷犹",犹豫。

〔3〕这两句说长江牵引我的归心随它东去,我还打算过黄鹤矶时少作逗留。"地没",犹言地末,地尽头,指地平线,远望那里好像江水、陆地、天空都到尽头。"元",原,本来。"黄鹤沙",指黄鹤矶,在武昌。

〔4〕这两句写蜀中故事,借怀古寓意。"益德",三国蜀将张飞的表字。刘备伐吴,张飞拟从巴西出师配合。临出发前被部下张达、范强所杀。冤魂报

主事未详。或许作者的意思只是说张飞虽然死不瞑目,但也算得以生命报主了。"阿童",晋王濬的小名。王濬是晋代平定吴国的大将,见刘禹锡《西塞山怀古》注〔2〕。王濬平吴以蜀为根据地。"高义",高尚的品德。《晋书·王濬传》说王濬"疏通亮达,恢廓有大志"。又载桓温对王濬的评语:"明勇独断,义存社稷之利。""镇",久。"横秋",横贯于秋气之中(犹言充塞天地之间)。

〔5〕末两句说人不能长久无意义地活着,在怀古思乡中一天天地老去。言外之意,应该像张飞、王濬那样有所作为。

昨　日〔1〕

昨日紫姑神去也〔2〕,今朝青鸟使来赊〔3〕。未容言语还分散,少得团圆足怨嗟〔4〕。二八月轮蟾影破,十三弦柱雁行斜〔5〕。平明钟后更何事?笑倚墙边梅树花〔6〕。

〔1〕这是爱情诗,用开端两字标题,并非完全赋咏"昨日"的情事。

〔2〕"紫姑神",又作"子姑神",传说她姓何名媚,是唐武后执政时代的人,曾为人妾,被大妇杀死于厕间,上帝命为厕神(见《显异录》)。旧俗于正月十五之夕迎紫姑神问吉凶等事(见《荆楚岁时记》)。本篇作于元宵后一日,以紫姑神指作者所爱的那个人。

〔3〕"赊",迟迟不来。一说"赊"字是助词,"来赊"犹云"来兮"、"来了"。"赊"字对"也"字系以助词对助词(张相《诗词曲语辞汇释》卷五)。如这样解释,这句就表示惊喜交集。前一说与全诗语气似更协调。

〔4〕"少",稍。这两句表示"相见争如不见"的意思,言昨日只是匆匆一见,稍得团聚,反添惆怅。

〔5〕"二八",指阴历十六日。上句是说从今夜月开始不圆了。下句说筝的弦数是十三,筝柱斜列像雁飞。弦柱的数目不成双。这两句借月缺和筝数成

单喻人的离别。

〔6〕这两句是想象对方清晨笑倚梅花的形态。

骄 儿 诗[1]

衮师我骄儿,美秀乃无匹。文葆未周晬,固已知六七。四岁知名姓,眼不视梨栗[2]。交朋颇窥观,谓是丹穴物[3]。前朝尚器貌,流品方第一。不然神仙姿,不尔燕鹤骨[4]。安得此相谓,欲慰衰朽质[5]。青春妍和月,朋戏浑甥侄[6]。绕堂复穿林,沸若金鼎溢[7]。门有长者来,造次请先出。客前问所须,含意不吐实[8]。归来学客面,闯败秉爷笏[9]。或谑张飞胡,或笑邓艾吃[10]。豪鹰毛崱屴,猛马气佶傈。截得青筼筜,骑走恣唐突[11]。或复学参军,按声唤苍鹘。又复纱灯旁,稽首礼夜佛[12]。仰鞭罥蛛网[13],俯首饮花蜜。欲争蛱蝶轻,未谢柳絮疾[14]。阶前逢阿姊,六甲颇输失[15]。凝走弄香奁,拔脱金屈戌[16]。抱持多反侧,威怒不可律[17]。曲躬牵窗网,衉唾拭琴漆[18]。有时看临书,挺立不动膝[19]。古锦请裁衣,玉轴亦欲乞[20]。请爷书春胜,春胜宜春日[21]。芭蕉斜卷笺,辛夷低过笔[22]。昔爷好读书,恳苦自著述。憔悴欲四十,无肉畏蚤虱[23]。儿慎勿学爷,读书求甲乙[24]。穰苴司马法,张良黄石术,便为帝王师,不假更纤悉[25]。况今西与北,羌戎正狂悖,诛赦两未成,将养如痼疾[26]。儿当速长大,探雏入虎穴。当为万户侯,勿守一经帙[27]。

〔1〕"骄儿",犹言爱子。这首诗仿晋左思《娇女诗》体,也受到陶渊明《责子诗》的一些影响。诗中主要写作者的儿子衮师聪明、活泼的形象和作者自己对他的期望。后一部分表现了作者不重儒术的思想,也表现了身世感慨。

〔2〕"文葆",有花纹的褓衣(裹婴儿的包被)。"周晬(音醉)",周岁,婴儿的第一个生日。这四句用陶渊明《责子诗》,但意思相反。陶诗夸张儿子的愚笨和贪吃,说"雍端年十三,不识六与七;通子垂九龄,但觅梨与栗",此诗却是夸儿子的聪明懂事。

〔3〕"交朋",指作者的朋友。"窥观",观察衮师。"丹穴物",指凤凰。凤凰是比喻人才出众的常用语。传说"丹穴之山"出凤凰(见《山海经》)。从"谓是"以下到"燕鹤骨"都是朋友称赞衮师的话。

〔4〕这四句说在六朝重视风度容貌的时代,衮师可以和第一流相比,不是神仙的姿容就是贵人的骨格。旧时代人迷信相人术,认为"燕颔鹤步"(下巴像燕子,走路像鹤)是贵相。

〔5〕这两句说哪能这么说呢?这不过朋友们要安慰我衰朽之人罢了。以上总写衮师的美秀敏慧。

〔6〕这两句说在美丽温和的春月,孩子结伴游戏,不管是长辈还是晚辈。

〔7〕这两句说往来奔跑,闹声像开水翻锅似的。"鼎",古代的三脚锅,常用做炊具。

〔8〕这四句说有大人来访时,衮师急忙要求先出去会见。客人上前问他想要什么,他却隐藏真意不说出。"造次",匆忙。

〔9〕"闼(音伪)",开门。"败",破坏。"闼败",破门而入。"笏(音户)",手板。这两句说孩子手捧父亲的手板,冲开门跑进来,学说客人的样子。

〔10〕这两句说孩子要么嘲笑客人像张飞大胡子或黑脸;要么嘲笑客人像邓艾说话结结巴巴。可能当时通俗的三国故事中描写张飞是多髯面黑,邓艾是口吃的。"胡",用作"髯"或"煳"(焦黑)的意思。

〔11〕这四句说孩子骑上竹马,猛冲猛撞,有时做出雄鹰张翅的姿态,有时又像骏马的神气。"崛峍(音则力)",或作"屴崱",耸峙。"佶傈(音吉栗)",雄壮。"箈筜(音云当)",大竹。"唐突",冲撞。

〔12〕 这四句说孩子一会儿学做戏,一会儿学拜佛。唐时有参军戏,戏中角色有"参军"和"苍鹘",共同做滑稽表演。"按声",压低声音(孩子学大人的声音)。

〔13〕 这句说举起鞭来牵绞蛛网。"胃(音捐)",绊,挂。

〔14〕 这两句说孩子学蝴蝶吸花蜜好像和蝴蝶比轻盈,追扑柳絮也不比柳絮慢些。"争",较量。"谢",让。以上写孩子的种种嬉戏。

〔15〕 这两句说衮师和阿姊赌"六甲"输了。"六甲",一种游戏,就是"双陆",白黑两方各用六子赌胜负(纪昀说,见朱鹤龄注本《李义山诗集》附录)。

〔16〕 这两句说硬要跑去翻弄阿姊的奁具,将铰链扯脱了。"凝(读去声)",坚持。"奁(音莲)",镜匣。"屈戌",卢照邻《长安古意》注〔10〕。

〔17〕 这两句说孩子不听阻止,别人抱着他时,他多次翻转身体,对他发怒威吓也不能制止。"律",约束。

〔18〕 上句说弯下身子拉着窗格(抗拒别人抱持)。下句说将唾液吐在琴上(使性子胡闹),然后又自去揩拭(自知过分,主动收场)。"窗网",窗上网状纹的格子。"峉(音克)",唾声。以上写衮师玩六甲输了,发起急来,撒娇闹脾气。以唾琴为高潮,以拭琴为结束。两件事同叙在最后的五字中,非常精练。

〔19〕 这两句写衮师爱看人写字。"临书",临摹书法。"挺",直。李商隐能书,字体似《黄庭经》(见元王恽《玉堂嘉话》)。

〔20〕 这两句写衮师爱书卷。"衣",指书衣(裹书的布帛)。"玉轴",书卷的轴,两端装玉头。上句说要求用古锦学裁书衣,见到卷轴也要索取。

〔21〕 这两句说衮师请父亲写"春胜"。"春胜",剪采制成的小幡,上写"宜春"二字,立春日用来表示迎新的饰物。

〔22〕 这两句说斜卷着的笺纸像未展开的芭蕉叶,低低递过来的笔像未开的辛夷花。"辛夷",花名,又叫木笔花,含苞未放时形似毛笔笔头。以上写衮师对于文字书籍流露出爱好。本篇以这一节为过渡,引到下面关于读书的一段议论上来。

〔23〕 这四句说作者自己勤苦著述,徒然落得憔悴消瘦。"恳苦",勤苦。"无肉畏蚤虱",极言其瘦。

〔24〕 这两句说望儿子别走爸爸的老路,以读书求功名。"甲乙",唐朝科

举制度,明经有甲乙丙丁四科,进士有甲乙二科(见《通典·选举典》)。

〔25〕这四句说应该去读兵书,学得辅佐帝王的本领,不必凭借琐碎的知识(指儒生所学习的一套)。"穰苴",《史记·司马穰苴列传》:"齐威王使大夫追论古者司马兵法,而附穰苴于其中,因号曰司马穰苴兵法。""司马法",司马穰苴兵法的简称。"张良",《史记·留侯世家》载黄石公授张良《太公兵法》。"黄石法",即指太公兵法。"纤悉",琐细。

〔26〕这四句说居住在中国西北部的羌戎民族统治者正在疯狂作乱,无论用征讨或安抚的办法都无效果。好像人身上的病,不及时根治就要成大患。"羌戎",指吐蕃、党项羌等。"悖(音勃)",逆,犯上作乱。"痼(音固)疾",顽症。"将养"句意同成语"养痈遗患"。

〔27〕末四句说望儿长大后像入虎穴探虎子似地彻底平乱,以武功博取封侯,不要死守一部经书。在重视以儒家经典考士的时代通一经可以致贵贵。所以汉朝邹、鲁一带有谚语:"遗子黄金满籯,不如一经。"(《汉书·韦贤传》)作者的意思认为学兵法对国家有实用,读儒书就不是这样。"帙",书衣。

蝉

本以高难饱,徒劳恨费声〔1〕。五更疏欲断〔2〕,一树碧无情〔3〕。薄宦梗犹泛,故园芜已平〔4〕。烦君最相警,我亦举家清〔5〕。

〔1〕"高",谓清高(见骆宾王《在狱咏蝉》注〔6〕)。这两句说既然以清高自处,就不能免于饥饿,怨悔之鸣只是"徒劳"而已。

〔2〕这句承上文的"声"字,言通夜哀鸣,到天晓力竭声疏。

〔3〕这句承上文的"恨"字。蝉栖托在树上,抱枝哀鸣,而树却"无情"自"碧"。作者以蝉自比,以树比他所期望的援助者。

〔4〕这两句写作者自己漂泊不定的遭遇。"梗",树枝。"泛",飘浮。《战国策·齐策》:"桃梗谓土偶人曰:'子西岸之土也,挺(埏)子以为人。至岁八月,降雨下;淄水至,则汝残矣。'土偶曰:'不然。吾西岸之土也;吾残,则复西岸耳。今子,东国之桃梗也;刻削子以为人,降雨下,淄水至,流子而去,则子漂漂者将何如耳!'"(《战国策·赵策》又有"土梗与木梗斗"一段寓言,大致相似)隋卢思道《听鸣蝉篇》云"故乡已超忽,空庭正芜没";又云"讵念嫖姚嗟木梗"。这里的两句似受了卢诗的影响。

〔5〕"烦",劳。"君",指蝉。这两句是说多劳你给我敲警钟,我这一家的生活也是清苦的。全诗首尾相应,露出牢骚。

王十二兄与畏之员外相访,见招小饮。时予以悼亡日近,不去,因寄〔1〕

谢傅门庭旧末行〔2〕,今朝歌管属檀郎〔3〕。更无人处帘垂地,欲拂尘时簟竟床〔4〕。嵇氏幼男犹可悯,左家娇女岂能忘〔5〕?秋霖腹疾俱难遣,万里西风夜正长〔6〕。

〔1〕"王十二",作者亡妻的兄弟。"畏之",韩瞻的表字。韩瞻的妻和作者的亡妻是姊妹。"悼亡日近",指亡妻死去的那一个日子即将临近。作者因此心伤,不肯应王、韩招饮,以诗辞谢。

〔2〕"谢傅",谢安。谢安死后赠太傅。这里以"谢傅门庭"代指作者的妻父王茂元家。这句说自己在王家诸儿女婿中忝在行列之末。

〔3〕"檀郎",晋潘岳小字檀奴,后人称他做潘郎,又称檀郎。唐人常以檀郎称婿,这里一般注解解释为指畏之,但作为作者自指也可以通,就是说向来这种家庭聚宴的场合都有妻参加,今日只属于我一人了。潘岳曾写《悼亡诗》,作者以潘岳自比似更切合。

〔4〕 这两句说室空人亡,见物思人。"竟床",言长簟盖了整个的床,床上仅有长簟。潘岳《悼亡诗》:"长簟竟床空。"

〔5〕 这两句说儿女幼小,须作者自己照顾。晋嵇绍,嵇康之子,十岁而孤。晋左思有二女,曾作《娇女诗》描写她们。这里以"嵇氏幼男"指自己的儿子,"左家娇女"指自己的女儿。

〔6〕 末两句说愁思正深长,又加秋雨腹疾。与上四句都是表明不能赴饮的原因。"秋霖腹疾",《左传·昭公元年》:"雨淫腹泻。"注云:"雨多则腹肠泻注。"

筹 笔 驿[1]

鱼鸟犹疑畏简书,风云长为护储胥[2]。徒令上将挥神笔,终见降王走传车[3]。管乐有才真不忝,关张无命欲何如[4]?他年锦里经祠庙,梁父吟成恨有馀[5]。

〔1〕 "筹笔驿",即今之朝天驿,在四川省广元县与陕西省阳平关之间。蜀汉诸葛亮伐魏,曾驻在此地筹划军事。本篇感叹诸葛亮有雄才大志而功业未能完成。

〔2〕 "鱼",一作"猿"。"简书",指军中文书命令。《诗经·小雅·出车》:"王事多难,不遑启居。岂不怀归,畏此简书。""储胥",指藩篱栅栏之类。开端两句写作者见到诸葛亮军垒遗迹肃然起敬的感觉。说好像至今附近的动物还畏惧诸葛亮军令的威严。风云也爱护他的旧营垒使它能保存至今。

〔3〕 "上将",指诸葛亮。"挥神笔",指筹划军事,草拟文书。"降王",指蜀汉后主刘禅。"传",传舍,即驿站旅舍。"传车",在还没有传舍的时代,只用车,叫"传车"。这里"走传车",即长途乘车之意。刘禅降后全家被送到洛阳。这两句说诸葛亮虽然尽力筹划,终不能使蜀汉免于败亡。

〔4〕《三国志·诸葛亮传》说诸葛亮自比管仲、乐毅。在这首诗里作者也用管、乐比亮。"不忝",无愧。"关张",指关羽、张飞,二人都是蜀汉名将,号称万人敌。关羽被孙吴袭攻杀害,张飞为部下刺死。当诸葛亮伐魏时,关、张已死,缺少得力的大将,事业不成,实无可奈何。

〔5〕"他年",昔年。"锦里",在成都城南,有诸葛武侯祠。作者有《武侯庙古柏》诗,冯浩编在大中三年,比写此诗早三年。"梁父吟",《诸葛亮传》说:"亮躬耕陇亩,好为《梁父吟》。"传文所说的"为梁父吟"当指弹奏《梁父吟》古曲,而不是指作歌词。后人以乐府古辞《梁父吟》("步出齐城门")一篇为诸葛亮所作,是误会。李商隐也把《梁父吟》("步出齐城门")认为诸葛亮的诗,说当年经过武侯庙时吟罢那首诗悲恨无穷。那首诗写的是齐国三勇士因宰相晏婴的谗言,被设计害死的故事。作者自己有忧谗畏讥的心情,所以吟此诗而生感慨。"吟成",即吟毕,吟终。

锦　瑟[1]

锦瑟无端五十弦[2],一弦一柱思华年[3]。庄生晓梦迷蝴蝶,望帝春心托杜鹃[4]。沧海月明珠有泪,蓝田日暖玉生烟[5]。此情可待成追忆?只是当时已惘然[6]。

〔1〕本篇以锦瑟起兴,以首二字标题,等于"无题",不是咏锦瑟而是作者晚年回想过去,自述感慨。旧说种种推测都不尽可通。用诗的开端两字做题目是从《诗经》就开始的习惯,见杜甫《客从》注〔1〕。

〔2〕"锦瑟",瑟上绘文如锦。瑟是一种乐器,传说古瑟本有五十弦,后代的弦数不一,一般是二十五弦。

〔3〕"柱",弦的支柱,每弦有一柱。"华年",少年。作者写这首诗的时候年近五十,因瑟的弦柱之数触起华年之思。

〔4〕《庄子·内篇·齐物论》:"昔者庄周梦为蝴蝶,栩栩然蝴蝶也。""望帝",周末蜀国一个君主的称号。他名叫杜宇,相传死后魂魄化为鸟,名杜鹃,鸣声凄哀。"春心",《楚辞·招魂》:"目极千里兮伤春心。"这里说望帝已变为杜鹃鸟,他的伤春之心只能借杜鹃的嘴叫出来。这两句是说往事有如梦幻,远大的抱负和美好的理想化为云烟,借庄周和望帝的事为比。

〔5〕"月明珠",古人有海里的蚌珠与月亮相感应的传说,月满珠就圆,月亏珠就缺。"泪",古有"鲛人泣珠"的传说,鲛人是在海里像鱼一样生活的人,能织绡,哭泣时眼泪变成珠。"蓝田",山名,在今陕西省蓝田县东南。蓝田山是有名的产玉之地。司空图《与极浦谈诗书》引戴叔伦语云:"诗家之景如蓝田日暖,良玉生烟,可望而不可置于眉睫之前也。"这两句写水泡和烟影的形象,以泡、影喻往事,言可望而不可及或幻灭不可复追。

〔6〕末两句说往日身历其境的时候已经是惘惘然了,并非等到回忆时才有此感。

二月二日〔1〕

二月二日江上行,东风日暖闻吹笙。花须柳眼各无赖,紫蝶黄蜂俱有情〔2〕。万里忆归元亮井〔3〕,三年从事亚夫营〔4〕。新滩莫悟游人意,更作风檐夜雨声〔5〕。

〔1〕"二月二日",唐代有些地方以二月二日为踏青节。这是作者在东川时春游怀归的诗。这首诗的神理和杜甫的作品很相近。

〔2〕"柳眼",柳叶嫩芽初展开的时候叫"柳眼"。"无赖",有狡狯、放恣的意思。杜甫《奉陪驸马韦曲》诗:"韦曲花无赖,家家恼杀人。"以"无赖"形容花的烂漫,是这句所本。这两句是写春景,和人的情绪相对照。

〔3〕"元亮",陶潜字。陶潜《归田园居》诗云:"井灶有遗处,桑竹残

朽株。"

〔4〕"亚夫营",周亚夫是汉文帝时的将军,曾屯兵在细柳这个地方,防御匈奴,军营纪律极严,后人称为"细柳营"。作者写这首诗的时候正在东川节度使(治所在梓州,即今四川省三台县)柳仲郢的手下任职。句中暗寓仲郢的姓。这两句是说三年游宦,万里思归。

〔5〕"游人",作者自指。末两句说滩声像夜半檐间的风雨那样引起羁客的愁绪,全不了解羁客出"游",原是为了排遣愁绪。

霜　月

初闻征雁已无蝉[1],百尺楼高水接天[2]。青女素娥俱耐冷,月中霜里斗婵娟[3]。

〔1〕这句诗点明时节。据《礼记·月令》,孟秋之月寒蝉鸣,仲秋之月鸿雁来,季秋之月霜始降。诗中所写的是仲秋和季秋即阴历八九月之间的景象。

〔2〕汉代舞曲歌辞《淮南王》篇有句云:"百尺高楼与天连。"这句只换了两个字("接"和"连"同义,严格说来只换了一个字),却添出水波浩淼上接天际一景。在想象里把人间和天上联系起来。

〔3〕"青女",青霄玉女,主霜雪的天神(见《淮南子·天文训》和注)。"素娥",指嫦娥。"耐冷",霜天寥廓,高处不胜寒,那寒冷和冷清都是难耐的。作者另一首诗《嫦娥》说:"嫦娥应悔偷灵药,碧海青天夜夜心。""悔"就是由于不耐。这里"耐冷"和"斗婵娟"写出青女、素娥在严峻的环境里自得其乐。精神境界比《嫦娥》里所写的高出许多。"斗",赌赛。"婵(音蝉)娟",容态美好。

齐宫词[1]

永寿兵来夜不扃[2],金莲无复印中庭[3]。梁台歌管三更罢,犹自风摇九子铃[4]。

〔1〕 本篇慨叹南齐统治者废帝萧宝卷因为奢侈淫逸至于覆灭;梁朝继承南齐,还是不改故辙。对于封建帝王荒淫误国给予深刻的讽刺。

〔2〕 "永寿",殿名。齐废帝东昏侯萧宝卷为宠妃潘氏起神仙、玉寿、永寿三殿,都用金涂饰四壁。"夜不扃",言兵来无备。《南齐书·东昏侯本纪》叙齐叛臣王珍国等率兵入宫时宝卷正在含德殿作乐。这里因为就潘妃住处说,只提永寿殿。

〔3〕 "金莲",宝卷用金为莲花帖地,教潘妃在上面行走,说:"此步步生莲花也。"(见《南史·东昏侯本纪》)这句是说从此殿中不见潘妃的舞姿。

〔4〕 "梁台",犹言梁宫。当时禁省称为台,禁城称为台城。"九子铃",《南史·东昏侯本纪》:"庄严寺有玉九子铃,外国寺佛面有光相,禅灵寺塔诸宝珥,皆剥取以施潘妃殿饰。"末两句言"梁台"也像"齐宫",笙歌彻夜,九子玉铃的声音也和往昔一样。作者借微物寄寓对改朝换代的感慨,同时暗示"梁台"的前景和"齐宫"不会有什么不同。

乐游原[1]

向晚意不适[2],驱车登古原。夕阳无限好,只是近黄昏^{〔3〕}。

〔1〕"乐游原",西汉宣帝立乐游庙,又名乐游阙、乐游苑,亦名乐游原、鸿固原,原上望长安城内瞭如指掌。参见杜牧《将赴吴兴登乐游原一绝》注〔1〕。
〔2〕"不适",不悦,不快。
〔3〕末两句是爱惜光景的意思,和首句的"不适"相应。作者又有同题七言绝句一首,后二句道:"羲和自趁虞泉宿,不放斜阳更向东。"也是时不再来的感叹。

马 嵬^{〔1〕}

海外徒闻更九州^{〔2〕},他生未卜此生休^{〔3〕}。空闻虎旅传宵柝,无复鸡人报晓筹^{〔4〕}。此日六军同驻马^{〔5〕},当时七夕笑牵牛^{〔6〕}。如何四纪为天子,不及卢家有莫愁^{〔7〕}。

〔1〕原有两首,都讽刺唐玄宗。这是第二首。"马嵬",见杜甫《哀江头》注〔8〕。
〔2〕"更(读去声)",再。"九州",原注:"邹衍云:九州之外复有九州。"战国时齐人邹衍创"大九州"之说,说中国名赤县神州,中国之外如赤县神州这样大的地方还有九个。这句诗以"海外九州"指想象中的仙境。杨妃死后,有方士说在海外仙山找到她。见白居易《长恨歌》和陈鸿《长恨歌传》。但神仙传说毕竟渺茫,不能给唐玄宗什么安慰,所以说"徒闻"。
〔3〕唐玄宗和杨妃曾有"世世为夫妇"的誓约(见陈鸿《长恨歌传》)。这句说来生怎样还不可知,在今生里他们的夫妇关系却是已经完结了。
〔4〕这两句追叙玄宗、杨妃离开长安前往四川的情景,将途中的生活和宫内对照。"虎旅",指跟随玄宗赴蜀的军队。"宵柝",指夜中报更的刁斗声。

刁斗或称金柝,军用铜器。"鸡人",皇宫里负责报时间的卫士。汉代制度,宫中不得畜鸡,卫士候于朱雀门外,传鸡唱。"筹",指更筹(漏壶中的浮标,夜间计时之具)。

〔5〕 这句叙马嵬坡事变,就是《长恨歌》所谓"六军不发无奈何,宛转蛾眉马前死"。详见《长恨歌》注〔16〕。

〔6〕 这句说当年七月七日玄宗、杨妃在长生殿夜半私语(见《长恨歌》)的时候,还以为天上牵牛、织女一年只能聚会一次,不及他们能天天在一起。

〔7〕 这两句嘲讽玄宗虽然多年做皇帝,并不能长保他的妃子,不及普通人家夫妇能始终相守。暗示皇帝如果荒懈政治,纵情女色,那连女色也保不住。"四纪",四十八年,玄宗在位四十五年,将近四纪。"莫愁",古时洛阳女子。南朝乐府歌辞《河东之水歌》道:"莫愁十三能织绮,十四采桑南陌头,十五嫁为卢家妇,十六生儿字阿侯。"这里举这个女子和杨妃的遭遇来比较,固然因为古乐府将她嫁后的生活描写得相当幸福,同时取其名叫"莫愁",正好和"长恨"相对照。

春　雨

怅卧新春白袷衣^{〔1〕},白门寥落意多违^{〔2〕}。红楼隔雨相望冷,珠箔飘灯独自归^{〔3〕}。远路应悲春晼晚^{〔4〕},残宵犹得梦依稀^{〔5〕}。玉珰缄札何由达?万里云罗一雁飞^{〔6〕}。

〔1〕 "白袷",白夹衣。唐人以白衫为闲居便服。

〔2〕 "白门",地名。古来有白门之称的不止一地,这里所指不能十分确定。作者的诗集中有《江东》、《隋宫》、《南朝》等篇,他可能到过长江下游。这里的"白门"可能指金陵。"寥落",寂寞。

〔3〕 这两句概括说在白门的生活不如意。"冷",冷落、冷清。这个"红

楼"中的人就是作者所思忆的人,从下文知道其人已经在远路。人去楼空,所以"相望冷"。"箔",帘子。人行雨中,细雨飘落在手中的灯前,好像珠帘。这两句具体写白门寥落生活。"相望冷"、"独自归",即所谓"多违"。

〔4〕"春晼晚",春天日晚时。这句说走上远路的人在这种时刻也会和自己同样生悲。屈复《玉谿生诗意》"春"作"时",不知何据。

〔5〕"依稀",模糊,仿佛。"梦依稀",所思的人已在远路,现在惟有在梦中相会。"残宵"承"飘灯","梦"承"怅卧"。"独归"时已到深夜,寻梦的时间只剩"残宵";不过这种残宵短梦已经是难得的安慰了。"犹得"表示出幸而有此的意思。

〔6〕"玉珰缄札",用玉珰作为寄书的信物。"云罗",阴云广布,如张网罗。"雁",喻寄书人。这两句说道路遥远而且艰难,虽有信使书札未必能准时寄达。"万里云罗"只是比喻,但是这种想象和"春雨"还是紧密联系着的。

南　朝[1]

玄武湖中玉漏催,鸡鸣埭口绣襦回[2]。谁言琼树朝朝见,不及金莲步步来[3]?敌国军营漂木柹[4],前朝神庙锁烟煤[5]。满宫学士皆颜色,江令当年只费才[6]。

〔1〕南北朝时代据守南方的宋、齐、梁、陈几代(420—588)就是本篇所咏的南朝。诗中着重写陈代的荒淫危殆。

〔2〕"玄武湖",在今南京市玄武门外,旧时面积很大,宋元嘉中开始在这里训练水师。"玉漏催",说时间消逝很快。"鸡鸣埭",玄武湖北堤名,上有鸡鸣寺。"绣襦",女子衣装,这里指宫人。"回",犹言"回翔",表示宫女们常跟着皇帝到这里来。这两句总括南朝。

〔3〕"琼树朝朝见",陈后主《玉树后庭花》:"璧月夜夜满,琼树朝朝新。"

赞美宠妃张丽华等的容貌。"金莲步步",齐废帝萧宝卷曾用黄金制莲花贴地,让他所宠的潘妃在上面行走,说这是"步步生莲花"。参见《齐宫词》注〔3〕。这两句写陈后主好色,以齐废帝宝卷为比。

〔4〕"敌国",指隋。"木柿(音肺)",从树木上削下的碎片。《通鉴·陈纪十》载隋文帝在开皇七年"命大作战船。人请密之,隋主曰:'吾将显天诛,何密之有!'使投其柿于江"。这句说隋人公开准备伐陈。

〔5〕"前朝神庙",指陈代皇家的祖庙(这里"前朝"指陈后主的上代)。"锁烟煤",被烟尘所封。这句说陈后主荒于酒色,不祭祖庙。《通鉴·陈纪十》载章华上后主谏书:"陛下即位,于今五年,不思先帝之艰难,不知天命之可畏;溺于嬖宠,惑于酒色;祠七庙而不出,拜三妃而临轩。"

〔6〕"学士",陈后主以能文的宫人为"女学士",又使能文的朝臣江总等十馀人和女学士同参加后庭宴会,共同赋诗。当时人将这些朝臣称为"狎客"。"江令",指江总,他在陈后主朝为仆射尚书令,世称江令。"只费才",空费才。这两句说陈末君臣同昏。江总虽有文才,其作用不过做一个狎客,和那些以"颜色"事君的宫人们一样,以诗酒娱乐后主,助其荒淫罢了。

隋　宫〔1〕

紫泉宫殿锁烟霞,欲取芜城作帝家〔2〕。玉玺不缘归日角,锦帆应是到天涯〔3〕。于今腐草无萤火,终古垂杨有暮鸦〔4〕。地下若逢陈后主,岂宜重问后庭花〔5〕?

〔1〕隋炀帝(杨广)大业元年(605)开凿了大运河通济渠,从洛阳西苑可以乘船直达江都(今江苏省扬州市)。炀帝沿通济渠筑了离宫四十馀所,江都宫尤为壮丽。本篇所写"隋宫"即指江都的宫苑。炀帝从大业元年至十二年(605—616)三次游江都,每次伴随着一二十万人。他乘坐的龙舟高达四十五

尺,长二百尺,起楼四层。其馀各级大小船只数千艘,船队前后长二百馀里。夹岸骑兵护送,旌旗蔽天。沿途百姓负担沉重的供应,成为极大灾难。炀帝做了很多害民的事,巡游无度是其中的一项,游江都是这一项里突出的例子,仅仅这件事已足够造成他亡国破家的条件。诗人因为重视这一历史教训,曾再三以诗讽刺。

〔2〕"紫泉",即紫渊(避唐高祖李渊名讳,改渊作泉),水名,在长安北(见司马相如《上林赋》)。这里代指长安。"芜城",即江都。这两句说隋炀帝将长安旧宫闲置不用,而要以江都为久居之地。隋炀帝即位后就营建洛阳宫室,后来事实上将京都迁到了洛阳。到大业十二年(616),因为北方人民造反的力量强大,炀帝觉得住在洛阳很不安全,便决心再去江都。

〔3〕"玉玺",皇帝所用的印,用玉做材料。"缘",因。"日角",额骨隆起像太阳一样,称为日角。封建时代常有人利用对骨相术的迷信,吹捧帝王有天生贵相。《东观汉记》说刘秀"日角龙准",《旧唐书·唐俭传》说李渊"日角龙庭",都说是"帝王之相"。这里以"日角"指李渊。"锦帆",指杨广的游船。《开河记》说杨广南游江都时"锦帆过处香闻十里"。这两句诗说若非隋政权转移到李渊手中,杨广的游船不会到江都为止,还要游向更远的地方。事实上杨广已开了八百多里的江南河,从今江苏省镇江市通到今浙江省杭州市,准备渡浙江游会稽山,不过未及实现罢了。

〔4〕这两句说明隋宫久成废墟,繁华早已销歇。杨广好夜游,这里两句描写夜景,以"萤火"和"暮鸦"的"有""无"变化对比今昔。"无萤火",杨广在洛阳景华宫曾征求萤火数斛,夜游时放出,光照山谷。他在江都时也常常这样搞,江都有放萤院(见杜牧《扬州》),相传是炀帝放萤之处。萤虫生于腐草之间,作者想象隋宫在兵火之后,废址上虽有腐草而无萤火,这是夸张地描写那地方的荒凉,借以形象地说明隋亡。"垂杨",通济渠两岸都种柳树护堤,世称隋堤。这里的"垂杨"所指的就是"隋堤柳"。"有暮鸦",当杨广游江都的时候,二百里内水上锦帆成林,岸上千乘万骑,乐声远扬,灯火照耀。可以想象,那时附近的树上不会有乌鸦敢来栖息。但是在隋炀帝死后,这里不再那么热闹,"垂杨"之上自然会经常(终古)"有暮鸦"了。

〔5〕"陈后主",名叔宝,以荒淫亡国,死后谥号为"炀",和杨广相同。

"后庭花",《玉树后庭花》的省称,舞曲名,陈后主作新词。《隋遗记》载杨广曾在江都吴公宅鸡台于醉梦恍惚中与陈后主相遇,令陈后主的宠妃张丽华舞《玉树后庭花》。末两句是冷峻的讥讽,说杨广成了和陈叔宝一样的亡国之君,如地下重逢,该不好再问《后庭花》的事了吧?

咏　史[1]

北湖南埭水漫漫,一片降旗百尺竿[2]。三百年间同晓梦,钟山何处有龙盘[3]?

〔1〕这是金陵怀古诗,可以和《南朝》参看。《南朝》写宋至陈,重点在写末代,只揭出事实,没有评论,让读者从事实看到陈朝必亡;本篇总结建都在金陵的六个朝代,只写陈亡以后,作者自己提出论断。

〔2〕"北湖南埭",指玄武湖,玄武湖是南朝练水军的地方,也是君主常到之处。上句以湖"水漫漫"说明一切军容武备、热闹繁华的景象都不复存在。下句说陈帝向隋军投降。玄武湖在金陵城北,隋军来自北方,所以从这里写起。

〔3〕上句说建都金陵的各朝终于像一场短梦似的过去了。"三百年",是三国时孙吴一朝(222—265)加上东晋、宋、齐、梁、陈五朝(317—589)共经历年代的约数。下句用疑问语气提出问题,暗示国家的保障不是地势险要而是政治修明。相传诸葛亮曾夸说金陵"钟阜龙蟠,石头虎据,真帝王之宅"。钟阜即钟山,又名紫金山,在今南京市区东。这句不是否认金陵地势好,而是认为地势不足恃。开端写玄武湖也可能有暗示武力不足恃的意思。

听 鼓

城头叠鼓声[1]，城下暮江清。欲问渔阳掺，时无祢正平[2]。

[1]"叠鼓声"，《李卫公兵法》："鼓三百三十三槌为一通。鼓止角动，吹十二声为一叠。"

[2]汉末人祢衡字正平，是有才的狂士。曹操因为曾被他轻慢，命令他做鼓手。他表演《渔阳参挝(音抓)》，声节悲壮，听者慷慨动容(见《后汉书·祢衡传》)。"渔阳掺(音灿)"，即《渔阳参挝》，一种击鼓的调子。这两句用祢衡故事，说要学《渔阳掺》的鼓调，可惜如今没有祢正平这样的人来传授，表示自己有愤懑要借鼓来发泄。

刘驾

刘驾,字司南,江东人。唐宣宗大中六年(852)进士。他与曹邺为诗友,时称"曹刘"。刘驾做过国子博士,那时国家新收复河、湟失地,略见安定景象,驾作《唐乐府十首》,序中有"愿与耕稼陶渔者歌田野江湖间,亦足自快"等语。他的诗多用比兴手法,写得含蓄,体无定规,意尽即止,不尚词藻,是晚唐现实主义诗人之一。《全唐诗》编其诗为一卷。

反贾客乐[1]

无言贾客乐[2],贾客多无墓。行舟触风浪,尽入鱼腹去。农夫更苦辛,所以羡尔身。

[1] 作者原注:"乐府有《贾客乐》,今反之。""贾(音估)客",这里指出外经商的旅客。《乐府诗集》卷四十八引《古今乐录》:"《估客乐》者,齐武帝之所制也。……《唐书·乐志》:梁改其名为《商旅行》。"元稹、张籍、刘禹锡等都写了《贾客乐》(亦作《贾客词》),刘驾又反其意写了这首《反贾客乐》。这诗说商人生活本不足羡,常有死的危险,而农夫却羡慕他们,原因是农夫的生活比贾客更辛苦。

[2] "无言",不要说。

赵嘏

赵嘏,字承祐,山阳(今江苏省淮安县)人。会昌二年(842)进士。官渭南(今陕西省渭南县)尉,有《渭南集》。

他的七言律写得清圆熟练,时有警句。"杨柳风多潮未落,蒹葭霜冷雁初飞"[1],"吟辞宿处烟霞古,心负秋来水石闲"[2],语意幽静而远,耐人寻味。不仅仅因杜牧称之为"赵倚楼"而得名[3]。五言律写得较差,除《东归道中二首》等少数作品在写情写景上可称佳作而外,一般都不见出色。曾以薛道衡《昔昔盐》诗的每句为题,刻意揣摩,近于试帖(科举之诗);七言绝句如《十无诗》等,也开了后人熟烂的套子,都不免落于小家子气。

[1]《长安月夜与友人话故山》。
[2]《早发剡中石城寺》。
[3]《唐诗纪事》卷五十六:"杜紫微览嘏《早秋》诗云:'残星几点雁横塞,长笛一声人倚楼。'吟味不已,因目嘏为'赵倚楼'。"

长安秋望[1]

云物凄清拂曙流,汉家宫阙动高秋。残星几点雁横塞,长笛一声人倚楼[2]。紫艳半开篱菊静,红衣落尽渚莲愁[3]。鲈鱼正美不归去,空戴南冠学楚囚[4]。

〔1〕 题一作《长安晚秋》。本篇于写景中表现伤秋情绪。

〔2〕 首四句写诗人秋晓远望所见和感受。"云物凄清",灰蒙蒙的云雾带着寒意。"拂曙",拂晓。"汉家宫阙",指唐皇宫,这里不单是指建筑物,而是兼指环境。"动高秋",开始呈现出深秋景象。皇宫内外广植花木,四季变化非常明显。"动",萌动。"残星",因为是拂曙,故无繁星。"雁横塞",因为是深秋,所以长空有飞越关塞的北雁经过。"横",渡,越过。

〔3〕 这两句写近处园林的秋意和诗人自己的寂寞。"紫艳",篱菊的色泽。"红衣",红莲花瓣。

〔4〕 "鲈鱼"句写归思。西晋张翰,吴人,为齐王冏大司马东曹掾时,因秋风起,想念故乡鲈鱼的美味,便辞官回家。齐王冏失败,他没有受到株连(《晋书·张翰传》)。"南冠",见骆宾王《在狱咏蝉》注〔3〕。

寒　塘〔1〕

晓发梳临水,寒塘坐见秋〔2〕。乡心正无限,一雁度南楼〔3〕。

〔1〕 本篇一作司空曙诗。

〔2〕 这两句是倒装句法,说早上临水梳头,在塘边看到寒秋的景色。"坐",因。"寒塘"句意思是因寒塘而见秋色。

〔3〕 "雁度南楼",雁是候鸟,春天北征,秋天南飞,雁南飞使人感到深秋来临。

马戴

马戴,字虞臣,曲阳(故址在今江苏省东海县西南)人[1]。会昌四年(844)进士。在太原幕府中任掌书记,以直言得罪,贬为龙阳(今湖南省常德县)尉。得赦回京,终太学博士。诗见《全唐诗》。

马戴是贾岛、姚合的诗友,集中五律最多也较好,虽大体上和姚、贾相近,而题材和风格往往突破他们的范围,显得很流动,例如本书所选的《落日怅望》;又很激壮,例如《出塞词》、《关山曲》、《射雕骑》等。

[1]《岐阳逢曲阳故人话旧》:"乡心落海湄。"《赠祠部令狐郎中》:"小儒新自海边来。"《唐才子传》说马戴是华州人,不知何据。

落日怅望

孤云与归鸟,千里片时间[1]。念我一何滞,辞家久未还。微阳下乔木,远色隐秋山[2]。临水不敢照,恐惊平昔颜[3]。

[1] 开端两句说云、鸟飞驰迅速。和下联写自己留滞外乡,长久未归作对照。

[2] 这两句说夕阳西下时,看到远处的暮色也渐渐将秋日的山容隐

没了。

〔3〕 这两句说自知容颜憔悴,大非昔比,故而不敢在水边照影,以免吃惊。

李群玉

李群玉,字文山,澧州(今湖南省澧县)人。曾官弘文馆校书郎。诗见《全唐诗》。

李群玉的诗内容不丰富,不脱山人、门客的题材,既歌咏闲适又干求权贵。但是他那些羁旅游览之作,颇能用具体的事物或形象的语言表达出深挚的感情。他和方干是诗友,而诗风不同,比方干宛转多姿,词采较富,不是清淡疏落的一派。

九子坂闻鹧鸪[1]

落照苍茫秋草明,鹧鸪啼处远人行。正穿诘曲崎岖路,更听钩辀格磔声[2]。曾泊桂江深岸雨,亦于梅岭阻归程[3]。此时为尔肠千断,乞放今宵白发生[4]。

〔1〕"九子坂",一作"九子坡",在今安徽省太平县九华山。"鹧鸪",见殷尧藩《旅行》诗注〔3〕。

〔2〕"诘曲崎岖",指九子坂的道路曲折难行。"钩辀格磔",鹧鸪叫的声音,一作"懊恼泽家"。此联形容词用双声叠韵:诘曲、崎岖是双声;钩辀、格磔是叠韵。

〔3〕"桂江",广西壮族自治区梧州市西,源出桂林市海阳山。"梅岭",即庾岭,在今江西省大馀县南,广东省南雄县北。桂江、梅岭都是鹧鸪多的地方。第五句写"雨"是因为鹧鸪常在雨中叫。第六句写到"阻归程",和很像"行不得也哥哥"的鹧鸪叫声相关联。

〔4〕"此时"句说现在又在九子坂听到鹧鸪的叫声,禁不住为之柔肠寸断。"尔",指鹧鸪。"放"是"放过"、"饶过"的意思,"乞放"句意谓求鹧鸪饶了我,不要再叫,免得我动愁思而生白发。

黄 陵 庙[1]

小姑洲北浦云边,二女啼妆自俨然[2]。野庙向江春寂寂,古碑无字草芊芊[3]。风回日暮吹芳芷,月落山深哭杜鹃[4]。犹似含颦望巡狩,九疑如黛隔湘川[5]。

〔1〕"黄陵庙",在今湖南省湘阴县北洞庭湖畔。古代当地人曾在这里为舜的妃子(传说中的女神娥皇、女英)修建祠庙。关于二妃故事,参看李白《远别离》注〔2〕、〔3〕。这首诗是作者后期的作品。《唐才子传》、《唐诗纪事》说李群玉在离开宏文馆校书郎的职务回故乡去时,途经黄陵庙,题了这首诗。二年之后,诗人就在洪井去世了。诗中的感伤情绪,可能反映了作者在不幸遭遇中的心境。后来方干《经群玉故居》所说:"讦直上书难遇主,衔冤下世未成翁。"便透露了这方面的消息。

〔2〕"小姑洲",一作"小袁洲"。"浦",水边。"啼妆",指塑像的神态。相传舜死于湖南,娥皇、女英追踪到湘水边,举身赴水而死。湘妃竹上的斑点就是她们的泪痕。"俨然",活像,如生。这两句说小姑洲北云水相映的地方就是黄陵庙,庙中女神的塑像栩栩如生,仿佛还在那里为舜的南巡不归而悲啼呢。

〔3〕"草芊芊(音千)",草很茂盛。

〔4〕"芷",白芷,香草。《离骚》以它作美好的象征。"杜鹃",详李商隐《锦瑟》注〔4〕。杜甫《杜鹃行》:"君不见蜀天子,化作杜鹃似老乌。"又说:"四月五月偏号呼,其声哀痛口流血。"以上四句具体写黄陵庙周围环境凄清寂寞。

〔5〕"含颦",愁眉不展。"巡狩",皇帝出外巡行。《史记·五帝本纪》舜

"南巡狩,崩于苍梧之野,葬于江南九疑"。"九疑",九疑山,亦名苍梧山,在湖南省兰山县西南。《水经注》说它有九个山峰,形状相似,"游者疑焉,故曰九疑山"。"黛",青黑色的颜料,古代女子用它来画眉。在洞庭湖畔是望不见九疑山的。但诗人在黄陵庙前远眺时,古代神话传说让他想象出远隔潇湘江水,九疑山突然像紧锁的眉头那样。

引水行[1]

一条寒玉走秋泉,引出深萝洞口烟[2]。十里暗流声不断,行人头上过潺湲[3]。

〔1〕 我国古代山区和缺水地区的劳动人民,为了解决饮水和小面积的灌溉用水,有时就地取材用竹筒、木槽、石槽等来引导高处或远处的泉水、涧水。杜甫在四川时的《引水》诗说:"白帝城西万竹蟠,接筒引水喉不干。"李群玉这首诗生动而形象地描写一千多年前的引水工程,反映了我国人民的勤劳和智慧。

〔2〕 "寒玉",古代诗人用它来比喻月亮、翠竹、清泉等光洁而使人感觉清冷的东西。这里指竹筒。这两句说泉水从幽岩深洞中被碧玉似的竹筒引出来,洞口弥漫着像烟一样的水雾。

〔3〕 "暗流",水在引竹筒里流动,只能听得见它的声音。"潺湲(音蝉元)",水声。这两句是说引水筒很长,有时渡槽凌空而起,水声潺湲,水从过往行人头上的高处流过去。

曹邺

曹邺,字业之,桂林(在今广西壮族自治区)人。大中四年(850)进士,曾官祠部郎中,洋州(今陕西省洋县)刺史。诗见《全唐诗》。曹邺存诗不多,但内容丰富,能反映当时社会的阶级矛盾,例如"杀尽田野人,将军犹爱武"(《战城南》),讽刺不义的战争;"麦根半成土,农夫泣相对"(《贺雪寄本府尚书》),写农民被压迫被剥削;"州民言刺史,蠹物甚于蝗"(《奉命齐州推事毕寄本府尚书》),讽刺和诅咒作恶的官吏。他的笔法简净质朴,还采用民间口语,往往接近谣谚,和同时一般作者的风格不大相同。

官 仓 鼠 [1]

官仓老鼠大如斗,见人开仓亦不走。健儿无粮百姓饥,谁遣朝朝入君口[2]!

〔1〕此诗以老鼠比喻官吏,和小传中提到的"州民言刺史,蠹物甚于蝗",有同样的讽刺意义。

〔2〕"健儿",指保卫国土的士兵。"君",指官仓鼠。

李频

李频,字德新,睦州寿昌(今浙江省建德县)人。少时和方干为友,以诗著称。他不远千里,走访当时名诗人姚合。姚合对他的诗极为称赏,并把女儿嫁给他。唐宣宗大中八年(854)中进士,调校书郎,为南陵主簿,迁武功令。到官后,抑制地方豪强,并敢于打击恶势力。有一神策军(宦官统率的军队)吏名叫尚君庆的,干了许多欺压人民的事,李频将他逮捕入狱,使得豪猾大惊。又努力修筑农田水利,开沟渠,灌溉田亩,得到人民群众的拥护。后为建州(今福建省建瓯县)刺史,卒于官。诗集本名《建州刺史集》,又称《梨岳集》。集中五律较多,和许浑、刘驾、许棠、薛能、喻坦之等均有酬唱。他的诗风,间有似刘长卿处。和钱起、顾况并称为"一时巨擘"。有的诗近似姚合,不免在雕刻上用工夫,他自己在《长安书情投知己》诗中说:"精华搜未竭,骚雅琢须全。"是自述创作的体会。

湖口送友人[1]

中流欲暮见湘烟,岸苇无穷接楚田[2]。去雁远冲云梦雪,离人独上洞庭船[3]。风波尽日依山转,星汉通宵向水连[4]。零落梅花过残腊,故园归去又新年[5]。

〔1〕"湖",指洞庭湖。诗题《全唐诗》作《湘口送友人》,《唐诗别裁集》作《湘中送友人》,均与作者于湘江入洞庭湖的渡口送友人的描写不切。今据《才调集》和《唐诗纪事》改正。

〔2〕首二句写送别地点和环境。"岸苇",一作"苇岸"。

〔3〕"云梦",见孟浩然《望洞庭湖赠张丞相》诗注〔3〕。上句说明别时在冬季,下句说明行人乘船去洞庭湖。

〔4〕"转",指友人所乘之船,终日在风浪中行转。下句写船中所见的夜景。"星汉",银河。

〔5〕"零落"句一作"回首羡君偏有我"。末两句言友人归去,当及新年,有自伤未归之感。

张孜

张孜,京兆(今陕西省西安市)人,生当懿宗、僖宗时。耽酒如狂,与诗人李山甫友善。《全唐诗》只存其《雪诗》一首。

雪 诗[1]

长安大雪天,鸟雀难相觅[2]。其中豪贵家,捣椒泥四壁[3]。到处爇红炉[4],周回下罗幕。暖手调金丝[5],蘸甲斟琼液[6]。醉唱玉尘飞[7],困融香汗滴[8]。岂知饥寒人,手脚生皱劈[9]。

〔1〕本篇描写"豪贵家"在雪天游乐,"饥寒人"受冻受苦,把两种不同的生活做了强烈的对比。与本书所选孟郊《寒地百姓吟》等题意相似。

〔2〕这两句写长安大雪飞扬,茫茫一片,连鸟雀都迷失方向,难于互相寻觅。

〔3〕"泥",涂抹。古代富贵之家以椒末和泥涂壁,取其温暖芳香。

〔4〕"爇(音若)",烧。

〔5〕"金丝",指筝弦。"金",形容弦的贵重。梁元帝《和弹筝人二首》之二"琼柱动金丝"可证。

〔6〕"蘸(音占)甲",古人饮宴,酒杯满斟,举杯时指甲能沾到酒。因喻满斟为"蘸甲"。

〔7〕"玉尘",指雪。何逊《和司马博士咏雪》:"若逐微风起,谁言非

玉尘。"

〔8〕"困融",慵倦、懒散。

〔9〕"皴(音村)劈",皮肤冻裂。

司马札

司马札[1],大中时人。他在诗歌中自述"十年身未闲,心在人间名"(《山中晚兴寄裴侍御》),"功名不我与,孤剑何所用。行役难自休,家山忆秋洞"(《道中早发》),"劳役今若兹,羞吟招隐句"(《自渭南晚次华州》),可见他奔波一生,追求功名,没有达到目的。他的诗对农民疾苦有所反映。《全唐诗》录其诗一卷。

〔1〕 高棅《唐诗品汇》作"司马礼",误。

锄 草 怨[1]

种田望雨多,雨多长蓬蒿。亦念官赋急,宁知荷锄劳[2]。
亭午霁日明,邻翁醉陶陶[3]。乡吏不到门,禾黍苗自高。
独有辛苦者,屡为州县徭。罢锄田又废,恋乡不忍逃[4]。
出门吏相促,邻家满仓谷。邻翁不可告,尽日向田哭[5]。

〔1〕 本篇通过写一个贫苦农民因服徭役,使田地荒芜而又不愿离开家园的矛盾心理和怨愤不平,反映了唐代封建统治阶级繁重的徭役剥削给农民带来的苦难。

〔2〕 "亦",但。"宁",岂。这两句说,岂不知锄草辛苦,可是想到官赋的急迫,只好去锄草。

〔3〕 "亭午",正午。"陶陶",高兴的样子。这两句说农民在烈日下劳

动,邻家的地主却在家醉酒自乐。

〔4〕 这四句写繁重的徭役主要落在贫苦农民的头上。据《新唐书·杨炎传》称,安史乱后,徭役繁多,"百姓竭膏血,鬻亲爱,旬输月送,无有休息。吏因其苛,蚕食于人。富人多丁者,以宦、学、释、老得免,贫人无所入则丁存。……是以天下残瘁,荡为浮人,乡居地著者百不四五"。

〔5〕 这四句写农民和地主对立的阶级不可能有共同的语言。这位农民有苦无处诉,只好独自向田痛哭。

于濆

于濆,字子漪,唐懿宗咸通二年(861)进士,做过泗州判官。他是晚唐的一位现实主义诗人,曾写过不少短小精悍、刚健朴质的作品,自称之为"逸诗",全都是古体。他的诗保留下来并不多,《全唐诗》存一卷。贺裳在《载酒园诗话》中说,晚唐诗人中,他最喜爱于濆和曹邺的诗。曹邺的诗受到竟陵派诗人锺惺和谭元春的赞美,于濆的诗却一篇不收,是不对的。贺裳并列举了于濆的《拟古意》、《长城曲》、《古宴曲》等诗为例,说这些诗"真当备矇瞍(瞎子,这里指乐工)之诵"。像于濆这样的诗人,在当时既不为人所重视,在后世也几乎湮没无闻,这是很可惜的。

里中女

吾闻池中鱼,不识海水深;吾闻桑下女,不识华堂阴[1]。贫窗苦机杼,富家鸣杵砧[2]。天与双明眸,只教识蒿簪[3]。徒惜越娃貌,亦蕴韩娥音[4]。珠玉不到眼,遂无奢侈心[5]。岂知赵飞燕,满髻钗黄金[6]。

〔1〕 这四句用"池鱼"和"海水"来兴起贫苦的采桑女不理解富贵人家的生活。

〔2〕 "鸣杵砧",指捣衣而言。"杵砧",捣衣的用具。这两句说织布的妇

女把从机杼上辛勤得来的成品送到富贵人家去制衣裳,自己却无法享受。

〔3〕 这两句说贫女的眼睛长得也很美,但因她们贫苦,平生只见过用野蒿制的簪子,其他精致的束发用具并未曾看到。"教(音交)",让许之意。

〔4〕 这两句说可惜里中女空有越女那样的美貌和韩娥那样的歌喉。"越娃",指西施。"韩娥",古代传说中的善歌者。《列子·汤问》:"昔韩娥东之齐,匮粮,过雍门,鬻歌假食,既去而馀音绕梁欐,三日不绝。""惜",怜爱。"蕴",含有。

〔5〕 这两句说她们从来未见过珠玉的装饰品,也就没有奢侈的欲望。

〔6〕 "赵飞燕",汉成帝的皇后。这里泛指后妃。末两句说里中女不知道后妃发髻上插满了黄金制成的装饰品。"钗",用作动词。

山　村　叟

古凿岩居人,一廛称有产〔1〕。虽沾巾覆形,不及贵门犬〔2〕。驱牛耕白石,课女经黄茧〔3〕。岁暮霜霰浓,画楼人饱暖〔4〕。

〔1〕 "古",指村叟穴居有类于上古之人。"凿",开凿。"凿岩",有洞穴的山岩。"廛(者蝉)",古代一户人家所住的屋子,这里指一个窑洞。这两句说山村老人穷到全部家当就是一个窑洞。

〔2〕 "沾",即现代语沾边之沾。"巾覆形",说形体有物覆盖,不裸露。这两句意谓虽然有巾遮羞略似人的样子,实际上还不如贵家的犬。

〔3〕 "白石",山上有石块的地。"黄茧",野蚕所吐的丝。"课",督促。"经",绩(同缉,析丝麻而续之为缕)纵丝。凡纵丝都做"经"。下句说督促女儿绩丝。

〔4〕 "霜霰",即霜雪。"霰",雪珠。"画楼",富贵人家。末两句说虽然

天很寒冷,但富贵人家既饱且暖,不怕霜雪的威胁。

戍卒伤春[1]

连年戍边塞,过却芳菲节[2]。东风气力尽,不减阴山雪[3]。萧条柳一株,南枝叶微发。为带故乡情,依依藉攀折[4]。晚风吹碛沙,夜泪啼乡月。凌烟阁上人,未必皆忠烈[5]。

〔1〕本篇大意说:春到塞外,阴山积雪依旧,萧索的孤柳只有南枝微绿。边防士兵对此触动乡思,并想到军士们年复一年在征戍中受尽辛苦,大将却因此得到功名。所以怀疑那些受朝廷封奖,视为"忠烈"的功臣未必都能名副其实。

〔2〕"芳菲节",花草芬芳的美好时节。"菲","芳"的同义词。

〔3〕这两句说东风无力不能吹化阴山的厚雪。"减",消减。

〔4〕"依依",形容情,非形容状态。柳从内地移植,人从内地征调,彼此都有"故乡情"。人折柳以寄情,柳亦依依有情,给人攀折。"藉",借与之意。

〔5〕"凌烟阁",唐太宗所建,阁上图画功臣肖像。此处"凌烟阁上人"借以比喻那些所谓立过边功的"功臣",他们号称"忠烈",未必真是忠烈。

古宴曲

雉扇合蓬莱[1],朝车回紫陌[2]。重门集嘶马,言宴金张宅〔3〕。燕娥奉卮酒,低鬟若无力〔4〕。十户手胼胝,凤凰钗一只〔5〕。高楼齐下视,日照罗绮色。笑指负薪人,不信生中国〔6〕。

〔1〕"雉扇",用较长而美观的野鸡毛制成的宫扇。由宫女或宦官举着,分立在皇帝左右。杜甫《秋兴》"云移雉尾开宫扇",就是指的此种景象。"合",掩映。"蓬莱",唐宫殿名。高宗时有蓬莱宫。

〔2〕"朝车",上朝时所乘的车。"紫陌",指京城的道路。

〔3〕"重门",一道又一道的门,指贵族权豪的住宅。"言",语助词。"金张",汉朝著名的官僚世族的姓氏,代表者如金日䃅(音密笛)、张安世。后世常借以指贵族豪门。这两句说来客之多,车驾之盛。

〔4〕"燕娥",燕地美女。下句说低头走进时的娇羞态度。

〔5〕"手胼胝",因过久的劳累使得手上长了厚茧。这两句说十户人家劳动出来的价值只抵得一只小小的凤凰钗。

〔6〕末两句说住在高楼上只知享乐的剥削者,他们从高楼下望,竟不相信自己的国家里还有这样背着柴草的穷苦人民。

田 翁 叹〔1〕

手植千树桑,文杏作中梁〔2〕。频年徭役重,尽属富家郎〔3〕。富家田业广,用此买金章〔4〕。昨日门前过,轩车满垂杨〔5〕。归来说向家,儿孙竟咨嗟。不见千树桑,一浦芙蓉花〔6〕。

〔1〕一本"叹"下有"桑"字。这首诗说田翁亲手栽的千株桑树和杏树,

被官僚地主占有之后,文杏做了房屋的中梁,桑林变成了荷花池。反映了田翁愤恨不平的思想情况,同时指责官僚地主破坏生产以供个人享乐的罪恶。

〔2〕"文杏",据《西京杂记》卷一记载:上林苑内有文杏。笺曰:"材有文采。"(又见《艺文类聚》卷八十七)树大得可作中梁,说明种植者经过长期的辛苦经营。

〔3〕这两句说田翁累年为繁重差役所苦,不得不把自己种的桑树卖给有钱的人家。

〔4〕"金章",官吏执掌的金印。这两句说富人拿田翁手植的桑树变卖出来的金钱去买官做。

〔5〕"轩车",大官僚乘的车子。古制,大夫乘轩车。这句说富贵人家门前的垂杨下停满了达官贵人的车辆。

〔6〕末两句说卖给富贵人家的千株养蚕桑树不见了,他们开池种莲,供自己观赏。这是田翁一家的感慨,也是作者的感慨。

李昌符

李昌符，字岩梦，唐懿宗咸通四年（863）进士。与张乔、许棠等同称"十哲"。历官尚书郎、膳部员外郎，卒于唐僖宗光启三年（887）。《北梦琐言》记他因为久不登第，乃作婢仆诗五十首。为了要出奇制胜，极力描写婢仆生活之艰苦，写别人不曾写过的题材，让别人注意他。一般士大夫都不屑于为受压迫者说话，他却形之吟咏，这是较为难得的。可惜这五十首不曾完全留传下来，不能让人窥其全貌。郑谷寄给他的诗，有"夜夜冥搜苦，那能鬓不衰"（《寄膳部李郎中昌符》），可见他是耽于推敲而不知疲倦的。《全唐诗》存其诗三十四首，其中以反映现实、尤其是写边塞生活的为多，读来常给人以一种如亲临其境的感觉。

边行书事[1]

朔野烟尘起，天军又举戈。阴风向晚急，杀气入秋多[2]。树尽禽栖草，冰坚路在河。汾阳无继者，羌虏肯先和[3]？

〔1〕 题一作《书边事》，又作《塞上行》。

〔2〕 "天军"，封建时代夸称皇帝的军队叫"天军"。"杀气入秋多"，古人以秋为肃杀之季，入秋愈深，杀气便愈多。这四句《唐诗纪事》作"漭沧芦关北，孤城帐幕多。客军甘入阵，老将望回戈"。

〔3〕"汾阳",指郭子仪。郭子仪被封为汾阳王,曾单骑入回纥(鹘)营,与回纥酋长言和,联合击败吐蕃。这两句诗慨叹没有像郭子仪那样的将领,西羌人哪肯先来讲和呢?

皮日休

皮日休,字袭美,一字逸少,外号有闲气布衣、醉吟先生、鹿门子等。湖北襄阳人。出身于贫苦家庭。唐懿宗咸通八年(867)进士。曾官著作郎、太常博士、毗陵副使。在《皮子文薮·鹿门隐书六十篇》中,针对晚唐现实有不少愤激沉痛发人深省的话,如说:"古之杀人也,怒;今之杀人也,笑。""古之置吏也,将以逐盗;今之置吏也,将以为盗。""古之官人也,以天下为己累,故己忧之;今之官人也,以己为天下累,故人忧之。"讽刺当时的封建统治者非常辛辣。他后来参加黄巢的农民起义军,为翰林学士。皮日休究竟怎么死的?说法不一。宋人尹洙《河南集·大理寺丞皮子良墓志铭》、陆游《渭南集·老学庵笔记》,据皮光业碑说皮日休又在五代吴越国钱镠下面做过官,未必可靠。至于有人造谣说黄巢杀皮日休,不过是地主阶级诬蔑农民起义军"残暴"的惯技罢了。皮日休自编《皮子文薮》十卷。《松陵集》是他和朋友陆龟蒙的唱和集。文学史上皮、陆并称,实际上就作品的思想内容说,他们两人虽都有忧时愤世之作,但皮胜于陆。皮日休的《正乐府十篇》等诗,反映现实,讽刺统治阶级上层非常有力,与中唐新乐府运动的影响有关系。他在序中说:"故尝有可悲可惧者,时宣于咏歌。"他论诗推重李白和白居易,说"负逸气者,必有真放,以李翰林为真放焉;为名臣者,必有真才,以白太傅为真才焉"(《七爱诗并序》)。不过,他和陆龟蒙同时又受了当时形式主义诗风的不良影响,有所谓"吴体"及回文等文字游戏之作,就没有什么价值了。

橡媪叹[1]

秋深橡子熟,散落榛芜冈[2]。伛偻黄发媪,拾之践晨霜[3]。移时始盈掬[4],尽日方满筐。几曝复几蒸,用作三冬粮[5]。山前有熟稻,紫穗袭人香。细获又精舂,粒粒如玉珰[6]。持之纳于官,私室无仓箱[7]。如何一石馀,只作五斗量[8]!狡吏不畏刑,贪官不避赃。典时作私债[9],农毕归官仓。自冬及于春,橡实诳饥肠。吾闻田成子,诈仁犹自王[10]。吁嗟逢橡媪,不觉泪沾裳。

〔1〕 这是《正乐府十篇》中的第二首。这首诗写一个老农妇因辛勤生产的粮米被官府剥削光了,只好拾橡子充饥的故事,表现了作者对农妇的同情。

〔2〕 "橡子",栎树果实,果仁有苦味,旧社会农村常用以充饥,但易中毒。"榛芜冈",灌木野草丛生的山冈。

〔3〕 "伛偻(音雨吕)",弯腰驼背。"黄发",老年人的头发。"媪(音袄)",年老妇女。"践",踩。

〔4〕 "盈掬",满一捧。

〔5〕 "曝(音仆)",晒。"三冬",冬季三个月。

〔6〕 "珰",玉耳坠。这里形容米粒的饱满有光泽。

〔7〕 "无仓箱",等于说粮食没有剩馀。

〔8〕 这两句说官府收租赋时,贪官狡吏以大斗量入,剥削残酷。

〔9〕这句说农民的庄稼还在田里,就已经成了债主的抵押品。

〔10〕"田成子",名陈恒,又名田常,春秋时齐国的宰相。他曾以大斗出贷,以小斗收入,受到齐人的歌颂(见《史记·田敬仲完世家》)。后来田成子杀掉齐简公,孔丘非常仇恨他。《论语·宪问》:"孔子沐浴而朝,告于哀公曰:'陈恒杀其君,请讨之。'"田成子被说成是最坏的人。这里说"诈仁犹自王",就是受了传统说法的影响。狡吏贪官恣意剥夺,连"诈仁"都做不到,所以皮日休拿他们做对比。

哀陇民[1]

陇山千万仞,鹦鹉巢其巅。穷危又极崄,其山犹不全[2]。蚩蚩陇之民,悬度如登天[3]。空中觇其巢[4],堕者争纷然。百禽不得一,十人九死焉。陇川有戍卒[5],戍卒亦不闲。将命提雕笼,直到金堂前[6]。彼毛不自珍,彼舌不自言。胡为轻人命,奉此玩好端[7]。吾闻古圣王,珍禽皆舍旃[8]。今此陇民属,每岁啼涟涟。

〔1〕这是《正乐府十篇》的第十首。"陇山",也叫陇坂、陇坻、陇首,绵亘于今陕西省陇县、宝鸡及甘肃省镇原、清水、秦安、静宁等县,随地异名,是关中西面的险要山区。陇山产鹦鹉,作者见当时统治阶级逼迫人民捕捉鹦鹉进贡以至死人甚多,表示愤恨和反对,所以写了这首诗。韦庄《汧阳县阁》诗:"地贫惟卖陇山鹦。"可为皮日休此诗作注。

〔2〕这两句意思是说陇山范围很大,虽探索了最高最危险的地方尚未遍及全山。

〔3〕"蚩蚩",敦厚貌。"悬度如登天",是说上山时身系绳索悬空而过,

有如登天之难。

〔４〕"觇(音搀)",偷偷地察看。

〔５〕"戍卒",守边境的士兵。

〔６〕"将命",受上级的命令。"金堂",指官府的厅堂。

〔７〕"奉",供奉或奉承。"玩好端",玩赏这方面的事,意即拿玩赏小事奉承皇帝。这是从地方官一方面说的。这四句连起来是说鹦鹉不会珍重自己的羽毛,舌头不经人教也不会说话的。为什么在上位的人要爱玩鹦鹉,而不惜牺牲人的性命呢?

〔８〕"旃(音沾)",虚词。"舍旃",舍弃不要。

钓　侣[1]

严陵滩势似云崩[2],钓具归来放石层。烟浪溅篷寒不睡,更将枯蚌点渔灯[3]。

〔１〕这是《钓侣二章》的第二章。

〔２〕"严陵滩",浙江省富春江畔有以东汉严光(子陵)为名的河滩,上有钓鱼台。"云崩",险滩湍急,激浪似白云崩散。

〔３〕末两句说浪打在船上,激成烟雾似的细水珠,溅落在船篷上。钓鱼人宿在船里因寒冷而不睡,添油到蚌壳里点起灯来。极写景象之凄清。

汴河怀古[1]

尽道隋亡为此河,至今千里赖通波。若无水殿龙舟事,共禹论功不较多[2]。

〔1〕 这是《汴河怀古二首》的第二首。隋炀帝大业元年(605)发河南、淮北百馀万人民开通济渠,自西苑引谷、洛水达于河;复自板渚引河历荥泽入汴,又自大梁之东引汴水入淮,又发淮南民十馀万开邗(音韩)沟通长江。这首诗评论炀帝开运河的功罪问题。

〔2〕 "水殿龙舟",炀帝派黄门侍郎王弘等到江南造龙舟及杂船数百艘。"龙舟四重,高四十五尺,长二百丈,上重有正殿、内殿、东西朝堂,中二重有百二十房,皆饰以金玉,……别有浮景九艘,三重,皆水殿也。"(见《通鉴·隋纪四》)"较",唐人语为"减"之意。"不较多",即差不多。二句说,假如炀帝不造水殿龙舟供自己享乐,单就开河一事来和夏禹疏河旧事相比,他的功业也是不差多少的。

陆龟蒙

陆龟蒙,字鲁望,自号天随子、江湖散人、甫里先生,吴郡(今江苏省苏州市)人。他是败落的世家子弟[1],举进士不第。一度做过湖州、苏州刺史的幕僚,以后就在松江的甫里隐居。有《甫里先生集》。

陆龟蒙和皮日休是好朋友。陆龟蒙写过一些内容健康的诗,但由于他没有皮日休那样的生活经历和思想基础,所以缺少像《哀陇民》、《橡媪叹》那样的优秀之作。他们两人唱和的诗篇在集里占很大的篇幅。唐末诗人一般都趋向于浅显轻快的风格,皮、陆却有心立异,力求博奥,在诗里填嵌了不少僻典和怪字,五言古体更摹效韩愈那种险涩的句法[2]。他们俩还花了许多心思,写什么回文诗、双声诗、人名诗等等,以文字游戏的本领自负[3]。

陆龟蒙说自己的诗"穿穴险固,囚锁怪异"而"卒造平淡"[4],但是他的诗歌实践里主要地表现了他的追求险怪的努力。他也有愤慨世事、忧念民生的诗,例如《杂讽九首》、《村夜二篇》等,但是比例很少,也远比不上他散文里这类作品的深刻和犀利[5]。诗的内容绝大部分是平常而且家常的水乡隐居生活,而诗的语言每每纤巧冷僻。因此有人批评他的诗"黯钝",由于"多学为累,苦欲以赋料入诗"[6]。他最推重扬雄,诗里也常承袭扬雄的词句[7],想来是两人在"以艰深文浅陋"这一点上彼此倾向相同。七言绝句是陆龟蒙最爽利的诗篇。

〔1〕参看《奉酬袭美先辈吴中苦雨一百韵》。

〔2〕陆龟蒙的诗里像《读〈襄阳耆旧传〉因作诗五百言寄皮袭美》、《读〈阴符经〉寄麻门子》、《奉和袭美初夏游楞伽精舍次韵》等。

〔3〕见皮日休《杂体诗并序》。序中提到刘禹锡也有"回文、离合、双声、叠韵"这类文字游戏,但刘禹锡的这一类诗并没有保存流传。

〔4〕《甫里先生文集》卷十六《甫里先生传》。

〔5〕陆龟蒙的文像《田舍赋》、《后虱赋》、《野庙碑》、《登高文》都是忧时愤世之作,而且常有很辛辣的讽刺。只要把《送小鸡山樵人序》和《小鸡山樵人歌》对比,就可见在这一点上,陆龟蒙的文胜于他的诗。

〔6〕胡震亨《唐音癸签》卷八。"赋料"大约是根据杨亿《谈苑》里关于陆龟蒙遗稿的记述:"人有收得赋材,皆缀缉属对,差次比拟。"(见南宋江湖派诗人叶茵辑《甫里先生文集》卷二十"附录")

〔7〕《甫里先生文集》卷十八《复友生论文书》。除掉陆龟蒙自己注明的以外,王应麟《困学纪闻》卷十八又指出了他诗里用扬雄《太玄经》字句的几个例。

和袭美钓侣[1]

雨后沙虚古岸崩,鱼梁移入乱云层[2]。归时月堕汀洲暗,认得妻儿结网灯[3]。

〔1〕原有二首,这是第二首。"袭美",皮日休的表字。

〔2〕"鱼梁",陆龟蒙《渔具诗序》:"横川曰梁。"诗的第六首即咏"鱼

梁":"能编似云薄,横绝清川口。"鱼梁是渔家编竹取鱼的横籦(音段)。"移",指渔人把鱼梁移动。"云",指水浪,与皮日休《钓侣》中"滩势似云崩"应和。

〔3〕 末两句说钓者深夜归来,从妻儿的结网灯光辨认出自家屋舍所在。

和袭美春夕酒醒[1]

几年无事傍江湖[2],醉倒黄公旧酒垆[3]。觉后不知明月上,满身花影倩人扶。

〔1〕 这首诗韦縠收入《才调集》卷三,题无"和袭美"三字。
〔2〕 "傍(读去声)",靠近。"傍江湖",是说生活于江湖之上。
〔3〕 "黄公旧酒垆",原为晋竹林七贤饮酒处(见《世说新语·伤逝》),此处写作者与皮日休效竹林七贤的放达纵饮。

怀宛陵旧游[1]

陵阳佳地昔年游,谢朓青山李白楼[2]。惟有日斜溪上思,酒旗风影落春流[3]。

〔1〕 "宛陵",本汉宛陵县,至晋属宣城郡,隋改宛陵为宣城,即今安徽省宣城县。"旧游",这里指旧日游览之地。
〔2〕 "陵阳",山名,在今宣城县城北。山以旧传陵阳子明得仙处附会取名。在敬亭山之南。这里用作宛陵的代称。"谢朓",南齐诗人,为宣城太守,

曾写游敬亭山诗。"青山",指敬亭山一带。李白游宣城时,有"谁念北楼上,临风怀谢公"句(《秋登宣城谢朓北楼》)。北楼后改名谢公楼或叠嶂楼,又名谪仙楼。此处"山"和"楼",文义互见,并非分属"谢朓"与"李白"。

〔3〕 这两句说宛陵之上,卖酒家的市招,迎风飘扬,映着斜日,倒影波中,引起写诗人的遐想。"思",读去声。

新　沙[1]

渤澥声中涨小堤,官家知后海鸥知[2]。蓬莱有路教人到,亦应年年税紫芝[3]。

〔1〕 这首诗写官府对海边新淤沙地征税引起的新奇想象,讽刺当时官府的剥削无所不至。陶渊明曾幻想有一个没有赋税的世外桃源可以去逃避,作者却说官府如果能到达神仙世界,也会在那里收税,写得很深刻。

〔2〕 "渤澥(音械)",海的别支,小海。"声",指海潮声。"海鸥",栖息在大海中的鸟,照理它应当首先知道新沙的出现。

〔3〕 "蓬莱",神话中的三神山之一。古人从实践中已经知道它们是虚无缥缈的东西,所以李白说"烟涛微茫信难求"(《梦游天姥吟留别》)。"紫芝",神话中的仙草紫色灵芝。

黄巢

黄巢,曹州冤句(今山东省菏泽县西南)人。他出生于盐商家庭,从小就从事贩卖私盐的活动;读过书,会写文章,会写诗,并且很有武艺,骑马,射箭,样样都能。他到京城长安应过科举考试,没有考中,对考试制度的腐败,考场的黑暗,有深切的感受。唐僖宗乾符二年(875),黄巢领导农民响应了王仙芝领导的起义。王仙芝被杀后,黄巢继续斗争,号"冲天大将军"。

黄巢的起义队伍曾经两次出山东流动作战。第一次由山东到河南,转入安徽和湖北,由湖北回到山东;第二次又由山东到河南,转到江西经浙东到福建及广东,转广西经湖南到湖北,再由湖北东进安徽浙江等地,然后渡淮入河南,走洛阳,攻破潼关,据有长安。黄巢队伍深得农民的拥护。唐僖宗广明元年(880)十二月十三日在长安建立大齐国,称皇帝,年号"金统"。后因内部分裂(大将朱温降唐),又受沙陀族酋长李克用军队的进攻,黄巢失了长安,又入河南,由河南回到山东。中和四年(884)七月,起义军陷入唐军的包围,终于失败,黄巢自杀于莱芜东南的狼虎谷。黄巢领导的起义战争继续了十年之久,是中国历史上有名的农民战争之一。

黄巢诗存下来的很少,《全唐诗》仅存三首。

题 菊 花[1]

飒飒西风满院栽,蕊寒香冷蝶难来。他年我若为青帝,报与桃花一处开[2]。

〔1〕 黄巢这首诗咏菊喻志,表现了斗争精神和必胜信念。南宋张端义《贵耳集》卷下说《题菊花》是黄巢五岁时的作品,虽然不可信,但他根据这首诗说黄巢早就有造反的思想却是对的,只是他站在封建立场,反对这种造反罢了。

〔2〕 "青帝",司春之神。这两句意思是说,自己获得政权,就会给人民带来温暖的春天。

菊 花[1]

待到秋来九月八,我花开后百花杀[2]。冲天香阵透长安,满城尽带黄金甲[3]。

〔1〕 本篇也是以菊喻志。明代郎瑛《七修类稿》卷三十七引《清暇录》说《菊花》诗是黄巢落第后的作品。《全唐诗》题为《不第后赋菊》。今题据《清暇录》。

〔2〕 "九月八",重阳节在九月九日,古代有登高、赏菊的习俗。这里说"九月八",是为了押韵。"我花开",指菊花怒放。"百花杀",众花凋谢,喻统治者的下场。

〔3〕"透",渗透,弥漫。"黄金甲",语意双关,既形容菊花的秀色,也暗喻起义军的战服。

方干

方干,字雄飞,新定(今浙江省淳安县西南)人,是个声名颇盛而功名不就的诗人,人称"官无一寸禄,名传千万里"[1]。死后他的学生私谥他为"玄英先生"。有《玄英集》。

方干深得姚合赏识,和贾岛也有交谊[2]。姚、贾这两位酬唱频繁、气味投合的诗友,是南宋"江湖派"所推尊的"二妙"[3],产生了很大的影响。方干可以说是"二妙"的最早的追随者,而题材和风格更为单薄和单调。流连风物和发泄牢骚是他作品里的两大主题,他对幽美景物的心领神会常常和他追求名位的热衷情绪牵连在一起。他欣赏着"鹤盘远势"、"蝉曳残声",忽然懊恼说:"青云未得平行去"(《旅次洋州寓居郝氏林亭》);他在和尚寺里看日出、赏花开,忽然惋惜说:"未能割得繁华去,难向此中甘寂寥"(《再题龙泉寺上方》)。这些不失为老实话,表示他并不故作恬淡,但直率得损害了整首诗的情调和气氛的统一。

贾岛说"二句三年得,一吟双泪流"(《题诗后》),姚合说"欲识为诗苦,秋霜若在心"(《心怀霜》)。方干也学着他们,一再强调:"吟成五字句,用破一生心"(《感怀》),"才吟五字句,又白几茎髭"(《赠喻凫》)[4]。以作诗的艰苦来自负自夸,往往是小名家的习气,无意中供认了思想的拘谨和才情的寒俭。"兴酣落笔摇五岳,诗成笑傲凌沧洲"(李白《江上行》),那种心情畅快的创作和这种受罪遭灾式的创作是一个很有意义的对比。

〔1〕 孙郃《哭玄英方先生》。
〔2〕 方干有《寄普州贾司仓岛》五律。
〔3〕 南宋永嘉"四灵"里的赵师秀选姚合、贾岛诗为《二妙集》。
〔4〕 参看孙光宪《北梦琐言》(《云自在龛丛书》本)卷七载李频断句:"只将五字句,用破一生心。"李频是姚合的女婿。裴说、杜荀鹤的诗里这种话尤其多。

题报恩寺上方〔1〕

来来先上上方看,眼界无穷世界宽。岩溜喷空晴似雨,林萝碍日夏多寒〔2〕。众山迢递皆相叠,一路高低不记盘〔3〕。清峭关心惜归去〔4〕,他时梦到亦难判〔5〕。

〔1〕 "上方",似指寺中住持的居室。
〔2〕 "岩溜",指岩上的瀑布。这两句可与白居易《江楼夕望招客》"风吹古木晴天雨,月照平沙夏夜霜"参读。
〔3〕 "迢递",遥远。"叠",重叠。"不记盘",不记得有多少次的盘旋。"盘",通"蟠",回绕,屈旋。登山时常以一次回绕为一盘,如六盘山。
〔4〕 这句说这样清静峻峭的地方值得叫人留恋,只是一会儿就要回去,未免可惜。
〔5〕 "判(音潘)",割舍的意思。这句说将来梦里重到此地也将舍不得离去。

过申州作[1]

万人曾死战,几户免刀兵[2]。井邑初安堵,儿童未长成[3]。凉风吹古木,野火烧残营[4]。寥落千馀里,山空水复清[5]。

〔1〕唐宣宗大中十二年(858)前后,湖南、江西等地军乱,宣州部将康全泰亦起兵,淮南节度使崔铉奉命出兵讨伐,在申州一带常有战事。此诗是作者于乱后路经申州时作,对人民遭劫表示同情。"申州",古申国。唐武德四年复置申州,属汝南道,故址在今河南省南阳县北。本篇一作戴叔伦诗。

〔2〕这句一作"几处见休兵"。

〔3〕"井邑",古制乡田同井,共井之家,互相帮助。这里"井邑"指乡里、都邑而言。"安堵",和安居意同。这两句说刚刚安居下来,常见未长成的儿童,说明免于刀兵之户不多。

〔4〕"烧(读去声)",《广韵》注云"放火"。

〔5〕"山空",从《唐音统签》;他本"空"作"高"。

旅次洋州寓居郝氏林亭[1]

举目纵然非我有,思量似在故山时。鹤盘远势投孤屿,蝉曳残声过别枝[2]。凉月照窗攲枕倦,澄泉绕石泛觞迟[3]。青云未得平行去,梦到江南身旅羁[4]。

〔1〕"洋州",即今陕西省洋县。"郝氏",不详。洋县在汉水北岸,风景有似江南,此诗写作者触景怀念江南的故园(浙江淳安)。

〔2〕上句说鹤从高空向孤屿盘旋而下,下句说蝉鸣尚未停止,就拖着尾声飞向别的树枝。两句绘形绘声,惟妙惟肖。宋人尤袤极为称赏,说是齐梁以来所未有的佳句(见《全唐诗话》)。

〔3〕"攲(音欺)",斜倚。"泛觞",古时园林中常引水流入石砌的曲沟中,宴会时以酒杯浮在水面,漂到谁的面前停止了,就该谁饮酒,是一种游戏。"迟",形容酒杯在曲水中慢慢流动。

〔4〕末两句说宦途的不顺利,使自己虽然梦想江南,而此身却在异地做客。"青云",高位。"平行",即平步意,作顺利进行解。

钱珝

钱珝(音许),字瑞文,吴兴人。钱起的曾孙。唐僖宗广明元年(880)进士,宰相王溥荐他知制诰,进中书舍人。后王溥因事得罪,珝亦被贬为抚州司马。有《舟中录》。作品传下来的不多,《全唐诗》录存一卷[1]。

《江行无题一百首》,是钱珝集中的主要作品,如展万里长江手卷,在唐人作品中是少见的。吊兵火的馀烬,听江叟说厌兵,也不是一般写山水闲情者可比。

〔1〕 宋人鲍钦止疑钱起集中有珝诗杂入,葛立方《韵语阳秋》卷二辨明确有不少作品出于珝手,指出《同程七早入中书》、《和王员外雪晴早朝》等诗不可能是钱起写的,因钱起没有做过中书舍人。胡震亨《唐音戊签》卷八十八钱珝《江行无题一百首》诗题下注云:"旧作珝祖起诗。今考诗系迁谪涂中杂咏,起无谪宦事,而声调更复不类,珝自中书谪抚州,其《舟中集(录)》见《文苑英华》,其中有云:'秋八月,从襄阳浮江而行……'诗中岘山、沔、武昌、匡庐、鄱湖、浔阳诸地名之咏,襄阳而下之经途,皆一一吻合,而'好日当秋半'与'九日自佳节'等句,尤其是秋八月启行的佐验,其为珝诗无疑。"宋人论诗及此者,除鲍钦止、葛立方等而外,《蔡宽夫诗话》也有辨证。

未展芭蕉[1]

冷烛无烟绿蜡干,芳心犹卷怯春寒[2]。一缄书札藏何事,会被东风暗拆看[3]。

〔1〕这是咏物诗,也许另有寄托。作者用春寒时未展开的芭蕉做比喻,一面刻画其生动的形象,一面暗示"芳心"由暗藏而舒展,是顺乎自然的规律。抒写了前人诗中未曾有过的境界。

〔2〕这两句比未展芭蕉的形象为"冷烛"为"绿蜡",说芭蕉叶还卷着,似乎有些害怕寒冷似的。《红楼梦》第十八回薛宝钗引了"冷烛无烟绿蜡干"之句,说是韩翃诗(脂砚斋本作"钱翊")。这想是传抄致误。

〔3〕"一缄书札",古人书札大都作卷筒形,正和未展的芭蕉叶的样子差不多。"缄",封。下句说东风一吹,芭蕉就会展舒开来,好比本是卷藏的书札被暗暗拆开一样。

江行无题

一[1]

翳日多乔木,维舟取束薪[2]。静听江叟语,尽是厌兵人[3]。

〔1〕这是《江行无题一百首》的第十二首。
〔2〕"翳(音易)",荫蔽。"乔木",高树。"维",系住。"束薪",一捆柴。
〔3〕末两句说江边老翁无一不谈战争给予人民的痛苦,表示厌恨。那时正当杨行密、朱全忠等在长江一带进行混战之后。

二[1]

兵火有馀烬[2],贫村才数家。无人争晓渡,残月下寒沙^[3]。

〔1〕这是《江行无题一百首》的第四十三首。
〔2〕"烬",战后烧剩下来的灰烬。
〔3〕末两句写农村残破,人烟寥落,早晨没有争渡的景象,只有"残月"落向"寒沙"而已。

三[1]

咫尺愁风雨,匡庐不可登[2]。只疑云雾窟,犹有六朝僧[3]。

〔1〕这是《江行无题一百首》的第六十九首。
〔2〕"咫",八寸。"咫尺",指相距极近。"匡庐",庐山又称匡庐。传说古人匡俗在此山结庐而居,山因此被人称为庐山、匡山或匡庐。这两句说因风雨阻隔,虽距离极近的匡庐也不能去。
〔3〕"六朝僧",六朝时佛教盛行,高僧多住名山。这两句说整个的庐山都被云雾笼罩着,诗人想象在这幽寂的深山中是否还有六朝的名僧在隐居着。引起这种遐想是由于匡庐在历史上和佛教有关系。

四[1]

远岸无行树[2],经霜有半红。停舟搜好句,题叶赠江枫[3]。

〔1〕 这是《江行无题一百首》的第八十三首。

〔2〕 "无行(音航)",没有一定的行列,东一棵,西一棵,不成行。

〔3〕 "题叶","江枫"是红色,在红叶上题诗是唐代诗人常有的所谓韵事。"赠""好句"给"江枫",是把江枫拟人化了。

聂夷中

聂夷中(837—约884),字坦之,河东(今山西省永济县)人。一作河南人。咸通十二年(871)进士,曾任华阴县尉。《全唐诗》存其诗三十馀首。

聂夷中诗朴质而深刻,富于对人民的同情。像《公子行二首》,是讽刺富贵少年的诗;《公子家》:"种花满西园,花发青楼道。花下一禾生,去之为恶草。"对不知稼穑之艰难的纨绔子弟,予以深刻的讽刺。在同情农民的诗里,《咏田家》一篇传达出农民被残酷剥削后的悲痛呼声,最为人所传诵。

咏 田 家[1]

二月卖新丝,五月粜新谷[2]。医得眼前疮,剜却心头肉[3]。我愿君王心,化作光明烛。不照绮罗筵[4],只照逃亡屋[5]。

〔1〕"咏",一作"伤"。一本前面还有"父耕原上田,子劚山下荒。六月禾未秀,官家已修仓"四句。这首诗对农民被剥削被压迫表示很大的同情;但"我愿君王心"云云,还在祈求皇帝的恩赐,则表现出阶级局限性。

〔2〕"粜(音跳)",出卖粮食。这两句是说二月里还不曾养蚕就预先出卖新丝;五月里禾苗还在田里就预先出卖新谷。

〔3〕"剜肉补疮",是说不到收获季节就要把当年的收获预先卖掉。比喻

为了救急,顾不到未来的困苦。

〔4〕"绮罗筵",坐满穿华美衣服人的筵席。

〔5〕"逃亡屋",生活不下去而逃亡在外的穷人之家。

章碣

章碣,桐庐(今浙江省桐庐县)人。诗人章孝标的儿子。《全唐诗》存其诗只二十六首。其中二十三首是七律,有的语意愤激,例如"尘土十分归举子,乾坤大半属偷儿"(《癸卯岁毗陵登高会中贻同志》),是很泼辣的诗句。方干称赞他的诗说:"织锦虽云用旧机,抽梭起样更新奇。"[1]

〔1〕 方干《赠进士章碣》。

东都望幸[1]

懒修珠翠上高台,眉月连娟恨不开[2]。纵使东巡也无益,君王自领美人来[3]。

〔1〕 这首诗借写"宫怨"以讽刺唐代科举制度中的徇私舞弊。五代王定保《唐摭言》卷九"好知己恶及第"条云:"邵安石,连州人也。高湘侍郎南迁归阙,途次连江,安石以所业投献遇知,遂挈至辇下。湘主文,安石擢第,诗人章碣赋《东都望幸》诗刺之。"诗中大意说在东都(洛阳)的宫女盼望皇帝临幸,不料皇帝却带着美人来到,她们的希望落空了。这是把准备应试的士人比做望幸的宫女。

〔2〕 上句说没有情绪佩戴首饰登高望皇帝的来临。下句通过描写望幸者的面容,形容其怨恨之深。"修",饰,佩带。"连娟",美好貌。曹植《洛神赋》"修眉连娟",是说弯弯的眉毛像初月一样美好。

〔3〕"东巡",指皇帝从京都长安到东都洛阳来。这里"君王"借指主试官。"美人",指因主试者徇私被擢登第者。

曹松

曹松,字梦徵,舒州(今安徽省潜山县附近)人。早年栖居洪都西山,后往依建州刺史李频。李死后,流落江湖,生活困难。光化四年(901)七十馀岁时考取进士,对功名的热衷由此可见。曾官秘书正字。诗多旅游之作,较少接触社会题材。风格学贾岛,取境幽深,工于铸字炼句,但尚未流于怪涩。《全唐诗》录其诗二卷。

南海旅次[1]

忆归休上越王台,归思临高不易裁[2]。为客正当无雁处,故园谁道有书来[3]。城头早角吹霜尽,郭里残潮荡月回[4]。心似百花开未得,年年争发被春催[5]。

〔1〕"南海",唐郡名,辖今广东省一大部分的地方,治番禺。此诗写作者旅游广州时的归思。

〔2〕"忆归",思归。"越王台",台址位于今广州市北越秀山,汉代南越王赵佗所建。古人登高远望常常引起乡思。这里用"休上"、"不易裁"来说明思归情切,千头万绪,无从说起。

〔3〕"无雁处",古时传说雁到湖南回雁峰即不再南飞,待春北返。作者身在湖南以南的地方,因此用雁飞不到来形容其遥远。雁是传说中的信使,说雁不到就是说家书不至。

〔4〕这两句写滨海城郭早晚情景:早晨,随着城头的晓角声,霜渐消失。

傍晚,月影在残潮中荡漾,仿佛被潮水送回。

〔5〕末两句写每年怀乡的心情被春光一催更难抑制了。

崔道融

崔道融,荆州人。曾作永嘉(今属浙江省温州市)县令。后至长安,官右补阙。因战乱入闽。早年遍游今陕西、湖北、河南、江西、浙江、福建等地。著有《东浮集》九卷。诗多五、七言近体。《全唐诗》存其诗一卷。

田 上[1]

雨足高田白[2],披蓑半夜耕。人牛力俱尽,东方殊未明。

〔1〕 本篇写田上所见,反映了农民在夜中冒雨春耕的辛苦。
〔2〕 "足",充足,满。"白",指田里积满雨水,远望白茫茫一片。

西 施 滩[1]

宰嚭亡吴国,西施陷恶名[2]。浣纱春水急,似有不平声[3]!

〔1〕 "西施滩",浙江省诸暨县南有苎罗山,下临浣江,江中有浣纱石,旧日传说为西施浣纱处。"西施",春秋时越国美女,家住苎罗山,父以打柴为生。越王勾践在灭吴之前,曾派大臣范蠡去见吴王夫差,献美女西施、郑旦等。后来

有人把越国的美人计说成吴亡的主要原因。作者咏怀古迹,怀疑传统看法。罗隐《西施》诗:"家国兴亡自有时,吴人何苦怨西施。西施若解倾吴国,越国亡来又是谁?"也对"女人祸水"的传统看法提出质疑。

〔2〕"宰嚭(音匹)",人名,即伯嚭,春秋时吴国的太宰,所以又被称为太宰嚭,宰嚭。吴、越兼并战争中,先是吴王夫差战败越国,俘虏勾践及其大臣。勾践通过贿赂伯嚭等办法,获得释放。他回国后卧薪尝胆,认真准备,终于灭掉吴国。"陷",落得,指替人承担。

〔3〕末两句意思是说吴亡是政治腐败的必然结果,让西施承担罪名是冤枉的,河滩的急流声似乎在诉说着不平。

秦韬玉

秦韬玉,字仲明,京兆(今陕西省西安市)人。应进士不第,后从僖宗避乱到四川,在宦官田令孜府中当幕僚,田荐他官工部侍郎,特赐进士及第。《全唐诗》存其诗三十六首。《贫女》最有名,很可能是他在做幕僚时表现其不得意的心情的。

贫　女[1]

蓬门未识绮罗香[2],拟托良媒益自伤[3]。谁爱风流高格调,共怜时世俭梳妆[4]。敢将十指夸针巧[5],不把双眉斗画长[6]。苦恨年年压金线,为他人作嫁衣裳[7]。

〔1〕 这首诗借贫女来倾诉作者的抑郁心情,对当时社会不合理的现象表示不满。

〔2〕 "蓬门",是"蓬门中人"的省略语。"绮罗香",指富贵妇女的衣饰。

〔3〕 这句是说心想找个好媒人说亲事,可是想到世人只重富贵不重品格,因此越发增加伤感。

〔4〕 "风流",举止潇洒。"高格调",胸襟气度超群。"怜",在这里也是爱的意思。"时世",当代。上句的"谁"字贯下句。这两句说:有谁欣赏不同流俗的格调,又有谁与贫女共爱俭朴的梳妆呢。也就是说当时只有卑俗的格调和奢靡的梳妆才被人喜爱。

〔5〕 这句说自信刺绣很好。

〔6〕 这句说不愿画长眉和别人争美;或指双眉天然秀美,不须描画。

秦韬玉《贫女》

〔7〕 末两句借贫女的"恨"写出做幕僚的悲苦心情:年年写诗作文,多半是替别人做了装饰品。表现贫女的哀怨,也是很深刻的。"压金线",用金线绣花,是刺绣的一种。

唐彦谦

唐彦谦,字茂业,并州晋阳(今山西省太原市)人,曾在孟浩然隐居过的鹿门山隐居,因自号鹿门先生。咸通二年(861)进士[1],任绛州、阆州等地刺史。有《鹿门集》。

李商隐的近体诗要到北宋才立宗开派,以后风气继承不绝,下达明、清。在晚唐的诗家里,唐彦谦是较先师法李商隐的一个诗人;因此宋代模仿李商隐的"西昆体"作者很推重他,说他能"尽"李商隐"一体"[2]。但是他并未为李商隐所局限:不仅他的叙事和写景的五言古诗朴素爽朗,和李商隐异趣,就是那些受"玉谿生体"影响的作品,也比较清浅显豁。假如李贺的"埋没意绪"的手法到李商隐而更厉害[3],那么到唐彦谦则又有些挽回和纠正,"意绪"没有埋葬得那样深沉、遮藏得那样隐晦。比起《鹿门集》来,《西昆酬唱集》可以说倒退了一步。

《鹿门集》里有十多首诗也误编入元代戴表元的《剡源文集》里,为评选元诗的人制造了错觉[4],这是应当附带指出的。

〔1〕 据唐人郑贻《鹿门诗集序》,见席启寓《唐诗百名家全集》第三函第九册。

〔2〕《唐诗纪事》卷五十三"李商隐"条引杨亿语。参看叶梦得《石林诗话》卷中记杨亿、刘筠"皆好彦谦诗",黄庭坚"亦不以杨、刘为过"。

〔3〕 王定保《唐摭言》卷十说刘光远学李贺诗,"尤能埋没意绪"。

〔4〕 例如顾嗣立《元诗选》甲集。

采桑女[1]

春风吹蚕细如蚁,桑芽才努青鸦嘴[2]。侵晨探采谁家女,手挽长条泪如雨。去岁初眠当此时,今岁春寒叶放迟[3]。愁听门外催里胥,官家二月收新丝[4]。

〔1〕 这首诗揭露晚唐时统治阶级横征暴敛,对饲蚕种桑者也如对农民做同样的剥削。正当蚕小刚如蚁,桑嫩才冒芽时,里胥(里正)就催买新丝,给人民带来悲苦。

〔2〕 "努",突出,冒出。这句是说桑树才冒出乌鸦嘴似的两片嫩芽。

〔3〕 这四句写天寒,桑叶未长成,采桑女焦灼之状。"初眠",见王维《渭川田家》注〔4〕。

〔4〕 末两句说明采桑女所以流泪的原因,和前面所选聂夷中《咏田家》("二月卖新丝")可以参读。"里胥",一里之长,又称里正。见杜甫《兵车行》注〔8〕。

春 残[1]

景为春时短,愁随别夜长。暂棋宁号隐,轻醉不成乡[2]。风雨曾通夕,莓苔有众芳[3]。落花如便去[4],楼上即河梁[5]。

〔1〕这首诗写春尽时的惋惜和送别情感。

〔2〕"棋隐",《世说新语·巧艺》:"王中郎以围棋是坐隐。"上句说暂时着棋不能号称"坐隐"。"醉乡",《新唐书·王绩传》:"绩著《醉乡记》,以次刘伶《酒德颂》。"下句说轻微的醉不能说真正入醉乡。

〔3〕上句说风雨曾经彻夜不休。下句指落花散布在苔上。

〔4〕"去",是说春去。全句说假如花落而春便去了。

〔5〕"河梁",用传为苏武诗的"携手上河梁"句意,表示送别。末句说在楼上便可为春光送别,不必真个到河梁去。

杜荀鹤

杜荀鹤(846—907),字彦之,号九华山人,石埭(今安徽省石埭县)人。南宋开始传说他是杜牧的儿子[1]。他屡试不第,中进士时已四十五六岁;入梁,以赋诗颂扬梁主朱全忠得到赏识,授翰林学士。有《唐风集》。

杜荀鹤科举"成名"颇晚,而在诗坛上享名很早。当时人赞美他的"壮言大语",能使"贪夫廉,邪臣正",希望他远继陈子昂而为"中兴诗宗"[2]。他自己曾说:"宁为宇宙闲吟客,怕作乾坤窃禄人;诗旨未能忘救物,世情奈值不容真!"(《自叙》)但是他科举失意,仍然发了很多牢骚,甚至猜疑诗歌和禄位彼此矛盾[3]。他作品的主要方面就是所谓"救物",使"贪吏廉,邪臣正",讽时刺世。他直率、勇敢地描述了民生疾苦;他对人民的同情的深厚,对社会现象的观察的真切,超过了他的同辈诗人。

唐末五代的作者绝大多数不擅长古体诗;尽管他们把李白、杜甫挂在嘴上[4],所师法的其实都是一些中唐以来的诗人。那时候的近体诗大致有三个流别:继承贾岛、姚合刻画景物的题材和风格的,像方干、李频;继承李商隐,尤其是温庭筠描写艳情的题材和风格的,像吴融、韩偓;杜荀鹤是继承张籍、白居易的近体的风格的,却能把他们在"新乐府"里赋咏而在近体里所没有赋咏的题材,写入近体诗里,这真是师古而能翻新。他的语言通俗浅近，颇符合后人评白居易诗为"老妪都解"的说法，虽然也不免有些文绉绉、酸溜溜的老学究语[5]。

〔1〕 周必大散布了这个传说，见《省斋文稿》卷四《池阳四咏》，又见《杂著述》卷六、卷十五。

〔2〕 顾云《唐风集序》，见《唐诗百名家全集》第四函第七册。

〔3〕《下第出关投郑拾遗》："况是孤寒士，兼行苦涩诗。"《哭刘德仁》："岂能诗苦者，便是命羁人！"

〔4〕 像顾云《唐风集序》说杜荀鹤"左揽工部袂，右拍翰林肩"。杜荀鹤《哭陈陶》"耒阳山下伤工部，采石江边吊翰林"；《寄温州崔博士》"县宰不仁工部饿，酒家无识翰林醒"。

〔5〕 例如《经废宅》"人生当贵盛，修德可延之"；《将归山逢友人》"白发多生矣！青山可住乎"；《江山与从弟话别》"干人不得已，非我欲为之"。

春 宫 怨[1]

早被婵娟误，欲妆临镜慵[2]。承恩不在貌，教妾若为容[3]。风暖鸟声碎，日高花影重[4]。年年越溪女，相忆采芙蓉[5]。

〔1〕 这诗借描写宫女幽寂苦闷的生活，寄托作者自己不遇知音的怨怅。欧阳修《六一诗话》、吴聿《观林诗话》都说这首诗是周朴所作。

〔2〕"婵娟"，容态美好。这两句说貌美害得自己被选为宫女；既知美貌误人，所以懒得照镜子梳妆。

〔3〕"承恩",获得宠爱。这两句说,既然得宠并不在乎容貌,那么自己该怎样打扮呢?

〔4〕这两句写宫中的鸟声花影,显得春光和暖,反衬出宫人心境的凄寂。"重",重叠。这一联极为世人称赏。宋胡仔《苕溪渔隐丛话·前集》卷二十三:"谚云:'杜诗三百首,唯在一联中。''风暖鸟声碎,日高花影重'是也"。

〔5〕"越溪女",指西施在越溪浣纱时的女伴。王维《西施咏》:"朝为越溪女,暮作吴宫妃。"那是写妇女一朝得意;杜荀鹤这两句是写妇女入宫后并不得意,她想起年年采芙蓉的旧伴来。

山中寡妇^[1]

夫因兵死守蓬茅^[2],麻苎衣衫鬓发焦^[3]。桑柘废来犹纳税,田园荒后尚征苗^[4]。时挑野菜和根煮,旋斫生柴带叶烧^[5]。任是深山更深处,也应无计避征徭^[6]。

〔1〕题一作《时世行》。
〔2〕"蓬茅",用茅草做成的屋。
〔3〕"麻苎",即苎麻,可以制麻布的一种植物。"焦",焦黄。
〔4〕"柘(音这)",指柘树叶,也和桑叶一样可以养蚕。"征苗",征取青苗钱。
〔5〕"旋(音绚)",临时意。又作已而、还又解。
〔6〕"也应(读平声)",即也该。"征徭",租税和劳役。

乱后逢村叟[1]

经乱衰翁居破村,村中何事不伤魂[2]。因供寨木无桑柘,为点乡兵绝子孙[3]。还似平宁征赋税,未尝州县略安存[4]。至今鸡犬皆星散[5],日落前山独倚门。

〔1〕题一作《时世行》。

〔2〕这两句一作"八十老翁住破村,村中牢落不堪论"。

〔3〕"寨木",修筑营寨的木料。上句说因为要供应寨木,把桑树和柘树都砍光了。下句说因为官府拉民夫去当兵,结果死于兵差,绝了后代。

〔4〕这两句说在乱后地方官吏还像平常一样征收赋税,对衰翁毫不加以安抚存恤。

〔5〕"星散",零星散失,不知去向。

司空图

司空图（837—908），字表圣，河中虞乡（今山西省永济县附近）人。三十三岁登进士第，官至中书舍人，知制诰。光启三年（887）归隐中条山王官谷。此后几经迁移，终未出仕。有《司空表圣诗集》。

司空图由仕而隐。他属于大地主阶级，处在农民起义蓬勃发展的时代，在他的思想里，消极避世占了重要的地位。他的诗里占多数的就是山林遣兴，闲吟自适的作品。他论诗强调"韵外之致"、"味外之旨"，极推重王维和韦应物的诗，认为"澄澹精致"、"趣味澄夐"[1]，这是他的主要趋向。《司空表圣诗集》里只有极少数的古体诗，近体诗中绝句占百分之八十。就是从艺术角度看来，司空图的创作成就还远远不能达到他自己所悬的标准。如芟芜选秀，略有一些清浅自然，情致或作意可观的篇什，大致和姚合、贾岛辈相近。写景诗句如"绿树连村暗，黄花入麦稀"，"棋声花院闭，幡影石坛高"，"曲塘春尽雨，方响夜深船"之类，不但作者自己津津乐道[2]，也为后人所称引[3]。

司空图论诗之作还有《诗品》二十四则[4]，用象征的言语来形容诗的各种风格，往往饶有诗味，例如论"纤秾"云："采采流水，蓬蓬远春。窈窕深谷，时见美人。"这样以诗为评，不失为一种创举。但除了比较细致地列具多种诗的风格外，在理论上贡献不大。

〔1〕 以上所引论诗语均见《与李生论诗书》、《与王驾论诗》二文。
〔2〕 见《与李生论诗书》。
〔3〕 见《彦周诗话》、《苕溪渔隐丛话·前集》卷六和《香祖笔记》卷四。
〔4〕 关于《诗品》的作者,近年来学术界有争议。

退　栖

宦游萧索为无能,移住中条最上层〔1〕。得剑乍如添健仆,亡书久似失良朋〔2〕。燕昭不是空怜马〔3〕,支遁何妨亦爱鹰〔4〕? 自此致身绳检外,肯教世路日兢兢〔5〕。

〔1〕 这两句说:因无能而宦游不得意,因不得意而退隐中条山。"中条",山名,在今山西省永济县东南。

〔2〕 这两句写退隐后最与书剑相亲。

〔3〕 "燕昭怜马",战国时燕昭王要访求贤士,郭隗对燕昭王说:古代有涓人以五百金为国君买已死的千里马的头,天下人因此知道那个国君肯出高价买千里马,不到一年便得到三匹活的千里马。现在您如果真想罗致天下的贤士,那就请先用我。我这样的人得到了您的尊重,人家就相信比我贤的人一定更得到您的尊重。昭王听说便重用郭隗,尊他为师(见《战国策·燕策一》)。这句是申说"宦游萧索",言燕昭王爱重贤士,而今无其人。

〔4〕 "支遁",字道林,是东晋有名的在山林隐修的和尚,他好养鹰和马而不放不骑。有人问他,他说"爱其神骏"(见唐许嵩《建康实录》)。这句表示自己虽"退栖"而壮心未销。

〔5〕 "绳检",拘束制约的意思。"兢兢(音京)",小心谨慎貌。

来鹄

来鹄,《全唐诗》说他是豫章(今江西省南昌附近)人,他的《宛陵送李明府罢任归江州》诗具体地说江州是他的故乡。咸通(860—874)中举进士,不第。他曾自称"乡校小臣",隐居山泽[1]。他一生往来于今湖南、湖北、江西、安徽一带。《圣政纪颂》透露出他向往唐太宗的政治风度和对史学的兴趣。他的诗,除四言外,全是近体七律,多写旅居飘流、穷愁困苦的生活,也有关注民间疾苦的。《全唐诗》存其诗二十九首。

〔1〕《圣政纪颂诗序》。

云[1]

千形万象竟还空,映水藏山片复重[2]。无限旱苗枯欲尽,悠悠闲处作奇峰[3]。

〔1〕 这首诗通过描写旱云,反映出诗人为庄稼盼雨的急切心情。

〔2〕 这两句埋怨只起云,不落雨。上句既是写旱云形状多变,又是表现人们仰望之久。下句写远山的浮云和近水的倒影,表现诗人处处关心云层的变化。"片",一朵云。"重",云层重叠。

〔3〕 "奇峰",旱云耸立状。

罗隐

罗隐(833—909),本名横,字昭谏,新城(今浙江省富阳县)人[1]。他自二十八岁至五十五岁,奔波游历,都是为了考取进士,但始终不被录取。因此写了很多感叹落第失意的诗歌。五十五岁时投奔镇海节度使钱镠,得到钱镠的任用,历任钱塘令、著作令等职。唐亡后,钱镠对后梁称臣,罗隐受到给事中的封爵。卒年七十七岁,是唐代享有高龄的诗人之一。有《罗昭谏集》。

罗隐的《谗书》是落第后有感于时事所作的杂文。他不同情韩愈,而称颂推倒平淮西碑的石忠孝,因而写了《说石烈士》,表示了自己的见解。其他如《迷楼赋》也能指出隋亡国的根本原因是在于大权旁落,细人用事,是迷于人而不是迷于楼,对兴亡治乱的认识很有见地。

罗隐的古诗纤弱不足道,近体诗较多。其中的七言绝句,时有以物咏志的讽谕诗,如《蜂》、《柳》即是。七言律诗音调悠扬,摹写个人的衰世感伤,往往真切动人。他曾写诗攻击当时的农民起义,为帝王官僚的流离没落鸣不平,表现了他的地主阶级立场,那些诗当然是应该批判的。

〔1〕《旧五代史》和《梁书》都称他是馀杭人。现据《吴越备史》及罗隐同时代人沈崧所撰《罗给事墓志》,知罗隐为新城人(见汪德振著《罗隐年谱》)。

罗隐

魏城逢故人[1]

一年两度锦城游[2],前值东风后值秋。芳草有情皆碍马[3],好云无处不遮楼。山将别恨和心断,水带离声入梦流。今日因君试回首,淡烟乔木隔绵州。

〔1〕 题一作《绵谷回寄蔡氏昆仲》。"魏城",唐县名,属剑南道绵州。今四川省绵阳、梓潼间有魏城镇。
〔2〕 "锦城",指成都。
〔3〕 这句虚拟芳草对归客依恋"有情",阻碍他的坐骑,不让他走。

雪[1]

尽道丰年瑞,丰年事若何[2]?长安有贫者,为瑞不宜多!

〔1〕 这首诗写因降雪而引起的感慨,对饥寒的贫者寄予同情。
〔2〕 这两句说平常都讲瑞雪是丰年的好兆头,但到丰年时情况还不知道怎么样呢。

登夏州城楼[1]

寒城猎猎戍旗风,独倚危楼怅望中[2]。万里山河唐土地,千年魂魄晋英雄[3]。离心不忍听边马,往事应须问塞鸿[4]。好脱儒冠从校尉,一枝长戟六钧弓[5]。

〔1〕"夏州",又名榆林,城在无定河支流清水东岸;紧倚长城,向来以险隘著称。故址在今陕西省横山县境内。

〔2〕"猎猎",风声。"戍旗",要塞戍军之旗。"危楼",高楼。

〔3〕"晋",一作"汉",此句应作"晋"。晋朝和大夏国的赫连勃勃作战,有不少战士死于边塞。

〔4〕"塞鸿",边塞鸿雁可以寄书,古人有"雁足传书"的故事,见温庭筠《苏武庙》注〔3〕。

〔5〕"校尉",官名。隋唐为武教官,位次将军。上句有弃文就武之意。下句说能用长戟和强弓去作战。《左传·定公八年》:"颜高之弓六钧。""钧",三十斤。"六钧",指拉力一百八十斤。

韦庄

韦庄(约836—910),字端己,京兆杜陵(今属陕西省西安市)人。他出身于没落的贵族家庭,屡试不第,直到年近六十才中进士。曾任校书郎、左补阙等职。后至四川投奔藩将王建,任掌书记。唐亡,王建称帝,国号蜀,以韦庄为宰相。有《浣花集》。

韦庄一生,先逢黄巢农民大起义,后遭全国军阀大混战。为了避乱求官,他辗转陕西、河南、浙江、江西、湖南、湖北等地。伤时、怀乡、感旧等情绪往往交织在一起,成为他诗中最重要的主题。他的咏史诗也大都融注着对唐室衰微的现实感慨,充满了吊古伤今的悲哀,像下面选的《台城》。韦庄的律诗,写得圆稳整赡,音调响亮,但不及他的绝句包蕴丰满,发人深省。

他的长诗《秦妇吟》在我国古典诗歌的叙事艺术上有一定成就,内容却很复杂。韦庄从贵族地主阶级的立场出发,对伟大的黄巢起义军表示了刻骨的憎恨;但在客观上又反映出起义军惊天动地的气势和统治阶级的腐朽无能。他揭露了官军对人民的残酷劫掠,然而又交杂着对藩将拥兵自守、剿"贼"不力的谴责。全诗的主要倾向是反动的。

韦庄又是著名的词人,词风清新流畅,在"花间词派"中独树一帜。

台 城[1]

江雨霏霏江草齐,六朝如梦鸟空啼[2]。无情最是台城柳,依旧烟笼十里堤。

〔1〕"台城",一名苑城,古代建康宫旧址,在今南京市玄武湖边。
〔2〕"六朝",见杜牧《题宣州开元寺水阁,阁下宛溪,夹溪居人》注〔2〕。

登咸阳县楼望雨

乱云如兽出山前,细雨和风满渭川[1]。尽日空濛无所见,雁行斜去字联联[2]。

〔1〕"渭川",即渭水、渭河。它发源于甘肃省,流入陕西省,经过咸阳城外后会泾水入黄河。
〔2〕"空濛",迷茫。末两句写雨丝不断,眺望时景物迷茫,只能看见一会儿作"人"字飞行,一会儿作"一"字飞行的雁群。北雁南飞,说明已是深秋了。

韦　庄

稻　田[1]

绿波春浪满前陂,极目连云稞䅉肥[2]。更被鹭鸶千点雪,破烟来入画屏飞[3]。

〔1〕唐末藩镇割据战争造成了黄河流域经济的衰落,但长江流域受的影响较小。本篇写南方水稻产区的景致,间接透露了这一现实。

〔2〕"稞䅉(音罢亚)",水稻的别称。

〔3〕"画屏",指眼前景物构成的一幅天然图画。末两句写鹭群冲破云雾飞来,使这个画屏又多点缀。王维的"漠漠水田飞白鹭",温庭筠的"万顷江田一鹭飞",都不曾明写到稻,这里着意描写无边的稻浪和白鹭千点相衬托,刻画的程度不同,手法也不一样。

郑谷

郑谷,字守愚,袁州(今江西省宜春)人。光启三年(887)进士,官至都官郎中。乾宁三年(896),唐昭宗避难到华州,郑谷也赶去,"寓居云台道舍",因而自称诗集为《云台编》[1]。

郑谷曾受司空图、马戴等人赏识[2],诗名颇高;《鹧鸪》七律为当时传诵,被称为"郑鹧鸪";《雪中偶题》也被画家采作题材[3]。他自序说:"虽属对声律未畅,而不无旨讽。"又《读前集二首》说:"爱日满阶看古集,只应陶集是吾师。"但他现存的作品和那两句话不很符合。《云台编》里没有古体诗,从近体诗里也揣摩不出师法陶潜的任何痕迹;诗篇的内容都是应酬、刻画景物、感伤身世、讽谕的成分,像《感兴》的"翻令力耕者,半作卖花人",或《偶书》的"不会苍苍主何事,忍饥多是力耕人",真是绝无仅有。郑谷的诗属于唐末流行的那种轻巧清快的格调,偶然有些杜甫的遗风馀响,例如《漂泊》"十口漂零犹寄食,两川消息未休兵"。

〔1〕《云台编自序》,见席启寓《唐诗百名家全集》第四函第四册。参看郑谷《奔问三峰寓止近墅》诗。

〔2〕《唐诗纪事》卷七"郑谷"条。

〔3〕郑谷《予尝有雪景一绝,为人所讽吟,段赞善小笔精微,忽为图画,以诗谢之》;参看郭若虚《图画见闻志》卷五。

郑　谷

淮上与友人别

扬子江头杨柳春,杨花愁杀渡江人。数声风笛离亭晚^[1],君向潇湘我向秦^[2]。

〔1〕"风笛",风中传来的笛声。"离亭",古人在驿亭送别,因有"离亭"之称。
〔2〕这句说离亭一别,各奔前程。

旅寓洛南村舍[1]

村落清明近,秋千稚女夸[2]。春阴妨柳絮,月黑见梨花[3]。白鸟窥鱼网,青帘认酒家[4]。幽栖虽自适,交友在京华[5]。

〔1〕"洛南",指河南省洛阳以南的地方。
〔2〕"秋千",女子在清明节打秋千为戏是当时的习俗,杜甫《清明》诗所谓"万里秋千习俗同"即是。
〔3〕柳絮在晴天有风时到处飘荡,天气阴湿便难飞扬;梨花由于色白,在没有月色的夜里也能看得见。这两句刻画春天昼夜不同的景色,相互映照。
〔4〕"白鸟",指鹭鸶。鹭鸶吃鱼,所以窥伺渔网。"青帘",青布幌子,是酒铺的市招。

〔5〕这两句说自己虽爱幽居,却也不免怀念京城中的朋友。

中　年

漠漠秦云淡淡天[1],新年景象入中年。情多最恨花无语,愁破方知酒有权[2]。苔色满墙寻故第[3],雨声一夜忆春田。衰迟自喜添诗学[4],更把前题改数联。

〔1〕"秦",指长安一带。作者这时在长安任都官郎中。
〔2〕"酒有权",酒有破除愁闷的力量,所以说"有权"。
〔3〕"故第",旧家第宅。
〔4〕"诗学",写诗之学叫"诗学",下句"更把前题改数联"即属于"诗学"。

崔涂

崔涂,字礼山,可能是今浙江省桐庐、建德县一带人[1]。光启四年(888)进士。诗见《全唐诗》。

崔涂久在巴、蜀、湘、鄂、秦、陇等地做客,多羁愁别恨之作,调子抑郁低沉。

〔1〕《与友人同怀江南别业》:"旧业临秋光,何人在钓矶?""钓矶"指严子陵钓鱼台。《读方干诗因怀别业》,方干即新定(今浙江省淳安县西南)人而移居桐庐者(方干有《思桐庐旧居便送鉴上人》等诗)。《和进士张曙闻雁见寄》:"试向富春江畔过,故园犹合有池台。"可知他的故园在"富春江畔"。

春 夕[1]

水流花谢两无情,送尽东风过楚城[2]。胡蝶梦中家万里,子规枝上月三更[3]。故园书动经年绝,华发春唯满镜生[4]。自是不归归便得,五湖烟景有谁争[5]。

〔1〕题一作《春夕旅怀》。

〔2〕"楚城",泛指旅途经过的楚地,作者另有《湘中秋怀迁客》、《夷陵夜泊》等诗。首二句感时,慨叹春光易逝。

〔3〕"胡蝶梦",见李商隐《锦瑟》诗注〔4〕。"子规",一作"杜鹃",见李白《蜀道难》注〔10〕。上句写思家,下句写春夕。子规(即杜鹃)夜啼切"春夕",与"家万里"联系。

〔4〕"动",动辄、每每之意。

〔5〕"五湖",春秋时,范蠡佐越王勾践成就霸业之后,辞官,乘扁舟泛五湖而去。参看李白《答王十二寒夜独酌有怀》注〔19〕。这两句说:我现在还没有归去,我要归去就可以归去,故乡的五湖风景是没有人来和我争夺的。言外之意:既然如此为什么还留滞他乡呢?诗有自嘲意。

孤　雁[1]

几行归塞尽,念尔独何之[2]?暮雨相呼失,寒塘独下迟[3]。渚云低暗度,关月冷相随[4]。未必逢矰缴,孤飞自可疑[5]。

〔1〕此题二首,这是第二首,用孤雁的形象寄托作者自己流离失所的情感。

〔2〕"尔",指孤雁。

〔3〕"失",失群,紧接上二句而来。下句说失群的雁见了寒塘想下来栖息而又迟疑不敢。

〔4〕这两句写孤雁的行程。

〔5〕"矰(音增)",短箭。"缴(音浊)",系箭的丝绳。这两句是作者为孤雁担忧,言此雁不一定会遭到暗算,但是孤单失伴总是可疑虑的事。

贯休

贯休,俗姓姜,字德隐,婺州兰溪(今浙江省兰溪)人。生活在唐末,七岁出家,一生游历过不少地方,广事干谒。他给吴越王钱镠的贺诗中有"满堂花醉三千客,一剑霜寒十四州"之句,钱镠有称帝野心,要他把"十四州"改为"四十州",然后才肯接见他,他答道:"州亦难添,诗亦难改!"就此拂袖而去了[1]。昭宗天复(901—904)中定居西蜀,受到蜀王王建的礼遇,赐号"禅月大师"[2]。

他自编的诗集叫《西岳集》[3],吴融为之作序,称赞他的诗"其旨归必合于道"[4]。我们从下面选的《少年行》、《题某公宅》以及史料中有关记载,可以看到他对统治者的骄奢淫逸是有所揭露和讽刺的。

[1] 见《唐才子传》卷十。
[2] 《陈情献蜀皇帝》诗:"一瓶一钵垂垂老,千山千水得得来。"是他生活的写照。
[3] 《西岳集》后改为《禅月集》,其弟子改为《宝月集》,今佚。
[4] 吴融《禅月集序》,见《文苑英华》卷七百一十四。

少 年 行[1]

锦衣鲜华手擎鹘[2],闲行气貌多轻忽。稼穑艰难总不知,五帝三皇是何物[3]!

〔1〕《唐诗纪事》作《公子行》。据说贯休入蜀,蜀王王建待他很好。有一天叫他念自己的近作,那时贵戚们都在座,贯休有意讽刺他们,便背诵他作的《公子行》一诗。王建很称赏,但是贵戚们因此都恨他。此题原三首,这是第一首。

〔2〕"擎(音情)",向上举。"鹘(音胡)",就是鹰。这句写衣着阔气的公子哥儿们手举老鹰行猎取乐。

〔3〕"五帝",指上古的五个皇帝,说法不一,据《礼记·月令》,五帝是伏羲、神农、黄帝、少皞、颛顼。"三皇",夏禹、商汤、周文武,夏、商、周三代开国之君。末两句谴责纨绔少年什么都不懂,既不懂稼穑艰难,关于五帝三皇的历史也毫无所知。

春晚书山家屋壁二首

一

柴门寂寂黍饭馨,山家烟火春雨晴。庭花濛濛水泠泠〔1〕,小儿啼索树上莺。

〔1〕"泠泠(音零)",泉声,又清凉貌。

二

水香塘黑蒲森森,鸳鸯㶉鶒如家禽〔1〕。前村后垄桑柘深〔2〕,东邻西舍无相侵。蚕娘洗茧前溪渌〔3〕,牧童吹笛和衣浴。山翁留我宿又宿,笑指西坡瓜豆熟。

〔1〕"鸂鶒(音溪赤)",水鸟,大于鸳鸯而色多紫。
〔2〕"垄",田埂。
〔3〕"蚕娘",养蚕的妇女。"渌",水清。这句说养蚕女在溪边洗蚕茧。

题某公宅[1]

宅成天下借图看,始笑平生眼力悭[2]。地占百湾多是水,楼无一面不当山[3]。荷深似入苕溪路[4],石怪疑行雁荡间[5]。只恐中原方鼎沸,天心未遣主人闲[6]!

〔1〕本篇通过对唐末"某公"别墅的描写,讽刺了那种不顾国计民生、只贪个人享乐的达官贵人。
〔2〕"悭",吝。"眼力悭",犹言眼界狭小,没见过世面。
〔3〕"当(读平声)",对着。
〔4〕"苕溪",又名苕水,在浙江省,源于天目山,有东苕、西苕,汇于太湖。秋时两岸苕花飘浮水面,其白如雪。此处用苕花比白荷花,说别墅里有一个宽广、幽深的荷塘。
〔5〕"雁荡",山名,在浙江省乐清、平阳二县境,其山有百馀峰,峭拔险怪,绝顶有湖,春归的雁常在此留宿,故有"雁荡"之名。这句说别墅里假山、石径的布置非常讲究。
〔6〕"鼎沸",形势纷乱犹如锅里的水在沸腾。这里指唐末藩镇拥兵割据,战祸频仍的动乱情况。末两句说在"中原鼎沸"的形势下,老天恐怕不会让宅主人享受安闲的清福吧!

韩偓

韩偓(844—923),字致尧,京兆万年(今陕西省西安市附近)人。童年能诗,曾得到他的姨父李商隐的赞赏[1]。中进士后历任翰林学士、兵部侍郎等职,很受唐昭宗李晔的信任。后为朱全忠所排挤,贬为濮州(今山东省曹县)司马。后携家入闽,依王审知而终。有《翰林集》(一称《玉山樵人集》)及《香奁集》。

当韩偓在昭宗朝任翰林时,他的诗歌多写官廷生活,和对皇帝恩宠的感激之情;被贬后,一变而为忆昔、感旧的落寞之音。所选《春尽》便是其中的代表作。另外,他也有一些小诗能以新鲜的色调,描写出一幅满含诗意的画面。他曾说"入意云山输画匠"(《格卑》),"景状入诗兼入画"(《冬日》)。可见他是有意识以画景入诗的。至于他的常被人提到的《香奁集》[2],是他认为"以绮丽得意者"[3],纯系描写闺中艳情及妇女的服饰体态。其下者更是赤裸裸地描写色情,只能说是梁简文帝宫体诗的继响,表现了乱世士大夫的精神的颓唐与堕落。

[1] 据《唐诗纪事》卷六十五称:"偓,小字冬郎。义山云:'尝即席为诗相送,一座尽惊,句有老成之风。'因有诗云:'十岁裁诗走马成,冷灰残烛乱离情。桐花万里丹山路,雏凤清于老凤声。'"按"老凤"是指韩偓的父亲韩瞻。

[2] 宋沈括《梦溪笔谈》说《香奁集》"乃和凝所作。凝后贵,故嫁名于韩偓尔"。按《香奁集》有《无题诗序》云:"余辛酉年戏作《无题诗》十四韵,故奉

常王公、内翰吴融、舍人令狐涣相次属和。"查《全唐诗》吴融和诗今尚存,序中所记年代与韩偓传无一不合,则《香奁集》实为韩偓所作。和凝恐别有《香奁集》失传(参看宋葛立方《韵语阳秋》卷五,《梦溪笔谈校证》按语)。

〔3〕 见《玉山樵人集》附《香奁集自序》(四部丛刊本)。

残春旅舍[1]

旅舍残春宿雨晴,恍然心地忆咸京[2]。树头蜂抱花须落,池面风吹柳絮行。禅伏诗魔归净域[3],酒冲愁阵出奇兵[4]。两梁免被尘埃污,拂拭朝簪待眼明[5]。

〔1〕 本篇在闽作,写对唐王朝的怀念。

〔2〕 "咸京",指长安。

〔3〕 禅家以作诗为戒,以为是文字的"魔障"。这句说心里的牢骚本想发作写为诗句,因悟禅理而得消释。"净域",亦称"净土",佛家语,谓无浊无垢之地。

〔4〕 这句说愁思如阵,借酒消愁,如出奇兵破阵。郑谷《中年》:"情多最恨花无语,愁破方知酒有权。"诗意相同。

〔5〕 末两句说保持着当日上朝冠簪的整洁(暗示未做异姓之臣),等待唐王朝的复兴。"两梁",冠名。《唐诗鼓吹》的注中说汉代"秩千石,冠两梁"。

春 尽[1]

惜春连日醉昏昏,醒后衣裳见酒痕。细水浮花归别涧,断云含雨入孤村[2]。人闲易有芳时恨[3],地迥难招自古魂[4]。惭愧流莺相厚意,清晨犹为到西园[5]。

〔1〕 韩偓在朱全忠当权时被贬濮州(今山东省曹县),后携家依王审知于闽。这首诗即写他异地依人的苦闷心情。
〔2〕 "断云",片断云。
〔3〕 这句说闲居不能有所作为,辜负大好时光,故有"芳时恨"。
〔4〕 "迥",偏远。自己寄居异地,寂寞无友,恨不能找古人为伴,而地方偏僻,古人的精灵也招请不来。"招魂"用《楚辞·招魂》"魂兮归来,何远为些"。
〔5〕 这两句承前联,感激流莺的多情,肯来看顾。

自沙县抵龙溪县,值泉州军过后,村落皆空,因有一绝[1]

水自潺湲日自斜,尽无鸡犬有鸣鸦。千村万落如寒食,不见人烟空见花[2]。

〔1〕 这首诗写于五代梁开平四年(910),是作者避难闽中(今福建省)之作。它通过农村的荒芜凄凉景象,揭露唐亡后藩镇军队扰民的罪恶。
〔2〕 "寒食",寒食节,禁烟火。末两句说村落空虚,如寒食节不见烟火。

吴融

吴融,字子华,越州山阴(今浙江省绍兴)人。唐昭宗龙纪元年(898)进士。昭宗为宦官韩全晦等所劫持,朱全忠、李茂贞等军阀各有挟天子令诸侯的意思。当时吴融为左补阙,拜中书舍人。天复元年受昭宗命,起草诏书十数篇,简备精当,进户部侍郎。后昭宗被劫去凤翔,融未能相从,客阌乡卒。吴融诗风靡丽,内容多流连光景;反映现实的作品较少。他与僧贯休及方干等时有唱和。有《唐英集》。《全唐诗》存其诗四卷。

华　清　宫[1]

渔阳烽火照函关,玉辇匆匆下此山[2]。一曲霓裳听不尽,至今遗恨水潺潺[3]。

[1]《全唐诗》所录吴融《华清宫》诗分作两组,一组四首,另一组二首。这是《华清宫四首》的第二首。此诗讽意甚明,由于"渔阳烽火",唐朝一蹶不振,人民连年痛苦,是最大的"遗恨",而唐玄宗所能感到的"遗恨",不过是"一曲《霓裳》"未能听完罢了。

[2]"渔阳烽火",是说安禄山在渔阳(今天津蓟县一带)起兵作乱,见白居易《长恨歌》注[13]。"函关",即今陕西省函谷关。"玉辇",指玄宗和杨贵妃所乘的车子。"此山",指骊山,华清宫所在。

[3]"霓裳",一作"羽衣",《霓裳羽衣曲》的省称。见白居易《长恨歌》

注〔13〕。

华 清 宫[1]

四郊飞雪暗云端,唯此宫中落旋干[2]。绿树碧檐相掩映,无人知道外边寒[3]。

〔1〕 这是《华清宫二首》的第一首。
〔2〕 "旋",立即、顷刻之意。"落旋干",是说落下的雪一会儿就干了。
〔3〕 末句说住在华清宫的人只知此中之暖,不知外边之寒。意思是说,国家大事无暇过问,必导致乱亡。

卢汝弼

卢汝弼[1]，字子谐，范阳（今属北京市）人。诗人卢纶之孙。昭宗景福（892—893）时进士，官祠部员外郎、知制诰。后依附李克用父子，李克用曾任为节度副使。

他存诗只有八首。四首七律语浅调圆，平平不足道；四首《和李秀才边庭四时怨》却能于盛唐边塞诗之外别出新意。

〔1〕 此据《全唐诗》卷六百八十八。《才调集》卷八作"卢弼"。元郝天挺《唐诗鼓吹》卷八："卢弼，与李光远同时人。晚唐。"但明胡应麟《诗薮·内编》卷六却说："卢弼边庭四时词，语意新奇，韵格超绝。《品汇》云：'时代不可考。'余谓此盛唐高手无疑。"录以备考。

和李秀才边庭四时怨[1]

朔风吹雪透刀瘢[2]，饮马长城窟更寒[3]。半夜火来知有敌，一时齐保贺兰山[4]。

〔1〕 原诗共四首，这是第四首。
〔2〕 "刀瘢（音班）"，刀痕，伤疤。
〔3〕 "饮马长城窟"，参看杜甫《北征》注〔12〕。
〔4〕 "火"，指报警的烽火。"贺兰山"，在河套附近，是今宁夏回族自治区和内蒙古自治区的界山。这里借指边疆。末两句写士兵每闻敌人进犯，能奋勇应战，保卫疆土。

张泌

张泌,字子澄,淮南人。在南唐为句容县(在今江苏省)尉,官至中书舍人。《全唐诗》存其诗一卷,共十九首。

洞庭阻风[1]

空江浩荡景萧然[2],尽日菰蒲泊钓船[3]。青草浪高三月渡[4],绿杨花扑一溪烟。情多莫举伤春目,愁极兼无买酒钱。犹有渔人数家在,不成村落夕阳边。

〔1〕本篇一作许棠诗。
〔2〕"空江",洞庭湖汇集了湘、资、沅、澧数江,并有数道通长江。《唐诗别裁》注云:"夜泊洞庭湖港汊,故有'绿杨花扑一溪烟'之句。"所谓"空江"即指港汊。这句写连日大风,水上没有船只航行,只剩下一片白浪。
〔3〕"菰",即茭白。"蒲",水草。"菰蒲"皆生长于浅水处。船因阻风泊于港汊,故尽日惟见菰、蒲。
〔4〕"青草",湖名。见白居易《自蜀江至洞庭湖口有感而作》注〔7〕。

寄 人[1]

别梦依依到谢家[2],小廊回合曲阑斜。多情只有春庭月,犹为离人照落花[3]。

[1] 此题原二首,这是第一首。
[2] "谢家",常用作外家,也就是岳家的代称。此诗可能是寄内之作。
[3] 这三句是想象之词,写梦中所见。离人指谁?可以有三种理解:一说指作者,一说指所寄之人,一说兼指二人。似以第三说较长。作者想象在家的人也是夜不能寐、正在凭阑遐想,此时月亮正为那怨离别的人照着落花。如"离人"解释为作者自指,则后二句就是写醒后所见的实景。

郑遨

郑遨(865—939),字云叟,滑州白马(在今河南省滑县东)人,生于唐懿宗咸通六年。四十多岁以前是在唐朝度过的。《新五代史·郑遨传》说他"少好学,敏于文辞",可是却考不上进士,"见(唐)天下已乱",隐居不做官,不接受达官贵人的馈赠,"种田"以自给,有诗名。《新五代史·一行传》以郑遨为首,传序说他是"嫉世远去"的人。有"高士"、"逍遥先生"之称。诗作有消极避世的倾向。但下面选的《富贵曲》、《伤农》却表现了对上层统治阶级腐朽生活的不满。

富 贵 曲 [1]

美人梳洗时,满头间珠翠[2]。岂知两片云,戴却数乡税[3]。

〔1〕唐末一些诗人揭露大官僚、大地主家庭穷奢极侈,除用《公子行》、《贵公子行》等外,还用《富贵曲》作诗题。

〔2〕"珠翠",珍珠、翠玉作的首饰。

〔3〕"云",比喻头发。"两片云",即两个发髻。"戴却数乡税",字面上是说首饰贵重,实际上却暗示了富贵人家的首饰与租税之间的关系。

郑遨

伤　农[1]

一粒红稻饭，几滴牛颔血[2]。珊瑚枝下人，衔杯吐不歇[3]。

〔1〕 本篇与李绅《悯农》诗题意近似，写剥削阶级糟蹋粮食的情景，为农民伤心。

〔2〕 "颔(音汗)"，下巴颏。这两句从一种特殊精米的红色联想到耕种时牛的下巴颏都磨破了，从牛颔流血使人想见驾驭耕牛的农民的艰辛。

〔3〕 "珊瑚"，古代富贵人家供于几案玩赏的珍宝。"珊瑚枝下人"，即达官贵人。"衔杯"，饮酒，这是指宴饮。

张蠙

张蠙,字象文,清河(今北京市海淀区清河镇)人。唐昭宗时中进士,曾官校书郎、栎阳尉、犀浦令。王建立蜀,任膳部员外郎、金堂令等职。诗见《全唐诗》。

张蠙诗以五、七律为多,早年曾游塞外,写了不少边塞诗。他也喜欢利用"落日"、"寒日"、"日色"的形象来渲染边地风光的特色[1],但都不及"白日地中出,黄河天外来"(《登单于台》)这联语句浑朴、境界辽阔。晚年被人激赏的"墙头雨细垂纤草,水面风回聚落花"(《夏日题老将林亭》)一联,却显得细腻纤巧,或许可以看出他前后风格是有一些变化的。

〔1〕 如《蓟北书事》"戍楼承落日,沙塞碍惊蓬",《边庭送别》"暮烟传戍起,寒日隔沙垂",《塞下曲》"夜烧冲星赤,寒尘翳日愁",《边将二首》"角怨星芒动,尘愁日色微"等。

登单于台[1]

边兵春尽回,独上单于台。白日地中出,黄河天外来。沙翻痕似浪,风急响疑雷。欲向阴关度[2],阴关晓不开。

〔1〕"单于台",在今内蒙古自治区呼和浩特市西,相传汉武帝曾率军登

临此台。

〔2〕"阴关",阴山山脉中的关隘。阴山是汉代防御匈奴的屏障,绵亘今内蒙古自治区,西起河套,东接内兴安岭。

黄滔

黄滔,字文江,莆田(今福建省莆田县)人。唐昭宗乾宁二年进士,由四门博士迁监察御史里行。五代时,依闽王王审知,并对他有所"规正"。比起连年战乱的中原地区来,当时的福建在各方面都比较稳定,吸引了许多文人到那里避难。据说这些都与黄滔有点关系[1]。有《黄御史集》。

他的诗反映社会现实的不多,但诗风平易,"若与人对语",在这个意义上可以说他"有贞元、长庆风概"[2]。

[1] 参见新、旧《五代史》、《莆田志》等。
[2] 洪迈《黄御史公集序》。

书 事[1]

望岁心空切,耕夫尽把弓[2]。千家数人在,一税十年空[3]。没阵风沙黑,烧城水陆红[4]。飞章奏西蜀,明诏与殊功[5]。

[1] 本篇似与唐末西蜀的军阀战争有关。四川是唐末军阀争夺相当激烈的地方。如光启元年(887)当时的利州刺史王建攻入阆州,驱逐刺史杨茂实;接着联合顾彦朗攻打西川节度使陈敬瑄。文德元年(888),唐王朝派韦昭度领兵征讨不服朝命的陈敬瑄和田令孜,野心勃勃的王建乘机参与其事,扩充

势力。他们围成都达三年之久,弄得"成都城中乏食,弃儿满路","饿殍狼藉"。大顺二年(891)陈敬瑄投降,王建夺得成都,唐王朝只好承认他为检校司徒、成都尹、剑南节度使。上述简单史实可做了解本篇背景的参考。

〔2〕"望岁",盼望收成好。这两句说因为农民都被征发去打仗了,所以人民盼望农业丰收的心情虽切却根本无法实现。

〔3〕这两句写唐末赋税的繁重。

〔4〕这两句形容战争的酷烈。"没",陷。

〔5〕这两句是对那建立在血泊之上的"殊功"的否定,也是对所谓"明诏"的否定。不但批判了穷兵黩武的军阀,而且讽刺了昏庸腐朽的唐朝廷。

孟宾于

孟宾于,字国仪,连州(今广东省阳山县)人。少时即写所作诗百馀篇,名为《金鳌集》,送给李若虚侍郎。李采录他的好诗,让他带到洛阳献给达官,因此声誉大起。后晋天福九年(944)进士及第。后归南唐,李后主用为滏阳令。因犯法当处死刑,诗人李昉作诗寄给他,有"明君晚事未为惭"之句。后主见诗,赦免了他的死罪。迁任水部郎中,又知丰城县。宋太平兴国年间致仕。居吉州玉笥山,自号"群玉峰叟"。归老连州,年八十七卒[1]。诗见《全唐诗》。

〔1〕《唐才子传》卷十说孟宾于"年七十馀卒",非是。

公 子 行[1]

锦衣红夺彩霞明,侵晓春游向野庭[2]。不识农夫辛苦力,骄骢踏烂麦青青[3]。

〔1〕"公子行",唐代专写纨绔子弟生活的歌词的标题。这诗写王孙公子糟蹋庄稼的罪恶。
〔2〕"锦衣",用有彩色花纹的丝织品缝制的衣服。"夺",光彩夺目,赛过。"侵晓",拂晓。"野庭",田野。
〔3〕"识",理会。"骄",壮健;乱蹦乱跳。"骢",青白色的花马。

葛鸦儿

葛鸦儿,身世不详。《全唐诗》仅存其诗三首,除《怀良人》而外,还有《会仙诗》二首。

怀 良 人[1]

蓬鬓荆钗世所稀,布裙犹是嫁时衣[2]。胡麻好种无人种,正是归时底不归[3]?

〔1〕 韦縠《才调集》、韦庄《又玄集》都说这首诗是女子葛鸦儿所作。孟启《本事诗》说是一个河北士子代替自己妻子所拟的答夫诗。"良人",古代妻子对丈夫的称呼。

〔2〕 "荆钗"、"布裙",指妇女的俭朴装束。刘向《列女传》:"梁鸿妻孟光常荆钗布裙。""荆钗",木制的钗。

〔3〕 "胡麻",芝麻。"好",恰宜。"好种",好下种了。明人顾元庆《夷白斋诗话》:"南方谚语有'长老种芝麻,未见得'。余不解其意,偶阅唐诗,始悟斯言,其来远矣。胡麻即今芝麻也,种时必夫妇两手同种,其麻倍收。长老,言僧也,必无可得之理,故云。"上句与下句相应。"底不归",为何不归?

金昌绪

金昌绪,临安(今属浙江省)人。《全唐诗》存其诗仅一首。

春　怨[1]

打起黄莺儿,莫教枝上啼。啼时惊妾梦,不得到辽西[2]。

〔1〕 题一作《伊州歌》,写女子思念远征在外的丈夫。
〔2〕 "辽西",辽河以西,今辽宁省西部;是诗中女子所思念的人的居留地。

无名氏

水 调 歌[1]

平沙落日大荒西[2],陇上明星高复低。孤山几处看烽火,壮士连营候鼓鼙。

〔1〕"水调歌",乐府《近代曲辞》(《全唐诗》卷二十七收此诗作《杂曲歌辞》)。《乐府诗集》卷七十九:"《水调》,商调曲也。……按唐曲凡十一叠,前五叠为歌,后六叠为入破,其歌第五叠五言,调声最为怨切,故白居易诗云:'五言一遍最殷勤,调少情多似有因。不会当时翻曲意,此声肠断为何人?'唐又有《新水调》,亦商调曲也。"(所引白居易诗,题即为《听歌六绝句》之三《水调》)本篇即歌的第一叠,写边地日落星出,戍兵瞭望敌情、听候将令的情景。

〔2〕"大荒",泛指荒僻的边远地区。